新典社研究叢書310

源氏物語　引用とゆらぎ

中西　智子　著

新典社刊行

目　次

第二部　『源氏物語』交流圏としての彰子後宮
――「作り手」圏内の記憶と連帯――

凡例

※『源氏物語』の引用本文について

『源氏物語』の引用本文は、阿部秋生・秋山虔・今井源衛・鈴木日出男校注・訳『新編日本古典文学全集　源氏物語　一～六』（小学館、一九九四～一九九八）を用い、巻名と頁数を示す。ただし主要な校異については、池田亀鑑編著『源氏物語大成　校異篇　一～三』（中央公論社、一九五三～一九五四）、加藤洋介編『河内本源氏物語校異集成』（風間書房、二〇〇一）、源氏物語別本集成刊行会編『源氏物語別本集成　一～一五』（桜楓社〈一九九三以降はおうふうと改称〉、一九八八～二〇〇二）および同『源氏物語別本集成・続　一～七』（おうふう、二〇〇五～二〇一〇）を用いて本文異同を確認の上、必要に応じて掲出する。略称は各本に従う。なお私に表記を改めた箇所がある。

※『源氏物語』の注釈書について

なお論文中で参照・引用する『源氏物語』注釈書は以下の通りである。現代の注釈書については、括弧［　］内の略号にて示す場合がある。

▼古注釈書

［源氏釈］渋谷栄一編『源氏物語古注集成　一六　源氏釈』（おうふう、二〇〇〇）

［奥入］柳井滋・室伏信助・大朝雄二・鈴木日出男・藤井貞和・今西祐一郎校注『新日本古典文学大系　源氏物語　一～五』（岩波書店、一九九三～一九九七）

［原中最秘抄］池田亀鑑編著『源氏物語大成　研究資料篇　七』（中央公論社、一九五六）

［光源氏物語抄］中野幸一・栗山元子編『源氏物語古註釈叢刊　一　源氏釈　奥入　光源氏物語抄』（武蔵野書院、二〇〇九）

［紫明抄］玉上琢彌編『紫明抄　河海抄』（角川書店、一九六八）

［河海抄］玉上琢彌編『紫明抄　河海抄』（角川書店、一九六八）

［花鳥余情］伊井春樹編『源氏物語古注集成　一　花鳥余情』（桜楓社、一九七八）

[一葉抄] 井爪康之編『源氏物語古注集成 九 一葉抄』(桜楓社、一九八四)
[弄花抄] 伊井春樹編『源氏物語古注集成 八 弄花抄』(桜楓社、一九八三)
[細流抄] 伊井春樹編『源氏物語古注集成 七 細流抄』(桜楓社、一九八〇)
[孟津抄] 野村精一編『源氏物語古注集成 四〜六 孟津抄』(桜楓社、一九八〇〜一九八四)
[岷江入楚] 中野幸一編『源氏物語古註釈叢刊 六〜九 岷江入楚』(武蔵野書院、一九八四〜二〇〇〇)
[湖月抄] 有川武彦校訂『源氏物語湖月抄 (上)(中)(下) 増注』(講談社学術文庫、一九八二)
[源註拾遺] 久松潜一監修『契沖全集 九』(岩波書店、一九七四)
[源氏物語新釈] 久松潜一監修『賀茂真淵全集 一三』(続群書類従完成会、一九七九)
[源註余滴] 石川雅望『源注余滴』(国書刊行会、一九〇六)
[源氏物語玉の小櫛] 大野晋・大久保正編集・校訂『本居宣長全集 四』(筑摩書房、一九六九)
[源氏物語評釈] 萩原広道『国文註釈全書 源氏物語評釈』(國學院大學出版部、一九〇九)

▼現代の注釈書
[全書] 池田亀鑑校註『日本古典全書 源氏物語 一〜七』(朝日新聞社、一九四六〜一九五四)
[旧大系] 山岸徳平校注『日本古典文学大系 源氏物語 一〜五』(岩波書店、一九五八〜一九六三)
[玉上評釈] 玉上琢彌著『源氏物語評釈 一〜一二』(角川書店、一九六四〜一九六八)
[旧全集] 阿部秋生・秋山虔・今井源衛校注・訳『日本古典文学全集 源氏物語 一〜六』(小学館、一九七〇〜一九七六)
[集成] 石田穣二・清水好子校注『新潮日本古典集成 源氏物語 一〜八』(新潮社、一九七六〜一九八五)
[新大系] 柳井滋・室伏信助・大朝雄二・鈴木日出男・藤井貞和・今西祐一郎校注『新日本古典文学大系 源氏物語 一〜五』
(岩波書店、一九九三〜一九九七)
[新全集] 阿部秋生・秋山虔・今井源衛・鈴木日出男校注・訳『新編日本古典文学全集 源氏物語 一〜六』(小学館、一九九四
〜一九九八)

［鑑賞と基礎知識］鈴木一雄監修『国文学「解釈と鑑賞」別冊　源氏物語の鑑賞と基礎知識　1〜43』（至文堂、一九九八〜二〇〇五）

※和歌の引用本文について

和歌の引用については、私家集は原則として『新編私家集大成　CD―ROM版』（エムワイ企画、二〇〇八）に拠る。その他の和歌はいずれも「新編国歌大観」編集委員会編『新編国歌大観　一〜一〇』（角川書店、一九八三〜一九九二）に拠り、歌集名・部立名・詠者名・歌番号等を付す（『万葉集』は旧番号を付す）。いずれも私に表記を改めた箇所がある。

※その他の引用について

その他の作品・注釈書等の引用本文については、各章末尾の注に明記する。いずれも私に表記を改めた箇所がある。

序　本書の目的と構成 ―― 引用とゆらぎの創造性 ――

一　本書の目的

本書は『源氏物語』に見られる、物語の内側の世界で描かれた出来事と外側の世界で進行している出来事とのふれ合う地点に置かれた引用の〈ことば〉に注目し、それらの担う重層的な意味内容とその機能の把握を目指すものである。いわば主旋律と見なされるものとは別の次元に流れている、全く違った、倍音のようにしてある種浮き上がった複数の世界の流れが、『源氏物語』内外のさまざまな〈ことば〉によって繋ぎ止められているさまを、以下のように確認する。

文字で書かれた物語においては、先行するテクストの〈ことば〉の引用によって新たな文脈が形成されるわけであるが、同時に、引用元のテクストが別次元において持つもう一つの文脈もまた、新たな物語世界に包摂されることがしばしばある。かくして虚構の世界は複数の層を重ねつつ膨張し、より細密で愉楽に富んだ小宇宙となる。『源氏物語』をめぐっては、こうした複雑な引用の仕掛けのいくつかが、今なお未検討のまま残されているように思われる。そこで本書の第一部では、特に和歌およびうたことば表現を中心に、重層する引用表現の様相を探究する。

一方、『源氏物語』内部の議論とは異なる位相において、引用の問題を考えることもできそうである。すなわち、『源氏物語』を知る同時代の人々による、この物語からの引用にも注目しうるのである。あるテクストの〈ことば〉を引用するという行為には、その〈ことば〉が引用主の心情や状況をいかに表現しているかという問題とともに、その〈ことば〉と引用主自身との距離の遠近という問題もまた大きな意味を持つ。一条朝には既に周知されていたような、たとえば『古今集』や『伊勢物語』といった古典的な先行テクストをふまえる場合と比べ、いまだ流布の途上にあるような新作の『源氏物語』をふまえる場合には、その引用行為自体がいくばくかの特殊性を帯びたことが想定される。あるいはそれは、仲間内だけで了解されうる表現を共有する者同士の、ある種の連帯感を強める機能を有するものではなかっただろうか。本書の第二部では、従来の研究では検討されることの少なかった、引用行為のこうした実際的な側面に注目し、紫式部の周辺で直接のかかわりを持つ人々の和歌に用いられた『源氏物語』の〈ことば〉の引用について、その同時代的な意義を考察する。

二　本書の題名 ―― 引用とゆらぎの創造性 ――

ここで、「引用とゆらぎ」という本書の題名について説明をしておきたい。

近年哲学者のA・M・ヤコノが提唱し、医師のカルロ・ペルフェッティが認知神経の治療に応用している「中間世界の理論」(mondi intermedi)によると、人間の脳は世界を認知するとき、「一つの「現実」に対して複数の「表象」を有している」と思しい。(1) 人間の脳が知覚し得る世界とは、「現実(reality＝目の前の事実、現時点の体験)」に対して複数の「表象(representation＝脳内再現、あるものの代わりにある何か)」がかたちづくるコラージュであり、それらが我々の世界に複数の意味を与え、世界の新たな意味を創造し続けているという。重要なのは、それらの多義的な「表象」群は個別の単位として存在するのではなく、互いに参照されつつ相互に関わり合うということである。そしてさらに、その類似と差異の比較によって初めて、脳内の世界が再組織化されて自律的に存在することが可能となるという点である。ここから、我々が世界の「現実」をありのままに把握し、他者と寸分違わぬ姿で共有するのは不可能であるということを前提とした上で、そのコラージュのありようには、各人における世界のとらえ方の偏差、その自律の過程の独自性が表れているということをまずは確認しておきたい。こうした事柄を、本書で取り扱う、引用による文学創造の問題と絡めて考えると、文学作品におけるコラージュの素材となる「表象」群、すなわち引用された〈ことば〉の群においては、それらの〈ことば〉同士の有機的な関わり合いこそが、個々の文学世界を自律的に構築する鍵となると言ってよいだろう。物語世界の〈ことば〉はいずれも、その「作り手」の志向性に基づいて外部から選択され、引き込まれ、変容させられた結果としてそこにある。従ってそれらの〈ことば〉同士の有機的な関係性について知ることが、作品世界を創造する「作り手」の方法を考える手がかりとなり得るように思われる。

ここで注意したいのは、文学の「作り手」をどう考えるかという問題である。文字による虚構の世界におけるコラージュを統括し、収斂させる主体はいったい誰か、と言い換えてもよい。その主体は、そこにその

〈ことば〉を置いた作者であるのか。あるいは〈ことば〉同士の関係性を比定する読者であるのか。文学理論における衝撃的な「作者の死」の宣言以降、[2]こうした「作り手」や文学の生成の問題を扱うにあたっては、ひとつの折衷案として「テクストの意図」や「作品の意図」といった、作者でも読者でもない第三項的な概念による説明がしばしば試みられている。しかし近年、そうした概念については「それほど怪しくも挑発的でもない用語を使って、解釈の歯止めとして内密に作者の意図を再導入すること」[3]であるとの批判がなされたところでもあり、なお再考の余地がある。また、我々がテクストを通して知りうるのは「内在する作者」[4]にとどまるという限界性に留意して、[5]『源氏物語』の周辺では、作者＝「招かれた客」[6]としてのパラテクスト・オーヴァーテクストといったテクスト論的な観点から、新たな〈紫式部〉論を開拓する試みも行われている。[7]しかし翻ってみると、「作者＝神」の死という表現が比喩であったこと、そこから自動的に誕生する全能性を持つ「読者」なるものもまた抽象的な概念に過ぎなかったことは重要ではないだろうか。[8]両者はともに、あくまでもテクストの有機的な構造を解明するにあたっての、主観性を徹底的に廃した「科学的」な分析、といったものを目指すための仮説であったように思われる。[9]今後は、この仮説がもたらした議論の発展性を認めた上で、それらの議論を実際の読書行為に重ねた際にどれほどの有効性があるか、という地点にあえて落とし込む必要があるのではないか。[10]またバルトが「神」という〈ことば〉を用いて否定したのが「全知全能で完全無欠に作品を作り上げるような存在としての作者」[11]であったという点も、思考のひとつの分岐点として改めて注目したい。同じく比喩を梃子として考えるならば、仮に、作者をそうした一神教的な絶対神にたとえるのではなく、多神教的な八百万の神々（全知でもなく全能でもない、それぞれに得意分野がある一方で時に失敗することもある人間的な神々）にたとえるとしたら、文学の生成に関する議論はどう展開するだろうか。またあたかも「ルビンの壺」のごとく作者の反照として形成される読者の性格は、この寄り合い的な群像に対してどのように捉え返されるだろうか。[12]

しかし我々は結局、「科学的」な手段によっては、過去から未来へと続く動的な「現実」の姿を真に捉えることはできないようである。たとえば、物理学・化学・生物学等の自然科学に対する社会学・心理学・経済学・言語学等の人間科学の特性は、対象となる事実に伴う「複雑な状況」「個別の事情」「価値判断」を「可能な限り取り去ること——ただし同時に、人間的事象としての独自性をそれらの事実に保持しつつ取り去ること」であるとされる。[13] すなわち人間的事象に関する各種の探究は、いくら「科学的」な手段を目指そうとしても「振動するヴァリアント」を排除しきれない、と言うよりは、それを排除してしまうと「個人への適用」が不可能になるというのである。[14] ただし逆の見方をすれば、個としての我々一人一人が、「世界」の中で遠く隔たった他者と、互いのコラージュを参照しつつ共有可能な「現実」の姿を紡ぎ出そうとする試みには、きわめて現在的な意義があると考えられる。[15]

こうしたことを踏まえて、再び文学の生成に関する問題について考えてみると、我々が行うさまざまな抽象化の試みとは別の次元において、生身の作者と創作の過程、紙に書かれた実体としてのテクスト、読者が文字を目で追う（あるいは耳で聴く）運動というものは、文学の「現実」と関わり合ってたしかにある。ごく常識的に言って、「見る角度が違うと山の形が違って見えるからといって、もともと、山は客観的に形のないものであるとか、無限の形があるとかいうことにはならない」[16] のである。それでは差し当たって、「作者の意図についてこられない読者」や「読者の受容についてゆけない作者」、また「作者や読者の意向を無効化する現存テクストの形式」といった文学研究上の諸問題をどうすればよいか。特に表現研究という分野において、人間の振る舞いにおける「自由および予見不可能性[17]」を本質的に抱え込みつつ、推論の蓋然性を高めるにはどのような方法があり得るだろうか。

こうした問題の打開策として本書で特に留意するのは、引用における「ゆらぎ」の領域の存在を認め、その創造性について考えることである[18]。引用表現には本来的に、引用元が一つにしぼれない、あるいは照準が不明確であるといった、いわばピンぼけの「ゆれ幅」とも言うべき不安定な要素が存在する[19]。ただし表現研究の場においては、そうした不安定さを可能な限りそぎ落とし、引用された文脈における固有の意味を定位する引用論が一般的であり、本書に収めた諸論考も基本的にはそのようなアプローチとしてある。しかし一方で、解釈の「ゆれ幅」の問題は現在の我々のみならず、『源氏物語』が書かれ始めた千年前の人々にも無関係なものではなかったはずである。当時の「作り手」が、「読み手」との間の了解不能性、すなわち解釈の「ゆらぎ」の不可避性を逆手にとりながら愉楽的な物語世界を構築した痕跡はそここにある[20]。さらに近年、引用の「ゆれ幅」の存在を積極的に認め、これと人々の記憶のあいまいさ、もしくは輻輳性との相乗効果じたいを、新たな創造の契機として焦点化する視座が徐々に開拓されつつある[21]。引用された〈ことば〉は、原典とのゆるやかな連続性を保ちつつ、人々の錯綜した〈ことば〉の記憶の隙間に入り込む。そしてそれらの記憶とともに、彼らの内側からそっとゆさぶりをかけ、認識のかたちを変容させる[22]。これは「作り手」がひとまず設定した虚構世界への「読み手」の主体的な参入を促すという点において、すぐれて効果的な文学創造の方法であると言えるだろう。すなわち、〈ことば〉の記憶がついに飽和限度に達したとき、「読み手」のより個人的な内的経験に即して語り直された新たな文学が要請され、誕生するように思われるのである。『源氏物語』の引用表現はしばしば「ゆらぎ」の領域を保持することで、「読み手」を次の「作り手」へとシフトさせる刺激的なコラージュを形成し得ているように思われる。

本書では以上のような問題意識に基づき、『源氏物語』の内外において、この物語の「作り手」が多彩な先行テクストの持ち味をゆるやかに生かしつつ、自らの作中世界へいかに華麗に引き込んでみせたか、そしてそのことが当時の「読み手」にいかなるインパクトを与えたか、さらには次代のいかなる文学を創造せしめたか、などといった事柄の因果の解明を試みたい。題名を「引用とゆらぎ」とした所以である。

三　本書の構成

本書の構成は以下の通りである。

まず「**第一部　「作り手」の営為と表現の磁場—女君の〈官能性〉と〈老い〉の形象—**」では、『源氏物語』内部の引用の問題について考える。引用された〈ことば〉の持つ「ゆらぎ」の要素とその物語的効果に関して、和歌およびうたことば表現による人物造型の方法を例に確認する。その中で、引用元となったそれぞれのテクストが、『源氏物語』成立当時の人々の「言語コミュニティ」[23]において持っていたはずの印象や特質を可能な限り遡及的に定位しつつ、「作り手」による物語世界の構築方法の一端を明らかにしてゆく。具体的には、女君の〈官能性〉および〈老い〉の可能性をほのめかす引用表現を取り上げて論じる。各論考において〈官能性〉と〈老い〉の問題は、いわゆる「エロス」（生の本能に向かう力）をめぐって逆説的に重なり合い、連繋している。そこから、それぞれの場面に共通する「作り手」の志向性のようなものが導き出されることになる。

第一章から第四章で扱うのは、紫君・女三宮・玉鬘など「娘ざまの妻」とされる女君達と〈官能性〉との取り合わせ、および玉鬘と朧月夜における〈官能性〉を演出する表現の反復の問題である。続いて第五章から第七章では、悲劇的な側面が強調されることの多い浮舟と喜劇性との取り合わせについて、朝顔斎院との関連などにも注目しつつ、〈老い〉の形象という側面から考察する。

作中人物の造型において引用表現が担う役割は、「ごっこ遊び」の道具に近いものがある。ある作中人物に先行テクストの持つ文脈がかぶせられることによって、その人物は物語の中で役割を得て、表情を獲得し、いきいきと動き出すことになる。その仮面や衣装はしばしば取り替えられ、また複雑に重ねられ、物語におけるその人物の輪郭に立体的なかたちを与えることとなる。本書はこのことをテクスト自身による自律的な展開として扱うのではなく、あくまでも「作り手」側の事情に基づいた文章の操作、すなわち創作の方法として捉える立場をとる。引用された先行テクストの〈ことば〉が「作り手」によっていかに分解され、いわば脱臼させられているか、その意味の「ゆらぎ」の中で、「読み手」が新たな意味を見出す余地がいかに生成しているか、といった事柄の解明が第一部の主たる眼目である。

続いて**「第二部　『源氏物語』交流圏としての彰子後宮―「作り手」圏内の記憶と連帯―」**では、『源氏物語』の外部において、彰子後宮と深いかかわりを持つ人々の和歌に、この物語の〈ことば〉が「ゆらぎ」ながら引用されている現象について考察する。ここでは特に紫式部のほか、注文・執筆・相談・宣伝・流布また書写といった、物語の制作にかかわる様々なレベルでの「作り手」側の人々の存在[24]を念頭に置きつつ、享受者でもあり同時に制作者側の領域にも属する彼らにとって、共有される『源氏物語』の記憶、および紫式部の〈名〉[25]が果たした役割を考える。

第一章ではまず、初期の『源氏物語』の享受者層について、紫式部の父為時や伯父為頼が属していたと思われる具平親王文化圏を視野に入れつつ考察を試みる。この章は第一部と同じく物語内の引用表現を扱ったものであるが、彰子後宮の女房集団における紫式部の〈名〉の存在意義にかかわる考察であるため、第二部に入れている。第二章から第四章では、彰子および一条天皇、さらに彰子方女房達の和歌による『源氏物語』摂取を扱う。『源氏物語』をはじめ『和泉式部日記』や『栄花物語』などのテクストが相互に関連する様相を見る限り、彰子方女房達は互いの作品の成立および流布、伝播に際して、かなり積極的にかかわり合っていたと思しい。先行研究では、彼女らの和歌における『源氏物語』摂取については、単に個人的な物語愛好の性質を示したとされることが多い。しかしこの物語のいわば「作り手」側の人々自身の内容理解や物語の果たした機能などについては、むしろ集団の関係性をつなぐ紐帯としての側面を重視すべきだと考えられる。こうした意識に基づき、紫式部の周辺でかかわりを持った人々の和歌における、『源氏物語』の〈ことば〉の摂取状況について再検討する。最後に第五章では、「作り手」側には属していない人々の和歌による『源氏物語』摂取について、大斎院方の人々を例に考察する。物語からの物理的および心理的な距離と享受のあり方において、彰子方の人々とそれ以外の人々の間には明らかな差異があることを検証することとなろう。

先に述べたように、『源氏物語』の統括主体を複数として捉え、この時代の文学作品の特徴である「作り手」と「読み手」の層の実質的な重なりという点に留意しつつ、彼らの交渉のあわいに生成する新たな「紫式部」論をも目指したのが第二部の眼目である。

注

（1）宮本省三「セザンヌとお茶を　中間世界の理論」（『現代思想』四五―五、二〇一七・三）の紹介に拠る。な

お原著は *Iacono A : Gli universi di significato e mondi intermedi, ETS, Pisa, 2005* および *Perfetti C. Mori L. : Intervista a Carlo Perfetti su riabilitazione neurocognitiva e mondi intermedi.*（カルロ・ペルフェッティ、ルーカ・モーリ（インタビュー）「中間世界」小池美納訳、『認知神経リハビリテーション』一五、二〇一六・三）参照。ペルフェッティの身体思想と哲学とのかかわりについては宮本省三『リハビリテーション身体論　認知運動療法の臨床×哲学』（青土社、二〇一〇）に詳しい。

（2）ロラン・バルト『物語の構造分析』（花輪光訳、みすず書房、一九七九　原著は一九六八）

（3）アントワーヌ・コンパニョン『文学をめぐる理論と常識』（中地義和・吉川一義訳、岩波書店、二〇〇七　原著は一九九八）

（4）ウエイン・C・ブース『フィクションの修辞学』（米本弘一・服部典之・渡辺克昭訳、書肆風の薔薇、一九九一　原著は一九六一）

（5）この限界性は、『源氏物語』研究においては、たとえば中川照将『『源氏物語』という幻想』（勉誠出版、二〇一四）が示した、現存の『源氏物語』五四巻から浮かび上がる「「紫式部」という幻想」を信ずることへの批判によって納得される。こうした問題意識に基づいた、たとえば加藤昌嘉『揺れ動く『源氏物語』』（勉誠出版、二〇一一）および同『『源氏物語』前後左右』（勉誠出版、二〇一四）による、一千年にわたり続けられてきた「あまたの『源氏物語』たちの力動」（『揺れ動く『源氏物語』』）を観測するという研究には、この物語の具体的な生成・享受の問題を考える上でたしかな発展性が認められる。その一方で、『源氏物語』という概念が常に紫式部の〈名〉とセットであったことの意義を、当時の社会的・政治的状況と関連づけつつ探る余地はなお残されていると思われる。こうした問題については、本書では主として第二部において取り組むこととなろう。

（6）ロラン・バルト前掲（注2）書

（7）安藤徹『源氏物語と物語社会』（森話社、二〇〇六）、高橋亨『源氏物語の詩学　かな物語の生成と心的遠近法』（名古屋大学出版会、二〇〇七）、高橋亨編『〈紫式部〉と王朝文芸の表現史』（森話社、二〇一二）など。なおスミエ・ジョーンズの提唱する「オーヴァーテクスト」の概念は本書の「ゆらぎ」という問題意識とも重なる部分があるが、あくまでも「読者としての自分の位置を認識する」（「江戸文学のオーヴァーテクスト―戯作新論に向けて」『江戸文学』二〇、一九九九・六）という地点を目指す点において方向性を異にする。

（8）作者像の把握をめぐっては、他にたとえば「バフチンが偏在する神の愛を見ていたその場所に、彼ら（引用者注・一九八〇年代から九〇年代頃の『源氏物語』研究者達）はいわば不在、空虚を見出していたのである」（中村唯史「『源氏物語』における作者と作中人物―源氏研究へのバフチンの方法の導入をめぐって―」助川幸逸郎・立石和弘・土方洋一・松岡智之編『新時代への源氏学9　架橋する〈文学〉理論』竹林舎、二〇一六）との指摘、また土方洋一「〈テクスト論〉と〈読み〉の問題―『河海抄』のことなど―」（『日本文学』六七―一、二〇一八・一）における問題提起などが注目され、今後さらなる議論の余地が残されている。

（9）高橋亨前掲（注7）『源氏物語の詩学』「序章」においても、「西洋近代の〈科学〉」としてのバルトの方法の限界性が指摘されている。

（10）平安時代の書かれた「物語」における素朴な意味での「作者研究」の不可欠性については、陣野英則「〈語り〉論からの離脱」（『テーマで読む源氏物語論　第3巻　歴史・文化との交差／語り手・書き手・作者』勉誠出版、二〇〇八）に大きな教示を受けた。

（11）橋本陽介『ナラトロジー入門　プロップからジュネットまでの物語論』（水声社、二〇一四）。なお「あるエクリチュールを構成するあらゆる引用が、一つも失われることなく記入される空間」（ロラン・バルト前掲（注2）書）というのは、理想が実現されるための抽象的な「場」であろう。

（12）ジョナサン・カラー『文学と文学理論』（折島正司訳、岩波書店、二〇一一　原著は二〇〇七）にも「ユダヤ・キリスト教的な全知の捉えかたと手を切るためだけにでも、物語論はギリシャの神々を尋ねるべきなのかもしれない」との言及がある。ただしカラーは「全知」という概念自体を「物語の奇妙な細部や振る舞い」に適合しないものとして批判するため、今後は「神」の比喩を使用すべきでないとする。

（13）ジル・ガストン・グランジェ『科学の本質と多様性』（松田克進・三宅岳史・中村大介訳、白水社文庫クセジュ、二〇一七　原著は一九九三）（傍点原文ママ）

(14) グランジェ前掲（注13）書
(15) たとえばバフチンの提唱した「対話の思想」の影響により、精神医学の領域では近年「オープンダイアローグ」という新たな考え方が生み出され、さまざまな臨床の場で目覚ましい成果を挙げているという（暉峻淑子『対話する社会へ』岩波新書、二〇一七）。またここで、コンパニョン前掲（注3）書「結論」における「文学の理論は、あらゆる認識論と同じで、相対主義を教えるところであって、多元論を教えるところではない」との一節も想起される。
(16) E・H・カー『歴史とは何か』（清水幾太郎訳、岩波新書、一九六二　原著は一九六一）
(17) グランジェ前掲（注13）書
(18) 脱稿後に、安藤宏・高田祐彦・渡部泰明『読解講義　日本文学の表現機構』（岩波書店、二〇一四）を拝読した。「I　ゆらぎ」の項（高田祐彦）において、日本古典文学における多義性・引用・語りの自在性のそれぞれが、「ゆらぎ」の視角から「作者と読者の動的な場」として捉え返され、本書では探り切れなかった諸問題についても丁寧な導きがなされている。これからの古典文学研究の可能性を拓く重要な提言として、あわせ参照されたい。
(19) バフチンが〈ことば〉の「対象志向性」を「光の屈折」として捉え、「対象をとりまく言葉の社会的情況が言葉の形象（イメージ）の境界面に光の戯れをおこさせるのだ」（『小説の言葉』伊東一郎訳、平凡社ライブラリー、一九九六　原著は一九七五）としたのも、これと同様の事態の説明であったと思われる。
(20) 池田和臣「源氏物語の文体形成―仮名消息と仮名文の表記―」（『国語と国文学』七九―一二、二〇〇二・一二）は、『源氏物語』独特の「融通無碍な文体」が「不明瞭さを逆手にとっ」た「洒落た表現方法」・「一種の言語遊戯」として意識的に方法化されたものであったと指摘する。また物語世界内部においても、たとえば野分巻の夕霧と刈萱の挿話（二八三頁）など、ある作中人物の引用した〈ことば〉の意図が他者に十分理解されない事態のおかしみを描いた箇所が見出される。
(21) 土方洋一「『源氏物語』と歌ことばの記憶」（『国語と国文学』八五―三、二〇〇八・三）や土方洋一・渡部泰明・小嶋菜温子「《座談会》『源氏物語』と和歌―「画賛的和歌」からの展開」（小嶋菜温子・渡部泰明編『源氏物語と和歌』青簡舎、二〇〇八）、また陣野英則『源氏物語論　女房・書かれた言葉・引用』（勉誠出版、二〇一六）の「Ⅲ「引用」と言葉のネットワーク」に収められた諸論考（初出は二〇〇八～二〇一二）など参照。

(22) たとえば平野啓一郎『マチネの終わりに』（毎日新聞出版、二〇一六）における「マルタとマリア」に関する箇所などが参考になろうか。作中で、聖書の「マルタとマリア」の寓話の一節を正確に記憶し、高次の「信仰の問題」の喩として理解していた洋子は、これをあいまいな記憶に基づいて「ナイーヴ」に解釈する早苗の主張を受けて動揺する。このとき洋子の動揺を促したのは早苗の強い態度ではなく、早苗によって喚起された神学者エックハルトの〈ことば〉に関する洋子自身の記憶であった。このように、もしも関連する〈ことば〉の記憶が豊富であった場合、ある〈ことば〉の引用を契機としてそれらが一斉に共振を始めることは避けられず、やがてかつての認識のかたちは崩れて変容することとなる。

(23) 金水敏「言語コミュニティと文体・スピーチスタイル」（伊井春樹監修・加藤昌嘉責任編集『講座源氏物語研究　第八巻　源氏物語のことばと表現』おうふう、二〇〇七）

(24) クラウディア・ブリンカー・フォン・デア・ハイデ『写本の文化誌　ヨーロッパ中世の文学とメディア』（一條麻美子訳、白水社、二〇一七　原著は二〇〇七）は、中世ヨーロッパにおける物質としての「本」の製作を、注文主（パトロン）を筆頭とした「作者、書記、編集担当者、挿絵画家、装飾画家、註釈者、編纂者」らの共同作業と見る。その上で「パトロンの好意、文学の好み、財力がいつ、どの作品を書き、集め、書写するのかを決定する」「ベストセラーが、本に書かれている内容より、本を世に出すマネージメントの力によって生み出されるというのは、いつの時代も変わらぬ真実なのである」と述べる。一千年前の「本」としての『源氏物語』の製作や流通の過程、また作者の署名の問題について考える上で参考になる。また稲賀敬二『源氏物語の研究　物語流通機構論』（笠間書院、一九九三）に示された「物語流通機構」という用語によって、その「作者」の「作品」製作から、これを受け取る「読者」の「作品」享受までを含む全過程」を表すとともに、「《集合》《追補》《改変》《構成》《編集》《享受》などの諸現象」を「体系化」して捉えるという発想にも多大な示唆を受けた。

（25）安藤徹前掲（注7）書によって示された、「〈紫式部〉という〈名〉」の機能という視点は非常に重要であり、テクスト論的なアプローチによる作家・作者論という立場を超えて普遍的な意義を持つと考える。また高橋亨前掲（注7）『源氏物語の詩学』「結章」にも「〈紫式部〉的なるもの」と「歴史社会的」な位置づけとの関連性への着目があり、本書における問題意識と重なる点が多い。

第一部　「作り手」の営為と表現の磁場

——女君の〈官能性〉と〈老い〉の形象——

『源氏物語』研究におけるいわゆる「人物論」の問題点については、今井源衛氏による早いまとめがある。(1)

……一人の人物に関する本文の叙述を丹念に洗い立てていき、広義においてその本文を解釈し、また時にその作品全体の構想主題との関係を論じてみたところで、その間には、人物論としてはとうてい触れ得ないような複雑な問題が幾多介在することもたしかである。人物は現代の小説のばあいのような完全な意味では作品の主題を荷い得ないことが多く、……。

これと同様の問題意識は、清水好子氏や野村精一氏によっても示されている。(2) 特に野村氏はその後、「作中人物論」が「素人論的」である所以は「タームへの拒絶志向即コンセプト依存の体質」にあり、それが「そっくりそのまま現在の「源氏研究」に引き継がれて、商品化されている」と批判的に述べた。(3)

たしかに「人物論」という用語自体は漠然としており、各論者の目指すところが示されにくいといった問題はあるが、その点があらかじめ明確であれば、ある程度有益な論となり得るように思われる。今井氏の考える「人物論」の核心は「作者の個性的創造力の具体化として人物像を追究する」という一点にあり、「作者の創作方法の解明」を志すことが重要であると説いていた。(4) 秋山虔氏はこの今井氏の発言を踏まえて、「単なる「人物論」という名称を放棄して「何のための、どういう意義を持つ人物論であるのかに意識的であらねばならない」と述べた。(5) 野村氏もまた作中人物について論じること自体の有益性は否定しておらず、たとえば「光」という表現が「光君」という人物を修飾していくことを「表現の「思想」」として位置づけるような研究方法はあってよいとする。(6) 野村氏の示した方法もまた、自身の述べる通り、「「源氏物語」の「大」主題」を探るという点において、森一郎氏の一貫して示す「主題、構想から観た人物造型という観点と、人物造型自体が必然化する主題、構想の進展という観点」(7) と同様に、依然として「ターム」の一定しない「コンセプト依存」(8) 的な研究方法であることを免れない。とはいえ野村氏の導入した「表現の「思想」」という捉え方には新しさがある。たとえばある作中人物にまつわる特定の表現の繰り返しは、萩原広道の言う「語脈」（「語のかかりゆくすぢ」）の問題ともかかわりを持ち得る。この観点は作中人物の形づくられる様相を、いわゆるテクストの「構造」のみに照明を当てて論じるのではなく、創作主体の作為という面に引きつけて論じる余地を生み出すものではないかと考えられる。

そこで第一部では、野村氏の「表現の「思想」」という捉え方を念頭に置きつつ、人物造型に関する検討を通して、ふたたび今井氏の示した「作者の創作方法の解明」という問題について考える。その結果は、『源氏物語』に用いられる〈ことば〉の背後にある「作り手」の志向性をつかむという点に着地することになるだろう。ただしこの「作り手」という語もやはり「ターム」としての明確な意味を持ち得てはいない。ひとまず本書においては近年の〈紫式部論の動向〉[9]をもふまえて、紫式部という個人のほかに、同時代における注文・執筆・相談・宣伝・流布また書写などといった、制作にかかわる様々なレベルでの「作り手」側の人々の存在を念頭に置きつつ便宜的に用いることとする。作中人物の輪郭を形づくる『源氏物語』の〈ことば〉、特に和歌や歌謡などの韻文に由来するうたことばが、この物語の成立時にはいかなる印象を持って人々に受けとめられていたのか、またいかなる印象を与えることを期待して配置されたのか、ということの検討を通して、現実世界と虚構世界とを〈ことば〉によって連結させる「作り手」の営為をより具体的に探る。

なお第一章から第四章で扱う女君の造型については、主として〈官能性〉という語によって説明することとなる。「官能」とは「①動物の感覚器官の働き、または諸器官の働き。肺臓の呼吸作用、耳の聴力の類。」「②感覚を起こさせる感覚器の働き。理性の働きのまじらない心の作用。感能。」「③肉体的満足、特に性欲を享受、充足する働き。」「④機能。」を指すものとされる。[10]本書ではこのうち主として③を重視し、これが作中の女君の造型に具現化される様相を表現的な面から確認する。具体的には紫君・女三宮・玉鬘など、それぞれに固有の意味合いをもって源氏の〈娘〉としての側面を持つ女君達の周辺に配される〈ことば〉、および玉鬘と朧月夜という、源氏とは対立する〈藤原氏の女〉の魅力を形づくる〈ことば〉の内包する〈官能性〉について検討するものである。

また第五章から第七章では、女君の〈老い〉を表す〈ことば〉について確認する。ただし問題とするのは実際の老人ではなく、浮舟や朝顔斎院といったいまだ老いてはいない女君達である。『源氏物語』における〈老い〉の問題については、永井和子氏に一連の研究があり、物語を展開させる契機となる老人の「語り」の持つ力などについて詳細に論じられている。(11)これらの章では永井氏の研究とは異なる方向から、浮舟や朝顔斎院といった、いまだ老いてはいない女君の周辺にあえて配された、〈老い〉の可能性をほのめかす〈ことば〉の働きに注目する。その中では『紫式部集』に見える紫式部の和歌との表現的な重なりも確認し、両者に共通する志向性のようなものについても考察を試みる。浮舟や朝顔斎院といった女君を取り巻く老人達は、〈老い〉の悲哀を体現しているようでありつつ、逆に生を謳歌する態度をもって描かれている場合が多い。こうした性および生に向かうポジティブな方向性は、まさしく「エロス」(死の欲動に対する生の欲動)(12)の概念と近いものであると言える。そこで先行テクストにも認められる重層的な意味内容の中から、こうした「エロス」的な側面を見出し作中人物の造型を立体的なものとしている「作り手」の営為について、女君と〈老い〉という観点から具体的に考察する。

第一部で扱う女君の〈官能性〉および〈老い〉の問題は、「エロス」という概念によってつないだ場合、逆説的に重なり合うことになる。男性に対する女性の〈官能性〉は、必ずしも成熟した肉体を持つ女君ばかりにではなく、いまだ少女の面影を残す幼い女君に対しても重ねられるものである。さらに〈老い〉の要素もまた、いまだ老いてはいない妙齢の女君に対して重ねられる場合がある。こうした、「読み手」がある種の乖離や矛盾を愉しむような作中人物の造型を可能にするのが、〈ことば〉の持つ虚構の力であると言えるだろう。そしてそれは「作り手」のねらいに基づく文章の操作である。第一部ではこうした問題について考えていくこととする。

注

（1）今井源衛「戦後における源氏物語研究の動向」（『源氏物語の研究』未来社、一九六二　初出は一九五四）

（2）清水好子「物語作中人物論の動向について」（『国語通信』七八、一九六五・八）、野村精一「「源氏物語」研究史の戦後（一）―作中人物論をめぐって」（『実践国文学』四九、一九九六・三）

（3）野村精一「「源氏物語」研究史の戦後（二）―コンセプトとタームをめぐって」（『実践国文学』五三、一九九八・三）。野村氏は「人物論」に用いられるコンセプトであってタームではない語について、たとえば今井氏の用いた「負け犬」（今井源衛前掲（注1）書「女三の宮の降嫁」・「兵部卿宮のこと」）をその典型として挙げる。

（4）今井源衛前掲（注1）論文

（5）秋山虔「源氏物語作中人物論の定位　方法論として」（『国文学解釈と教材の研究』三六―五、一九九一・五）

（6）野村精一「人物論と物語の主題―「源氏物語」研究史の戦後・別考―」（増田繁夫・鈴木日出男・伊井春樹編『源氏物語研究集成五』風間書房、二〇〇〇）

（7）森一郎「源氏物語作中人物論の主題論的定位―人物像の変貌をめぐって―」（『源氏物語の表現と人物造型』和泉書院、二〇〇〇　初出は一九九二）

（8）野村精一前掲（注3）論文

（9）安藤徹『源氏物語と物語社会』（森話社、二〇〇六）、高橋亨『源氏物語の詩学　かな物語の生成と心的遠近法』（名古屋大学出版会、二〇〇七）、高橋亨編『〈紫式部〉と王朝文芸の表現史』（森話社、二〇一二）など参照。

（10）小学館国語辞典編集部編『日本国語大辞典　第二版』（小学館、二〇〇一）

（11）永井和子『源氏物語と老い』（笠間書院、一九九五）

(12)「エロス」の概念については小此木啓吾編集代表『精神分析事典』(岩崎学術出版社、二〇〇二)および永井均・中島義道・小林康夫・河本英夫・大澤真幸・山本ひろ子・中島隆博編『事典哲学の木』(講談社、二〇〇二)を参照した。「エロス」を「死の欲動に対する生の欲動」とする二元論的な解釈は近代のフロイトによるものである。なお「エロス」という語を用いた先行研究に小嶋菜温子『源氏物語』の〈闇〉とエロス—スサノオ・かぐや姫から夕顔・玉鬘へ—」(『源氏物語批評』有精堂出版、一九九五　初出は一九九五)などがあり、「〈闇〉の奥底から放散される、生命力。身体・エロスを媒介とする、呪的な力。」「抑圧された身体、抑圧される〈性〉—エロスの隠微。」といった文言には「生」のみならず「死」への視点も看取される。また安田真一「エロスとタナトス」(関根賢司編『源氏物語宇治十帖の企て』おうふう、二〇〇五)にも「〈性〉的なるもの＝エロスは、〈死〉の欲動たるタナトスとの連関の中で見出されるものである」との言及がある。本書では「エロス」の持つ「タナトス」の反照としてのあり方にまでは十分に踏み込むことができないが、今後の課題としたい。

第一章　紫君および女三宮と〈誘う女〉の仮面
――蓄積された古歌と機知的応酬――

一　平安中期の古歌復興状況

十一世紀初頭、特に『拾遺集』成立の前後における古歌復興の状況については注目すべき点が多い。たとえば『枕草子』には古歌の知識をいわば「勉強中」であったともいうべき当時の状況が記録されており、豊富な古歌を共通言語として日常会話の中に滑り込ませる機知的な応酬は、まさにこの頃からいよいよ盛んになったと考えられよう。

さて、十世紀末頃の成立とされる『古今六帖』はそれまでに流布していた古歌を集め、歌題別に分類したものであるが、このいわば和歌の手引書は重宝されて『うつほ物語』や『枕草子』の歳時意識、また屏風の画材などさまざまな方面に影響を与えたとされる。(1) ここには『万葉集』の和歌(『万葉集』から派生したことが明らかな類歌)(2) が千首以上にわたり収載されているが、この『古今六帖』あるいは当時あったとされる『万葉集』の抄出本、また『拾遺集』や万葉歌人の名を付した私家集などによって、人々は万葉歌を漢字で書かれた難解な書物に拠らずとも、いわば既に平仮名に「意訳」(3)された形で手軽に享受できるようになっていった。(4)たとえば『和泉式部続集』の「人のもとより、万葉集しばしとあるを、なし、かきのもととめず、とて」(483)という詞書は、献上品などの場合以外でも、女房階級の女性の周辺で『万葉集』と呼ばれる書物の貸借が行われていた早い例を示しているし、(5)やや時代が下るが『四条宮下野集』の詞書からは資業撰の抄出本（春秋二巻があったらしい）や脩子内親王筆の抄出本の存在が知られる。(6)こうした例から抄出本の登場が人々にとって大きな僥倖であったこと、さらに仮名書きになった場合でも『万葉集』という名称自体は一つの権威として存在し続け、その名称を冠した書物を所持するのは羨望の対象であったことなど、当時の万葉歌を取り巻く状況がうかがわれるのである。

しかしさまざまな経緯から字面・詠み口ともに若干変化し身近なものになっていったとはいえ、もとの万葉歌にあった古めかしい雰囲気はなお依然として残り、平安中期の人々に異質な印象を与えていたようである。この異質さの一因は万葉的な語彙にあると考えられる。たとえば公任は、歌論書『新撰髄脳』の中で「凡そこはくいやしく、あまりをひらかなることばなどを、よくはからひしりて、すぐれたることあるにあらずは詠むべからず」(7)として、万葉語を優美さの足りない情趣に欠けたものとする価値観を示していた。しかしそのような固定化された美意識があったからこそ、万葉語そのものが一層新奇で自由なものとして意識されることとなったと言えよう。たとえばこうした耳慣れない語彙を曾禰好忠をはじめ先に挙げた和泉式部といったむしろ前衛的な歌人達が極めて意識的に用いていたことについては、既に先学の指摘がある通りである。(8)

そして『源氏物語』の「作り手」もまた、こうした万葉語を物語内にしばしば利用している。『源氏物語』の万葉歌引用の(9)総数はおよそ六十箇所程度となり（一場面に複数の引歌がある場合はそれぞれ一箇所と数えた）、引用された万葉歌は四十首であるが（歌語レベルでの引用で必ずしも一つの和歌に特定できない場合は除外した）、そのうち『古今六帖』にも見えるものは二十六首、三代集にも見えるものは十九首（うち『拾遺集』だけで十一首と目立って多い）、いずれにも見えないもの（類歌を含め『万葉集』にしかないもの）は五首であった。以上は暫定的な数字ではあるが、『源氏物語』への万葉歌の流入ルートの複雑さを物語っている。これらの場面を便宜上仮に分類してみると、引歌表現として特定の一節が引用される場合と、歌ことばのレベルで人物の詠歌や場面にさりげなく取り込まれる場合とに分かれるが、前者の場合について鈴木日出男氏は口承によって伝えられてきた古歌の総体という概念に注目し、「はたして源語には万葉集に対する少なくとも表だった意識は語られない」と結論づけた。[10] 実は書承的な面から考えた場合、『源氏物語』に見られる万葉歌のフレーズは『万葉集』の漢字本文や本来の訓よりも、むしろ『古今六帖』に見られる形と一致することが多い。ただしその引用の経緯はにわかに即断できるものではなく、『古今六帖』のみならず、桂本や元暦校本などに残された仙覚以前の平安時代の『万葉集』の古写本の訓との対応関係も視野に入れた考察が必要となろう。『源氏物語』を取り巻く万葉歌の流布状況については、今後なお慎重に検討していかねばならない問題である。

ともあれこうした流入ルートの問題から一旦離れて、場面の道具立てとしての先行歌の利用という手法に注目してみれば、ちょうど『源氏物語』の成立当時、世間的にも『万葉集』やその語彙への注目が高まりつつあったことなどからも、「作り手」が万葉的な素材の引用に関して対外的に全く無自覚であったとはやはり考えにくい。奥村恒哉氏の「スクリーンに意味があるとすれば、それが実体をうつすからであって、実体を切りはなしてスクリーンだけを考えては議論そのものが意味を失ってしまう」との指摘は重要である。[11] もしも引用元が口頭伝承、あるいは辞典的な『古今六帖』であった場合でも、選択された素材の持つ独自の象徴性や映像美は、物語の中にある程度の表現意図をもって挿入されたと考えるべきである。この点について、歌ことばのレベルで取り込まれる場合に関する論考の中では、小町谷照彦氏が「夕霧」の語が『万葉集』の中から「紫式部が再発見した歌語」であると位置づけたほか、[12] 久富木原玲氏が末摘花・藤壺・六条御息所などの例から「万葉語や好忠の用いた表現が使用される場合には、独特の人物造型と密接に結びついており、きわめて意識的に用いられたものと思われる」と述べるなど、万葉的な語彙への紫式部の個人的な興味が特に重視されている。[13] こうした『源氏物語』における院政期以降の万葉歌流行の先取りとも言える現象については、さらに検討を加えるべき場面が多く残されていると思われる。本章では先行研究に導かれつつ、特定の万葉歌の一節が登場している場面について、当時の享受のされ方と関連づけながら改めて考察を加えることとする。

二　万葉的語彙の異質性

まず、『源氏物語』の万葉歌摂取の一例として、冷泉帝が万葉歌を引用しつつ、鬚黒によって退出させられた玉鬘の姿を思い恋心を募らせる場面を確認する。

【本文A】内裏にも、ほのかに御覧ぜし御容貌ありさまを心にかけたまひて、（冷泉帝）「赤裳垂れ引きいにし姿を」と、憎げなる古言なれど、御言ぐさになりてなむながめさせたまひける。　（真木柱巻三九三頁）

傍線部は『万葉集』に類歌が見える「たちておもひゐてもぞ思ふくれなゐのあかもたれひきいにしすがたを」（古今六帖・裳・3333）という古歌の引用である。[14]「憎げなる古言」というやや強い批判は、上句も含めこの古歌が持つある種あからさまな思慕の念に対するものと考えられる。[15]「赤裳」という素材はそもそも艶めかしい女性、特に若い女官達の姿を髣髴とさせる万葉語であるのに加えて、冷泉帝がこの女君に上代の女性像を重ねて見ていることの物語的表現ともなっている。[16] 万葉歌の中で「赤裳」をつけた女性は概ね戸外を立って移動する（この時点で既に平安の貴族女性とは一線を画す）非常に動的な存在であり、当該歌でも裳の裾を引きながら歩いて行く女性の姿態がうたわれている。上代の赤色には本来禁忌性・神聖性などがあったとされるが、[17] 歌語としての「赤裳」に関しては次第にそうした信仰性が薄れ、女性美の表現となっていったことが指摘されている。[18] 平安中期に享受された歌を見ると、斎宮関連歌に先立って伊勢行幸の際の詠（拾遺集・雑上・493・人麻呂）が、また稲作関連歌に先立って土地賞めの詠（拾遺集・雑秋・1123・人麻呂）が配されるなど、「赤裳」の清浄性に対する着目が認められないこともない。結局「赤裳」をつけた女性はその身体に触れられないが故に、恋歌においては一層欲望をかき立てる存在となったのだろう。【本文A】ではそうした象徴的・観念的な色彩が、若い帝の心の中で実際に波線部「ほのかに御覧ぜし」玉鬘の装束の色目と結びつき、この当世風な女君にあえて上代の女性像が重ねられている。そこでは玉鬘の個性を媒介として、古めかしいはずの「赤裳」の表現性がかえって新鮮で刺激的なものとして捉え返されていると言えるだろう。

　なおここで想起されるのは、同じく前時代的な詞章の世界を持ちながら、『源氏物語』成立期に流行したと見られる催馬楽の引用効果である。たとえば藤井貞和氏は、『源氏物語』時代の女性の行動範囲はいろいろ制約がすすんでいた、ということがあろう。サイバラの女たちは物語の女主人公たちの根底にある〝女〟を眠りからゆすぶり起こそうとする、と言おうか」とし、[19] さらに植木朝子氏は催馬楽の詞章の持つ物語性が、源典侍が「若く美しく、男を魅きつけてやまない女を演じる」ための「仮面」となり得ていると述べた。[20]『源氏物語』において、歌謡はしばしば当時の「みやび」とは異質な雰囲気を持つものとして独自の機能を果たすことがあるが、この点は『古今集』に始まる正統的な和歌の詠みぶりとは異なった印象を持つような万葉歌引用とも、その手法の面において、相通ずる所があるのではないだろうか。以上のことを手がかりに次節以降では特に掛け合い的な男女の引歌応酬の場面に注目し、「みやび」ならざるものを取り込んでゆく際の『源氏物語』の手法についてさらに検討していく。

三　「入りぬる磯の」紫君

男女の引歌応酬の場面は『源氏物語』の各所に存在するが、今回は特に万葉歌を用いたそれに注目するため、続いて次の場面を確認する。源氏が久しぶりに二条院の紫君を訪れた際、その成長に気づいて驚き、かつよろこぶという箇所である。

【本文B】……女君、ありつる花の露にぬれたる心地して添ひ臥したまへるさま、うつくしうらうたげなり。愛敬こぼるるやうにて、おはしながらもとくも渡りたまはぬ、なま恨めしかりければ、例ならず背きたまへるなるべし、端の方についゐて、（源氏）「こちや」とのたまへどおどろかず、（紫君）「①入りぬる磯の」と口ずさびて口おほひしたまへるさま、いみじうされてうつくし。（源氏）「あなにく。かかること口馴れたまひにけりな。②みるめにあくは正なきことぞよ」とて、人召して、御琴とり寄せて弾かせたてまつりたまふ。（紅葉賀巻三三一頁）

当該場面で紫君は物語中で初めて「女君」と呼称されている。しかし彼女は実はまだ十一歳という幼さであり、この思い切った呼び方の裏には、その背伸びした態度を面白がる語り手の眼差しがあるようにも感じられる。傍線部①②の二箇所に古歌の引用があり、まずは紫君が先に、傍線部①「入りぬる磯の」と歌いかけて源氏の訪れのないことを当てこすり、「口おほひ」の仕草をして見せる。「入りぬる磯の」というのは、

しほみてばいりぬるいそのくさなれやみらくすくなくこふらくのおほき
塩満者　入流磯之　草有哉　見良久少　恋良久乃太寸　（万葉集・1394・「寄藻」）

を引いたものである。この万葉歌は元々作者名の表記を持たないが、男性の詠とする注釈書もある。[21] ただし『歌経標

式』には第三句以下「くさならしみるひすくなくこふるよおほみ」（26）の形で残り、作者は「塩焼王」とされている。『新撰和歌』（280）、『古今六帖』（ざふのくさ・3582）にも見えるが、興味深いのは『拾遺抄』（318）ならびに『拾遺集』（恋五・967）では作者名に「坂上郎女」と付されていることである。[22] すなわち作者の性別が不詳であった当該歌は、『拾遺抄』『拾遺集』といった平安中期の享受の時点で改めて、恨み言を述べる女歌として据え直されたとも言える。[23] 紫君の態度は、まさに当時の当該歌の享受状況を反映したものと見てよいのではないだろうか。ちなみにこの歌は『源氏物語』以降の物語作品にもしばしば引用され、[24] 人気の高い一首であった。続いて、源氏が傍線部②「みるめにあくは」不都合なことだと言い返す。こちらは「いせのあまのあさなゆふなにかづくてふみるめに人をあくよしもがな」（古今集・恋四・683／古今六帖・みるめ・1869）からの引用と思われるが、『万葉集』にも下句を「あはびのかひのかたもひにして（鰒貝之　独念荷指天）」（2798）とする類歌が見える。古歌には古歌をと応酬した形だが、こちらはもとの歌の意味を反転させつつ、一応大人らしく紫君の態度をたしなめた台詞となっている。

ところで紫君の「口おほひ」に関して、諸注釈書では概ね少女の恥じらう仕草として解されているが、星山健氏によるとこの動作はさまざまな物語において、女の得体の知れなさや危険さを暗示するものとして用いられているという。[25] 従って当該場面の紫君の「口おほひ」も単に純粋に恥じらったものというよりは、大人の女性の男性に対する媚態を真似た少女のおませな態度の一つとして描き出されたものと考えてよいだろう。[26] そしてこの背伸びした少女の魅力は、続く「いみじうされてうつくし」という評言によってまとめられることとなる。[27]『源氏物語』中「され」に関する語の用例は全二十二例で、軒端荻や惟光の娘、五節の君など主として身分のさほど高くない若い女性について用いられているが、絵合巻の冷泉帝や少女巻の夕霧など、恋愛に関して早熟な子どもの様子を形容した例も散見される。[28] こうした中、特に次の女三宮と紫君とを比較した源氏の感想は注目される。

【本文C】姫宮は、げにまだいと小さく片なりにおはする中にも、いといはけなき気色して、ひたみちに若びたまへり。かの紫のゆかり尋ねとりたまへりしをり思し出づるに、かれはされて言ふかひありしを、これは、いといはけなくのみ見えたまへば、よかめり、憎げにおし立ちたることなどはあるまじかめりと思すものから、いとあまりもののはえなき御さまかなと見たてまつりたまふ。（若菜上巻六三頁）

紅葉賀巻から多くの時を隔てたこの回想場面においても、紫上の少女時代はやはり「され」という語によってその存在価値を認められているのである。『古語大辞典』では「さる【洒落る・戯る】」項（竹岡正夫氏筆）に、この語の対象の多くは若い女性であること、うつくし・をかし・今やう・今めく・よしばむ・よしめくなどの語が多く共に用いられることなどが述べられている。(29)そもそも紫上と「今めかし」の語の関わりは深く、少女期の「いみじう今めかしうをかしげなり」（紅葉賀巻三二〇頁）から始まって以後も度々用いられているが、こうした性質はこの人物が初めて「女君」と呼称され、源氏との男女関係が意識されるその最初の段階で「され」た様子の描写がなされたところと連動していると見てよいのではないだろうか。(30)すなわち【本文B】傍線部①の万葉歌引用の意図は、上記のような「今めかし」く「され」たる紫君の造型、およびここから照らし返される（紫君が真似たとおぼしい）若い周辺女房らの「され」たる雰囲気と関連させて考えなければならないと思われる。たとえば末摘花の場合、万葉歌の引用は女君自身の「古めかし」き性質や時代錯誤性を強調する具であったとされるが、(31)この紫君の場合においてはそれと異なり、掛け合いの場で古歌の知識を競い合うという、当時の「今めかし」き女房らの古歌享受の雰囲気自体が如実に表れていると思われるのである。(32)ちなみにこうした「今めかし」き雰囲気のパロディと思われるのが、この少し後に登場する、源典侍と源氏による掛け合いの場面（紅葉賀巻三三七〜三三八頁）である。源典侍は『源氏物語』中、壮年でありながら「うちされ」の語をもって形容される唯一の人物であるが、そこでは『万葉集』『古今集』『古今六帖』『拾遺集』などから過剰なまでに古歌が引用され、丁々発止の掛け合いの中に、さだ過ぎた源典侍の色めかしさと洒落っぽさが表現されているのである。

さて鈴木日出男氏は【本文B】について「古歌享受を媒としてたがいに共通の言葉の土俵に立ちながら、諺ふうの常識的な客観性を拠りどころとして、たがいに自己を主張している」とし、「万葉以来の伝承古歌は、心の表現の誰しもに共通の、多分に客観的な基層となっていたとみられる」と述べたが、(33)ここにさらに付け加えるならば、結局「見らく少なく恋ふらくの多き」と情熱的に訴えかける当該歌は『拾遺集』前後における古歌復興の状況の中で改めてすねる女歌として位置づけられ、人気を博したものと考えられる。そもそも古歌というものは無意識に口をついて出てくる場合の他に、むしろ対外的な計算に基づいてわざと口ずさまれる場合もあっただろう。そうした古歌が応酬場面、特に男女のやりとりの中に持ち出されたとき、どの歌のどのフレーズをどのような調子で引用するかということが非常に重要な問題となる。このように考えてくると、当時の人々の日常的な語彙や習慣にそぐわないような『万葉集』由来の古歌(34)があえて持ち出される場合には、若干の前時代的なわざとらしさを強調しつつ、その異色性を借りることによって自らの心の斬新な表現として強い力を期待されていたと推察されるのである。

四　「月待ちて」女三宮

続いて女三宮と源氏の間に交わされる万葉歌の応酬場面を見る。前節で確認した【本文B】は冷泉帝を「なでしこ」に喩えた藤壺との哀切な贈答歌の場面に続いており、紫君が源氏の膝に寄りかかって眠ってしまう箇所（若紫巻三三三頁）との対応を見ても、この女君の藤壺のゆかりとしての側面と、源氏の愛児としての側面とが同等の重みをもって描出された場面であった。女三宮もまた藤壺のゆかりとして登場し、さらにその結婚後の造型については特に少女期の紫君との連続性が注目され、「幼さ」や「娘ざまの妻」「親ざまの夫」などの共通点がこれまでに指摘されている。[35]これに関して、両者には万葉歌の引用という面からも関連する要素が認められる。次にそのことを確認する。

【本文Ｄ】夜さりつ方、二条院へ渡りたまはむとて、御暇聞こえたまふ。（中略）例は、なまいはけなき戯れ言などもうちとけ聞こえたまふを、いたくしめりて、さやかにも見あはせたてまつりたまはぬを、ただ世の恨めしき御気色と心得たまふ。昼の御座にうち臥したまひて、御物語など聞こえたまふほどに暮れにけり。すこし大殿籠り入りにけるに、蜩のはなやかに鳴くにおどろきたまひて、（源氏）「さらば、道たどたどしからぬほどに」とて、御衣など奉りなほす。（女三宮）「月待ちて、とも言ふなるものを」と、いと若やかなるさましてのたまふは憎からずかし。（源氏）「その間にも」とや思すと、心苦しげに思して立ちとまりたまふ。

（女三宮）夕露に袖ぬらせとやひぐらしの鳴くを聞く聞く起きて行くらん

片なりなる御心にまかせて言ひ出でたまへるもらうたければ、ついゐて、「あな苦しや」とうち嘆きたまふ。

（源氏）待つ里もいかが聞くらむかたがたに心さわがすひぐらしの声

など思しやすらひて、なほ情なからむも心苦しければとまりたまひぬ。（若菜下巻二四八〜二四九頁）

この場面では夕刻、紫上の身を案じて二条院へ赴こうとする源氏とそれを引き止める女三宮の姿が描かれている。先の【本文Ｂ】では少女に「女君」の呼称が印象的であったが、こちらはすでに二十一歳、柏木との密通後懐妊中である女性に対して「若君」（二四七頁）との呼称がやや異様でもある。傍線部に両者とも同じく、

ゆふやみはみちたづたづしつきまちていませわがせこそのまにもみむ

夕闇者　路多豆多頭四　待月而　行吾背子　其間尓母将見（万葉集・709・「豊前国娘子大宅女歌一首　未審姓氏」）

という歌からの引用が認められる。この歌は『古今六帖』に「夕やみは道たどたどし月待ちてかへれわがせこそのまにもみん」（夕やみ・371・大宅娘女）の形で見え、さらに『伊勢集』（437）の古歌撰混入部分にも同様の形で残り、『源氏物語』の引用部分と一致する。第二句中「たづたづし」（京大本のみ「たとたつし」）から「たどたどし」への変化は時代的な語の変遷に連動したものと考えられる。題詞から女の歌であることが明らかであるが、男が夕方に帰っていく状況というのはやや解しがたく、「この作者は、遊行女婦であろうと思われ、この歌も、職業的な感じである」と注される。[36]「遊行女婦」の詳しい実態は明らかでないが、この歌は『新勅撰集』では恋四「よみ人しらず」（881）として「人麿」（880）と「額田王」（882）の間に収められており、万葉の恋歌として位置づけられている。ここで「見む」の意味をやや進め、仮に男女の共寝とでも解するならば、当該歌の女側からの積極性が一層顕著になるだろう。この歌を先に引用したのは源氏の方であるが、それが単に暇乞いのための慣用句的な用い方であったのに対し、女三宮の応酬は元来の歌意を十分に踏まえた上での恨み言とも取れる。女三宮はさらに異例の女側からの贈歌という駄目押しにより、結果的に源氏を引き留めることに成功するのである。

これらはいずれも密通後の女三宮の心細さの哀切な表現であるが、この一連の応酬に波線部「なまいはけなき戯れ言」・「いと若やかなるさま」・「片なりなる御心」といった、先の「若君」の呼称にも共通する女三宮の「幼さ」の強調表現が散見されることに注目したい。古歌の内容および女側からの贈歌という行為が非常に積極的な「誘う女」の映像を醸し出すのに対し、使用する本人に関するこうした殊更な幼女性の強調表現はややそぐわないようでもあり、当該場面の女三宮の造型を複雑なものにしている。[37]女三宮の台詞は大人の女性の「憎から」ぬ媚態としての側面と、父親を慕う幼女の訴えかけのような側面をあわせ持っていると思われる。この点に注目してみれば、【本文D】で意図されているのは【本文B】同様のいわゆる〝少女〟の媚態であり、【本文C】で対比された「されて言ふかひあ」

る紫君と「いといはけなくのみ見え」るという女三宮とでは状況が異なるとはいえ、本人の幼さと引用された歌の持つ恋歌としての積極性のずれ、またそこから逆照射されてくる（女君が真似たとおぼしき）周辺女房らの「され」た雰囲気など、両場面および両女君の共通点は決して少なくないように思われるのである。

【本文E】（女房）「誰ならむ。いとめざましきことにもあるかな。今までその人とも聞こえず、さやうにまつはし戯れなどすらんは、あてやかに心にくき人にはあらじ。（中略）心なげにいはけて聞こゆるは」……。

（紅葉賀巻三三四頁）

右は【本文B】の紫君の行動に対する葵上方の女房達の陰口であるが、一方の【本文D】でも「いはけなき」女三宮の行動によって逆に紫上のもとへと向かう源氏の足が止められており、紫上にとってはあたかも因果応報とでも言うべき展開となっている。すなわち【本文D】の構図は【本文B】のそれと明らかに対応しており、女三宮を媒介として、過去と現在における紫上の状況を対比的に浮き上がらせる効果を持つと言えるだろう。引用された万葉歌に内在する積極的な〈誘う女〉のイメージは、先に確認した玉鬘の「赤裳」と同様に、両場面でいずれもいわゆる「紫のゆかり」の〈少女〉の周辺に蜃気楼のようにただよいながら源氏の不意を突き、その心をからめ取る罠としての機能を果たしているのである。

五　演出される〈誘う女〉像

従来『源氏物語』における万葉歌引用は、総じて登場人物自身の古めかしさや准拠となる人物像をそのまま表すものとしてほぼ了解されてきた。しかし今回取り上げた三つの引用場面では、万葉歌は必ずしもその人物自身の性質の表現となってはおらず、むしろその歌に内在する「古さ」と女君の「若さ」とのずれこそが場面読解の鍵となっていると思われた。特に【本文B】【本文D】においては万葉歌の表現性は人物の真情を託す手段としてではなく、紫君や女三宮といった〈少女〉が大人の真似事をする際のむしろ形式的な道具として持ち出されている。そしてそれぞれの万葉歌の持つ〈誘う女〉の文脈は、物語内の〈少女〉自身の内面性とは必ずしもイコールではないにも関わらず、それを外部から様々に解釈させるメディアとして機能してしまう。すなわち、『源氏物語』においては、万葉歌という道具を用いた〈少女〉の演技を通して、それを鑑賞する〈大人〉たる源氏や語り手の視線の複雑さまでも描き出しているということでもある。このように引用された歌そのものの内容を超えて、その歌が引かれた物語的状況やその歌に関わる作中人物の心の働きまでをも丹念に描き出した点にこそ、散文における引歌表現の一つの達成があると言えよう。『古今集』に始まり『拾遺集』の頃に完成する王朝的な和歌の抒情性に対して、物語や随筆などの散文はむしろ作歌事情など「ことがら」に対する興味が強く[38]、「異化」や「ずらし」「もどき」の姿勢[39]、あるいは「和歌への依存から脱却する意識[40]」などを持つに至ったとされている。『源氏物語』が今回見てきたような一種異色の古歌を摂取する場合には、催馬楽等歌謡の詞章を取り込む場合と同様、ある種王朝的な規範美から外れたものへの「ごっこ遊び」的な諧謔の精神、また「仮面[41]」的な引用に関する興味を認めてよいのではないだろうか。こうした引用のあり方は、万葉歌の「古さ」自体が当時の流行的な視点から新たに捉え返され、かえって斬新な魅力を持つ表現として注目されていたという、物語成立時の文学的状況と連動していると考えられる。見てきたように、一条朝のテクスト創作の担い手であった紫式部や清少納言、和泉式部といった人々は、古めかしい表現の彼方に規範にはまらないより自由でのびやかな感性のありかを期待し、物語や随筆、また和歌においても積極的な意図をもって摂取していったと推察されるのである。

以上、本章では『源氏物語』における万葉歌引用場面のうち、特に男女の応酬場面に見られる特性の一端について紫君と女三宮に関する場面を中心に検討した。しかし催馬楽や風俗歌といった歌謡、また『日本書紀』や古伝承を引用する場合との位相差など、残された課題は多い。次章以降さらに検討を重ねることとする。

注

（1）高橋亨「歳時と類聚―かな文芸の詩学の基底」（『源氏物語の詩学　かな物語の生成と心的遠近法』名古屋大学出版会、二〇〇七　初出は一九九九）。なおこの時期の万葉歌享受の様相については、鈴木日出男「万葉歌の伝承」（『古代和歌史論』東京大学出版会、一九九〇）に詳述されている。

（2）なお本章では便宜上、「古歌」の語は歌集によらず古くから伝えられてきた和歌、また「万葉歌」の語はそうした「古歌」の中でも『万葉集』から派生したことが明確な類歌を指すものとして限定的に用いることとする。ただし当時においては、仮名万葉に見える歌、作者に万葉歌人の名が付された歌、歌語や状況設定を含め上代的な様相を呈する歌などさまざまなレベルで『万葉集』とのつながりが意識されていた和歌があったと考えられる。こうした基準に関してはさらに今後の調査・検討を期したい。

（3）小川靖彦「天暦古点の詩法」（『萬葉学史の研究』おうふう、二〇〇七　初出は一九九九）

（4）平安中期の万葉歌は、もとの『万葉集』漢字本文から隔たった形で享受されていることが多い。このことは従来口承による伝来のためと考えられているが、佐藤和喜「拾遺集の万葉歌」（『宇都宮大学教育学部紀要第一部』四三、一九九三・三）、清水婦久子「歌学書における「萩」―平安時代の『万葉集』享受―」（『青須我波良』四九、一九九五・七）、小川靖彦前掲（注3）論文および「かなの文化の中の萬葉集訓読」（前掲（注3）書　初出は一九九九）、斎藤由紀子「万葉集から平安の歌ことばへの変遷と源氏物語の表現」（『会誌』二三、二〇〇四・三）などは、それが平安人の好みによって意識的に改作された結果であることを書承的な面から論じており、示唆に富む。

（5）献上品・下賜品としての『万葉集』の例は、承平四年穏子五十賀の際の忠平への禄（『河海抄』若菜上巻所引『太后御記』）、治安三年禎子内親王裳着の際の彰子の贈り物（『栄花物語』御裳ぎ巻）など散見される。また『源氏物語』梅枝巻にも明石姫君の入内の具として嵯峨帝筆「古万葉集」が登場しているが、これは漢字のものを指すか。

（6） 26詞書に「おほぢのにふだうのえりたる万えふしふの、あきのまき」、154詞書に「にふだうの一品の宮のかかせたまへる万葉集のせう」と見える。

（7）『新撰髄脳』の引用は久松潜一・西尾実校注『日本古典文学大系　歌論集　能楽論集』（岩波書店、一九六一）に拠る。

（8） 滝澤貞夫「曾禰好忠試論」（『王朝和歌と歌語』笠間書院、二〇〇〇　初出は一九六八）、小町谷照彦「歌語の革新—曾禰好忠」（『古今和歌集と歌ことば表現』岩波書店、一九九四）、平田喜信「和泉式部と曽禰好忠—日記内の「はかなしごと」・「はかなきこと」—」（『平安中期和歌考論』新典社、一九九三　初出は一九八八）など。平田氏は特に初期の定数歌や百首には「古風でやや大仰な歌いぶりを容認する、定数歌特有の虚構の場」があり、そこには好忠や和泉式部に限らず「万葉がえり」とも言うべき現象があったと述べる。また上野理『後拾遺集前後』（笠間書院、一九七六）にも百首歌の公的性格と万葉語引用の関係性についての言及がある。また公任撰の『拾遺抄』とは異なり、花山院撰とされる『拾遺集』には万葉歌（特に人麿歌）が大量に含まれ、「やがてくる個性的な時代への方向性を示している」とされる（有吉保編『和歌文学辞典』桜楓社、一九八二）。その後、人麿・貫之優劣論を端緒として、家持・赤人などの万葉歌人の家集も含めた『三十六人撰』が編まれることとなるが、こうした状況について片桐洋一氏は「人麿ブーム」と名づけた（片桐洋一『古今和歌集以後』笠間書院、二〇〇〇）。

（9） 池田亀鑑編『源氏物語事典』（東京堂、一九六〇）をはじめ伊井春樹『源氏物語引歌索引』（笠間書院、一九七七）、鈴木日出男「源氏物語における万葉歌の流伝—その階梯的考察—」（『上代文学』一八、一九六六・一）、山田孝雄『萬葉集と日本文藝　生きて来た萬葉集』（中央公論社、一九五六）などを参照しつつ私に確認した。

（10） 鈴木日出男前掲（注9）論文

（11） 奥村恒哉「古典における万葉集の影響と享受」（『古今集の研究』臨川書店、一九八〇　初出は一九七二）

（12） 小町谷照彦「夕霧の造型と和歌—落葉の宮物語をめぐって」（『源氏物語の歌ことば表現』東京大学出版会、一九八四　初出は一九七四）

(13) 久富木原玲「歌人としての紫式部―逸脱する源氏物語作中歌―」(『源氏物語と和歌の論―異端へのまなざし』青簡舎、二〇一七　初出は二〇〇一)。また西丸妙子「藤壺中宮への額田王像の面影」(『斎宮女御集と源氏物語』青簡舎、二〇一五　初出は一九九二)および新間一美「源氏物語の歴史性について―天武天皇・額田王像の投影―」(『平安朝文学と漢詩文』和泉書院、二〇〇三　初出は二〇〇一)など参照。

(14) 『万葉集』の漢字本文では「赤裳下引」(2550)とあり、平安期の古写本はここにいずれも「あかもすそびき」の訓を付している。

(15) 第一部第三章でも検討する。

(16) 玉鬘出仕時の特例的な加階措置について(冷泉帝)「などてかくはひあひがたき紫を心に深く思ひそめけむ　濃くなりはつまじきにや」、(玉鬘)「いかならん色とも知らぬ紫を心してこそ人はそめけれ　今よりなむ思ひたまへ知るべき」とのやり取りがあった(真木柱巻三八五〜三八六頁)。禁色の「紫」を簡単に「赤」と結びつけることはできないが、玉鬘の衣の色は冷泉帝が特別に与えたものとして近い箇所で話題にされていた点、また女官の象徴とも言える「裳」が問題化されている点など、【本文A】における「赤裳」の象徴性はさまざまに興味深い点をはらむものである。

(17) 伊原昭「上代の赤―顔料を主に」(『増補版　万葉の色―その背景をさぐる―』笠間書院、二〇一〇　初出は一九八七)

(18) 森直太郎「「赤裳」について」(『大東文化大学紀要(人文科学)』一八、一九八〇・三)。また森朝男「色に出づ」(『古代和歌と祝祭』有精堂出版、一九八八　初出は一九八五)、猪股ときわ「赤裳の裾―古代ヲトメ論断章」(『国語通信』三四一、一九九四・一)など参照。

(19) 藤井貞和「催馬楽の表現―『源氏物語』」(『平安物語叙述論』東京大学出版会、二〇〇一　初出は一九八五)

(20) 植木朝子「催馬楽「石川」小考―源典侍・朧月夜をめぐって―」(鈴木一雄監修『源氏物語の鑑賞と基礎知識22　紅葉賀・花宴』至文堂、二〇〇二・四)

(21) 伊藤博『萬葉集釋注四』(集英社、一九九六)

(22) 片桐洋一編『拾遺抄―校本と研究―』(大学堂書店、一九七七)に拠って確認すると、『拾遺抄』の作者表記に異同はない。また『拾遺集』966に「坂上郎女」作とあり、これが969まで続いているが、967の当該歌を含め966以外は本来いずれも作者未詳歌である。仮にこれが成立当初の形を伝えているとすれば、この時点で作者表記に万葉歌人の名が現れたことは興味深い現象である。なお金石哲「拾遺抄の作者名表記」(『国文学(関西大学)』八三・八四、二〇〇二・一)には教えられるところが多かった。

(23) この現象について、奥村恒哉「拾遺集の萬葉歌」(『萬葉』一四、一九五五・一)および岩下均「平安朝における古歌享受について」(『目白学園女子短期大学研究紀要』一五、一九七八・一二)は当該歌の作者を「坂上郎女」とする別資料の存在を想定する。

(24) 『夜の寝覚』(引用は鈴木一雄校注・訳『新編日本古典文学全集 夜の寝覚』(小学館、一九九六)に拠る)内大臣→寝覚上「げに、入りぬる磯の草よりも恋ふらくおぼえて年ごろを過ぐししに」(巻五・四八五頁)。『浜松中納言物語』(引用は池田利夫校注・訳『新編日本古典文学全集 浜松中納言物語』(小学館、二〇〇一)に拠る)尼姫君→児姫君「入りぬる磯の心地するなぐさめに」(巻三・二七四頁)、式部卿宮→吉野姫君「まいて恋ふらくはおほかる心地せさせ給ふに」(巻五・四三三頁)。『狭衣物語』(引用は小町谷照彦・後藤祥子校注・訳『新編日本古典文学全集 狭衣物語 一〜二』(小学館、一九九九〜二〇〇一)に拠る)女性達→狭衣「入りぬる磯の嘆き、暇なく心をのみ尽す人々」(巻一)、東宮→狭衣「「入りぬる磯なるが心憂きこと」と恨みさせたまへば」(巻一)など、当該歌はさまざまな立場の人物によって恋しさの表現として用いられている。また『源氏物語』以前では『増基法師集』(いほぬし)に「……かれ見給へ、入りぬるいその、といへば、かへる人、こふる日は、と心あるかほにいへば……」(12)とあるのが稀少な例。

(25) 星山健「「口おほひ」する女」(鈴木一雄監修『源氏物語の鑑賞と基礎知識37 真木柱』至文堂、二〇〇四)。玉上評釈のみ「これは一歩間違えば下品になってしまう態度であるが、幼い姫君が見よう見まねでなさるところに愛敬もあり可愛らしさもある」とする。

(26) 栗山元子「玉鬘物語の表現構造—再生産される「若紫物語」—」(『早稲田大学大学院文学研究科紀要』四三、一九九八・二)は無垢さと「され」という相反する性格が同居する魅力について論じており、示唆に富む。

(27) 松井健児「身体の表意」(『源氏物語の生活世界』翰林書房、二〇〇〇 初出は一九九七)にも同様の指摘がある。また松井氏は、この紫君の媚態の試みに「雛遊び」からの段階的な成長を見る。

（28）『落窪物語』には四例あり、そのうちあこぎに対する用例が二例でやや目立つ（巻二）。また『うつほ物語』には一例のみで、小舎人童に対して用いられている（楼の上上巻）。
（29）中田祝夫・和田利政・北原保雄編『古語大辞典』（小学館、一九八三）
（30）玉上評釈にも「後年紫の上が、光る源氏を強く魅きつけた要素の一つとして、容貌や気立の外に、こんなざれたところもあるという事を、幼い姫君のうちに見せておこうとしたのかもしれない」とある。
（31）久富木原玲前掲（注13）論文
（32）たとえば『枕草子』「関白殿、二月二十一日に」段に、清少納言と定子・道隆・同輩女房らの間の『忠見集』『貫之集』『古今六帖』『拾遺集』および『白氏文集』からのさまざまな引用を駆使した機知的なやりとりが詳述されている。
（33）鈴木日出男前掲（注1）論文
（34）時代は下るが『千五百番歌合』の判詞（顕昭判）にも「見らくすくなく恋ふらくのおほきとはべる本歌は、中中にわざわざしくきこえ侍る」（1339）とあり、規範的な和歌と比較すると、当該歌はくどくどとした洗練されない雰囲気が目立つようである。
（35）斎藤暁子「紫上の挨拶―若菜巻に於ける―」（『源氏物語の研究―光源氏の宿痾―』教育出版センター、一九七九）、三村友希「二人の紫の上―女三の宮の恋―」（『姫君たちの源氏物語　二人の紫の上』翰林書房、二〇〇八　初出は一九九八）、池田節子「女三の宮造型の諸問題―紫の上と比較して―」（『源氏物語表現論』風間書房、二〇〇〇　初出は二〇〇六）など。また栗山元子前掲（注26）論文にも、玉鬘を継接点とした両者のつながりについての言及がある。
（36）武田祐吉『増訂萬葉集全註釈』（角川書店、一九五七）
（37）武原弘「女三宮の内面世界」（『源氏物語の認識と求道』おうふう、一九九九　初出は一九八六）のように女三宮の機知を積極的に評価するものもあるが、武者小路辰子「女三の宮像―幼さへの設問―」（『源氏物語　生と死と』武蔵野書院、一九八八　初出は一九七四）はむしろ「幼女性」を重視し「知っていた古歌のことばを「おぼえけるままに」言ってみたのであったか」とした上で、「少女への、いささか倒錯的で、むごさといとおしみとが相半ばする退廃美」について指摘しており、示唆に富む。

(38)　上野理前掲（注8）書
(39)　高橋亨前掲（注1）論文
(40)　小森潔「枕草子と和歌――枕草子と源氏物語の〈散文への意志〉」（加藤睦・小嶋菜温子編『源氏物語と和歌を学ぶ人のために』世界思想社、二〇〇七）
(41)　植木朝子前掲（注20）論文

第二章　玉鬘における「根」と「寝」の重層的展開

――植物に関する歌語と多義性の問題――

一　単一の素材による重層的造型

『源氏物語』の人物造型の方法の一つに、ある特定のうたことば(1)の心象を利用しつつ、作中人物のイメージを立体的に形作っていくというものがある。そうしたうたことばは、和歌と散文の両方に現れて重層的な文脈を形成し、互いに伏線的に絡み合いながら物語に奥行をもたらしてゆく。『源氏物語』におけるこうした表現の仕組みについては、未だ十分に解き明かされていないのではないかと思われる。そこで本章では玉鬘と呼ばれる人物に焦点を絞り、特に「根」の語を含むうたことば表現による文脈形成から、その造型の特徴について考察を加えてみたい。

『源氏物語』中、登場人物が和歌に「根」という言葉を詠み込む回数は、明石中宮・薫・柏木・夕霧付宰相の乳母・匂宮・蛍宮・紫上などといった人々がそれぞれ一回ずつであるのに対して、玉鬘は五回、源氏は六回となっており、目立って多い。特に玉鬘は二十首しか和歌を詠んでいないのだが、そのうちの四分の一で「根」という言葉を使っているということになる。さらに、そうした玉鬘の「根」の和歌は玉鬘巻・胡蝶巻・蛍巻・常夏巻・若菜上巻に各一例ずつ見られ、その五例中の四例が玉鬘十帖の前半に集中している。また、源氏が詠んだ「根」に関する和歌の六例のうち、二例が胡蝶巻の玉鬘に対するものであるが、これに蛍宮の蛍巻の一例も考え合わせると、結局『源氏物語』中の「根」に関する歌語を用いた和歌、全十八例のうち、八例が玉鬘十帖の玉鬘に関係していることになる。こうした点から、この人物が初期の段階で求められていた物語的な機能が、頻繁に用いられる「根」という語の裏に隠されている可能性が想定される。

こうした初期の玉鬘の造型と「根」の語との関係については、既に藤本勝義氏[2]や葛綿正一氏[3]などが論じており、そこでは「根」の象徴性が、親にはぐれて悩む玉鬘の出生や素姓といったいわば「ルーツ」の問題と絡めて考察されている。さらにこうした「ルーツ」の問題は、玉鬘をめぐる「筋」や「玉鬘」といった語についての考察[4]へとつながっていく。先行研究によるこうした指摘は、いわば根無し草のように居場所を転々とする「さすらいの女君」としての玉鬘のありようとも関係してくるものであり、「継子譚」や「ゆかり」といった鍵語との関連性から見ても、たしかにその造型の骨格に関わる重要な指摘であることは疑えない。

ただし一方で玉鬘という人物の造型に関しては、その女性的な魅力についても、たとえば肌つきや黒髪の身体的な官能性、あるいは心用意などといった精神的な面からさまざまに分析されてきた。たとえば河添房江氏は、同じ一つの「山吹」という素材が、内大臣の娘としての玉鬘の血筋の問題と、光源氏に恋をさせる女性の魅力の問題の両方に関わっているということを指摘した[5]。こうした、単一の素材でその人物の二つ以上の個性を表現するような『源氏物語』の重層的な〈ことば〉の仕組みについては、さらなる研究の余地があるだろう。本章では以上のような視点から、うたことばとしての「根」を手がかりに六条院での初期の玉鬘の造型について改めて考察し、さらには便宜上用いられている「玉鬘」という一つの呼称に必ずしもとらわれないような、人物論の新たな可能性を探っていきたい。
それでは以下、具体的に見ていく。【本文A】〜【本文E】の五箇所が、玉鬘十帖で「根」の語が登場する場面の全てである。(6)

二「みくり」の「根」

【本文A】は、玉鬘巻で、「みくり」にかけて六条院へと誘う源氏に対して玉鬘が歌を返す場面である。ここで用いられている「根」や「筋」、また少し後の場面で登場する「玉鬘」といった〈ことば〉の連鎖から、【本文A】の周辺で玉鬘の血筋の問題が色濃く浮かび上がってくるとの指摘も多い。(7)

【本文A】ものまめやかに、あるべかしく書きたまひて、端に、(源氏)「かく聞こゆるを、
しらずともたづねてしらむみしまえにおふるみくりのすぢはたえじを」(中略)
正身は、ただかごとばかりにても、まことの親の御けはひならばこそうれしからめ、いかでか知らぬ人の御あたりにはまじらはむ、とおもむけて、苦しげに思したれど、(中略)まづ御返りをとせめて書かせたてまつる。いとこよなく田舎びたらむものをと恥づかしく思いたり。唐の紙のいとかうばしきを取り出でて書かせたてまつる。
(玉鬘)かずならぬみくりやなにのすぢなればうきにしもかくねをとどめけむ
とのみほのかなり。手は、はかなだち、よろぼはしけれど、あてはかにて口惜しからねば、御心おちゐにけり。
(玉鬘巻一二三〜一二五頁)

玉鬘の返歌は、自分の血筋を卑下しながら源氏の誘いを受け流した一般的な断りの返事である。ただし一首のうちに

用いられた表現について注目してみると、その言葉遣いの中には恋愛的な気分がないとは必ずしも言えない。たとえば「ね」を「とどむ」という言い方は、当時植物の「根」に「寝る」の意味が掛けられて、男性が女性のもとに宿泊するという文脈で用いられる類型表現であった。

（道綱母）そこにさへかるといふなるまこもぐさいかなるさはにねをとどむらん

かへし、

（時姫）まこもぐさかるとはよどのさはなれやねをとどむてふさははそことか　（蜻蛉日記・上・四九頁）[8]

右では女性二人が兼家について、「ね」を「とどむ」という表現を用いて皮肉をこめた歌を詠み合っている。一方で玉鬘の歌では憂き世に「ね」を「とどめ」たのは玉鬘自身なのであり、こちらは右の両歌のような男性について用いる「ねをとどむ」という表現を利用しつつも、さらに次のような女歌の流れを汲んでいると考えられる。

文屋のやすひでみかはのぞうになりて、あがた見にはえいでたたじやといひやれりける返事によめる

わびぬれば身をうき草のねをたえてさそふ水あらばいなむとぞ思ふ

（古今集・雑下・938・小野小町／古今六帖・うきくさ・3836・こまち／小町集Ⅲ・38／新撰和歌・247）

この小町歌は、『玉台新詠』[9]に見られる「浮萍寄清水　随風東西流」（巻二・「浮萍篇」・曹植）や「浮萍無根本　非水将何依」（巻二・楽府七首「明月篇」・傅玄）などの女性の立場になって作られた漢詩文を踏まえたとされる[10]、当時の女歌の典型的なものであった。特にその「さそふ水あらば」というフレーズは好まれて、散文テクストにも数多く引用されており、いずれもたとえば浮舟や『狭衣物語』の飛鳥井の姫君などといったように、流離する女君としての造型が著しいような女性達に共通して見られる特徴的な表現になっている[11]。また一方でこの小町歌の詠みぶりは、伊勢をはじめ斎宮女御や和泉式部といったさまざまな女性の和歌に踏襲されていく[12]。そこでは、男女関係において浮草のごと

く「根」を定めることのできない、はかなく薄幸な、しかしだからこそ魅力的な女性の心象が表現されているのである。そこで翻って考えてみると、玉鬘の返歌も実はこうした女歌の類型的な表現に支えられているように思われる。また【本文A】の両者の歌に共通して用いられている「みくり」は、『源氏物語』成立時までの用例ではいずれも恋の歌において用いられており、その生い茂った地下茎が絶えぬ恋心の表現の具となっている[13]。結局【本文A】における「みくり」の「根」の表現機能は浮かび漂う玉鬘の血筋の問題のみに収斂されず、女歌の類型に従いつつ、玉鬘のある意味での危うさやはかない魅力のようなものを形づくっている[14]。玉鬘から源氏のもとに届けられる初めての和歌は、見ようによってはそのような媚態を含んでいると思われる。ここから、玉鬘という人物の源氏に対する最初の印象を作り上げるにあたっての、物語本文の周到な配慮が感じられるのである。

三　「竹」の「根」

次に【本文B】、「竹」の「根」に関する和歌の贈答場面を確認する。この場面の、源氏と玉鬘のやりとりの背景となる風景の中には「呉竹」が特別に配されている。この「呉竹」の存在については新全集の頭注でも源氏の意識の中で「夕顔と玉鬘のイメージが重な」っていると解説されており、また【本文B】に続く叙述では、源氏が「かのいにしへの」夕顔と「この君」玉鬘とを比較しているさまが描かれている。源氏と玉鬘の贈答歌の内容も含め、一連の場面の中にかつての夕顔の存在が深く関わってきているところである。

【本文B】御前近き呉竹の、いと若やかに生ひたちて、うちなびくさまのなつかしきに、立ちとまりたまうて、

（源氏）「ませのうちにねふかくうゑしたけのこのおのがよよにやおひわかるべき

思へば恨めしかべいことぞかし」と、御簾をひき上げて聞こえたまへば、ゐざり出でて、
(玉鬘)「いまさらにいかならむよか*わかたけのおひはじめけむねをばたづねん
なかなかにこそはべらめ」と聞こえたまふを、いとあはれと思しけり。　(胡蝶巻一八二～一八三頁)

［異同］わかたけ―くれたけ（【別】陽）　竹の子（【別】麦阿）

まず源氏の側から自分の玉鬘への思いの深さを「根」のゆるぎなさに喩えて訴えかけるのであるが、これに対して玉鬘はそのような「根」など今さら誰が問題にするものか、と反発する。ここで特徴的なのは、両者の和歌の中で、「根」そのものの価値自体が、まるで正反対になってしまっているということである。通常、竹の「根」というものは、次の歌のように「よ」(節)と対照されつつ、年月が経っても変わらない、未来まで在り続けるものとして頼みにされる存在であり、源氏の贈歌はこの型に沿ったものであった。

朱雀院、うせさせ給ひけるほどちかくなりて、太皇太后宮のをさなくおはしましけるを見たてまつらせたまひて

くれ竹のわが世はことに成りぬともねはたえせずもなかるべきかな
(拾遺集・哀傷・1323・朱雀院／村上天皇御集・130／朱雀院御集・16)

源氏の言う「ねふかくうゑしたけのこ」について、現行の注釈書はいずれも「六条院の中で大切に育てた我が子」等といった注にとどまっている。しかし「ねふかく」といううたことばからは、「根深く思う」、すなわち「根」の盤石さにかけて自らの深い恋心を訴えるという恋歌の類型もまた連想されるのではないだろうか。[15] またこの歌に先行する類似表現を持つ歌としては、同じく「竹」・「おのがよよ」の語を用いた、

たかあきらの朝臣にふえをおくるとて

　ふえ竹の本のふるねはかはるともおのがよよにはならずもあらなん

（後撰集・恋五・954・よみ人しらず／西宮左大臣集・2）[16]

という恋歌がこれまでに指摘されている。[17] 従って源氏の贈歌は、まずは「根」の語にかつての「呉竹」の君、夕顔と自分との絆の深さを託したものであり、さらにその絆の深さが現在目の前にある玉鬘にまで否応なしに覆い被さってくる、と相手に言い聞かせたものと解釈してよいだろう。一方で玉鬘の返歌は、「竹」の「根」の典型的な表現から外れながら、源氏の「根深く」という表現に対して反発し、これを切り返すようなユニークな詠みぶりを展開している。つまり玉鬘の歌は、表現的なレベルでは、女歌の常套として源氏の恋心をうまくかわした形となっているわけである。ここで参考までに、次の本文を確認する。

【参考イ】箱の蓋なる御くだものの中に、橘のあるをまさぐりて、

（源氏）「たちばなのかをりしそでによそふればかはれるみともおもほえぬかな

（中略）思し疎むなよ」とて、御手をとらへたまへれば、女かやうにもならひたまはざりつるを、いとうたておぼゆれど、おほどかなるさまにてものしたまふ。

（玉鬘）そでのかをよそふるからにたちばなのみさへはかなくなりもこそすれ

むつかしと思ひてうつぶしたまへるさま、いみじうなつかしう、手つきのつぶつぶと肥えたまへる、身なり肌つきのこまやかにうつくしげなるに、なかなかなるもの思ひ添ふ心地したまうて、今日はすこし思ふこと聞こえ知らせたまひける。

（胡蝶巻一八五～一八六頁）

ここでは源氏の贈歌が主張する夕顔との因縁と、玉鬘がそれを拒否する様子の対比が見られ、先の【本文B】と同一のモチーフを形成している。両者の和歌には「かはれるみともおもほえぬかな」「みさへはかなくなりもこそすれ」

と、当時としては珍しく橘の「花」ではなく「実」が詠み込まれている。そもそも「橘の実」というものは、漢詩文的な文脈[18]において、少し雨が降って濡れた葉の陰からつやつやした金色の顔をのぞかせるさまが美しいと言われたりしているが、それがここでも雨上がりの夕方、「つぶつぶと肥え」て「こまやかにうつくしげなる」玉鬘の身体の官能的な魅力の喩えとして特別に選び取られているのである[19]。

　このように、玉鬘の「ルーツ」の問題に関わる和歌は、同時に、夕顔をしのぐ玉鬘自身の官能的な魅力の表現として機能することがある。そして玉鬘に与えられたこうした「ルーツ」と無意識の媚態との皮肉な重層性こそが、物語の中で、源氏の恋心を煽る役割を果たしていると言えるだろう。

四　「若草」の「根」・「あやめ」の「根」

　次の【本文C】【本文D】には、いずれも「根」という語を用いた恋の歌として典型的なものが見える。すなわち『伊勢物語』四十九段を踏まえた「若草」の「根」、また五月五日の「あやめ」の「根」に関する和歌である。

【本文C】白き紙の、うはべはおいらかに、すくすくしきに、いとめでたう書いたまへり。(源氏)「たぐひなかりし御気色こそ、つらきしも忘れがたう。いかに人見たてまつりけむ。

　うちとけてねもみぬものをわかくさのことありがほにむすぼほるらむ

幼くこそものしたまひけれ」と、さすがに親がりたる御言葉も、いと憎しと見たまひて、御返り事聞こえざらむも、人目あやしければ、ふくよかなる陸奥国紙に、ただ、(玉鬘)「承りぬ。乱り心地のあしうはべれば、聞こえさせぬ」とのみあるに、かやうの気色はさすがにすくよかなりとほほ笑みて、恨みどころある心地したまふも、うたてある心かな。

（胡蝶巻一九〇～一九一頁）

【本文D】宮より御文あり。白き薄様にて、御手はいとよしありて書きなしたまへり。見るほどこそをかしけれ、まねび出づれば、ことなることなしや。

（蛍宮）けふさへやひく人もなきみがくれにおふるあやめのねのみなかれん

ためしにも引き出でつべき根に結びつけたまへれば、（中略）

（玉鬘）「あらはれていとどあさくもみゆるかなあやめもわかずなかれけるねの

若々しく」とばかりほのかにぞあめる。

（蛍巻二〇四頁）

【本文C】で源氏が用いた「わかくさ」の「ね」には、『伊勢物語』四十九段で兄が妹に詠みかけた「うら若みねよげに見ゆる若草を人のむすばむことをしぞ思ふ」という歌以来、うら若い乙女と「寝る」といった意味が掛かることが多く、【本文C】でも、源氏が匂わせる性的なニュアンスと、それに対して返歌もできずに恥じらう玉鬘の初々しさとが描かれている。また【本文D】は蛍宮と玉鬘との贈答で、五月五日に恋の応酬として「あやめ」の和歌をやりとりする男女の典型的な場面である。両者の「ね」の語には「根」のほかに「音」、つまり「音に泣く」の意味が掛かっており、辛い恋を嘆く心情が表現されている。これら二つの場面から、玉鬘十帖において玉鬘周辺に多用される「根」の語には、やはり出生や因縁といった「ルーツ」の文脈だけではなく、求婚譚にまつわる恋愛的な文脈をも生成する機能があることが読み取れるだろう。

五　「撫子（常夏）」の「根」

最後に【本文Ｅ】の常夏巻の場面を確認する。

【本文Ｅ】（源氏）「撫子を飽かでもこの人々の立ち去りぬるかな。いかで、大臣にも、この花園見せたてまつらむ。世もいと常なきをと思ふに、いにしへも、物のついでに語り出でたまへりしも、ただ今のこととぞおぼゆる」とて、すこしのたまひ出でたるにもいとあはれなり。

（源氏）「なでしこのとこなつかしき色をみばもとのかきねを人やたづねむ

このことのわづらはしさにこそ、まゆごもりも心苦しう思ひきこゆれ」とのたまふ。君うち泣きて、

（玉鬘）山がつのかきほにおひしなでしこのもとのねざしをたれかたづねん

はかなげに聞こえないたまへるさま、げにいとなつかしく若やかなり。（源氏）「来ざらましかば」とうち誦じたまひて、いとどしき御心は、苦しきまで、なほえ忍びはつまじく思さる。（常夏巻二三三頁）

この【本文Ｅ】の直前では、実父の内大臣が得意とする和琴の調べに乗せて、継父の源氏が催馬楽「貫河」の艶めかしい詞章を口ずさんでみせている。こうした源氏の行動は独特の屈折した恋心と照応しており、【本文Ｅ】に至る文脈としても看過しがたいところである。そこでまずその場面について、やや詳しく検討しておく。

【参考ロ】（源氏）「貫河の瀬々の*やはらた」と、いとなつかしくうたひたまふ。「親さくるつま」は、すこしうち笑ひつつ、わざともなく掻きなしたまひたるすが掻きのほど、いひ知らずおもしろく聞こゆ。（常夏巻二三二頁）

［異同］やはらた―やはらたまくらなと（【青】佐）

催馬楽「貫河」は、女方の親によって認められない恋人同士の掛け合いの曲とされている。[20]源氏が口ずさむ「親避くるつま」という歌詞に関連する和歌は、たとえば『万葉集』巻十四の東歌の中に、

かみつけのさののふなはしとりはなしおやはさくれどわはさかるがへ

可美都気努　佐野乃布奈波之　登里波奈之　於也波佐久礼騰　和波左可流賀倍　（万葉集・3420）

等と見える。このような親による隔絶が男女の親愛の度合いの高まりを強調するとの指摘もあり、[21]「親避くるつま」という歌詞自体は当時「親によって引き離される恋人」として認識されていたと思われる。『源氏物語』の諸注の多くは、源氏の口ずさみが「源氏が玉鬘を親である内大臣に会わせない状況」（全書・玉上評釈）もしくは「玉鬘が親である源氏を避ける状況」（集成・旧全集・新全集・新大系）を言ったものとして解釈しているが、そうではなく、「親である源氏が玉鬘のもとに来る男性を遠ざける状況」を、みずからの親らしからぬ下心に照らしつつ自嘲したものと捉えるべきなのではないだろうか。[22]そしてこの場面に続く【本文E】の源氏の和歌はこの催馬楽引用の文脈を揺曳しながら、たしかに表向きには実の父親である内大臣と玉鬘の接近を危ぶむ内容を言いつつも、一方でまたその内容に重層する形で、別の内容、すなわち求婚者達を玉鬘から遠ざけたいという願望もまた詠み込んでいるように思われるのである。源氏の歌に関しては、「源氏歌の「人」とは、親である頭中将（内大臣）に留まらず、玉鬘に思いを寄せる公達ともとれる」と恋愛的な下心のニュアンスを読み取った解釈が提案されている。[23]そもそも【本文E】冒頭の傍線部では、若い公達が六条院の垣根の中にある撫子を思いのままにできないということが象徴的に語られていたが、直前の場面における催馬楽「貫河」の引用や「とこなつ」[24]という歌語の選択などについて考え合わせると、やはり源氏の和歌から親子としての感慨を読み取るだけでは一面的に過ぎると思われるのである。

そして玉鬘の返歌もまた、こうした源氏の呼びかけに対応した内容を持っているようである。「ねざし」を「たづ

ね」るという表現は他に見えずやや分かりにくいが、次のような類例がある。

まだきからおもひこきいろにそめむとやわか紫のねをたづぬらん　（後撰集・雑四・1277）

右近にはじめて

よどがはのみぎはにおふるわか草のねをしたづねばそこもしりなん　（朝忠集Ⅱ・45）

これらの歌の中では、「ね」にはやはり「根」と「寝る」の意味が掛けられて、女性の寝床を男性が訪ねて来るということが詠まれている。さらに、「わか紫」「わか草」といった植物は、若い女性の比喩であるという点で玉鬘の「なでしこ」に共通する象徴性を持っている。こうしたことから、玉鬘の返歌は本人の意図を超えたところで源氏の贈歌の恋の呼びかけに応じ、求婚者達を引き寄せる自らの魅力に言及してしまっていると考えられるのではないだろうか。この歌を受けて源氏の反応は、「げにいとなつかしく若やかなり」とあり、「なでしこ」よりもむしろ「とこなつ」の歌語の官能的な性格を強く意識したものとなっている点に注目しておきたい。源氏の「なでしこのとこなつかしき色」という文言の選択は、かつて撫子に喩えた幼女がすでに大人の女性になっていることへの感動でもあったわけで、(25) このあたりは玉鬘の大人の女性としての官能的な魅力がたしかに問題化されているところなのである。

六　〈ルーツ〉と〈官能性〉の重なり

以上、【本文A】～【本文E】にわたり、玉鬘十帖における玉鬘の造型に「根」の語の与える表現効果について、従来の「ルーツ」的な観点とは異なった方向から探ることを試みた。結局玉鬘を取り巻くうたことばとしての「根」は、それぞれの植物の和歌的な性格と有機的に結びつき、男性を惹きつける魅力的な女性の雰囲気を演出する機能をも併せ持っていると言える。玉鬘という人物の造型において、この小道具はいわゆる「ルーツ」の文脈に重層する形で、時には「寝る」などといった官能的な意味合いさえ掛けられながら、特に求婚譚の初期の巻々に多く散りばめられたものと考えてよいだろう。

なお初期の玉鬘には、今回取り上げた「根」の語の醸し出す〈官能性〉の他にも、歌謡や『万葉集』由来の古歌の引用などによって、やはり「艶めかしさ」や「色めかしさ」といったような独特の女性的な魅力が強く表現されているように思われる。[26]今日、夕顔の血筋の因縁を背負った「玉鬘」という名で呼びならわされているこの女君であるが、本来はさまざまな引用表現や歌語表現によって、この呼称のイメージ一つに収まりきらない性格が多面的に重ねられていたものと思われる。『源氏物語』の〈ことば〉の持つ多義性や史的背景などに注目しつつ、物語世界の構築の方法について次章以降も引き続き検討していく。

注

（1）　和歌をはじめ、歌謡や詩歌などの韻文を含む、先行テクストの文脈を内包した詩的言語の総体として、便宜上「うたことば」の語を用いる。なお、小町谷照彦『王朝文学の歌ことば表現』（若草書房、一九九七）には、「歌語」は和歌に用いられる単なる語彙であり、「歌ことば」は統括的な意味での和歌言語、すなわち和歌、引歌、歌語、仮名散文における縁語的表現や歌語を用いた自然表現、心情表現など、一切の和歌的なことばや表現を含むものと定義されている。また催馬楽などの歌謡にも引歌に共通する暗示表現作用があるとされている。

（2）　藤本勝義「玉鬘〜常夏の言語機能」・「篝火・野分・行幸三帖の言語機能」・「〃ゆかり〃超越の女君―玉鬘―」（いずれも『源氏物語の人　ことば　文化』新典社、一九九九　初出はそれぞれ一九七一、一九七二、一九九八）

（3）　葛綿正一「火の女あるいは夏の女―物質的想像力（二）」（『源氏物語のテマティスム―語りと主題―』笠間書院、一九

九八　初出は一九九〇）

（4）小町谷照彦「光源氏と玉鬘（1）」（秋山虔・木村正中・清水好子編『講座源氏物語の世界　第五集』有斐閣、一九八一）、清水婦久子「源氏物語の和歌的世界—歌語と巻名—」（『源氏物語の巻名と和歌—物語生成論へ—』和泉書院、二〇一四　初出は二〇〇〇）

（5）河添房江「花の喩の系譜」（『源氏物語表現史　喩と王権の位相』翰林書房、一九九八　初出は一九八四）

（6）なお若菜上巻にも「根」を用いた源氏と玉鬘のやりとりがある。

尚侍の君も、いとよくねびまさり、ものものしき気さへ添ひて、見るかひあるさましたまへり。

（玉鬘）若葉さす野辺の小松をひきつれてもとのいはねをいのる今日かな

とせめておとなび聞こえたまふ。沈の折敷四つして、御若菜さまばかりまゐれり。御土器とりたまひて、

（源氏）小松原末のよはひに引かれてや野辺の若菜も年をつむべき　（若菜上巻五七頁）

これは求婚譚の後日談として重要な場面であるが、今回は特に玉鬘十帖を考察の対象とし、若菜上巻の「根」の象徴性については後考を期したい。

（7）小町谷照彦・清水婦久子前掲（注4）両論文など。

（8）『蜻蛉日記』の引用は長谷川政春・今西祐一郎・伊藤博・吉岡曠校注『新日本古典文学大系　土佐日記　蜻蛉日記　紫式部日記　更級日記』（岩波書店、一九八九）に拠る。

（9）『玉台新詠』の引用は内田泉之助『新釈漢文大系　玉台新詠　上』（明治書院、一九七四）に拠る。

（10）片桐洋一『古今和歌集全評釈』（講談社、一九九八）

（11）『源氏物語』浮舟（浮舟巻）、『狭衣物語』飛鳥井の姫君（巻二）、『浜松中納言物語』吉野の尼君（巻三）・吉野の姫君（巻四）などに見える。

（12）「ねを絶えてみづにとまれるうきくさは池のふかさをたのむなりけり」（伊勢集Ⅰ・78）、「みのうきにいとどおひたるうきくさのねならば人にみせましものを」（斎宮女御集Ⅱ・34）、「水こほる冬だにくればうき草のおのが心とねざしがほなる」（和泉式部集Ⅰ・74）など。

（13）吉見健夫『源氏物語』作中和歌の表現と方法―玉鬘巻の和歌をめぐって―」（『和歌文学研究』六九、一九九四・一一）に、「みくり」という歌語自体が持つ恋愛的性格についての指摘がある。

（14）松井健児「贈答歌の方法」（『源氏物語の生活世界』翰林書房、二〇〇〇　初出は一九九二）に「外在化された歌とは、もはや詠者の内面とは別個の秩序を持っている」「詠者の内面というものがアプリオリに存在するのではなく、むしろその歌自体が詠者の内面を初めて形造る」との指摘がある。

（15）「おくやまのいはもとすげのねふかくもおもほゆるかも我がおもひづまは」（古今六帖・すげ・3945）など。

（16）『西宮左大臣集』では「ふえを女のもとにおかせたまふとて」（2）との詞書がある。元来は男から女への贈歌であったか。

（17）『源氏物語新釈』『源註余滴』。

（18）『和漢朗詠集』「橘花」項に「盧橘子低山雨重　栟櫚葉戦水風涼」（171・白）、「枝繋金鈴春雨後　花薫紫麝凱風程」（172・後中書王）とある。また『枕草子』「木の花は」段にもこれを踏まえた記述がある。

（19）この場面における玉鬘のいわゆる「官能性」については、森一郎「藤袴巻末をめぐって―玉鬘物語の世界―」（『源氏物語の方法』桜楓社、一九六九　初出は一九六二）、および吉岡曠「玉鬘物語」（『源氏物語論』笠間書院、一九七二　初出は一九七一）に詳しい。また原岡文子「雲居雁の身体をめぐって―「常夏」を始発に―」（『源氏物語とその展開　交感・子ども・源氏絵』竹林舎、二〇一四　初出は二〇〇三）では、「胡蝶」「蛍」「常夏」といった「夏の時間」の巻々における玉鬘、近江の君、弘徽殿女御、雲居雁といった姫君達の「身体」の描写の突出について詳細に論じている。

（20）催馬楽「貫河」本文「貫河の瀬瀬の　やはら手枕　やはらかに　寝る夜はなくて　親離くるつま　……」（引用は土橋寛・小西甚一校注『日本古典文学大系　古代歌謡集』（岩波書店、一九五七）に拠る）

（21）中田幸司「催馬楽「貫河」攷―〈知的な遊び〉が生む〈恋歌〉―」（『平安宮廷文学と歌謡』笠間書院、二〇一二　初出は二〇〇〇）

（22）茅場康雄「宮廷音楽と催馬楽」（鈴木一雄監修『源氏物語の鑑賞と基礎知識21　常夏・篝火・野分』至文堂、二〇〇二）にも同様の指摘がある。さらに近時、スティーヴン・G・ネルソン『源氏物語』における催馬楽詞章の引用―エロスとユーモアの表現法として―」（寺田澄江・清水婦久子・田渕句美子編『源氏物語とポエジー　２０１４年パリ・シンポジウム』青簡舎、二〇一五）によって、「親さくるつま」の箇所に「（自分）である親（＝養父）を避ける、妻（になってほしいあなた）」との解釈案が示された。求愛の場面として、「源氏の意図は、とにかく「つま」という単語を美しく聞かせたい、というところにあるのではないか」とのネルソン氏の指摘を支持する。

（23）徳岡涼「常夏巻の源氏と玉鬘の贈答歌―二組の引き歌を巡って」（『上智大学国文学論集』三五、二〇〇二・一）。

（24）「なでしこ」と異なり「とこなつ」には「ちりをだにすゑじとぞ思ふさきしよりいもとわがぬるとこ夏のはな」（古今集・夏・167・凡河内躬恒）など多く「床」が掛けられ、性的なイメージを喚起する歌語となっている。

（25）小林彩子「「なでしこ」歌の系譜―比喩表現の展開をめぐって―」（『ノートルダム清心女子大学　古典研究』二二、一九九五・五）。

（26）この問題については第一部第三章で検討する。

第三章　欲望の「くさはひ」としての玉鬘造型
――催馬楽・風俗歌・万葉歌の古めかしさと斬新さ――

一　求婚譚の「くさはひ」としての玉鬘

『源氏物語』玉鬘巻から真木柱巻までの十巻は特に「玉鬘十帖」と呼ばれており、玉鬘と呼ばれる女性をめぐる求婚譚が物語の大きな枠組みとなっている。従って玉鬘の役割は次の【本文A】にあるように、六条院にあって、「いとうるはしだ」つ「すき者ども」の「心」を「乱」すべき「くさはひ」となること、つまり真面目くさった男達の興味を引きつけて恋心をかき乱す、強烈な女性的魅力の源となることであった。

【本文A】「さる山がつの中に年経たれば、いかにいとほしげならんと侮りしを、かへりて心恥づかしきまでなむ見ゆる。かかるものありと、いかで人に知らせて、兵部卿宮などの、この籬の内好ましうしたまふ心乱りにしがな。すき者どもの、いとうるはしだちてのみこのわたりに見ゆるも、かかるもののくさはひ*のなきほどなり。いたうもてなしてしがな。なほうちあはぬ人の気色見あつめむ」とのたまへば、……

（玉鬘巻一三一頁）

［異同］くさはひの―くさの（【河】）（【別】陽保）

この求婚譚の顚末が語られる真木柱巻の「あやしう、男女につけつつ、人にものを思はする尚侍の君にぞおはしける」（三九七頁）という語り手の総括からも、玉鬘（尚侍の君）の求婚譚における存在意義のありかが示唆されるだろう。それでは玉鬘の造型において、この「人にものを思はする」性質というものは一体どのような表現方法によって具現化されているのだろうか。これまでにも玉鬘の造型に引歌表現等が有効に機能していることは指摘されてきたが、とりわけその「すき者ども」の「心」を「乱」す官能性については、今なお表現の分析を通して解読されるべき余地があると思われる。そこで本章ではその例として、この語り手の発言の少し前、玉鬘が鬚黒邸へと移されたのちに源氏と冷泉帝の父子が未練を表すという次の【本文B】の場面に注目してみる。

【本文B】ひきひろげて、玉水のこぼるるやうに思さるるを、人も見ばうたてあるべしとつれなくもてなしたまへど、胸に満つ心地して、かの昔の、尚侍の君を朱雀院の后の切にとり籠めたまひしをりなど思し出づれど、さし当たりたることなればにや、これは世づかずぞあはれなりける。すいたる人は、心からやすかるまじきわざなりけり、今は何につけてか心をも乱らまし、似げなき恋のつまなりや、とさましわびたまひて、御琴掻き鳴らして、なつかしう弾きなしたまひし爪音思ひ出でられたまふ。①あづまの調べをすが搔きて、（源氏）「玉藻はな刈りそ」とうたひすさびたまふも、恋しき人に見せたらば、あはれ過ぐすまじき御さまなり。内裏にも、ほのかに御覧ぜし御容貌ありさまを心にかけたまひて、＊（冷泉帝）②「赤裳垂れ引きいにし姿を」と、憎げなる古言なれど、御言ぐさになりてなむながめさせたまひける。御文は忍び忍びにありけり。身をうきものに思ひしみたまひて、かやうのすさびごとをもあいなく思しければ、心とけたる御答へも聞こえたまはず。なほ、かのありがたかりし御心おきてを、方々につけて思ひしみたまへる御事ぞ、忘られざりける。（真木柱巻三九二～三九三頁）

［異同］心に……姿をと―ナシ（【別】麦阿）

波線部の源氏の感慨は、人の心をかき乱す玉鬘のありように自らもまた籠絡されてしまったことを示している。続いて源氏による傍線部①の風俗歌引用、また冷泉帝による傍線部②の古歌の引用が配され、両者の心情が表現される。従来の諸注釈書では、傍線部①の風俗歌の引用の意図は不明とされたり、別の和歌をはさんで間接的に解釈されることが一般的であった。また傍線部②では「憎げなる古言」の箇所にたとえば新全集で「品のよくない俗っぽい歌謡」(1)などの注がつけられながらも、それが帝によって口ずさまれることの物語的意義については未だ踏み込んだ解説がなされていない。けれども当該場面は玉鬘求婚譚のいわば「オチ」の部分の一部に相当し、散りばめられた詩的言語の総体から、求婚譚を貫く「玉鬘」および「求婚者達」の像が改めて結ばれる仕掛けになっていると推測される。また当時の古歌の享受状況についても興味深い点が多い。そこで本章では特に玉鬘に絡む官能性を示す表現に着目し、【本文Ｂ】の二つの引用表現について改めて検討する。なお玉鬘に関して「官能性」の語を用いた論考はこれまでにもあり(2)、この語は広義には人間の感覚器官（五官）に充足感を与える性質などを指すと思われるが、本節ではこれを踏まえた上で、玉鬘の持つ「官能性」については、中でも特にいわゆる「エロス」の概念（死の欲動に対する生の欲動）(3)と関連させ、性愛および生の本能に向かう力と位置づけた上で考察することとする。

二　物語における歌謡引用

まずは傍線部①に関して、そもそも歌謡、特に風俗歌が『源氏物語』に引用される場合の特質について確認しておく。実はいわゆる「風俗歌」の定義には未だ曖昧な部分も残っているため(4)、差し当たり物語への引用効果を考える上では、植田恭代氏が示したように、特に催馬楽との比較という視点が有効であると思われる。(5) また音楽の研究の面からも、風俗歌の譜面には宮廷風に様式化された跡が少ないことなどが指摘されている。(6) そうした風俗歌は『土佐日記』『平中物語』『今昔物語集』などにも見えるが、特に『枕草子』や『源氏物語』においては、催馬楽とはまたひと味違う、洗練されていない雰囲気を醸し出す小道具として登場しているとされる。(7) またその実際の享受状況については、『體源抄』に「四条大納言（傍記・「公任」）ノ仰ラレケルハ、風俗ウタハヌ人、雨日ノ徒然ヲイカニシテカクラスラント云々」とあるほか、(8)『大鏡』道長下に公任の感想として、儀式が終わって退出する際、源雅信が「荒田」を軽い調子で口ずさんだ一節が一風変わっていて面白かったとの記事がある。そもそも風俗歌は公の儀式音楽として貴族達の耳に入ってきたはずであるが、彼らはそれを私のくつろぎの時間にも楽しんでいたことが分かる。
　さて、こうした風俗歌が『源氏物語』に引用されると次のようになる。(9)

【資料1】『源氏物語』における風俗歌引用の場面（全）

a あるじも、肴求むと、こゆるぎのいそぎ歩くほど、君は、のどやかにながめたまひて、かの中の品にとり出でて言ひし、この並ならむかしと思し出づ。（「玉垂」帚木巻九四頁）

b（軒端荻）「いで、この度は負けにけり。隅の所どころ、いでいで」と指をかがめて、「十、二十、三十、四十」など数ふるさま、伊予の湯桁もたどたどしかるまじう見ゆ。（「伊予湯」空蟬巻一二一頁）

c 国の物語など申すに、（源氏）「湯桁はいくつ」と問はまほしく思せど、あいなくまばゆくて、御心の中に思し出づることもさまざまなり。（「伊予湯」夕顔巻一四五頁）

d 君は大殿におかしけるに、例の、女君、とみにも対面したまはず。ものむつかしくおぼえたまひて、あづまをすが搔きて、「常陸には田をこそつくれ」といふ歌を、声はいとなまめきて、すさびゐたまへり。

e（源氏）「ただ、梅の花の、色のごと、三笠の山の、をとめをば、すてて」と、うたひすさびて出でたまひぬるを、命婦はいとをかしと思ふ。（中略）（命婦）「あらず。寒き霜朝に、掻練このめるはなの色あひや見えつらむ。御つづしり歌のいとほしき」

（「常陸」若紫巻二五一～二五二頁）

（「たたらめ」末摘花巻三〇一頁）※源氏の独唱・大輔命婦と同僚女房との会話

f（源氏）「……つれづれと心細きままに、

伊勢人の波の上こぐ小舟にもうきめは刈らで乗らましものを

海人がつむ嘆きの中にしほたれていつまで須磨の浦にながめむ　……」。

（「伊勢人」須磨巻一九五頁）

g（博士）「鳴り高し、鳴りやまむ。はなはだ非常なり。座を退きて立ちたうびなん」など、おどし言ふもいとをかし。

（「鳴高し」少女巻二四～二五頁）

hあづまの調べをすが掻きて、（源氏）「玉藻はな刈りそ」とうたひすさびたまふも、恋しき人に見せたらば、あはれ過ぐすまじき御さまなり。

（「鴛鴦」真木柱巻三九三頁）

i（夕霧）「右の中将も声加へたまへや。いたう客人だたしや」とのたまへば、憎からぬほどに、（薫）「神のます」など。

（「八少女」匂兵部卿巻三五頁）

右のうち実際に節をつけて歌われるのはd・e・h・iの四例にとどまるが、いずれも選択された曲目や詞章が物語の展開と密接に結びついていると思われ、この物語の風俗歌に対する意識の高さが看取される。それ以外の場面でも風俗歌の詞章が地の文や人々の発言の中になめらかに溶け込んでおり、詞章自体が既に周知のものであったことがうかがえる。さらにこれを、次に挙げる催馬楽引用の主な場面と比較してみる。(10)

【資料2】『源氏物語』における催馬楽引用の場面（一部）

j懐なりける笛とり出でて吹き鳴らし、影もよしなどつづしりうたふほどに、よく鳴る和琴を調べととのへたりける、うるはしく搔きあはせたりしほど、けしうはあらずかし。（「飛鳥井」帚木巻七八頁）

k（源典侍）「瓜作りになりやしなまし」と、声はいとをかしうてうたふぞ、すこし心づきなき。（中略）君、東屋を忍びやかにうたひて寄りたまへるに、（源典侍）「おし開いて来ませ」とうち添へたるも、例に違ひたる心地ぞする。（「山城」・「東屋」紅葉賀巻三三九〜三四〇頁）

lこしらへおきて、「明日帰り来む」と口ずさびて出でたまふに、渡殿の戸口に待ちかけて、中将の君して聞こえたまへり。（「桜人」薄雲巻四三九頁）

m西の渡殿の前なる紅梅の木のもとに、梅が枝うそぶきて立ち寄るけはひの花よりもしるくさとうち匂へれば、妻戸おし開けて、人々あづまをいとよく搔きあはせたり。（「梅が枝」竹河巻七一頁）

催馬楽は【資料2】j〜mの各場面に見られるように、男女の気の利いたやりとりに利用される洒落た音楽として物語を彩ることが多い。これに対し【資料1】で確認する限り、いずれの場面においても風俗歌には催馬楽のような華やかな性格は見られず、たとえばeの大輔命婦とのやりとりにおいても、旋律や詞章を共有しつつ男女が互いの感情を高ぶらせていく、といった音楽的な掛け合いの力は有効に働いていないように思われる。全体的な傾向として、『源氏物語』においては、風俗歌は男性が独りでゆったりと口ずさんでこそ、場面にある種の艶めいた雰囲気を醸し出すものとして用いられていることが分かる。

ただし、玉鬘については催馬楽との密接な関わりも注目されるところである。次の【本文C】および【本文D】は常夏巻の一連の場面であるが、ここでは和琴を間において、源氏と玉鬘が催馬楽の詞章を用いながら、恋の気分も濃厚なやりとりを展開していた。

【本文C】（源氏）「中将を厭ひたまふこそ、大臣は本意なけれ。まじりものなく、きらきらしかめる中に、大君だつ筋にて、かたくなりとにや」とのたまへば、（玉鬘）「来まさばといふ人もはべりけるを」と聞こえたまふ。（源氏）「いで、その御肴もてはやされんさまは願はしからず。ただ幼きどちの結びおきけん心も解けず、歳月隔てたまふ心むけのつらきなり。

（「我家」常夏巻二二八〜二二九頁）

【本文D】（源氏）「貫河の瀬々のやはらた*」と、いとなつかしくうたひたまふ。「親さくるつま」は、すこしうち笑ひつつ、わざともなく掻きなしたまひたるすが掻きのほど、いひ知らずおもしろく聞こゆ。

（「貫河」常夏巻二三二頁）

［異同］やはらた—やはらたまくらなど【青】佐

先の真木柱巻【本文B】には点線部「なつかしう弾きなしたまひし爪音思ひ出でられたまふ」とあり、源氏がこの常夏巻の思い出を反芻しているという叙述がある。結局【本文B】では、催馬楽を用いて玉鬘と楽しいやりとりをしたのは遠い昔のことで、今では残された源氏が孤独に風俗歌を口ずさんでいるという状況的な対比がなされていると思われる。『源氏物語』中、催馬楽の詞章を直接口にした、もしくは心に思い浮かべたとされるのは、玉鬘の他には大輔命婦・源典侍・朧月夜周辺の女房・紫上付中将君[11]・雲居雁・玉鬘大君付女房・大君・浮舟母中将君・小野の大尼君といった女性達であるが、この顔ぶれから、たとえば語り手によって「色を好む」「色めく」と言った言葉で定義される女性達が共通して持つ、ある種の軽さや親しみやすさと催馬楽との関係性が予想される。当時、催馬楽や風俗歌といったいわゆる歌謡は、みやびな和歌とはまた違った方向から、身体に響く原始的な旋律やリズム、および性愛を大胆にうたう詞章に乗せて、人間の心に揺さぶりをかける力を持つものとして意識されていたのではないだろうか[12]。そして歌謡の持つこうしたいわば官能的な性格こそが、例の「すき者ども」の心を乱す「くさはひ」としての玉鬘の魅力を演出するにあたって、効果的に利用されたと考えられるのである。

三　風俗歌「鴛鴦」引用と「かりのこ」「橘」

それでは改めて、引用表現の詳しい検討に入る。まずは【本文B】傍線部①の風俗歌「鴛鴦」の引用について見ていくこととする。「鴛鴦」の詞章は次の通りである。(13)

【資料3】風俗歌「鴛鴦」

鴛鴦　たかべ　鴨さへ来居る　番良の池の　や　たまもはま根な刈りそ　や
生ひも継ぐがに　や　生ひも継ぐがに

右は「鴛鴦も、たかべも、鴨さえも来る原の池の玉藻は、どうか刈り取らないで下さい、再びまた生えてくることができるように」といった内容である。傍線部①について、『源氏物語』の諸注釈書では一般的に「はらのいけに生ふるたまものかりそめにきみを我がおもふ物ならなくに」(古今六帖・いけ・1673)という和歌を踏まえて間接的に解釈されている。(14)こうした複雑な注は、ここが源氏が玉鬘への未練を言う場面であるにもかかわらず、引用されている風俗歌の内容には一見して恋愛的な文脈が読み取りにくい点から発生したものだと思われる。しかしそのような中、呉羽長氏は「玉鬘を玉藻に見立て、多くの人が思いを懸けた玉鬘を玉藻の根を刈り取るように自分のものにしてしまった鬚黒の行為を難ずる意を込めたものとも考えられる」(15)として、もとの風俗歌「鴛鴦」の詞章により密着した新たな読みを試みており注目される。「鴛鴦」の詞章については千秋季隆にも「この歌何か恋愛上のことをおほまかにうたひしものなるべし」(16)との指摘があり、示唆に富む。実はこの歌の一節は『枕草子』「池は」段にも「はらの池は、「玉藻な刈りそ」と言ひたるもをかしうおぼゆ」（五九頁）と見える。[17]この段は有名な猿沢の池や狭山の池、こひぬまの池など、恋にまつわる古い伝承を持つ池を列挙したものと考えられるが、[18]その中にこの風俗歌もまた引用されているのである。さらに和歌においても、「玉藻」と「鴛鴦」などの水鳥がセットで詠まれた場合、その多くは恋愛的な文脈となっている。

【資料4】「玉藻」と水鳥の和歌

①春の池の玉もに遊ぶにほどりのあしのいとなきこひもするかな
（後撰集・春中・72・宮道高風／古今六帖・にほ・1504）

②かろのいけのめぐりゆきなくかもだにもたまものうへにひとりねなくに
（古今六帖・ひとりね・2709・きの王女／万葉集・390）

③夜いたく更けゆく。玉藻に遊ぶ鴛鴦の声々など、あはれに聞こえて、（中略）まことに涙もろになむ。
（若菜上巻八一頁）

たとえば【資料4】の①では、玉藻の周辺に集まり遊ぶ鳰鳥のせわしない足さばきが足しげく通う恋のひまなさに喩えられているが、これは風俗歌「鴛鴦」の発想に近い。なお「玉藻」自体が古めかしい印象を持つ語彙であり、特に乙女との恋を連想させるものであったとされている。[19]たしかに『万葉集』の中で「玉藻刈る」は「乙女」の枕詞的に使用されている。[20]結局平安の当時、風俗歌「鴛鴦」は人々に恋の歌として認識されていたと考えて差しつかえないだろう。そこで翻ってみると、呉羽氏の説にはやはり説得力がある。【本文B】の風俗歌の引用は、源氏が、玉鬘を玉藻に、求婚者達を鴛鴦やたかべ、鴨といった水鳥に見立てたものと考えてよいと思われるのである。

さて、【本文B】に関連して注目したいのが、次に挙げる【本文E】である。

【本文E】かくさすがにもて離れたることは、このたびぞ思しける。げにあやしき御心のすさびなりや。かりのこのいと多かるを御覧じて、柑子、橘などやうに紛らはして、わざとならず奉れたまふ。御文は、あまり人もぞ目立つるなど思して、すくよかに、（中略）など、親めき書きたまひて、

（源氏）「おなじ巣にかへりしかひの見えぬかないかなる人か手ににぎるらん

などかさしもなど、心やましうなん」などあるを、大将も見たまひて、うち笑ひて、（髭黒）「女は、*実の親の御あたりにも、たはやすくうち見えたてまつりたまはむこと、ついでなくてあるべきことにあらず。まして、なぞこの大臣の、をりをり思ひ放たず恨み言はしたまふ」とつぶやくも、憎しと聞きたまふ。（中略）

（髭黒）「巣がくれて数にもあらぬ*かりのこをいづ方にかは*とりかへすべき

よろしからぬ御気色におどろきて。すきずきしや」と聞こえたまへり。（源氏）「この大将の、かかるはかなしごと言ひたるも、まだこそ聞かざりつれ。めづらしう」とて笑ひたまふ。心の中には、かく領じたるを、いとからしと思す。（真木柱巻三九四～三九六頁）

［異同］実の―ナシ（【別】長）　かりのこ―かものこ（【青】池）　とりかへす―とりかくす（【青】大）

【本文E】は【本文B】の少し後で、髭黒邸の玉鬘へ源氏が文をやるという場面である。この手紙は沢山の「かりのこ」すなわち水鳥の卵に添えて出されるのだが、古注の中にはここに先の風俗歌の影響を指摘するものがある。(21)仮に風俗歌の内容と関わらせて考えるならば、源氏の意識の中で、「かりのこ」の親であるところの「かり」つまり源氏自身が、玉鬘の親であると同時に、水鳥にたとえられていた他の求婚者達と同じく懸想する男として存在しているということになる。髭黒の返歌の中では卵が「仮の子」としての玉鬘のありようを象徴しており、これを「仮の親」の源氏と夫の髭黒とが奪い合うような構図が描かれている。このように見てくると、「かりのこ」の一語がここに置か

れた意味はやはり重い。すなわちこの語は源氏と玉鬘の間の恋愛的な文脈と親子の問題に関わる文脈とを二重に担っているものであり、特にこの二人の物語を方向づけている「偽の親子のあやにくな恋」という問題と深く関わるものなのではないだろうか。[22]

また、【本文E】では「かりのこ」に関連して「橘」が登場するが、玉鬘と「橘」の組み合わせについては、胡蝶巻に雨上がりの六条院の印象的な一幕があった。

【本文F】雨のうち降りたるなごりの、いとものしめやかなる夕つ方、御前の若楓、柏木などの青やかに茂りあひたるが、何となく心地よげなる空を見出したまひて、（源氏）「和して且清し」とうち誦じたまうて、まづこの姫君のにほひやかげさを思し出でられて、例の忍びやかに渡りたまへり。手習などして、うちとけたまへりけるを、起き上がりたまひて、恥ぢらひたまへる顔の*色あひいとをかし。（中略）箱の蓋なる御くだものの中に、橘のあるをまさぐりて、

（源氏）「橘のかをりし袖によそふればかはれるみともおもほえぬかな
……」（中略）

（玉鬘）袖の香をよそふるからに橘のみさへはかなくなりもこそすれ

むつかしと思ひてうつぶしたまへるさま、いみじうなつかしう、手つきのつぶつぶと肥えたまへる、身なり肌つきのこまやかにうつくしげなるに、なかなかなるもの思ひ添ふ心地して、今日はすこし思ふこと聞こえ知らせたまひける。　（胡蝶巻一八五～一八六頁）

［異同］色あひ―にほひ（【河】）

当時、和歌においては「橘」の実を詠み込むことは既にほとんど絶えていたが、漢詩句では『和漢朗詠集』「橘花」

項に「廬橘子低山雨重」（白居易）・「枝繫金鈴春雨後」（後中書王）などと見え、[23]雨に濡れた実の様子が一つの美の定型ともなっていた。[24]こうした漢詩句を背景に生み出された橘の実のつややかなイメージは、【本文F】でもそのまま玉鬘にかぶせられていると考えられる。雨上がりの夕方、女性の「身」に橘の「実」を掛けた二首の和歌によって強調された玉鬘の美しさは、金色に輝いてこの場面に存在し、源氏の心を魅了していく。【本文F】は玉鬘十帖の中でも非常に官能的な場面だとされている。[25]文中にも「顔の色あひ」「手つき」「身なり肌つき」など身体的な描写が数多く見られ、玉鬘の、人の五官に訴えかける官能的な美しさが表現されているのである。

さらに【本文F】で結びつけられた玉鬘と「橘」との関わりと【本文E】との対応は、その他の特徴的な語彙からも確認される。たとえば玉鬘の「身」に関して言うと、【本文F】で源氏に「まさぐ」られていた橘の実は【本文E】では「かりのこ」に姿を変え、源氏の和歌の中で「いかなる人か手ににぎるらん」と悔しがられることになる。こうしたある意味で露骨とも言いうるような特殊な語彙[26]の選択に、両場面に共通する「偽の親子のあやにくな恋」のテーマと、叶えられない男の欲望の強さが看取される。[27]風俗歌「鴛鴦」の引用に始まる一連の場面（【本文B】・【本文E】）は、動植物を表す様々な言葉を用いて、玉鬘の官能的な魅力に囚われてしまう源氏の姿を的確に示していると言えるだろう。

四　万葉語としての「赤裳」

続いて【本文B】傍線部②で冷泉帝が口ずさみ、語り手が「憎げなる古言」と批判するフレーズ「赤裳垂れ引きいにし姿を」について検討する。このフレーズについては、直接的には【資料5】『古今六帖』の④の引用表現とされている。ただし平安中期において「赤裳」の語を用いた和歌はいずれも『万葉集』に既出のものが改めて歌集に採録される形となっており[28]、「赤裳」自体が本質的に万葉色の強い歌語であると言ってよい。

【資料5】平安中期における「赤裳」の用例（いずれも『古今六帖』より）

④たちておもひゐてもぞ思ふくれなゐのあかもたれひきいにしすがたを
（裳・3333／万葉集・2555　※第四句「赤裳下引《あかもすそひき》」[29]）

⑤ますらをはみとりにたたじ乙女子はあかもすそひく清きはまべを
（はま・1926／万葉集・1006）

⑥すみよしのいでみの浜にしばなかりそねをとめごがあかもたれひきぬれてゆかんみん
（せんどう歌・2525／万葉集・1278　※第五句「赤裳下《あかものすそ》」）

『万葉集』の世界において、赤い裳裾は「女性の官能的な美」や「色彩感豊かな官能美」などの印象を与えるものであった[30]。こうした、赤い色彩を揺曳する若い女性の魅力的な心象は、【本文B】で冷泉帝の脳裏に浮かぶ、宮中を退出していった玉鬘のイメージとも重なる。そもそも玉鬘は「山吹」（初音巻一四八頁、野分巻二八〇頁他）や「酸漿《ほほづき》」（野分巻二七八頁）などに喩えられており、この「赤裳」においてもやはり、玉鬘十帖では玉鬘と赤系統の色とが特に密接なものとして意識され、形象されていることがうかがえよう[31]。

また冷泉帝の口ずさみに対する「憎げなる古言」という語り手の評価については、平安中期における「赤裳垂れ引き」という表現の印象、および「憎げなり」の用例の比較検討から、「時代遅れの古めかしい歌を、源氏に大変よく似た若く美しい帝の「言種」と記すことに対する、作者の違和感の表われ[32]」のためとする解釈がある。しかし『源氏物語』において「古言」、すなわち古い〈ことば〉の引用は、たとえば葵上を哀悼する源氏の手習を「あはれなる古言ども」（葵巻六五頁）と評した例のように、主体が若者であっても語り手が好意的な場合もある。また娘を想う明石君の手習に対する「あはれなる古言」（初音巻一五〇頁）[33]、また蛍兵部卿宮の草子に対する「ことさらめき、側みたる古言ども」（梅枝巻四一九頁）などの評価を見ると、この物語の語り手にとっては〈ことば〉自体の古めかしさよりも、むしろその歌の持つ内容と物語の場面性との兼ね合いの方に批評の根拠があるように思われる。当該場面に引かれた④には、「赤裳」の官能性に加え、上句に「たちておもひゐてもぞ思ふ」という強い思慕の念を表す、万葉の恋歌の類型的表現が用いられている点に特徴が見出される。[34]ここから、「憎げ」という否定的な評価は、④の〈ことば〉が持つあからさまな恋の気分によるものと解すこととする。ただしこの語り手の口吻は純粋な非難というよりもむしろ、まるで世の常の男性のように玉鬘への恋に囚われてしまった帝への揶揄めいた雰囲気を持つように思われる。[35]当該場面周辺の冷泉帝には既に「俗物性」や「おかしみ」の要素が指摘されているが[36]、この万葉歌が醸し出す官能性によってもやはり、玉鬘求婚譚においては結局帝さえも揶揄されるべき「すき者ども」の一人として相対化され、戯画化されていることが確認できるだろう。

ちなみに当該場面の解釈にあたっては、一方で物語の外側に目を転じ、『源氏物語』成立の少し前から万葉復興とも言える和歌的状況があった点にも注意を払うべきかと思われる。改めて平安中期までの『万葉集』享受の概略を確認してみると、『源氏物語』の成立時期との関連性が注目されるだろう。[37]『源氏物語』の万葉歌の引用は、古さと新しさの二重性を帯びていた可能性がある。当該場面では独特の官能的色彩を持つ「古言」の引用により、玉鬘の姿態にかえって新鮮な印象がもたらされているように思われるが、こうしたありようは古歌を「新たな発想を拓く契機」[38]とするという当時の享受状況に連動したものだったとも考えられる。[39]今後も注目していきたい問題である。

五　玉鬘求婚譚の終焉とエロスの行方

以上、真木柱巻後半部、求婚譚としては終末部付近の場面について考察をしてきた。風俗歌および『万葉集』ゆかりの古歌の引用は、当時の貴族達における流行を反映しつつ、いずれも強い恋の気分を醸し出している。物語はこうした独特の表現を効果的に用いて、玉鬘の魅力をより〈官能性〉に富んだ魅力的なものとして改めて捉え返すとともに、敗北した男達の未練や欲望をより強調し、求婚譚の全体を語りおさめようとしたと見られる。なお本章でとりあげた二つの引用表現は、今回詳しくは扱えなかった「山吹」「酸漿《ほほづき》」、また「撫子（常夏）」さらには「根」[40]などの〈ことば〉の持つ、和歌的文脈あるいは物語内に固有の文脈とも響き合いながら、玉鬘という人物独自の美としての官能的な側面を現出させていると思われる。さらにこれらの言葉の表象はこの人物の「鄙」性あるいは限界性などの側面とも照応している可能性があるが、その詳細な検討については今は措く。

物語においてあらわされるある女君の品格は、その時々の視点人物の身分や立場などによって常に相対的なものであり、玉鬘に対する評価も「気高く」（右近・玉鬘巻一一七頁）、「ものきよげ」（源氏・初音巻一四八頁）、「品高く見えざりける」（夕霧・野分巻二七八頁）など、決して一定ではない。しかし玉鬘の造型に付与された〈官能性〉というべきものは、ほぼ一貫して認められたように思う。玉鬘の〈官能性〉はやがて生命力・繁殖力などと結びつき、六条院を出た後も、そのエロス的な象徴性によって物語に生気と華を添えていくのである。次章ではこうした玉鬘の造型の方法に、朧月夜と重複する部分があるという点に着目し、検討を加えることとする。

注

（1）三九三頁注一八。その他「いやな古歌だが」（全書）、「にくていな古歌」（玉上評釈）、「品のよくない世俗的な民謡ぐらいの意か」（旧全集）、「聞きにくいいやな古歌であるけれども」（旧大系）、「耳慣れない古歌だが」（集成）、「耳慣れぬ野暮な古歌であるが」（新大系）、「耳慣れぬ品のよくない歌謡」（鑑賞と基礎知識）。

（2）森一郎「藤袴巻末をめぐって―玉鬘物語の世界―」（『源氏物語の方法』桜楓社、一九六九　初出は一九六二）および吉岡曠「玉鬘物語」（『源氏物語論』笠間書院、一九七二　初出は一九七一）、原岡文子「雲居雁の身体をめぐって―「常夏」を始発に―」（『源氏物語とその展開　交感・子ども・源氏絵』竹林舎、二〇一四　初出は二〇〇三）など。

（3）「エロス」の概念については小此木啓吾編集代表『精神分析事典』（岩崎学術出版社、二〇〇二）および永井均・中島義道・小林康夫・河本英夫・大澤真幸・山本ひろ子・中島隆博編『事典哲学の木』（講談社、二〇〇二）を参照した。特に後者には「エロスは永遠への見果てぬ夢を与える生の原動力である」（千葉惠）とのまとめがあり、示唆に富む。この視点は、河添房江「六条院王権の聖性の維持をめぐって」（『源氏物語表現史　喩と王権の位相』翰林書房、一九九八　初出は一九八八）などによって指摘された、六条院において玉鬘が担う「今めかし」さを更新する役割を考察する上でも有効だと思われる。若菜上巻には源氏が朧月夜と再会した際、紫上の発言に「今めかしくもなり返る御ありさまかな」（八五頁）とあり、次章で検討する玉鬘と朧月夜の役割の共通性という問題からも注目される。

（4）雨海博洋・神作光一・中田武司編『歌語り・歌物語事典』（勉誠社、一九九七）「儀礼歌」項（馬場光子）によると、『古今集』巻二十の各歌が宮廷儀礼歌として整った短歌形式を持つ一方、『承徳本古謡集』の不整形式の古体の歌詞に貴族の遊興歌謡となった風俗歌の姿がうかがえるという。

（5）植田恭代「物語世界の催馬楽」（『源氏物語の宮廷文化　後宮・雅楽・物語世界』笠間書院、二〇〇九　初出は一九九二）

（6）小島美子「日本の古層時代の音楽」（藤井知昭編『日本音楽と芸能の源流』日本放送出版協会、一九八五）

（7）土佐秀里「『枕草子』における歌謡引用の諸相―催馬楽・風俗歌そのほか―」（『文芸と批評』七―七、一九九三・五）は、『枕草子』が「歌は風俗」と断言する点に、「規範的制度的ならざる一面、周縁への志向」を読みとる。

（8）正宗敦夫編纂校訂『體源抄』十ノ下「風俗事」（日本古典全集刊行会、一九三三）

（9） 池田亀鑑編『源氏物語事典』（東京堂、一九六〇）を参考にしつつ私に調査した結果をまとめた。

（10） 池田亀鑑前掲（注9）事典および植田恭代前掲（注5）書に掲出された調査結果を用いて確認した。

（11） 薄雲巻四三八〜四三九頁。詞章の含まれる和歌は紫上の詠とも解釈できるが、間に召人中将の君を配し、機知的な応酬の妙が効果的に演出されている点が特徴的である。

（12） 『源氏物語』中の催馬楽における和歌との位相差、また相手への意志伝達性などに関しては、浅野建二「源氏物語と催馬楽」（『日本歌謡の発生と展開』明治書院、一九七二 初出は一九五二）が「機智」や「をかしみ」の情調美について、また中川正美「催馬楽」（『源氏物語と音楽』和泉書院、一九九一）が「他者への働きかけ」の要素についてそれぞれ述べている。なお山﨑薫『『源氏物語』における風俗歌―「常陸には田をこそ作れ」考―』（『平安朝文学研究』復二五、二〇一七・三）は、「平安期における風俗歌の旋律や演奏形態を明確に示す資料が存在していない以上、当時の催馬楽と風俗歌の間に、実際にどれほどの差異があったのかは判然としない」と危惧する。この点を考える上では、『源氏物語』中の催馬楽が、たとえば【資料2】に挙げた例のように、男女の色めいた応酬を盛り上げる掛け合いの小道具としてしばしば利用されるのに対して、風俗歌は必ずしもそうではないことが注目される。『源氏物語』における両歌謡の用例数自体に大きな差があることの理由等も含めて、歌謡引用と物語との親疎性についてはさらに考究していきたい。

（13） 「鴛鴦」本文は『楽章類語鈔』を底本とする土橋寛・小西甚一校注『日本古典文学大系 古代歌謡集』（岩波書店、一九五七）に拠る（『承徳本古謡集』には見えない）。なお主な校異は、『源氏釈』前田家本および『奥入』に「於比毛須加禰也」とある他、賀茂真淵『風俗歌考』が「一本たまもはや、よきくさのゆかりぞや、まねなかりそや」（國學院編輯部編『賀茂真淵全集 第二』弘文館、一九〇三）と伝えている。

（14） 旧大系以降、玉上評釈、旧全集、新大系、新全集が採用している。

（15） 鈴木一雄監修『源氏物語の鑑賞と基礎知識37 真木柱』（至文堂、二〇〇四）。また高嶋和子「「玉鬘」造型に寄与する植物」（『源氏物語植物考一』国研出版、二〇〇六 初出は二〇〇二）にも、「玉藻」は玉鬘の美の表象であるとの言及がある。

（16） 千秋季隆『謡物評釈（催馬楽歌東遊歌風俗歌評釈）』（早稲田大学出版部、一九一八か）

（17）『枕草子』の引用は津島知明・中島和歌子編『新編枕草子』（おうふう、二〇一〇）に拠った。

（18）三巻本・前田本・堺本・能因本の全てが「こひぬまの池」の次に「はらの池」を置き、さらに三巻本以外は「益田の池」と続けている。

（19）久保田淳・馬場あき子編『歌ことば歌枕大辞典』（角川書店、一九九九）「玉藻」項（西山美香）。

（20）938・1726「たまもかるあまをとめども」、3628「たまもかるをとめをすぎて」など。なお、多田一臣「天智挽歌の「大宮人」」（『国文学解釈と鑑賞』七二―三、二〇〇七・三）は「玉藻」を刈る乙女（女官）の衣装が「赤裳」であったと説く。

（21）『弄花抄』『湖月抄』。ただし『弄花抄』には「愚案此儀不可然」との傍記もある。

（22）第一部第二章において、特に源氏と玉鬘の間で詠み交わされる和歌では「根」の一語により「親子」と「恋」の二重の意味内容が暗示されるという現象について論じている。

（23）『和漢朗詠集』の引用は菅野禮行校注・訳『新編日本古典文学全集　和漢朗詠集』（小学館、一九九九）に拠る。

（24）『枕草子』「木の花は」段に、この漢詩句を踏まえた描写がある。

（25）【本文Ｆ】について森一郎前掲（注２）論文は「かなりあらわな官能的描写」であると評し、同じく吉岡曠前掲（注２）論文はそうした「官能的」な表現にこそ「源氏の玉鬘に対する興味の本質」が表れていると指摘する。また原岡文子前掲（注２）論文は「ほのかに官能の匂いを漂わせる」玉鬘の身体が「翻弄される養父のまなざしの揺らぎ」を問題化すべく、夏という季節が「意図的に選び取られた」と述べる。

（26）『源氏物語』中、「にぎる」は当該場面の他、幼い薫が筍をしゃぶり「いとねぢけたる色ごのみかな」と評される場面に一例（横笛巻三五〇頁）。また「まさぐる」は全十三例で楽器に対する用例が多いが、女三宮への文につけた白梅を源氏が弄ぶ場面（若菜上巻七一頁）など、植物に関する比喩的な側面が特に注目される。

（27）なお、前掲（注15）『源氏物語の鑑賞と基礎知識37　真木柱』補助論文（濱橋顕一）は「呉竹」の語の重複に着目し、『竹取物語』引用の問題から両場面の関連性について考察している。

（28）「赤裳」の平安中期の用例は、管見では【資料５】に掲出した④～⑥の三例の他、『古今六帖』446・1923・3334、『拾遺集』493・1123、『人丸集』57・175を加えた十例で全てである。

（29）佐佐木信綱編『校本万葉集』（岩波書店、一九三一）に拠って確認する限り、新点本の細井本・京大本には「タレヒキ」とする訓が存在する。ただし鈴木日出男「源氏物語における万葉歌の流伝―その階梯的考察―」（『上代文学』一八、一九六六・一）の調査によれば、結局「タレヒキ」は伝播の過程において現れた異伝である可能性が高いという。また斎藤由紀子「万葉集から平安の歌ことばへの変遷と源氏物語の表現」（『会誌』二三、二〇〇四・三）は『源氏物語』『古今六帖』間の異同の存在を指摘しており、物語が拠った万葉歌の出典についてはさらなる調査が必要とされている。

（30）稲岡耕二・橋本達雄編『万葉の歌ことば辞典』（有斐閣、一九八二）「も（裳）」項（林田正男）。

（31）玉鬘の退出直前に、冷泉帝との間で玉鬘の衣装に関して「紫」の語を用いた和歌の贈答があり（三八五～三八六頁）、当該場面との関連が指摘されている。

（32）藪葉子「玉鬘の美の表象」（『『源氏物語』引歌の生成―『古今和歌六帖』との関わりを中心に』笠間書院、二〇一七　初出は二〇〇〇）

（33）新春の六条院における明石君の手習「梅のはなさけるをかべにいへしあればともしくもあらず鶯のこゑ」（古今六帖・うぐひす・4385）に対する評価である。

（34）568「たちてもゐてもあがおもへるきみ」、2294「たちてもゐてもきみをしぞおもふ」など多数、しかし平安中期にはほとんど見られない。西條勉「万葉集の〈声／文字〉―書くことが増幅する声の世界―」（神野志隆光編『万葉集を読むための基礎百科』學燈社、二〇〇三）に傍線部を『万葉集』の恋歌の類型句とする指摘がある。

（35）冷泉帝は後に玉鬘の娘である玉鬘大君への寵愛ぶりを、語り手から「ただ人だちて（臣下の者のように）」（竹河巻九一頁）と評されることになる。

（36）金小英「玉鬘十帖の〈笑い〉―端役から主要人物への拡がり―」（『平安朝文学研究』復刊一五、二〇〇七・三）

（37）『万葉集』の訓読作業は九五一年に着手され、続いて成立の『古今六帖』には『万葉集』にゆかりの古歌が多く採用された。この頃の古歌再評価の気運は、『伊勢物語』増補章段や曾禰好忠の和歌などに影響を及ぼした（鈴木日出男『古代和歌史論』（東京大学出版会、一九九〇）、滝澤貞夫「曾禰好忠試論」（『王朝和歌と歌語』笠間書院、二〇〇〇　初出は一九六八）など参照）。さらに十一世紀初頭成立の『拾遺集』には、当時の「人麿ブーム」（片桐洋一『拾遺集』における

『古今集』歌の重出」(『古今和歌集以後』笠間書院、二〇〇〇　初出は一九九二) を受けてか、『古今集』や『後撰集』をはるかに超える数の万葉歌が採られることとなる。また寛弘年間の具平親王と公任による人麿・貫之優劣論をもとに、三十六人集が整えられていく。『源氏物語』の成立時期がちょうどこの頃と重なるものである点は特に注目される。

(38)　鈴木日出男前掲(注37)書

(39)　物語内の時代設定は執筆当時よりも遡ると思われるが特定は難しく、また、准拠とされる年代と物語内の流行観の設定には差異も指摘されている。本章ではひとまず本文中に用いられた「古言」の語の表現効果に着目したが、今後は当時の万葉歌享受の実態の考察に加え、物語内外の和歌史的な位相を慎重に検討していきたい。

(40)　玉鬘に関する「根」の象徴性については第一部第二章で検討した。

第四章　朧月夜および玉鬘と〈藤原氏の女〉との恋
――うたことばの反復と人物造型の重なり――

一　同一素材の反復利用

ここまで、『源氏物語』の人物造型の方法として、ある特定の〈ことば〉の持つ情報喚起力が、作中人物の心情や性質、また置かれている状況などを多角的に形づくる例を確認してきた。それではこのうち、同一の素材が巻を隔て、異なる複数の人物に対して反復して使用されるという現象はどのように捉えるべきであろうか。

この現象をいわゆる物語内引用として考えた場合、たとえ反復される〈ことば〉の内容が直接的には異なっていたとしても、その「ことばの形姿」自体のつながりによって、物語の構造的な連関をあらわしうるとした池田和臣氏の視座が有効である。(1) ただしこうした反復される表現の問題は、物語自体の解釈とはまた別の次元において、いわゆる「作り手」(2) の技法や物語の生成にかかわる具体的な疑問へと結び付いていく。そこには端的に言って、物語の「作り手」が同じような人物や状況を設定すべく、同じような表現を繰り返し用いたという事実があるのではないだろうか。

しかしこの問題については、いまだ十分に検討されていないように思われる。[3] そのような中、たとえば『源氏物語』の作中歌に関しては、重出表現の多くが「前段で用いた表現を適宜使い回して」生産されたものであること、[4] 作中人物の詠歌に「表現と人物を結び付けるという工夫」が見られることなどが注目されている。[5] また浅田徹氏の指摘した「歌型レベル」での繰り返しの存在や、作者が物語を書く上での「便利な型」「有利な技法」としての作中和歌の類型があることなど、[6] 和歌の分析を通した、表現の反復に関するこうした研究の手法は示唆に富む。

そこで本章では考察の対象を『源氏物語』の作中歌からさらに広げて、作中人物の周辺に配される歌謡や地の文に見られる喩的な景物などにも目を配りつつ、特に「作り手」の営為という問題に立ち入った考察を試みる。朧月夜と玉鬘という二人の人物を例に、[7] 〈藤原氏の女〉との恋という点に着目し、このことを演出すべく両者に反復して用いられている詩的言語を調査する。具体的には、催馬楽『貫河』の引用、「玉藻」と「水鳥」の配置、「ふち」への「身投げ」の歌などを取りあげて論じる。

二　催馬楽『貫河』――朧月夜の場合――

真木柱巻には源氏の心中で、朧月夜と玉鬘が並んで想起される箇所がある。

かの昔の、尚侍の君を朱雀院の后の切にとり籠めたまひしをりなど思し出づれど、さし当たりたることなればにや、これは世づかずぞあはれなりける。（真木柱巻三九二頁）

両者共に「尚侍」であることからの連想であるが、特にここで共通の要素とされているのは、想い合いながらも第三者によって無理に引きさかれた恋という点である。この点にかかわると思われるのが、両者の周辺に置かれた催馬楽

『貫河』の引用である。この催馬楽は花宴巻および常夏巻の二箇所に見え、いずれも源氏によって口ずさまれている。

貫河の瀬々の　やはらたまくら　やはらかに　寝る夜はなくて　親さくるつま
親さくるつまは　ましてるはし　しかさらば　矢矧の市に　沓買ひにかむ
沓買はば　線鞋の　ほそしきを買へ　さし履きて　表裳とり着て　宮路通はむ

本章ではまず、朧月夜にかかわる花宴巻の引用について検討する。朧月夜との最初の逢瀬の後、源氏は次のように煩悶する。

いかにして、いづれと知らん、父大臣など聞きて、ことごとしうもてなされんもいかにぞや、まだ人のありさまよく見定めぬほどは、わづらはしかるべし、さりとて知らであらむ、はた、いと口惜しかるべければ、いかにせまし、と思しわづらひて、つくづくとながめ臥したり。（花宴巻三六〇頁）

この後、源氏は朧月夜と取り交わした扇に歌を書き付け、しぶしぶ左大臣家の葵上のもとへ向かうのであるが、その合間には可憐に成長した紫君の描写が差し挟まれている（花宴巻三六一頁）。そして左大臣家に至って、源氏はついに『貫河』の詞章を口ずさむ。

大殿には、例の、ふとも対面したまはず。*つれづれとよろづ思しめぐらされて、箏の御琴まさぐりて、（源氏）「やはらかに寝る夜はなくて」とうたひたまふ。大臣渡りたまひて、一日の興ありしこと聞こえたまふ。（中略）弁、中将など参りあひて、高欄に背中おしつつ、とりどりに物の音ども調べあはせて遊びたまふ、いとおもしろし。（花宴巻三六一～三六二頁）

［異同］つれづれと―つれつれとうちなかめて【河】

この『貫河』引用については、諸注では葵上の冷淡な態度に対する源氏の皮肉や不満であると解されている。しかし朧月夜、紫君、葵上など複数の女君について「つれづれとよろづ」思いめぐらされた結果、最終的に催馬楽のフレーズが導き出されたのであれば、その暗示する内容は葵上ひとりに限定するのではなく、共寝の容易に叶わない女君の各々がそれぞれに関わるものとして解釈すべきであろう。(8) とりわけ朧月夜に即して考えた場合、源氏の物思いにかかわる一連の場面において、朧月夜の「父大臣」と、葵上の父「大臣」の両者が相前後して話題に上がってくる点が注目される。『貫河』前半部の眼目は「親さくるつま」すなわち母親が仲を引きさく恋人(9)への強い執着や、「やはらかに寝る夜」がないため一層募る苦しさ、などにあると思われるが、この内容と、『源氏物語』における左右の両父大臣の描かれ方はややねじれた重なり方をしているのである。以下にその様相を確認する。

まず葵上について、集成や鑑賞と基礎知識では葵上だけでなく「親」に関しても引用の効果を認めていて示唆に富む。実際、葵上の父左大臣は、娘と男との仲を引きさくどころか、「弁、中将など参りあひて」家中総出で婿を歓待している。吉井美弥子氏は、こうした一連の左大臣の様子は葵上という人物が担っている「政治性」を示すものであると述べた。(10) 原典の世界と左大臣邸の様子とは、登場人物が重なりつつも彼らの心情が逆なのであるが、結局のところ、やはり男女が「やはらかに寝る夜はなくて」という状況に陥っている点が、葵上にまつわる『貫河』引用の面白さとなっているのだろう。

また一方の朧月夜に関しては、父右大臣は、未だ二人の交渉に気づいていない。しかしここで源氏に危惧されているのは、朧月夜との仲をさかれることではなくむしろ「ことごとしうもてなされ」ること、つまり右大臣家の正式な婿として仰々しく待遇されるという事態である。この危惧が示された直後に、左大臣家でまさしく大げさにもてなされる源氏の様子が語られることは暗示的ではないだろうか。紅葉賀巻末で藤壺の立后のことがあってのち、この花宴巻からは弘徽殿大后、すなわち右大臣方との政治的な対立が徐々に焦点化されてきている。右大臣が朧月夜との仲を反対することは特に懸念されていないが、結果的には親が障害となって「やはらかに寝る夜はなくて」という状況に陥る点、つまりは『貫河』の内容と重なることになる。男女が結ばれないために一層「ましてるはし」と思慕の情が強まる点も同じである。こちらにもまた、屈折した引用が認められる。

以上のように、花宴巻で『貫河』の「親さくるつま」の詞章は、葵上と朧月夜に注目した場合、左大臣家と右大臣家の政治的な立場をそれぞれに含み込みつつ、ずらした形で物語に投影されていると考えられる。『貫河』では女親によって守られる娘が、物語においては男親との関係性の中で逢いづらくなっている点も、このずらしの内容を政治的な文脈とかかわらせて読むべき指標であると考えてよいのではないだろうか。

三　催馬楽『貫河』――玉鬘の場合――

次に玉鬘の場合を確認する。常夏巻、月も出ない薄暗がりの中、六条院に集まった貴公子達を遠目に源氏と玉鬘が語り合う場面に『貫河』の引用がある。「ただ今はこの内大臣になずらふ人なしかし」（常夏巻二三〇頁）と、源氏は内大臣の得意とする和琴を引き寄せ、玉鬘の「親の御ゆかしさ」（常夏巻二三一頁）を巧みに利用しつつ接近を目論む。

（源氏）「貫河の瀬々のやはらた*」と、いとなつかしくうたひたまふ。「親さくるつま」は、すこしうち笑ひつつ、わざともなく掻きなしたまひたるすが掻きのほど、いひ知らずおもしろく聞こゆ。（常夏巻二三二頁）

［異同］やはらた―やはらたまくらなと【青】佐

当該場面では『貫河』の詞章が二箇所にわたって抽出され、物語内容とのより密接な関わりが用意されている。ここで特に重要と思われるのは、玉鬘の物語における源氏の造型が常に、娘を守る親と恋する男という特殊な二重性を帯びていることである。こうした枠組みの中で、当該場面の『貫河』の引用はどのような効果を挙げているのだろうか。

まず「親さくるつま」ということばの構成について考えると、「さく」を自動詞と考えれば「（つまが）親から離れる」となり、他動詞と考えれば「（つまを）親が引き離す」となる。ただし「つま」の語は、あくまでも夫婦や恋人といったつがいの片割れという意味で解される。多くの注釈書では「つま」を配偶者としての玉鬘と解しているようだが、[11]源氏もしくは内大臣を「親」とした場合、そこには論理的な無理があるのではないだろうか。そうした中で、鑑賞と基礎知識の茅場康雄氏の説は、要約すると「源氏（親）が遠ざける求婚者達（つま）」という解釈になり納得される。[12]このように他動詞として解すると文法的に無理がない上、引用された『貫河』における親と子の関係を当該場面にそのまま当てはめる読み方が可能になる。玉鬘は六条院に貴公子達を惹きつけるための「くさはひ」（玉鬘巻一三一頁）という役割を与えられていた。すなわち「やはらかに寝る夜」がない張本人は、玉鬘とこれを恋い慕う求婚者達とひとまず捉えることができよう。

ただし一方で、玉鬘の物語における「偽の親子のあやにくな恋」という特殊な側面から考えるならば、源氏を、妨害する「親」の位置だけでなく、引きさかれる「つま」の位置に当てはめる文脈もまた並行して認めることができるのではないか。この構図では「親」に該当する存在は内大臣とするのが妥当と思われる。すなわち「内大臣（親）が遠ざける源氏（つま）」といった解釈になる。この解釈については、作中人物の意識とはかかわりのない、あり得るかもしれない物語の文脈の多層的なありようの一つと位置づけておく。

ここで興味深いのは、かつて花宴巻で朧月夜との結婚のために右大臣から仰々しく婿扱いされるのを嫌った源氏が、行幸巻で玉鬘との結婚についても次のように考える点である。

かの大臣、何ごとにつけても際々しう、すこしもかたはなるさまのことを思し忍ばずなどものしたまふ御心ざまを、さて思ひ隈なくけざやかなる御もてなしなどのあらむにつけては、をこがましうもやなど思しかへさふ。（行幸巻二八九頁）

源氏が危惧しているのは内大臣からの拒絶ではなく、むしろその婿として今さらにこちらが庇護されるような状況になることと解される。政治的な確執のある相手の娘との恋に際し、源氏は同様の危惧を繰り返し抱いていることが見て取れよう。

さらに、女君の父親である右大臣と内大臣の周辺にも、明らかな表現の反復が認められる。たとえば両者の性格は直情径行型の設定であり、娘の部屋に入る際の態度も、右大臣は「軽らかにふとはひいりたまひて」（賢木巻一四四頁。なお「はひいり」を陽明文庫本は「はひわたり」、河内本の多くおよび国冬本は「はいわたり」、御物本は「はゐわたり」とする）、内大臣は「ゆくりもなく軽らかにはひわたりたまへり」（常夏巻二三八頁）とあって文言が似通う。また右大臣に対して用いられた「舌疾」（賢木巻一四五頁）という表現は、右大臣以外では内大臣の娘である近江の君に限って繰り返し用いられる（常夏巻二四三頁）、特徴的な語彙である。さらに、こうした藤原氏の二人に源氏が相対する際に「おほきみ姿」（花宴巻三六四頁・行幸巻三〇五頁）と記され、その皇統性が強調されている。[13] そこでは「おほきみ姿」の源氏が「桜の唐の綺の御直衣」を身にまとう点も全く同じである。

催馬楽『貫河』は朧月夜と玉鬘の物語に反復して引用され、元の詞章とはまた違った意味での、「親」が障害となって逢えない恋の物語を生成している。さらには右大臣や内大臣といったそれぞれの「親」にまつわる描写もしばしば高い共通性を持ち、玉鬘との恋があたかも朧月夜との恋をなぞるかのような印象を与えている。こうした共通性については、偶然の一致ではなく、「作り手」による〈ことば〉の操作を経て、物語本文が伸長してゆく様相を示唆しているという可能性を考えてもよいのではないだろうか。[14]

四　「玉藻」に遊ぶ「水鳥」

次に「玉藻」という素材に注目する。『源氏物語』における「玉藻」の用例を探すと、六例が確認される。[15] このうち、玉鬘と朧月夜の周辺では水鳥との恋という喩的な意味合いで用いられた例が重複する。まず玉鬘の場合は、鬚黒との結婚後、

> すいたる人は、心からやすかるまじきわざなりけり、今は何につけてか心をも乱らまし、似げなき恋のつまなりや、とさましわびたまひて、御琴掻き鳴らして、なつかしう弾きなしたまひし爪音思ひ出でられたまふ。あづまの調べをすが掻きて、（源氏）「玉藻はな刈りそ」とうたひすさびたまふも、恋しき人に見せたらば、あはれ過ぐすまじき御さまなり。内裏にも、ほのかに御覧ぜし御容貌ありさまを心にかけたまひて、（冷泉帝）「赤裳垂れ引きいにし姿を」と、憎げなる古言なれど、御言ぐさになりてなむながめさせたまひける。
> （真木柱巻三九二～三九三頁）

と源氏によってうたわれた風俗歌の中に現れる。この風俗歌『鴛鴦』は、

鴛鴦　たかべ　鴨さへ来居る　番良の池の　や　たまもはま根な刈りそ　や
生ひも継ぐがに　や　生ひも継ぐがに

という詞章を持つもので、玉藻と水鳥との関係性がテーマとなっている。「はらのいけに生ふるたまものかりそめにきみを我がおもふ物ならなくに」（古今六帖・いけ・1673）という古歌はこの風俗歌を踏まえたものであり、これらの先

行テクストの中で、「玉藻」はすなわち恋の対象とされる女性の比喩と解される。当該場面では、玉鬘に対する源氏と冷泉帝の親子そろっての未練が描かれているが、彼らの恋心は鬚黒によって制止され、玉鬘の物語は「あやしう、男女につけつつ、人にものを思はする尚侍の君にぞおはしける」（三九七頁）と語り手に総括されて終わる。鬚黒邸の騒動や近江の君の夕霧への懸想など、真木柱巻で巻き起こる悲喜劇は、そのまま、玉鬘との恋が戯画的な要素を含み込むものであることを示していると言えるだろう。(16)

一方朧月夜の場合は、壮年となった源氏との逢瀬の場面で、

夜いたく更けゆく。玉藻に遊ぶ鴛鴦の声々など、あはれに聞こえて、しめじめと人目少なき宮の内のありさまも、さも移りゆく世かなと思しつづくるに、*平中がまねならねど、まことに*涙もろになむ。昔に変りておとなおとなしくは聞こえたまふものから、これをかくてやと引き動かしたまふ。　（若菜上巻八一頁）

［異同］平中がまね―いくはく（【別】阿）　涙もろになむ―何事にも（【別】阿）

として、情景描写の中に「玉藻」が出てくる。ここには「春の池の玉もに遊ぶにほどりのあしのいとなきこひもするかな」（後撰集・春中・72・宮道高風／古今六帖・にほ・1504）という古歌が踏まえられているのであるが、物語は「にほどり」を「鴛鴦」に言い換えている。この点、鑑賞と基礎知識などでは「この世には鴛鴦鳥とはなりえなかった悲恋の物語としてイメージ付けられる」と注されている。しかし、その直後に置かれた「平中がまねならねど」という文言の持つ一定の表現効果は注目に値する。昔の恋人との優美な再会であるはずの当該場面は、語り手により、滑稽な好色者である平中の姿をもってここで相対化されている可能性がある。これについては清水好子氏に「揶揄のヴォルテージ」「かなり戯画的なアクセント」などの指摘があり、首肯される。(17)さらに清水氏は同論文で、若菜巻に再登場する人々が「第一部で与えられた輪郭をもっと鮮明にして」いることも述べている。すなわち源氏と朧月夜の悲恋の

物語は、若菜上巻の再会場面において、色好みの過ぎたものとして据え直されていると言えるだろう。[18]

「玉藻」の象徴性について、特に平安中期には『大和物語』百五十段の猿沢の池に身を投げた采女のイメージが強かったと思われ、『枕草子』「池は」の段にも風俗歌『鴛鴦』と合わせて紹介されている。また「玉藻」と水鳥の情景を詠んだ和歌としては、「にほどりの氷の関にとぢられて玉ものやどをかれやしぬらん」（拾遺集・雑秋・1145・曾禰好忠・「三百六十首の中に」／好忠集・361）、「かろのいけのめぐりゆきなくかもだにもたまものうへにひとりねなくに」（古今六帖・ひとりね・2709・きの王女／万葉集・390・「紀皇女の御歌一首」）など、恋をテーマとしたものが少なくない。『源氏物語』の作られた時代にあって、「玉藻」は共寝や柔らかな女性の身体そのものを象徴する、古めかしくも強い〈官能性〉を有したうたことばであったと考えられる。すなわち両女君の周辺に配された「玉藻」には、源氏との恋に関連して、足繁く通ってくる水鳥との情熱的な恋の類型が有効に用いられていると言えよう。

以上述べてきたことをまとめると、うたことばとしての「玉藻」と水鳥の関係性は、玉鬘と朧月夜に反復して使用され、男君を魅了する〈官能性〉の表現となり得ている。加えてそこにはしばしば、行き過ぎた恋への揶揄的文言が現れ、男君の執着はある種戯画的に描かれることとなる。玉鬘と朧月夜のそれぞれにとって、源氏との関係にひと区切りがつけられようとする場面において、「作り手」は両女君に共通の素材を用いて恋に結着をつけている。若菜上巻における両女君の再登場は、新たに浮上する源氏の「老い」という問題を追求する上でもそれぞれに意義深いものであったと考えられるが、いずれにせよ、同様の属性を持つ二人の「尚侍の君」との恋は、最終的に異なる展開を示すこととなる。

五　「ふち」への「身投げ」

その他、朧月夜と玉鬘に共通して用いられる特徴的な表現を、作中歌の面から探ってみると、「ふち」への「身投げ」に関する和歌が挙げられる。

　そもそも「ふち」への「身投げ」については「涙河身なぐばかりのふちはあれど氷とけねばゆく方もなし」（後撰集・冬・494／古今六帖・「こほり」・775結句「かげはうかばず」／寛平御時后宮歌合・142結句「かげもやどらぬ」／秋萩集・23・第四句および結句「こほりとけば《ママ》かげもやどらず」）という古歌が著名であり、恋に行きづまっての身投げが報われない、浮かばれないといった、身の破滅的な内容がうたわれている。この古歌に基づくと思われる贈答歌は唯一『為信集』に「（我も人も、つつむ事ありて、えあはぬころ）なきたむる涙のみをは深けれどうきになくてふことのなきかな」（87）「（返し）涙河なにかはふちを尋ぬらん深き心に身を［　］（一字空白）なけかん」（88）という形で見出される。[19] その他の類例としては次のようなものがある。

　　をんなのふちに身を投げよといひ侍ければ
みをすててふかきふちにもいりぬべしそこの心のしらまほしさに　（後拾遺集・恋一・647・源道済）

　　はらからのしづむよしよめりけるに
きみをだにうかべてしかななみだがはしづむなかにもふちせありやと　（元真集・201）

　　めにまかりおくれて侍りしころ、もとすけが涙のふちせといふ心よみ侍りしに
おもひたちておぼほるるかはなみだがはふちせ見られぬ物にざりける　（兼澄集Ⅱ・131）

これらはたしかに「ふち」への「身投げ」を題材とした和歌ではある。しかし、『後拾遺集』は詞書の例であり、『元真集』は「ふち」に「しづむ」、『兼澄集』は「ふち」に「おぼほるる」という語を用いた和歌であって、「ふち」と「身投げ」の語が一首の中に用いられているわけではない。平安中期までにこの二つの歌語を直接に詠み込んだ和歌は他に『源氏物語』の贈答歌二組しかなく、実は特殊な用例と言える。

兵部卿宮、はた、年ごろおはしける北の方も亡せたまひて、この三年ばかり独り住みにてわびたまへば、うけばりて今は気色ばみたまふ。今朝もいといたうそら乱れして、藤の花をかざしてなよびさうどきたまへる御さまいとをかし。（中略）

（蛍宮）むらさきのゆゑに心をしめたればふちに身投げん名やはをしけき

とて、大臣の君に同じかざしをまゐりたまふ。いといたうほほ笑みたまひて、

（源氏）ふちに身を投げつべしやとこの春は花のあたりを立ちさらで見よ

と切にとどめたまへば、え立ちあかれたまはで、今朝の御遊びましていとおもしろし。

（胡蝶巻一七〇～一七一頁）

春の町の船楽の翌朝のやりとりである。玉鬘の本当の出自を知らない求婚者達が「事の心を知らで」（胡蝶巻一七〇頁）集まってくる。藤の花は玉鬘の比喩であり、これに「身投げ」をするほどの蛍宮の熱意が訴えられている。

次に見えるのは若菜上巻、源氏と朧月夜との逢瀬の場面での贈答歌である。こちらも藤の花の盛りの時期に、源氏は昔の右大臣家の藤花の宴を思い出す。

朝ぼらけのただならぬ空に、百千鳥の声もいとうららかなり。花はみな散りすぎて、なごりかすめる梢の浅緑なる木立、昔、藤の宴したまひし、このころのことなりけりかしと思し出づる。年月の積もりにけるほども、そ

のをりのこと、かきつづけあはれに思さる。中納言の君、見たてまつり送るとて、妻戸押し開けたるに、たち返りたまひて、(源氏)「この藤よ、いかに染めけむ色にか。なほえならぬ心添ふにほひにこそ。いかでか*この蔭をば立ち離るべき」と、わりなく出でがてに思しやすらひたり。（若菜上巻八二頁）

［異同］この蔭をば……出でがてに―ナシ【青】池

続いて源氏は朧月夜を「藤」に見立て、「こりずま」に身を破滅させる恋を詠む。

人召して、かの咲きかかりたる花、一枝折らせたまへり。

(源氏) 沈みしも忘れぬものをこりずまに身も投げつべき宿のふぢ波

いといたく思しわづらひて寄りゐたまへるを、心苦しう見たてまつる。女君も今さらにいとつつましく、さまざまに思ひ乱れたまへるに、*花の蔭はなほなつかしくて、

(朧月夜) 身を投げむふぢもまことのふちならでかけじやさらにこりずまの波（若菜上巻八四頁）

［異同］蔭―か【別】保　かたはら【別】阿

このように「ふち」に「藤」を重ね、そこへの「身投げ」を詠む和歌が玉鬘と朧月夜の周辺のみに現れるのであるが、これが他に例のない『源氏物語』独自の表現であることは注目される。この特殊な表現は、両女君の造型にどのような特徴を与えているのだろうか。

まず若菜上巻の「蔭」については、玉上評釈に「尚侍の君が藤原氏であることも、この言葉にひびいていよう」との重要な指摘がある。「藤」に藤原氏の意をこめる例は早く『伊勢物語』百一段に「咲く花の下にかくるる人を多みありしにまさる藤の蔭かも」と見える。この「蔭」には象徴的な意味合いがある。すなわち「藤原氏による庇護」の意味である。さらに『源氏物語』ではかつて花宴巻において、右大臣家で藤花の宴が催された夜、酔ったふりをした

源氏が花の「蔭」を求める場面が描かれていた。

（右大臣）わが宿の花しなべての色ならば何かはさらに君を待たまし　（花宴巻三六三頁）

（源氏）「なやましきに、いといたう強ひられてわびにてはべり。かしこけれど、この御前にこそは、蔭にも隠させたまはめ」とて、……。　（花宴巻三六五頁）

右大臣によって「わが宿の花」と自慢される右大臣邸の「藤」は、諸注の指摘通り、『伊勢物語』百一段を踏まえた藤原氏の喩と見てひとまず間違いないだろう。一方で注目されるのは藤裏葉巻にも同様の表現が繰り返されていることである。

（内大臣）わが宿の藤の色こきたそかれに尋ねやはこぬ春のなごりを　（藤裏葉巻四三四頁）

やうやう夜更けゆくほどに、いたうそらなやみして、（夕霧）「乱り心地いとたへがたうて、まかでん空もほとほとしうこそはべりぬべけれ。宿直所ゆづりたまひてんや」と中将に愁へたまふ。（中略）中将、（柏木）「花の蔭の旅寝よ。……」　（藤裏葉巻四四〇頁）

初句を「わが宿の」として植物をつなげ、客の訪れを望む歌の類型は『古今集』135などにもあり、それ自体が特に変わった趣向というわけではない。しかし藤原氏の筆頭の人物が「わが宿」の藤の見事さを言いつつ源氏の男君を招待する点など、藤裏葉巻には花宴巻との重複が見られる。藤裏葉巻に存在する内大臣家の藤花の宴の場面は、夕霧の酩酊や柏木の「花の蔭」という発言を含め、花宴巻における右大臣家のかつての宴をなぞりつつ創作された可能性が高いのではないだろうか。花宴巻の「蔭」は、藤裏葉巻における「蔭」を経由したのち、若菜上巻の「いかでかこの蔭をば立ち離るべき」という源氏の発言へと遠く響いてゆく。そこで朧月夜に「なほなつかしく」回想される「花の蔭」は、長篇化した『源氏物語』が内包するこうした藤原氏とかかわる文脈の上に成る重要な鍵語であると言えよう。

こうして、若菜上巻においても「藤」に藤原氏の意が掛かっていると見るならば、若菜上巻の「ふち」への「身投げ」および「こりずま」の恋、つまり須磨への退去をもたらし、源氏の身を破滅させた朧月夜との恋の性質が明らかになる。「ふち」すなわち「藤」への「身投げ」という文言[20]は、対立する立場にある〈藤原氏の女〉との危険な恋を象徴すると考えることができるのではないだろうか[21]。

さらに、玉鬘が登場の初期において「藤原の瑠璃君」（玉鬘巻一一二頁）と呼ばれていたことを想起すると、藤原氏の有力者の娘である玉鬘と朧月夜に限って「ふち」への「身投げ」の歌が現れているのは興味深い現象である。胡蝶巻のやりとりで、蛍宮と源氏にとって藤原氏の暗喩が特に意識されていたとは考えにくい。しかし両者の意図とは無関係に、実は源氏の娘などではない玉鬘の出自を、両者の用いたことばが自ずと差し示していると捉えることもできるのではないだろうか。蛍宮の贈歌に用いられた「むらさきのゆゑ」という語には、『河海抄』以来、「紫のひともとゆゑに武蔵野の草はみながらあはれとぞ見る」（古今集・雑上・867／古今六帖・むらさき・3500第四句および結句「くさはなべてもなつかしきかな」）からの引用が指摘されている。ただし『古今集』『古今六帖』ともに、当該歌に続けて『伊勢物語』四十一段に見える古歌「むらさきの色こき時は目もはるに野なる草木ぞわかれざりける」を収載している。四十一段の末尾には「武蔵野の心なるべし」とあって、この二首には強い関わりがある。蛍宮の用いた「むらさきのゆゑ」には複合的な引用があり、そこには四十一段の「女はらから」にまつわる血族としての意味合いがほのめかされている可能性もあるのではないだろうか。すなわち蛍宮の訴えは、源氏と蛍宮、さらに玉鬘の三者に存在するはずの皇統としての血縁関係によって強調されているのであり、これに対し源氏が「いといたうほほ笑み」という反応を示すのは、その無意味さを十分に承知していることの表れではないだろうか。

以上をまとめると、玉鬘と朧月夜にのみ反復される「ふち」への「身投げ」という表現は、源氏と対立する有力貴族の出身である〈藤原氏の女〉との恋が、ある種の不穏な気配をはらんでいることの暗示として選択されたと考えられる。両場面には花宴巻から藤裏葉巻を経て若菜上巻に至る、藤と藤原氏に関わる喩的な文脈が、巻を重ねたからこその情報量をもってたしかに据えられていると言えるだろう。

六　手法としての素材反復

本章では、朧月夜と玉鬘の人物造型における表現の反復、同一の素材の重複について検討し、催馬楽『貫河』の引用を通して政治的な意味で親が障害となり逢えなくなる恋の物語が、また「玉藻」と「水鳥」の和歌的文脈によって官能的な女君と戯画化される男君のありようが、さらに「ふち」への「身投げ」をめぐっては〈藤原氏の女〉との恋の持つ不穏な気配が、それぞれ描き出されていることを述べた。

両女君の間に見られるこれらの重複表現は、いずれも他の作中人物との一致をほとんど持たない例であり、偶発的な類似と見ることは適切でない。真木柱巻で「朱雀院の后」を引き合いに出した源氏の感慨は、両女君との恋の障害の特質を鋭く示すものであったが、朧月夜と玉鬘周辺に配された表現は、互いをある種パロディ的になぞり合いつつ、〈藤原氏の女〉との恋という共通の問題系を物語の表面に浮かび上がらせる。また同時に、それらは連綿と続く物語の中で、この問題に繰り返し興味を抱く「作り手」、さらには「読み手」の姿を示すものでもあるだろう。物語が成立してゆく中で、両女君はある程度セットで捉えられ、しばしば同様の表現をもって作中に配されたと考えられるのである。

『源氏物語』に見られる〈ことば〉の響き合いは必ずしも一つの文脈のみに収斂されるものではなく、重層する複数の文脈を作り出す性質を持っている。それは同時多発的な場合もあり、また巻を隔てて時間差で出現する場合もある。そうした表現の反復現象をあくまでもテクスト内部の相互関連と捉えるならば、物語の「読み」の問題として考察することも可能である。しかし視点を転じて「作り手」の事情という点から考えてみると、そこには長大化していく物語をつなぐ上でのある種の合理性、効率のよさといった側面があると思われる。さらにそれと同時に、物語としては対応関係が生きてきてより面白くなる、あるいは以前の場面が伏線としての機能を改めて持つことになり、再読の楽しみが増す、といったメリットも生まれる。すなわち、『源氏物語』独自のパターンとしてあえて同じ素材を再利用し、使い回すという営為は、物語の「作り手」の「技」とも言えるすぐれて意識的な手法なのではないだろうか。

注

（1）池田和臣「引用表現と構造連関をめぐって―第三部の表現構造―」（『源氏物語　表現構造と水脈』武蔵野書院、二〇〇一　初出は一九八二）

（2）「作り手」という概念については、紫式部個人の枠を超えた、複数の彰子付女房達の共同的ないし集団的なあり方を想定すべきであると思われる。本章では、渡辺実「ものがたり―源氏物語―」（『平安朝文章史』東京大学出版会、一九八一）の「操作主体」という存在、また池田和臣前掲（注1）論文に示された「表現主体」、「歴史的実体としての「作家」の意図」を必ずしも排除しない立場などに拠りつつ考察を進める。

（3）松岡智之「『源氏物語』の文章の形成―くり返される言葉の群を追って」（『文学』七―五、二〇〇六・九）は、いま改めて「文章の形成過程」を考察することの価値を再評価する。なお近年、高木和子氏が物語の長篇化の方法としての「反復」について精力的に論考を発表している。その業績は『源氏物語再考　長編化の方法と物語の深化』（岩波書店、二〇一七）にまとめられており、示唆に富む。また池田節子「同語反復表現―同語の結び付きによるもう一つの表現―」および「場面と物語の反復―柏木物語の同語反復を中心に―」（いずれも『源氏物語表現論』風間書房、二〇〇〇　初出はそれぞれ一九八五、一九九八）も『源氏物語』本文の表現のあり方自体を論じたものであり、大きな教示を受けた。

（4） 西山秀人「源氏物語の和歌―重出表現をめぐって」（小嶋菜温子・渡部泰明編『源氏物語と和歌』青簡舎、二〇〇八）

（5） 田島智子「源氏物語の和歌の方法―繰り返される表現と登場人物の結び付き―」（森一郎・岩佐美代子・坂本共展編『源氏物語の展望 第六輯』三弥井書店、二〇〇九）

（6） 浅田徹「源氏物語の歌風一面―歌の組み立て―」（『中古文学』八八、二〇一一・一二）

（7） 先行研究では主として尚侍という職掌および藤原氏の女という立場の一致が指摘されている。後藤祥子「尚侍攷―朧月夜と玉鬘」（『源氏物語の史的空間』東京大学出版会、一九八六 初出は一九六七）、坂本和子「「尚侍玉鬘」考―春日・大原野斎女―」（『国語と国文学』五〇―八、一九七三・八）など参照。ただしこうした歴史的な側面からの考察を踏まえた上でなお、文学言語という面から考えた場合、個々の表現についてはさらに検討の余地があると思われる。

（8） 岡田ひろみ「「花宴」巻「やはらかに寝る夜はなくて」考」（『シュンポシオン』一一、一九九七・三）参照。

（9） 「親さくるつま」の解釈は、娘の母親によって仲をさかれる恋人とする説に従う。木村紀子訳注『催馬楽』（平凡社、二〇〇六）、中川正美『源氏物語と音楽』（和泉書院、二〇〇七）など参照。なお本塚亘「催馬楽《貫河》考―詞章解釈の視点を定める―」（『法政大学大学院紀要』七〇、二〇一三・三）は「親」を「女の親」としつつも、詳細な分析により『貫河』第一段の主体を男と認定する。首肯すべき見解と思われる。

（10） 吉井美弥子「葵の上の「政治性」とその意義」（『読む源氏物語 読まれる源氏物語』森話社、二〇〇八 初出は一九九三）

（11） 『細流抄』の時点で「二義あり 源の内大臣をさけ給をいへり 又の義は源をおやのやうにも玉かつらのし給はさるを云也」と解釈が分かれている。現代注の解釈を整理してみると、「源氏（親）を厭い避ける玉鬘（つま）」（旧全集・集成・新大系・新全集）、「内大臣（親）から引き離す玉鬘（つま）」（全書・玉上評釈）、「内大臣（親）から離れ避けている玉鬘（つま）」（旧大系）などの説がある。

（12） 茅場康雄「宮廷音楽と催馬楽」（鈴木一雄監修『源氏物語の鑑賞と基礎知識21 常夏・篝火・野分』至文堂、二〇〇二）。さらに近時、スティーヴン・G・ネルソン「『源氏物語』における催馬楽詞章の引用―エロスとユーモアの表現法として―」

（寺田澄江・清水婦久子・田渕句美子編『源氏物語とポエジー　２０１４年パリ・シンポジウム』青簡舎、二〇一五）によって、「（自分）である親（＝養父）を避ける、妻（になってほしいあなた）」との解釈案が示された。求愛の場面として、「源氏の意図は、とにかく「つま」という単語を美しく聞かせたい、というところにあるのではないか」とのネルソン氏の指摘を支持する。なお当該場面の解釈については本書第一部第二章でも検討した。

（13）源氏と「おほきみ」という語の結びつきに関しては、催馬楽『我家』の引用が重要であることを高田祐彦氏にご教示いただいた。催馬楽『我家』は帚木巻（九五頁）、常夏巻（二二八〜二二九頁）、若菜上巻（六一〜六二頁）、『うつほ物語』では蔵開上巻（三六三頁）など、いずれも男君が皇孫であることを特に意識した場面に見られる。夕霧に関する常夏巻の例もまた玉鬘十帖における血脈の問題と絡み、源氏と藤原氏の対照性を示していると考えてよいだろう。

（14）こうした表現の対応関係について考える上では、いわゆる「成立論」をも視野に入れた議論が不可欠だと思われる。本書では踏み込んだ考察には至らないが、高木和子前掲（注３）書などにも導かれつつ、今後の検討を期す。

（15）明石巻（二四九頁）、行幸巻（三一七〜三一八頁）、宿木巻（四一〇頁）の三例はいずれも裳の美称であり、それ以上の比喩的な意味は考えにくい。若紫巻の一例「（少納言）寄る波の心も知らでわかの浦に玉藻なびかんほどぞ浮きたる」（二四二頁）については太田美知子「玉藻の喩と紫の上」（『日本文学論究』六四、二〇〇五・三）に検討されており、幼い紫君が「玉藻」に喩えられる点に、「女性の共寝の姿」の「もどき」があると述べられている。

（16）玉鬘と戯画性の問題については、第一部第三章に詳述した。ただしこうした戯画的な文言は、玉鬘との恋の抒情性自体を完全に否定し去るものではない。鈴木日出男氏が『源氏物語の文章表現』（至文堂、一九九七）で述べるように、文章の批評性は抒情性と表裏の関係にあり、それをより強靭にする効果をあわせ持つものとして捉えるべきと考える。

（17）清水好子「朧月夜再会」（秋山虔・木村正中・清水好子編『講座源氏物語の世界　第六集』有斐閣、一九八一）

（18）若菜上巻の再会場面については、秋山虔「「若菜」巻の一問題―源氏物語の方法に関する断章―」（『日本文学』九―七、一九六〇・七）に、これが「六条院の理想世界の危機」へと向かう「後退」かつ「逸脱」であること、また松田成穂「若菜巻に関する覚え書―朧月夜尚侍の叙述に触れて―」（『平安文学研究』三九、一九六七・一二）に、「俗世の日常生活の論理から脱却した「あやしき」世界の基調」「両者の関係の浪漫的性格」などの指摘があり、首肯される。

(19)　『為信集』の当該歌については、浅田徹氏より傍線部「うきになぐてふゝちのなきかな」「身をもなげなん」との校訂案をご教示いただいた。これによれば、贈歌にも「ふち」の語が入り、そこへの身投げを詠んだ贈答歌として理解がさらに容易になる。

(20)　当該二場面における「ふち」への「身投げ」の示すものに関しては、「流離と死のイメージ」「破滅」（吉野瑞恵「朧月夜物語の深層」『王朝文学の生成　『源氏物語』の発想・「日記文学」の形態』笠間書院、二〇一一　初出は一九八九）、「ふち（藤、水辺）に身を滅ぼす烈しい恋のモチーフ」（今井久代「玉鬘十帖の和歌―玉鬘・螢宮―」池田節子・久富木原玲・小嶋菜温子編『源氏物語の歌と人物』翰林書房、二〇〇九）、「密通のテーマ」（久富木原玲「浮舟の和歌―伊勢物語の喚起するもの―」『源氏物語と和歌の論―異端へのまなざし』青簡舎、二〇一七　初出は二〇〇九）などの考察がある。いずれも藤原氏と結びつけて論じたものではないが、〈ことば〉のイメージの連関を考える上で重要な指摘である。

(21)　このほか、須磨出立直前の朧月夜詠「涙川うかぶみなわも消えぬべし流れてのちの瀬をもまたずて」（須磨巻一七八頁）と、鬚黒と通じた後の玉鬘詠「みつせ川わたらぬさきにいかでなほ涙のみをのあわと消えなん」（真木柱巻三五五頁）とが、文言が似通っており、何らかの関連性が想定される。

第五章　浮舟と「世の中にあらぬところ」の希求
――女君の隠棲願望と嘆老歌の系譜――

一　反復される浮舟の〈ことば〉

『源氏物語』東屋巻は、浮舟の身柄が転々としてゆくさまを描き続けてじつはドラマチックな内容であるのにもかかわらず、当の本人である浮舟自身の心中思惟の分量は、たしかに浮舟巻や手習巻などに比べて格段に少ない。しかし、その数少ない心中思惟の書き込まれる場面における浮舟の造型を確認すると、わりあいに丁寧な描かれ方がなされている。その一例を挙げてみる。

【本文A】旅の宿はつれづれにて、庭の草もいぶせき心地するに、賤しき東国声したる者どもばかりのみ出で入り、慰めに見るべき前栽の花もなし。うちあばれて、はればれしからで明かし暮らすに、宮の上の御ありさま思ひ出づるに、若い心地に恋しかりけり。あやにくだちたまへりし人の御けはひも、さすがに思ひ出でられて、何ごとにかありけむ、いと多くあはれげにのたまひしかな、なごりをかしかりし御移り香も、まだ残りたる心地して、恐ろしかりしも思ひ出でらる。

母君、たつやと、いとあはれなる文を書きておこせたまふ。おろかならず心苦しう思ひあつかひたまふめるに、かひなうもてあつかはれたてまつることとうち泣かれて、（中将の君）「いかにつれづれに見ならはぬ心地したまふらん。しばし忍び過ぐしたまへ」とある返り事に、（浮舟）「つれづれは何か。心やすくてなむ。

ひたぶるにうれしからまし世の中にあらぬところと思はましかば」

と、幼げに言ひたるを見るままに、ほろほろとうち泣きて、かうまどはしはふるるやうにもてなすことと、いみじければ、

（中将の君）うき世にはあらぬところをもとめても君がさかりを見るよしもがな

と、なほなほしきことどもを言ひかはしてなん、心のべける。

（東屋巻八三〜八四頁）

右の場面では、波線部に表れたように二条院での華やかな生活に憧れる心情を隠し持ちながらも、心配する母に対しては平気を装う、といった浮舟の内面と言葉の乖離が描かれており、この作中人物の造型が立体的なものとなっている。後に詳述するが、ここでは、母によっては「幼げ」としか解釈されない浮舟の返事の裏にある葛藤や諦念、といった複雑な感情を自らの内にくすぶらせている一人の人物像を物語内に構築することが許されていると思われ、初期の浮舟の造型については注意深く検討する必要を感じる。

とはいえ、宇治十帖後半部の浮舟をめぐる物語についての論考においては、特に入水事件をはさんで浮舟巻と手習巻の間で浮舟の造型が変化、あるいは断裂しているとみるのが一般的である。すなわち、浮舟の主体性は「念仏にいそしみ手習に思いを清ます主体的行為者としてよみがえった」(1)として出家の前後に初めて生まれたものとされ、自己を持たない無内容な女が変貌するという、まさにその部分に『源氏物語』における「女性の救済」のテーマが託され

ているという捉え方がなされてきた。たしかに、浮舟の心内が物語本文に描き込まれることの多くない東屋巻などでは、そこから浮舟の行動の動機づけとなりうるような独自の心理展開なるものを読み取っていくのは難しいと言える。しかし、叙述のあり方がさまざまな人物の意識に即していることが注目されるようになった昨今の研究状況において、心理描写の分量的な少なさは東屋巻の浮舟が全くの無内容・無性格の設定であることを必ずしも意味しないだろう。出家後もなお葛藤や苦悩ということに照明が当てられ続ける浮舟の物語の中で、東屋巻と手習巻以降の造型における連続性はもう少し検討されてもよいのではないか。このような状況の中で、三田村雅子氏や井野葉子氏の論考では、[2]他者との関係性の変化という面から浮舟の造型にある程度の連続性を持たせていて説得力がある。けれどもこれらの論においては、浮舟の内面と他者からかぶせられてくる視線との「ずれ」があるという物語の構造自体にもっぱらの注目がなされているのであり、入水・出家といった行動を起こす以前の浮舟の内面については、たとえば三田村氏が「アイデンティティの揺らぎにたたずむ浮舟の問題」と述べているように、一貫した内容があるにせよいまだアイデンティティを確立できていない段階であるという規定のもとで、やはり具体的な考察が留保されているように思われる。

そこで本章では浮舟の心理と行動とを結びつけていく重要な鍵として、【本文A】東屋巻の場面における浮舟の和歌、および後掲する【本文C】手習巻の場面における浮舟の心中思惟に見られる「世の中にあらぬところ」という語句に注目し、その具体的な意味内容について考えていきたい。【本文A】の浮舟の和歌は物語内でこの人物が初めてまとまった形で他人に自己の内面を吐露したものであり、物語展開の先取り的機能の面からも注目され、[3]新全集でも「この物語の世界における彼女のありようを端的に表出するもの」との頭注がつけられている。さらに「世の中にあらぬところ」という表現そのものに関する論考も多数あり、池田和臣氏が「うき世にはあらぬところ」「あらぬ世」

などといった別世界を意味する語句との類似から女三宮と浮舟の造型のつながりを指摘されたほかに、(4)『紫式部日記』と『源氏物語』との連関を考察した論などもすでに発表されている。(5)早い時期に浮舟の別世界希求を扱った高橋亨氏の論考においては、浮舟によって目指される別世界というのはすなわち「疎外される人間存在の主題」を担った女の「故郷」あるいは「救済の時空としての異郷」であるとまとめられている。(6)この結論が、流離し続ける女君である浮舟の物語を読み進める上での一つの重要な指標であることは間違いない。また足立繭子氏によっては、継子譚に見られる死や出家による「冥界の実母との一体化」を目指した別世界希求の場面と浮舟との関わりが論じられている。(7)本章ではこれらの論を参考にする一方で、うたことばとしての側面からも「世の中にあらぬところ」という表現が内包する基本的な要素を改めて確認しながら、浮舟物語の始発部にこの表現が置かれ、さらに中盤で繰り返されることの意味について考察していく。

二　三条の小家と「世の中にあらぬところ」

浮舟による「世の中にあらぬところ」という表現は物語中に二度出てくる。一度目は【本文A】東屋巻、三条の小家に隠れているときで、ここでは母中将の君によっても「うき世にはあらぬところ」という類似表現が用いられている。また、二度目は後掲する【本文C】手習巻、小野に隠れ住むようになった当初の浮舟の心中思惟の中に「世の中にあらぬところ」とある。

【本文A】は、浮舟が二条院の人々の華やかな様子を思い出し、殺風景な三条の小家に隠れ住んでいる自分の現状にため息をつく場面である。そこへ届いた母からの手紙は、「いかにつれづれに見ならはぬ心地したまふらん。しばし忍び過ぐしたまへ」と、そうした浮舟のため息を見透かし、「今にきっと」と励ますものであった。これに背を向けるかのように、浮舟は「世の中にあらぬところ」を求める内容の和歌を返す。この和歌については、諸注釈書で概ね「憂き世を離れた別世界」と簡単に訳されるにとどまるが、中にはこの時点ですでに具体的な「出家」ということが浮舟の念頭にあるとするものもある。[8] いずれにせよ、幸福な将来に対して消極的な娘の言葉を受けて、母はさらに励ますように、「うき世にはあらぬところを求めても君がさかりを見るよしもがな」と言ってやる。

この母の返歌の本意については、新全集でも「上句と下句は矛盾する」と注がつけられており、結婚と出家の狭間に揺れているかのようで分かりにくい。こうした解釈の揺れは、いずれも東屋巻において、「尼になして深き山にやし据ゑて」（四八頁）「鳥の音聞こえざらん住まひ」（五六頁）「巌の中にともいかにとも」（五七頁）「深き山の本意」（七六頁）など、浮舟を出家させる覚悟を述べる中将の君の言葉が再三あったことによるものだと思われる。しかしそれらはいずれも中君に見せた卑下の態度、処世術の一環であると思われ、そのまま中将の君の本心であるとするのは当たらないだろう。また物語本文を見る限りでは、母の口から浮舟本人に対しこうした出家へのほのめかしは語られることがない。中将の君の「人笑へ」を避けたいという心は真実浮舟の出家の方を向いているわけではなく、「いかで人とひとしく」（八一頁）と願うようにあくまでも幸福な結婚というところに着地するものなのであって、出家直前に浮舟が「かかれとてしも」（手習巻三三四頁）と独りごちたことからも、それが本心として娘にも理解されていたのは明らかである。

ここで注目したいのは、『岷江入楚』の「私浮舟の哥は此世の外をもとめんと世のいとはしきをいへり　母の返哥はうき世の外とよめり　面白し　うき世なれはこそいとはしき心もあれうき世にてあらぬ所ならはうき事はあらしされはうからぬ所をもとめても君かさかりをみはやといふ義歟　但如何」という解説である。これによれば、浮舟の和歌がこの世からの完全な離脱を目指しているのに対し、母の方はあくまでもこの世の内部での移動を考えているということになる。さらに辞典では、「世」と「世の中」との和歌における基本的なニュアンスの違いについて、「【世・代】（中略）表面は「世」をきわめて広くとっているかのごとくに見えても、実は自分が現在置かれている情況を言っているという場合が圧倒的に多い」「【世の中】「世の中」の場合は、まさしく「この世の中」の意であり、「この人生において」の意であって、自己中心に範囲を限定するのではなく、むしろ外枠から限定しているのである。（中略）「この世の中というものに…」「この世の中というものは…」という形でよまれるのが一般的であるところに、和歌における「世の中」の表現の特徴があると言ってよいと思うのである」と解説されている。[9] 神野藤昭夫氏、および笹川博司氏はこの解説を受けて、「「よのなか」にはそこから疎外されている認識者がいる、世の中＝他者と自己という図式が認められる」[10]、「「世」は、「自分の置かれている情況」をいう場合が多いが故に、自分一人の判断で「世」を捨てたり背いたりすることがあり得る。しかし一方、「世の中」は、「世の中＝他者」と「自己」という図式で用いられる場合が多いが故に、自分一人の思いではどうにも「世の中」は思うようにはならず、逆に、そこに生きている人間が「世の中」から捨てられたり背かれたりする場合も多いと言えるのかもしれない」[11]のように、「世」と「世の中」との位相の違いについて考察した。こうした解説を当該場面の浮舟と母それぞれの和歌に適用してみると、母の歌が否定し、そのままではない「あらぬところ」を求めたい、とするものは、あくまでも今現在「憂き」状態にある「世」にすぎないのに対し、浮舟の歌が否定しているのはより大きな「この世の中というもの」だということになる。母の返歌は浮舟の和歌の語句をほとんどそのまま引き取ったものであるだけに、そこに両者の、わが身を取り巻く社会に対する意識の差が明確に表れていると思われる。浮舟の和歌において、「世の中」は、その情況を母のいうように自力で好転させることが可能なものだとは思われていないようであり、ひたすらにそこからの脱出を願うしかできない存在として表現されている。

しかし波線部の浮舟の心中思惟を見ると、そこでは明らかに上流階級の華やかな暮らしに憧れを抱く浮舟の心情が語られていた。こうしたところから、内心では母同様に俗世における「さかり」の立場への憧れを抱いている一方で、母に対してはそれを表出することなく、あえて「世の中にあらぬところ」への隠遁を求めてみせようとする浮舟の意志が読み取れるのである。内心と矛盾するこのような浮舟の態度は、母に余計な心配をかけまいとする浮舟の気づかいとして解釈されているが、鈴木裕子氏は一歩踏み込んで、この歌は「浮舟の母に対する控えめな異議申立て」であるとされ、さらにその本意が母に伝わっていないところに母子の絶望的な構図が見えると考察する。(12)

当該場面の浮舟の心情は、次に引用する【本文B】の場面に連続するものとしてある。

【本文B】（中将の君）「あはれ、この御身ひとつをよろづにもて悩みきこゆるかな。心にかなはぬ世には、あり経まじきものにこそありけれ。みづからばかりは、ただひたぶるに品々しからず人げなう、たださる方にはひ籠りて過ぐしつべし、この御ゆかりは、心憂しと思ひきこえしあたりを、睦びきこゆるに、便なきことも出で来なば、いと人笑へなるべし。あぢきなし。異やうなりとも、ここを人にも知らせず、忍びておはせよ。おのづからともかくも仕うまつりてん」と言ひおきて、みづからは帰りなんとす。君は、うち泣きて、世にあらんこととところせげなる身と思ひ屈したまへるさまいとあはれなり。親、はた、まして、あたらしく惜しければ、さるかたはらいたきことにつけて、人にもあはあはしく思はれ言はれんがやすからぬなりけり。（中略）年ごろかたはら避らず、明け暮れ見ならひて、かたみに心細くわりなしと思へり。（東屋巻七七〜七八頁）

これは、三条の小家に移転した直後の母子の描写である。ここでは波線部にあるような母の恥の意識に連動して、浮舟の中に落胆の思いが生まれるのであるが、それが表現としては傍線部の「世にあらんこととところせげなる身」という自責の念に凝縮されていることが注目される。神野藤氏は「世」を嘆くという行為について「みずから生きてきた人生そのものを嗟嘆的に嘆く」「他者としての世の中と自己という図式は希薄」と解説した。[13]（B）の場面で浮舟はこれまでに生きてきた人生を自らのものとして振り返り、それが嘆かわしいものであったとの判断を下しているのである。そして（B）から（A）に至るまでに、三条の小家での「つれづれ」なる時間の流れの中で浮舟の否定的な自己認識が増殖しているさまが、「世」と「世の中」の使い分けから見て取れる。それは心憂きこれまでの人生から演繹して未来をも手に負えないものとして「世の中」の語でくくり、この「世」での幸福を諦める態度の表出へと発展していく展開である。佐藤勢紀子氏は『源氏物語』の「憂き身」に関する例を詳細に分析し、「「憂き身」という自己認識が宿世の自覚と抜きさしならぬ連関を持っている」ということを確認した。[14]過去、現在、未来へと連なる拙い宿世を自覚したところで、浮舟の苦悩はより根源的な我が「身」の存在に関するものになっていく。こうした浮舟の自責の念から、（A）の時点での浮舟の別世界希求の態度には母への気づかいの前段階として、そもそも浮舟自身の我が「身」に関する心の萎縮という問題が深く関わっていることを読み取ってよいと思われるのである。

三　悲劇と喜劇の二面性

ここで、うたことばとしての「世の中にあらぬところ」という表現の由来を考えてみたい。【本文A】で用いられたこの表現については、『河海抄』でａが、また『花鳥余情』でａとｂが引かれて以来、この二首のいずれかを参考歌として注がつけられることが多い。また関連するものとして、『惟規集』に見えるｃも挙げておく。

ａ世の中にあらぬ所もえてしかな年ふりにたるかたちかくさん　（拾遺集・雑上・506）

ｂこひわびてへじとぞ思ふ世の中にあらぬところやいづこなるらん
（好忠集Ⅰ・533・「恋十」）

ｃいづかたにいかがそむかんそむくとも世には世ならぬところありやは
（惟規集・16・「かへし、女」）

ａの歌は、『拾遺集』504および505の、昇進できない我が身を嘆いた歌に続いている。年老いてもはや世に必要とされなくなるほどに衰えた我が身を、世間の人々の視線から隠してしまいたいという思いが、「年ふりにたるかたちかくさん」とまとめられたものである。嘆老歌ではたとえば、

ｄ秋ごとにかりつる稲はつみつれど老いにける身ぞおき所なき
（拾遺集・雑秋・1124・忠見・「屏風に、おきなのいねはこばするかたかきて侍りけるところに」）

といったように我が身の置き所の無さをいうものがあるが、これと三条の小家に移された当初、浮舟が「世にあらんことところせげなる身」として居場所のない我が「身」を悲観する場面があったことなどを考え合わせると、ａの嘆老歌が東屋巻の浮舟のイメージに果たす役割が見えてくる。「世の中にあらぬところ」というのは基本的に、置き所無く不用の我が「身」の存在に対する世間の人々の視線に萎縮する者にとっての、理想郷の常套的な表現であると言うことができるだろう。またこれはｂｃの恋歌においても同様の心理状態であるといえる。ただしこうした先行歌には、悲劇的な内容の一方でどこか諧謔味を帯びた喜劇的な雰囲気が看取されるように思われる。これらに限らず、身の不遇や憂き目を避けてどこかへ逃げたい、と呟く和歌は多いが、そこには『古今集』雑下の「遁世せずして遁世を願ふ歌」[15]の歌群の影響が大きいと考えられる。[16]

ｅみよしのの山のあなたに宿もがな世のうき時のかくれがにせむ　（950）

ｆ世にふればうさこそまされみ吉野の岩のかけみちふみならしてむ　（951）

ｇいかならむいはほの中にすまばかは世のうき事のきこえこざらむ　（952）

h葦引の山のまにまにかくれなむうき世中はあるかひもなし　（953）
i世中のうけくにあきぬ奥山のこのはにふれる雪やけなまし　（954）
j世のうきめ見えぬ山ぢへいらむにはおもふ人こそほだしなりけれ（955・もののべのよしな・「おなじもじなきうた」）
k世をすてて山にいる人山にても猶うき時はいづちゆくらむ
（956・凡河内みつね・「山のほうしのもとへつかはしける」）

この歌群では「山」に対して、傍線部のようにe「世のうき時のかくれが」、g「世のうき事のきこえこざらむ」場所、j「世のうきめ見えぬ山ぢ」として我が身をかくまってくれる場所という期待がされている。笹川博司氏によれば、「この歌群に見える「山」は、もはや大和国の山々のように神の住む場所として畏敬される対象ではなく、「憂き世の中」によって相対化され、そこから遁れる場所として憧憬される対象となっている(17)」ということである。「山」に対するこうした認識からは、『斎宮女御集』に見られるような「世のほかのいはほの中」(72)(168)などの表現も生まれた。人々はこのように「山」に憧れを抱きながらも、一方でkの波線部のように「山にても猶うき時はいづちゆくらむ」と、「山」を相対化する視点も持っていた。この場合の「山」は「出家」と言い換えてもよいが、人々の目的は「山」に入ることや「出家」という行為それ自体ではなく、あくまでもそこへ行くことで世の憂き目から我が身を隠すことであったのは言うまでもない。『古今集』の遁世希求歌群では、官職あるいは恋愛における憂き目をひとまずは見ないですむような「かくれが」の象徴として「山」が選びとられているのである。そしてこうした「かくれが」を求める心理の延長線上に次のlの歌、さらに必ずしも「山」への限定はないがmのような歌が出て来たと考えてよいだろう。

lよのなかをうしといひてもいづこにか身をばかくさん山なしの花　（古今六帖・山なし・4268）

m いづ方にゆきかくれなん世の中に身のあればこそ人もつらけれ　（拾遺集・恋五・930／古今六帖・うらみず・2120）

ただし先に見たkのように、これらの遁世を求める歌を相対化する内容を持つものとして、『古今集』にはnのような誹諧歌があったことも注目されるのである。

n 世中のうきたびごとに身をなげばふかき谷こそあさくなりなめ　（古今集・誹諧歌・1061）

久富木原玲氏は『古今集』雑歌を『万葉集』の戯咲歌の系譜に位置づけた上で、これを引用する『源氏物語』の場面においては「悲劇と喜劇とが交錯する世界が創出されている」と述べており、首肯される。[18]『万葉集』の戯咲歌の中では、老いや遁世した僧侶などはからかいの対象とされることがしばしばあるが、それらの先行歌は、老人が「世の中にあらぬところ」を求めたaの『拾遺集』歌と決して無関係ではないと思われる。すなわち、浮舟が東屋巻と手習巻で繰り返し引用する「世の中にあらぬところ」といううたことばは、浮舟本人の思い詰めた心情とは離れたところで、当時の嘆老歌や遁世希求歌におけるこうした二面的な性質をあらかじめ帯びたものであったと言える。

さらに、これらの和歌を引歌とした散文の表現は多いが、それらにおいてもまた、作中人物の同様のありようが描かれている。彼らは「出家」という具体的な限定はないままに、現在向けられている世の憂き目から我が身を隠しておけるような、とりあえずの「かくれが」を求める。たとえば、gの「いはほの中」という語句を用いた散文の例を見てみる。

女君、なほ寝入らねば、琴を臥しながらまさぐりつつ、

（姫君）なべて世のうくなる時は身隠さんいはほの中の住みか求めて

と言ひて、とみに寝入るまじければ、又人はなかりつと思ひて、格子を木の端にていとよう放ちて、をしあげて入ぬるに、いとおそろしくておきあがる程に、ふと寄りてとらへ給ふ。（中略）

少将、とらへながら、装束解きて臥し給ぬ。女、おそろしうわびしくて、わななき給て泣く。少将、（少将）「いと心うくおぼしたるに、世中のあはれなる事も聞こえん、いはほの中求めてたてまつらんとてこそ。」とのたまへば、たれならんと思ふよりも、きぬどものいとあやしう、はかまのいとわろび過たるも思ふに、ただいまも死ぬるものにもがな、と泣くさま、いといみじげなるけしきなれば、わづらはしくおぼえてものも言はで臥いたり。

（落窪物語・第一・二五〜二六頁）[19]

『落窪物語』の右の場面では、姫君の歌の「いはほの中」のイメージが自らを虐げる者のいない安全な場所の象徴として用いられており、新大系の注では、「石城にこもる」（死ぬ）モチーフとの関わりが指摘されているところである。一方で少将の「いはほの中」が示すところは決して姫君の出家遁世あるいは死などではなく、明らかに自分との平安な結婚生活をさしているものであるが、ここに諧謔的な雰囲気が看取される。自分の衣装がみすぼらしいことで「ただいまも死ぬるものにもがな」とまで思い詰める姫君の心情は、少将にとっては「わづらはし」と感じられる程度の重みを持ってしか受けとめられていない。この二人のずれたありようは滑稽味を帯びており、当該場面はまさしく姫君の心情とは離れたところで、悲劇と喜劇の二面性を表したものと言えるだろう。

また『源氏物語』にも、源氏が花散里の陋屋から須磨での暮らしを想像して、「住み離れたらむいはほの中」を思いやった、という箇所がある（須磨巻一七四頁）。他に、中君は匂宮の夜離れの折、ことさらに「いはほの中もとめんよりは」宇治邸を荒らさずにおき、しばらくそこで心を慰めたいと言っていた（宿木巻四六四頁）。源氏にしても中君にしても、それぞれの場面においては「出家」を遂げようとの思いがあるわけではなく、俗世間から離れた場所を漠然と思い浮かべているに過ぎない。こうしたところから、物語において「いはほの中」という表現自体にはそもそもの意味内容が必ずしも限定されておらず、それを用いる主体によって指し示す具体的な内容が柔軟に変わりうることが確認される。『落窪物語』においても、「いはほの中」には姫君・少将ともにそれぞれにとっての「世のうき事のきこえこざらむ」場所が想定されているのであって、当時この表現自体は必ずしも出家遁世あるいは死にこだわらずに用いられ、前後の文脈によって意味が決定されていたことがうかがえる。

ちなみに、仮名による散文で「世の中にあらぬところ」の語に直接的に基づいた表現は、管見では『源氏物語』以降の作品のみに見出された。[20] 物語では「あらぬところ」の形で『狭衣物語』に三例、[21]『浜松中納言物語』に二例[22]あって、憂き目を見ずに安心して暮らせる場所を意味するものとして、主として女君によって用いられている。

人知れずいとど思ふことあまた言ひえぬことどもを、こまごまと書きつつ、中納言典侍して参らせたまへど、まいていまさらに御覧ずるものとも思したらず。

かかる物見えざらんあらぬところもがなと思さるるゆかりと、典侍をさへはやうのやうにも思しめしたらねば、いと苦しうて（典侍）「かくなん」と聞こゆれば、ことわりぞかしとは思ひ知られながら、知られぬ涙は人わろくこぼれつつ、……。
（狭衣物語・巻二・二五九頁）※女二の宮の心中

今はなほかやうの事も見ぬわざもがなと、あらぬところのなきもわびしう、思し乱れながら、言に出でてこそのたまはせね、いと心苦しき御けしきをば、いかでか聞こえさせん。
（狭衣物語・巻三・一三一～一三三頁）※女二の宮の心中

あらぬところと、思し慰めさせたまひし一条の宮にも、若宮のおはせねば、隠れどころなくて、殿がちにおはするも、びんなき事とのたまはすれば、大方世になありそとなめりと、むつかしければ、斎院に参りて、隠れゐたまへり。
（狭衣物語・巻三・一三五頁）※狭衣の心中

特に『浜松中納言物語』では同じ場面に1の和歌の「山なしの花」という表現も見られ、「あらぬところ」が「身」

を「かく」すための場所であるという共通のイメージがうかがえる。

殿、上のたまはすること、姫君に聞こえさすれば、憂き世を見ず聞かず、思ひ離れなむわが身ながらも、さばかり思ひ離れしかひなう、ところも替へずかくてあらむよ。（中略）あらぬところはなきものから、出で離れ逃げ隠れなむも、いとどけしからず、うとまれ果てたてまつらむも、かぎりあらむ命のほどは、わりなうおぼさるれば、「山なしの花」の心憂さをおぼし入るに、……。（浜松中納言物語・巻二・一三三頁）※尼姫君の心中

世のつねの人だに絶えたる世界に、あさましうめでたうものし給ふ人の、都の人の住みかは、思ふにかうはあらじを、いかに見給ふらむと、はづかしう、人々の思ひよろこびたるを見給ひて、心のうちには、

（吉野姫君）たれもなほ憂き世のうちの山なるをいづこなるらむあらぬところは

これよりも奥へもたづねまほしううちながめて、（中略）あな心憂と、わが身一つのみ、はづかしくあらま憂くおぼす。（浜松中納言物語・巻三・二二八〜二二九頁）※吉野姫君の独詠歌

以上見てきたように、こうした別世界希求の表現が用いられるときには、物語においても和歌の場合と同じく、社会生活において何らかの憂き目にさらされる気づかいのない「かくれが」そのものを求めるような、作中人物の我が「身」を恥じ社会に対して萎縮する態度があるといってよい。そうした人間の態度が三条の小家の浮舟の姿に描き込まれたものであり、さらにこの同じ態度が小野の庵の場面でも繰り返し現れる。

四　小野の山里と「世の中にあらぬところ」

【本文C】昔の山里より、水の音もなごやかなり。造りざまゆゑある所の、木立おもしろく、前栽などもをかしく、

ゆゑを尽くしたり。秋になりゆけば、空のけしきもあはれなるを、門田の稲刈るとて、所につけたるものまねびしつつ、若き女どもは歌うたひ興じあへり。引板ひき鳴らす音もをかし。見し東国路のことなども思ひ出でられて。（中略）尼君ぞ、月など明き夜は、琴など弾きたまふ。少将の尼君などいふは、琵琶弾きなどしつつ遊ぶ。「かかるわざはしたまふや。つれづれなるに」など言ふ。昔も、あやしかりける身にて、心のどかにさやうのことすべきほどもなかりしかば、いささかをかしきさまならずも生ひ出でにけるかなと、かくさだすぎにける人の心をやるめるをりをりにつけては思ひ出づ。なほあさましくものはかなかりけると、我ながら口惜しければ、手習に、

身を投げし涙の川のはやき瀬をしがらみかけて誰かとどめし

思ひの外に心憂ければ、行く末もうしろめたく、疎ましきまで思ひやらる。（中略）若き人の、かかる山里に、今はと、思ひたえ籠るは難きわざなりければ、ただいたく年経にける尼七八人ぞ、常の人にてはありける、それらがむすめ、孫やうの者ども、京に宮仕するも、異ざまにてあるも、時々ぞ来通ひける。かやうの人につけて、見しわたりに行き通ひ、おのづから世にありけりと、誰にも誰にも聞かれたてまつらむこと、いみじく恥づかしかるべし。いかなるさまにてさすらへけんなど、思ひやり世づかずあやしかるべきを思へば、かかる人々にかけても見えず。ただ、侍従、こもきとて、尼君のわが人にしたる二人をのみぞ、この御方に言ひわきたる、みめも心ざまも、昔見し都鳥に似たることなし。何ごとにつけても、世の中にあらぬところはこれにやあらんとぞ、*かつは思ひなされける。

（手習巻三〇一〜三〇四頁）

［異同］かつは―ナシ（【別】保）

手習巻で「世の中にあらぬところ」と見えるのは、浮舟が小野に蘇生した後、一安心するという右の【本文C】の

場面である。最後に侍従とこもきという侍女二人の様子について「みめも心ざまも、昔見し都鳥に似たることなし」ということが書いてあり、彼女達の容姿や性質のほか、「何ごとにつけても」つまり小野の風景も人々も何から何まで都のそれとは全く異なっているために、浮舟が「世の中にあらぬところはこれにやあらんとぞ、かつは思ひなされ」るに至ったという展開になっている。実はこの末尾の一文は、一筋縄ではいかない構造を持っている。「かつは」と保留をつける表現からは、浮舟が実際には小野の山里にも「世の中にあらぬところ」とは思えないような要素を感じ取ってしまっていることがうかがえる。すなわち、見下していた小野の人々でさえも音楽をたしなんでいるのに自分にはできないということについての屈辱と、さびれた小野の山里であっても結局全く別次元の世界というわけではなく、人々はやはり都に行き来しているということへの不安とが、「かつは」という表現をはさんで安堵感の一方に存在する浮舟の感覚なのである。そしてこうした自らの感覚に目をつぶり、ことさらに「思ひなされける」という部分からは、蘇生後の自分のいる土地が「世の中にあらぬところ」であると思いこもうとする浮舟の意志、あるいは強い願望が看取される。ここで無意識の行動を示す自発の助動詞「る」には、「世の中にあらぬところ」への志向を存在の拠り所とする習慣が浮舟の中に深く根を下ろしていることが、端的に表されているのである。

こうしたことから、一時的な隠れ家にあっても相変わらず迫ってくる俗世の価値観から逃れるように、今よりさらにもっと奥の「世の中にあらぬところ」＝隠れ家となりうる場所を希求するといった浮舟の心理展開のパターンが、東屋巻における三条の小家での和歌と、手習巻における小野の当該場面とに共通して現れ出ていることが分かる。行き場をなくし三条の小家で「つれづれ」の状態にある浮舟の姿は、都の上流貴族に縁づけたいという希望を持った母の目には「かひな」き有様に映ったのであったし、小野の庵においても「つれづれ」な晩に音楽を楽しむ術も持たないというのはやはり無風流で軽蔑されるべき女君のあり方として、やがて大尼君により「埋もれてなんものしたまふめる」（三二一頁）と嘲笑されることになる。そのような、俗世あるいは都の価値観によって自己が裁断されることから逃れ身を隠すべく、浮舟はその都度「世の中にあらぬところ」を求める。「世の中にあらぬところ」を希求すること自体をそのまま一つの救い、自らの安心および生の拠り所となし得るといった浮舟の基本的な態度は、東屋巻にすでに表れていたと言ってよい。

五　エロスとタナトスの行方

浮舟の入水は都の価値観に裁断され「人笑へ」になることを怖れたためであったが（浮舟巻一八五頁）、次に自分より劣った存在と認識していた小野の老人達と比べてみてもやはり「あさましくものはかなかりける」我が「身」を痛感せざるを得ず、やがてそうした現実から逃れるようにして出家は敢行されたものであった。このように浮舟の行動には常に世間の目に対して我が「身」を恥じ萎縮する思いと、そうした苦悩から逃れられる「かくれが」への絶対的な憧れとが通底しているのであって、これが彼女の造型の持つ重要な問題の一つとして位置づけられる。宇治十帖の展開を領導し構築する〈ことば〉の網の目の中で、「世の中にあらぬところ」というたことばは必然性を持って東屋巻に置かれたものと考える。この語は読者の目を浮舟の心理の内奥へと向かわせ、以降の物語を浮舟の心理的な必然性から読み解いていくためのキーワードとして機能しているのである。

また同時にこのうたことばの内包する悲劇と喜劇の二面性は、浮舟の心理や意識を超えたところで、『源氏物語』の終末の部分における「遁世」や「死」といったタナトスの問題の扱われ方と連動してくる。それは必ずしも陰鬱な方向性を持ったものではなく、ある意味では明るくユーモラスな側面と表裏一体のものとして、手習巻で登場する老人達の様子とともに描き出されていくこととなる。次章以降では、『源氏物語』最終部のエロスとタナトスの行方についてさらに検討する。

注

（1）秋山虔『源氏物語』（岩波書店、一九六八）

（2）三田村雅子「浮舟を呼ぶ――「名づけ」の中の浮舟物語――」（『源氏研究』六、二〇〇一・四）、井野葉子「〈隠す／隠れる〉浮舟物語」（『源氏物語　宇治の言の葉』森話社、二〇一一　初出は二〇〇一）。なお、本章は井野氏が浮舟巻末に置かれた浮舟の「隠れる」願望の出発点を、早く東屋巻に認めるものである。

（3）宗雪修三「「東屋」巻の和歌二、三」（『古代文学研究』三、一九七八・三）。言葉の「先取り的機能」とは結局、読者に以降の展開を予測させ、ある種の期待を持たせるところに意味を持つものと思われる。本章では行動主体（浮舟）のある心理的傾向が読者に向けて開陳され、記憶に残っていくという点に、この和歌による「先取り的機能」の効果を認めることとする。

（4）池田和臣「引用表現と構造連関をめぐって――第三部の表現構造――」（『源氏物語　表現構造と水脈』武蔵野書院、二〇〇一　初出は一九八二）。

女三宮による「うき世にはあらぬところ」の用例は次の通りである。

（朱雀院）「春の野山、霞もたどたどしけれど、心ざし深く堀り出でさせてはべる、しるしばかりになむ。
世をわかれ入りなむ道はおくるとも同じところを君もたづねよ
いと難きわざになむある」（中略）この同じところの御伴ひを、ことにをかしきふしもなき聖言葉なれど、げにさぞ思すらむかし、我さへおろかなるさまに見えたてまつりて、いとどうしろめたき御思ひの添ふべかめるをいといとほし、と思す。
（女三宮）うき世にはあらぬところのゆかしくてそむく山路に思ひこそ入れ

（源氏）「うしろめたげなる御気色なるに、このあらぬところもとめたまへる、いとうたて心憂し」と聞こえたまふ。

（横笛巻三四七～三四八頁）


また、『源氏物語』および『紫式部日記』における「あらぬ世」の用例は次の通りである。

『源氏物語』


我にもあらずあらぬ世によみがへりたるやうに、しばしはおぼえたまふ。九月二十日のほどにぞおこたりはてたまひて、いといたく面痩せたまへれど、なかなかいみじくなまめかしくて、ながめがちに音をのみ泣きたまふ。

（夕顔巻一八三頁）※夕顔の死後、衰弱から回復した源氏の心中

（源氏）「……聖だちこの世離れ顔にもあらぬものから、下の心はみなあらぬ世に通ひ住みにたるところこそ見えしか、まして、今は、心苦しき絆もなく思ひ離れにたらむをや。かやすき身ならば、忍びていと逢はまほしくこそ」とのたまふ。

（若菜上巻一二六～一二七頁）※明石入道の入山に対する源氏の感想

（弁）「……京のことさへ跡絶えて、その人もかしこにて亡せはべりにし後、十年あまりにてなん、あらぬ世の心地してまかり上りたりしを、この宮は、父方につけて、童より参り通ふゆゑはべりしかば、（中略）深山隠れの朽木になりにてはべるなり。」

（橋姫巻一六二頁）※弁尼の上京時の心情

（薫）「月ごろの積もりもそこはかとなけれど、いぶせく思ひたまへらるるを、片はしもあきらめきこえさせて慰めはべらばや。例の、はしたなくなさし放たせたまひそ。いとどあらぬ世の心地しはべり」

（早蕨巻三五四頁）※大君の死後、中君に対する薫の発言

いとど涙ぐみて、（浮舟）「隔てきこゆる心もはべらねど、あやしくて生き返りけるほどに、よろづのこと夢のやうにたどられて、あらぬ世に生まれたらん人はかかる心地やすらんとおぼえはべれば、今は、知るべき人世にあらんとも思ひ出でず、ひたみちにこそ睦ましく思ひきこゆれ」

（手習巻三一〇頁）※蘇生後、妹尼に対する浮舟の発言

『紫式部日記』（引用は長谷川政春・今西祐一郎・伊藤博・吉岡曠校注『新日本古典文学大系　土佐日記　蜻蛉日記　紫式部日記　更級日記』（岩波書店、一九八九）に拠る）

心みに、物語をとりて見れど、見しやうにもおぼえず、（中略）住み定まらずなりにたりとも思ひやりつつ、をとな

ひ来る人も、かたうなどしつつ、すべて、はかなきことにふれても、あらぬ世に来たる心地ぞ、ここにてしもうちまさり、物あはれなりける。（二八六～二八七頁）※里居の物憂い心中

（5）榎本正純「浮舟論への試み」（『国語と国文学』五二―五、一九七五・五）、石原昭平「『紫式部日記』―宮廷生活の女―」（『国文学解釈と鑑賞』五〇―八、一九八五・七）、沼田晃一「紫式部日記と源氏物語―「なきもの」「あらぬ世」「蔦の色」等の表現をめぐって―」（『帝京国文学』三、一九九六・九）など。なお、従来の『紫式部日記』と浮舟造型の関連について考察した論考においては、「世の中にあらぬところ」と「あらぬ世」は同じイメージで捉えられているが、浮舟に関わる用例を確認すると、ことさらに希求の対象となる未踏の「世の中にあらぬところ」とは異なり、「あらぬ世」はすでに来てしまった場所への心許なさの表現となっている。この二つの言葉ははっきりと使い分けられ、それぞれにその時々の浮舟の心情や態度、思惑などを巧みに表現する手段となっているのである。

（6）高橋亨「存在感覚の思想―〈浮舟〉について―」（『源氏物語の対位法』東京大学出版会、一九八二　初出は一九七五）

（7）足立繭子「小野の浮舟物語と継子物語―出家譚への変節をめぐって―」（王朝物語研究会編『研究講座　源氏物語の視界5』新典社、一九九七）

（8）鈴木一雄監修『源氏物語の鑑賞と基礎知識6　東屋』（至文堂、一九九九）

（9）片桐洋一編『歌枕歌ことば辞典　増訂版』（笠間書院、一九九九）

（10）神野藤昭夫「よのなか」（『国文学解釈と教材の研究』三六―五、一九九一・五）

（11）笹川博司「「世の中」と遁世」（『深山の思想　平安和歌論考』和泉書院、一九九八）

（12）鈴木裕子「〈母と娘〉の物語―その崩壊と再生」（『『源氏物語』を〈母と子〉から読み解く』角川書店、二〇〇五　初出は一九九六）

（13）神野藤昭夫前掲（注10）論文

（14）佐藤勢紀子「女の宿世」（『宿世の思想―源氏物語の女性たち』ぺりかん社、一九九五　初出は一九八三）。なお、佐藤氏の論考はこの後「浮舟の生涯は、その始まりから自覚され、いやましに痛感されてゆく己が憂き身の解消に向けての、すさまじいまでの苦闘の歴史にほかならない」という結論に至ってゆくものであるが、浮舟の行動の原動力を、憂き身意

識と現世での栄華への欲望との葛藤からの逃避という点から読み取る私見とはやや方向が異なる。
(15) 松田武夫「雑歌下の構造」（『古今集の構造に関する研究』風間書房、一九六五）
(16) 宇治十帖と『古今集』雑下とのかかわりについて考察した先行研究に、小嶋菜温子「宇治十帖から『古今集』巻十八（雑下）へ　付―千里『句題和歌』」（『源氏物語批評』有精堂出版、一九九五　初出は一九八七）がある。小嶋氏は宇治十帖における「〝ゆくへしれぬ〟心的機制に流れる、〈負〉の時間」が雑下からのさまざまな引歌によって創出されていると指摘する。
(17) 笹川博司「古今集の山々」前掲（注11）論文
(18) 久富木原玲「物語創出の場としての『古今集』「雑歌―源氏物語論のために―」」（『源氏物語と和歌の論―異端へのまなざし』青簡舎、二〇一七　初出は二〇〇七）。また佐田公子「古今和歌集雑歌下「世の中」歌群の生成について」（『研究と資料』四一、一九九九・七）にも『万葉集』「世間」詠が『古今集』「世の中」歌群に与えた影響が論じられている。
(19) 『落窪物語』の引用は藤井貞和・稲賀敬二校注『新日本古典文学大系　落窪物語　住吉物語』（岩波書店、一九八九）に拠る。
(20) 『竹取物語』『落窪物語』『伊勢物語』『大和物語』『平中物語』『うつほ物語』『堤中納言物語』『狭衣物語』『浜松中納言物語』『夜の寝覚』『土佐日記』『蜻蛉日記』『和泉式部日記』『紫式部日記』『更級日記』『枕草子』『栄花物語』『大鏡』より検索した。
(21) 『狭衣物語』の引用は小町谷照彦・後藤祥子校注・訳『新編日本古典文学全集　狭衣物語　一～二』（小学館、一九九九～二〇〇一）に拠った。
(22) 『浜松中納言物語』の引用は池田利夫校注・訳『新編日本古典文学全集　浜松中納言物語』（小学館、二〇〇一）に拠った。

第六章　朝顔斎院および浮舟と〈墓場の女〉の情景

——白詩「陵園妾」を相対化するまなざし——

一　散文における白詩「陵園妾」の受容

白居易のいわゆる五妃曲（「上陽白髪人」、「李夫人」、「陵園妾」、「長恨歌」、「王昭君二首」および「昭君怨」）は、新楽府の中でいずれも薄幸の美女という題材を扱ったものとして、平安中期にも広く知られていたと考えられる。このうち上陽白髪人・李夫人・楊貴妃・王昭君の四妃についての言及は当時のさまざまな散文テクストに容易に認められ、菅原孝標女の作かとされる『浜松中納言物語』でも、唐国のすぐれた女の例として「楊貴妃、王昭君、李夫人などと言ひて、あがりての世にもあまたありけり。上陽宮にながめたる女も、『眼は芙蓉に似たり、胸は玉に似たり』と誉めたり」（巻第三、二六七頁）[1]と四妃が一くくりにまとめられている。しかし「陵園妾」に関しては、十一世紀までには『源氏物語』手習巻の一場面以外、明らかな引用の例はない。十二世紀に入るとようやく歌題として注目され始めるのであるが、それらはたとえば『新楽府二十句和歌』の「到暁月徘徊」題をはじめ、『新撰朗詠集』や『朗詠百首』

の「陵園配妾月前心」題など、また登蓮の「まつのとをさしてかへりしゆふべよりあけるめもなく物をこそおもへ」（続詞花集・雑上・845）という歌や、藤原実定の「ひぐらしのなくにつけてもかなしきはさしこもりにしすみかなりけり」（林下集・361）という歌など、いずれも配流された美女の孤独を哀切に表現するといった型を踏まえたものとなっている。さらに十二世紀後半の成立とされる『唐物語』においても、「後宮の美女、別宮陵園にて帝に逢ふことなく終はる語《こと》」という話の中で、最後に美女が「見るたびも涙つゆけきしらぎくの花もむかしやこひしかるらん」(2)という和歌を詠むことになっており、「陵園妾」という題材に関して、和歌の世界ではある種の定型化がなされていったことがうかがえる。

一方でこうした和歌的な受容のイメージから離れ、改めて散文テクストである『源氏物語』と「陵園妾」との関わりについて考えてみるならば、この諷喩詩が自ら隠遁生活を望んだ浮舟の周辺で用いられている点に、単に妾の配流の哀れを描くといった文脈にとどまらない、『源氏物語』独自の引用意図を読み解く鍵があるように思われる。本章ではひとまず手習巻の「陵園妾」引用、さらに手習巻後半の物語の方向性について、周辺の老尼達の造型なども絡めつつ検討する。次に手習巻と朝顔巻との構図の共通性に着目し、朝顔巻の「陵園妾」引用を認めた場合の解釈の可能性を探る。

はじめに、「陵園妾」の全文を掲げる。(3)

陵園妾　憐㆓幽閉㆒也
陵園妾　顔色如㆑花命如㆑葉
命如㆑葉薄将㆓奈何㆒　一奉㆓寝宮㆒年月多
年月多　春愁秋思知何限

陵園妾　幽閉を憐れむなり
陵園の妾　顔色は花の如く　命は葉の如し
命は葉の如く薄し　将に如何せんとする　一たび寝宮に奉じてより年月多し
年月多し　春愁秋思知る何ぞ限らん

青絲髪落叢鬢疎　紅玉膚銷繋裙縵
憶昔宮中被二妬猜一　因レ讒得レ罪配レ陵来
老母啼呼趁レ車別　中官監送鏁レ門廻
山宮一閉無二開日一　未レ死此身不レ令レ出
松門到レ暁月徘徊　柏城盡日風蕭瑟
松門柏城幽閉深　聞レ蟬聴レ鶯感二光陰一
眼看二菊蘂一重陽涙　手把二梨花一寒食心
把レ花掩レ涙無二人見一　緑蕪墻遶青苔院
四季徒支粧粉銭　三朝不レ識君王面
遥想六宮奉二至尊一　宣徽雪夜浴堂春
雨露之恩不レ及者　猶聞不二啻三千人一
三千人　我爾君恩何厚薄
願令下輪轉直二陵園一　三歳一来均中苦楽上

青糸の髪は落ちて叢鬢疎に　紅玉の膚は銷ゑて繋裙縵し
憶ふ昔　宮中に妬猜せられ　讒に因りて罪を得　陵に配せられ来りしを
老母は啼呼して車を趁ひて別れ　中官は監送して門を鏁して廻る
山宮一たび閉されて開く日無く　未だ死せざれば此の身出でしめず
松門暁に到るまで月は徘徊し　柏城　盡日　風は蕭瑟たり
松門　柏城　幽閉深く　蟬を聞き鶯を聴きて光陰に感ず
眼に菊蘂を看ては重陽の涙あり　手に梨花を把りては寒食の心あり
花を把り涙を掩ふも人の見る無く　緑蕪の墻は遶る青苔の院
四季　徒らに支せらる　粧粉の銭　三朝識らず君王の面
遥かに想ふ六宮の至尊に奉ずるを　宣徽の雪夜　浴堂の春
雨露の恩の及ばざる者　猶ほ聞く啻に三千人のみならずと
三千人　我と爾と君恩の何ぞ厚薄ある
願はくは輪転して陵園に直し　三歳一たび来りて苦楽を均しくせしめんことを

（白氏文集・巻四［〇一六一］）

二　小野の山里と〈墓場の女〉達

まずは手習巻における「陵園妾」引用箇所を見る。

僧都も、「かの人、世にあるものとも知られじと、[a]よくもあらぬ敵だちたる人もあるやうにおもむけて、隠し忍びはべるを、事のさまのあやしければ啓しはべるなり」と、なま隠す気色なれば、人にも語らず。（中略）（僧都）「なにがしはべらん限りは仕うまつりなん。何か思しわづらふべき。常の世に生ひ出でて、世間の栄華に願ひまつはるる限りなん、ところせく棄てがたく、我も人も思すべかめる。かかる林の中に行ひ勤めたまはん身は、何ごとかは恨めしくも恥づかしくも思すべき。[b]このあらん命は、葉の薄きが如し[*]」と言ひ知らせて、[c*]「松門に暁到りて月徘徊す」と、法師なれど、いとよしよししく恥づかしげなるさまにてのたまふことどもを、思ふやうにも言ひ聞かせたまふかなと聞きゐたり。今日は、[d]ひねもすに吹く風の音もいと心細きに、おはしたる人も、（僧都）「あはれ山伏は、かかる日にぞ音は泣かるるなるかし」と言ふを聞きて、我も、今は、山伏ぞかし、ことわりにとまらぬ涙なりけり、と思ひつつ、端の方に立ち出でて見れば、遥かなる軒端より、狩衣姿色々に立ちまじりて見ゆ。（中略）

薄鈍色の綾、中には萱草など澄みたる色を着て、いとささやかに、様体をかしく、いまめきたる容貌に、[e]髪は五重の扇を広げたるやうにこちたき末つきなり。こまかにうつくしき面様の、化粧をいみじくしたらむやうに、赤くにほひたり。行ひなどをしたまふも、なほ数珠は近き几帳にうち懸けて、経に心を入れて読みたまへるさま、絵にも描かまほし。

（手習巻三四七～三五一頁）

［異同］葉の―はせう葉の（【別】国）　はせうはの（【別】高）　はせうの（【別】保）
　松門に暁―まつかせのあかつきに（【別】陽）

※a「憶昔宮中被㆓妬猜㆒　因㆑讒得㆑罪配㆑陵来」、b「顔色如㆑花命如㆑葉」、「命如㆑葉薄将㆓奈何㆒」、cd「松門到㆑暁月徘徊　柏城盡日風蕭瑟」、e「青絲髪落叢鬢疎　紅玉膚銷繋裙縵」

右は若くして出家した浮舟の姿に、横川僧都が妾のはかない運命を重ね合わせる場面である。波線部a〜eに様々なレベルでの「陵園妾」の引用表現が認められ、「迫害された哀れな美女」という浮舟の印象を作り出している。[4]しかし実際には、浮舟は他の妻から具体的な迫害を受けたわけではなく、むしろ自発的に都を離れて来たのであって、原典の内容とは若干の差異がある。こうした差異に関して、岡部明日香氏は『源氏物語』独自の女性と「魂の救済の可能性」[5]や、「女性の幸福に対して、「寵愛」や「世間的栄華」を第一とする価値観の限界性」[6]が示されたとする。一方、村井利彦氏は「陵園妾」の引用自体を将来「墓の番人同然の身の上」となり、「僧都の母尼のような朽尼となって生涯を終える」という「浮舟の陵園妾化」の可能性の暗示と見る。[7]手習巻の「陵園妾」引用には、浮舟の物語の結末に対する「読み」の問題が密接に関係してくるのである。

ここで確認しておきたいのは、同じ五妃曲の中で、若く美しい女が上位の妃の妬みによって辺鄙な地に幽閉され、そのまま空しく年老いて行くといった類似の内容を持つ「上陽白髪人」が、『蜻蛉日記』をはじめ平安文学に頻繁に引かれていたのとは対照的に、「陵園妾」は『源氏物語』以外では全く注目された様子がない点である。この二つの詩の違いは、「陵園妾」の場合、女が送られた先が墓地という死の世界だという点にあるとされる。[8]生きながら墓地に幽閉される女という異様な情景が、『源氏物語』においては浮舟の半死半生的なありよう、および「世の中にあらぬところ」（三〇四頁）という俗世を離れた小野の山里の設定と合致するため、「陵園妾」の方が優先的に選び取られたものと考えられよう。しかし墓地における妾の孤独を強調する原典とは異なり、手習巻では小野の山里に浮舟のみならず、多くの老尼達がひしめき住む様子が描かれる点が特徴的である。この老尼達もさまざまな経歴を経て小野の山里に流れ着いたと思われ、浮舟同様「陵園妾」的な存在であると言えなくもない。しかしこの人々に関して、原典の妾の嘆きのような悲劇性はほとんど描かれることがなく、むしろその「老い」の様子が即物的・露悪的かつユーモ

アたっぷりに描き込まれている。それはあたかも若い浮舟の悲壮な心境とわざわざ呼応させてあるかの如くである。たとえば、

姫君は、いとむつかしとのみ聞く老人のあたりにうつぶして、寝も寝られず。宵まどひは、えもいはずおどろおどろしきいびきしつつ、前にも、うちすがひたる尼ども二人臥して、劣らじといびきあはせたり。いと恐ろしう、今宵この人々にや食はれなんと思ふも、惜しからぬ身なれど、例の心弱さは、一つ橋危がりて帰り来たりけん者のやうに、わびしくおぼゆ。こもき、供に率ておはしつれど、色めきて、このめづらしき男の艶だちゐたまへる方へ帰り往にけり。今や来る、今や来ると待ちゐたまへれど、いとはかなき頼もし人なりや。（中略）供にてわたるべき人もとみに来ねば、なほ臥したまへるに、いびきの人はいととく起きて、粥などむつかしきことどもをもてはやして、（母尼）「御前に、とくきこしめせ」など寄り来て言へど、まかなひもいと心づきなく、うたて見知らぬ心地して、（浮舟）「なやましくなん」と、ことなしびたまふを、強ひて言ふもいとこちなし。

（手習巻三二九～三三二頁）

という浮舟の出家直前の場面では、深夜に老尼達のおどろおどろしい「いびき」の合奏を聞いて心底怯える浮舟と、翌朝そうとも知らずに呑気に粥を勧める「いびきの人」すなわち大尼君との対比が印象的である。しかし当該箇所に先立つ次の場面では、浮舟が少将の尼に勧められるままに碁を打ったところ、意外にも大変な実力の持ち主であったという事実が明かされてもいた。浮舟の中に、老尼達の享楽的な性質に容易に連続し得る要素があるということが示唆される重要な場面である。

（少将の尼）「苦しきまでもながめさせたまふかな。御碁を打たせたまへ」と言ふ。（浮舟）「いとあやしうこそはありしか」とはのたまへど、打たむと思したれば、盤取りにやりて、我はと思ひて先せさせたてまつりたるに、

いとこよなければ、また手なほして打つ。（少将の尼）「尼上とう帰られたまはなん。この御碁見せたてまつらむ。かの御碁ぞいと強かりし。僧都の君、はやうよりいみじう好ませたまひて、けしうはあらずと思したりしを、いと碁聖大徳になりて、さし出でてこそ打たざらめ、御碁には負けじかしと聞こえたまひしに、つひに僧都なん、二つ負けたまひし。碁聖が碁にはまさらせたまふべきなめり。あないみじ」と興ずれば、さだすぎたる尼額の見つかぬに、もの好みするに、むつかしきことどもしそめてけるかなと思ひて、心地あしとて臥したまひぬ。

（手習巻三二五～三二六頁）

このように出家前の時点では碁という尼達の世俗的な娯楽に対し否定的な反応を見せた浮舟であるが、いびきに怯えた夜を経て、出家後は一転して老尼達の生活に馴染んで行こうとする様子が描かれる。

思ひ寄らずあさましきこともありし身なれば、いと疎まし、すべて朽木などのやうにて、人に見棄てられてやみなむともてなしたまふ。されば、月ごろたゆみなくむすぼほれ、ものをのみ思したりしも、この本意のことしたまひて後より、すこしはればれしうなりて、尼君とはかなく戯れもしかはし、碁打ちなどしてぞ明かし暮らしたまふ。行ひもいとよくして、法華経はさらなり、こと法文なども、いと多く読みたまふ。雪深く降り積み、人目絶えたるころぞ、げに思ひやる方なかりける。

（手習巻三五四頁）

手習巻を読んでいくと、小野の老尼達は常にもの寂しく暮らしているというわけではなく、夜は大いに眠り、朝になれば粥を食べ、昼間の暇な時間には囲碁に興じるといった、それなりに充実した生活を送っていることが分かる。こうした、浮舟を取り巻く老尼達の「老い」の描写は、むしろ生命力の強さの象徴として読むべきことが指摘されている。(9) 永井和子氏は「母尼君の強い生命力は、同時に浮舟を生かす力となって浮舟の中に注ぎこまれた。死と再生の物語として、強い生肯定の物語としてよみ得るだろう」と述べる。(10) また鷲山茂雄氏は「浮舟が妹尼君に、そしてさらに老尼君にならぬと誰も保障はできない」として浮舟の「老い」の方向性を想像する。[11]こうした指摘をふまえて考えると、手習巻の「陵園妾」引用は、配流された妾の心中にスポットを当てた原典とは異なり、浮舟周辺の老尼達の世俗的な暮らしぶりを併せて描き込むことによって、哀れに死にゆく妾の詩的映像を、したたかで明るいエロスの力で相対化するものと言えるのではないだろうか。すなわち『源氏物語』においては、「浮舟の陵園妾化」[12]の暗示は単に悲しみの強調ではなく、あり得たかもしれない「妾」の主体的で安楽な後半生という文脈を掘り起こしたものと読むことができるだろう。ここに『源氏物語』による「ずらし」の意義があると考えられるのである。

三　桃園宮と〈墓場の女〉達

続いて、「陵園妾」を媒介に手習巻と結びつく巻として朝顔巻をとりあげる。これまでに朝顔巻における「陵園妾」引用を論じた先行研究は、管見の限りでは見当たらない。[13]しかし朝顔巻全体に色濃く漂う「死」の雰囲気や先帝代の後宮争いの結末、といった諸要素から、先行テクストとして「陵園妾」を想定することは、あながち的外れでもないように思われる。ここで本節の見通しを先に述べると、朝顔・手習両巻には「陵園妾」を媒介とした「墓場的な空間」および「老女達の中に住む若い女性」といった共通の設定があり、そこには両巻に共通する「作り手」の志向性のようなものがうかがわれるように思われる。以下、（i）～（iv）として各場面を具体的に確認していく。

（i）閉ざされた「園」と死の雰囲気
——「中宮監送鏁レ門廻」、「山宮一閉無二開日一　未レ死此身不レ令レ出」、「松門柏城幽閉深」——

朝顔巻は桐壺帝代に対する追憶の巻であるとされる。(14)朝顔斎院は父宮の喪に服し、桃園宮邸に移り住んでいる。そこでは既に世間から忘れ去られたような老女達、すなわち亡き桐壺帝の妹である女五宮や、桐壺帝代が最も華やかであった頃に活躍した源典侍などが細々と暮らしている。原田敦子氏によれば、源氏物語が書かれた頃の実際の桃園という地は、「ごく親しい当代最上層の貴族同士の閉鎖的な交流の場」(15)であって、かつここに住む女性はいずれも、病気や近親者の出家など「何らかの不幸」を背負って来ることが多かったという。物語内の設定もこれに合致しており、現実世界の「読み手」達のリアルな想像をかき立てたことと推察される。

はじめに、物語の中で桃園宮邸の正門が錆びつき、容易に開かない状態となっていることに注目する。

宮には、北面の人しげき方なる御門は入りたまはむも軽々しければ、西なるがことごとしきを、人入れさせたまひて、宮の御方に御消息あれば、今日しも渡りたまはじと思しけるを、驚きて開けさせたまふ。御門守寒げなるけはひうすすき出で来て、とみにもえ開けやらず、これより外の男はたなきなるべし、ごほごほと引きて、「鎖のいといたく錆びにければ開かず」と愁ふるをあはれと聞こしめす。昨日今日と思すほどに、*みそとせのあなたにもなりにける世かな、かかるを見つつ、かりそめの宿をえ思ひ棄てず、木草の色にも心を移すよ、と思し知らるる。口ずさびに、

（源氏）いつのまに*蓬がもととむすぼほれ雪ふる里と荒れし垣根ぞ

やや久しうひこじらひ開けて入りたまふ。（朝顔巻四八一～四八二頁）

［異同］みそとせの―みとせの（【青】大為）（【別】穂前大）三とせの（【別】麦阿）みちとせの（【別】陽）
　もとと―かと丶（【青】為冬肖）（【別】保国）門と（【河】）かとも（【別】坂平）やと丶（【別】陽）

先行研究ではこの開かない門について比喩的な側面から様々に論じられており、たとえば松井健児氏は「死の世界」「冥府」[16]、また小林正明氏は「柩」[17]といった特に「死」に関する表現を用いて、桃園宮邸の門の向こうに広がる「異郷」的な世界の特質を説く。朝顔斎院の居所の門を「死」の世界への入り口とするこうした指摘は重要である。ほかに『源氏物語』中、門が錆びついて開かない場面としては、末摘花巻の例が見出される。

御車寄せたる中門の、いといたうゆがみよろぼひて、夜目にこそ、しるきながらもよろづ隠ろへたること多かりけれ、いとあはれにさびしく荒れまどへるに、松の雪のみあたたかげに降りつめる、山里の心地してものあはれなるを、かの人々の言ひし葎の門は、かうやうなる所なりけむかし、……（中略）。御車出づべき門はまだ開けざりければ、鍵の預り尋ね出でたれば、翁のいといみじきぞ出で来たる。むすめにや、孫にや、はしたなる大きさの女の、衣は雪にあひて煤けまどひ、寒しと思へる気色ふかうて、あやしきものに火をただほのかに入れて袖ぐくみに持たり。翁、門をえ開けやらねば、寄りてひき助くる、いとかたくなり。御供の人寄りてぞ開けつる。

（源氏）「ふりにける頭の雪を見る人もおとらずぬらす朝の袖かな

幼き者は形蔽れず」とうち誦じたまひても、鼻の色に出でていと寒しと見えつる御面影ふと思ひ出でられて、ほほ笑まれたまふ。（末摘花巻二九七～二九八頁）

末摘花の住む常陸宮邸には、桃園宮邸の場合と同様にみすぼらしい門番の男が登場している。両場面には、開かない門の内側に、年月に耐えられず朽ちてゆく建物があり、そこでは時代遅れの老女達がひっそりと暮らしている、といった共通の「型」のようなものが看取される。[18] このような閉ざされた「園」と門番、門の内側に広がる「異郷」の雰囲気すなわち擬似的な「死」に近い雰囲気に、白詩「陵園妾」の「陵園」という墓地の舞台設定や、「中官監送鏁レ門廻」、「山宮一閉無二開日一 未レ死此身不レ令レ出」、「松門柏城幽閉深」などの、女の厳重な幽閉を示す詩句との関わりがうかがわれる。ひとまずここで、物語の舞台として、桃園宮邸と「陵園」との同質性が見られるという点を確認しておきたい。

（ii）女の「あるかなきか」の生
――「顔色如レ花命如レ葉」、「命如レ葉薄将二奈何一」――

また、桃園宮邸では、住人の老女達および朝顔斎院の生命のありようが、しばしば「あるかなきか」という語で表現される。

斎院は御服にておりゐたまひにきかし。（中略）

宮、対面したまひて御物語聞こえたまふ。いと古めきたる御けはひ、咳がちにおはす。このかみにおはすれど、故大殿の君はあらまほしく古りがたき御ありさまなるを、もて離れ、声ふつつかにこちごちしくおぼえたまへるもさる方なり。（女五宮）「院の上崩れたまひて後、よろづ心細くおぼえはべりつるに、年の積もるままにいと涙がちにて過ぐしはべるを、この宮さへかくうち棄てたまへれば、いよいよあるかなきかにとまりはべるを、かく立ち寄り訪はせたまふになむもの忘れしぬべくはべる」と聞こえたまふ。かしこくも古りたまへるかなと思へど、うちかしこまりて、（源氏）「院崩れたまひて後は、さまざまにつけて、同じ世のやうにもはべらず、……」

（朝顔巻四六九～四七〇頁）

朝顔斎院が桃園宮邸の人々の「老い」にじわじわと侵食され、次第に取り込まれていくことの暗示については、既に原岡文子氏[19]や小林正明氏[20]により検討されている。桃園宮邸を舞台とする一連の文脈において、「あるかなきか」の語は、朝顔の花を題材とした朝顔斎院と源氏の贈答歌にも登場し、一種の鍵語として機能している。すっかり枯れ衰えた花に混じって「あるかなきか」に咲く朝顔の花は、あたかも死に向かう老女達に同化するかのように、魅力の盛りが衰えつつある朝顔斎院のすがたを連想させるのである。

枯れたる花どもの中に、朝顔の*これかれに這ひまつはれてあるかなきかに咲きて、にほひもことに変れるを折らせたまひて奉れたまふ。（中略）「……

（源氏）見しをりのつゆわすられぬ朝顔の花のさかりは過ぎやしぬらん

年ごろの積もりも、あはれとばかりは、さりとも思し知るらむやとなむ、かつは」など聞こえたまへり。

「（朝顔）あきはてて霧のまがきにむすぼほれあるかなきかにうつる朝顔

*似つかはしき御よそへにつけても、露けく」とのみあるは、何のをかしきふしもなきを、いかなるにか、置きがたく御覧ずめり。（朝顔巻四七五～四七六頁）

［異同］これかれ―かれ〳〵（【別】保）
似つかはしき―につかはしからぬ（【別】陽国）

こうした、「老い」の空間で徐々に若さを失い、変質してゆく朝顔斎院のすがたは、第二節で確認したような、小野の老尼達と浮舟との連続性の問題とある程度のかかわりを持つものではないかと思われる。また、「陵園妾」の詩句との比較においては、たとえば「花」や「葉」といった植物を比喩としつつ無常を嘆いた「顔色如レ花命如レ葉」や「命如レ葉薄将二奈何一」といった詩句との関連性が看取されるように思われる。

(iii)　後宮争いと女の「命長さ」
――「憶昔宮中被㆓妬猜㆒　因㆑讒得㆑罪配㆑陵来」、「四季徒支粧粉銭　三朝不㆑識君王面」――

また、「陵園妾」では過去の後宮争いが「憶昔宮中被㆓妬猜㆒　因㆑讒得㆑罪配㆑陵来」と回想され、また帝の死後も続く「妾」の命長さが「四季徒支粧粉銭　三朝不㆑識君王面」といった表現で嗟嘆されている。「妾」はかつて後宮争いに敗北したのち、陵園で人知れず、「三朝」すなわち帝が三代も代替わりするまで営々と生き長らえてしまっているというのである。

一方の朝顔巻には、女五宮が光源氏との会話の中で過去の桐壺帝代を回想する場面がある。このように桐壺帝代へと回帰していく文脈は、朝顔巻のいたる所で繰り返され、この巻の重要なモチーフとなっている。そうした中、特にこの場面においては、女五宮が自身の状況を「命長さ」、「いとどしき命」と位置づけた上で、過去の帝の御代を懐かしんでいる点が注目される。

(女五宮)「いともいともあさましく、いづ方につけても定めなき世を、同じさまにて見たまへすぐす、命長さの恨めしきこと多くはべれど、かくて世にたち返りたまへる御よろこびになむ、ありし年ごろを見たてまつりさしてましかば、口惜しからまし」と、うちわななきたまひて、「いときよらにねびまさりたまひにけるかな。童にものしたまへりしを見たてまつりそめし時、世にかかる光の出でおはしたることと驚かれはべりしを、時々見たてまつるごとに、ゆゆしくおぼえはべりてなむ。内裏の上なむいとよく似たてまつらせたまへると人々聞こゆるを、さりとも劣りたまへらむとこそ推しはかりはべれ」(中略)(女五宮)「時々見たてまつらば、いとどしき命や延びはべらむ。今日は老も忘れ、うき世の嘆きみなさりぬる心地なむ」とても、また泣いたまふ。

（朝顔巻四七〇～四七二頁）

この後、女五宮は「あくび」に続けて、手習巻の大尼君と同様に「いびき」をかいて眠りこんでしまう。そして場面には、これに替わり、いよいよ本格的な「祖母殿」となった源典侍が「いと古めかしき咳」と共に登場する。

宮の御方に、例の御物語聞こえたまふに、古事どものそこはかとなきうちはじめ、聞こえ尽くしたまへど、御耳もおどろかず、ねぶたきに、宮もあくびうちしたまひて、（女五宮）「宵まどひをしはべれば、ものもえ聞こえやらず」とのたまふもほどなく、いびきとか聞き知らぬ音すれば、よろこびながら立ち出でたまはむとするに、またいと古めかしき咳うちして参りたる人あり。（源典侍）「かしこけれど、聞こしめしたらむと頼みきこえさするを、世にあるものとも数まへさせたまはぬになむ。院の上は、祖母殿と笑はせたまひし」など名のり出づるにぞ、思し出づる。（中略）

この盛りにいどみたまひし女御、更衣、あるはひたすら亡くなりたまひ、あるはかひなくてはかなき世にさすらへたまふもあべかめり。入道の宮の御齢よ、あさましとのみ思さるる世に、年のほど身の残り少なげさに、心ばへなども、ものはかなく見えし人の生きとまりて、のどやかに行ひをもうちして過ぐしけるは、なほすべて定めなき世なり、と思すに、ものあはれなる御気色を、心ときめきに思ひて若やぐ。

（源典侍）年ふれどこの契りこそ忘られね親の親とか言ひしひと言

と聞こゆれば、うとましくて、

「（源氏）身をかへて後も待ち見よこの世にて親を忘るるためしありやと

頼もしき契りぞや。いまのどかにぞ聞こえさすべき」とて立ちたまひぬ。

（朝顔巻四八三～四八四頁）

かつて桐壺帝の周辺で妍を競った皇妃達はそれぞれ哀れな末路をたどったが、一見「ものはかなく見え」たこの源典侍だけが今に至るまで生き続け、のどかに仏道修行などして暮らしているという。こうした源氏の慨嘆の中で、「女御、更衣」に続いて「入道の宮」すなわち藤壺中宮の例が挙げられている点は重要である。不幸はやはり、藤壺中宮にも早すぎる死という形で訪れたのであるが、さらにこの朝顔巻の最後では、藤壺が未だ成仏できていないという事実が明らかになる。

入りたまひても、宮の御事を思ひつつ大殿籠れるに、夢ともなくほのかに見えたてまつるを、いみじく恨みたまへる御気色にて、「漏らさじとのたまひしかど、うき名の隠れなかりければ、恥づかしう。苦しき目を見るにつけても、つらくなむ」とのたまふ。御答へ聞こゆと思すに、おそはるる心地して、女君の「こは。などかくは」とのたまふにおどろきて、いみじく口惜しく、胸のおきどころなく騒げば、おさへて、涙も流れ出でにけり。今もいみじく濡らし添へたまふ。女君、いかなることにかと思すに、うちもみじろかで臥したまへり。

（源氏）とけて寝ぬ寝覚めさびしき冬の夜に結ぼほれつる夢のみじかさ

なかなか飽かず悲しと思すにとく起きたまひて、さとはなくて所どころに御誦経などせさせたまふ。苦しき目見せたまふと恨みたまへるも、さぞ思さるらんかし。行ひをしたまひ、よろづに罪軽げなりし御ありさまながら、この一つ事にてぞこの世の濁りをすすいたまはざらむ、とものの心を深く思したどるに、いみじく悲しければ、何わざをして、知る人なき世界におはすらむを、とぶらひきこえに参でて、罪にもかはりきこえばや、などつくづくと思す。（朝顔巻四九四〜四九六頁）

桐壺帝に寵愛された中宮として、また冷泉帝の母太后として権力の中枢にいたはずの藤壺が、実は男女の情念にとらわれながら早死した上、出家の甲斐なく死後も苦しみ続けている。このことを「陵園妾」を媒介として見れば、結局帝のみならず、その皇妃の栄華もまた無常の現世における一過性のものに過ぎなかったということになる。一方、

「異郷」[21]へと移り住んだ源典侍や女五宮といった人々は、かえってその地で「命長さ」を獲得し、人知れず生き長らえている。ここには、皇妃と「妾」の運命の皮肉な逆転現象が描かれていると言えるのではないだろうか。

　そもそも日本では「陵園妾」や「上陽白髪人」など後宮争いをめぐる白詩は、楊貴妃の嫉妬深く恐ろしい一面が可能なかぎり朧化され、配流された下位の女の「悲しみ」と人間一般の「業」についての「教訓」という二つの面から受容されるのが一般的であったという。[22]しかしそのような中、朝顔巻では藤壺のたどった運命によって、いわば白詩の下位の女側のみならず楊貴妃側の運命[23]についても焦点が当てられ、両者の明暗が対照的に描き出されたと見ることが可能なのではないだろうか。朝顔巻のこうした皮肉な展開は、手習巻の場合と同様の、『源氏物語』における「陵園妾」の相対化とも読めるように思われる。

(ⅳ)　月の光、雪と先帝代の回想

――「松門到レ暁月徘徊」、「遥想六宮奉二至尊一　宣徽雪夜浴堂春」――

最後に、朝顔巻後半の月と雪の場面について確認する。

　雪のいたう降り積もりたる上に、今も散りつつ、松と竹とのけぢめをかしう見ゆる夕暮に、人の御容貌も光りまさりて見ゆ。（源氏）「時々につけても、人の心をうつすめる花紅葉の盛りよりも、冬の夜の澄める月に雪の光りあひたる空こそ、あやしう色なきものの身にしみて、この世の外のことまで思ひ流され、おもしろさもあはれも残らぬをりなれ。すさまじき例に言ひおきけむ人の心浅さよ」とて、御簾巻き上げさせたまふ。月は隈なくさし出でて、ひとつ色に見え渡されたるに、しをれたる前栽のかげ心苦しう、遣水もいといたうむせびて、池の氷もえもいはずすごきに、童べおろして雪まろばしせさせたまふ。をかしげなる姿、頭つきども月に映えて、（中略）。（源氏）「ひと年、中宮の御前に雪の山作られたりし、世にふりたることなれど、なほめづらしくもはかなきことをしなしたまへりしかな。……」　（朝顔巻四九〇〜四九一頁）

二条院での雪まろばしの場面であるが、ここで光源氏は庭の情景から「この世の外のこと」に思いを馳せている。空には煌々と月が輝き、地上の雪を照らして何もかもがまっ白という幻想的な景色の中で、光源氏は昔の、藤壺中宮の御前での雪山作りの記憶を想起する。ここには過去の帝の御代に関する記憶と「雪」という素材とのつながりがあるが、この点に「遥想六宮奉二至尊一　宣徽雪夜浴堂春」の詩句との発想的な関連が認められないだろうか。白詩の「至尊」すなわち帝が世を去ってしまった後の無益な「命長さ」を恨む「妾」の姿は、この場面においては例外的に光源氏の、藤壺を、さらに桐壺帝代という輝かしい時代を永遠に失った悲しみと重なってくるのである。

また月は次の場面でも藤壺に関する光源氏の記憶と密接な関わりを持つ。(24)

月いよいよ澄みて、静かにおもしろし。女君、
（紫上）氷とぢ石間の水はゆきなやみそらすむ月のかげぞながるる
外を見出して、すこしかたぶきたまへるほど、似るものなくうつくしげなり。髪ざし、面様の、恋ひきこゆる人の面影にふとおぼえてめでたければ、いささか分くる御心もとりかさねつべし。　（朝顔巻四九四頁）

「氷とぢ」詠は、作中人物である紫上の意識に即して見れば、月の光に照らされた冬の景物を詠んだものと解される。しかし続く地の文で、月光に照らされた紫上自身に藤壺の面影が見えるという内容が語られていることなどから、場面を俯瞰的に見れば、この歌には単なる叙景歌にとどまらないような象徴性があるとも考えられる。(25)そして物語はこのまま藤壺の死霊登場の場面へと展開していく。月の醸し出すこうした不気味な雰囲気は、白詩の「松門到レ暁月徘徊　柏城盡日風蕭瑟……」と続く「陵園」すなわち墓地の荒涼とした情景の描写にも見られるが、ここにも両場面の

素材的な関連性を見てよいのではないかと思われる。

四　相対化される「妾」の造型

以上、手習巻の浮舟と朝顔巻の朝顔斎院周辺の物語との相似について、新楽府「陵園妾」を媒介として検討してきた。手習巻における「陵園妾」引用は、若くして出家した浮舟の哀れさの表現であると同時に、小野の老尼達のしたたかで安楽な生き方に浮舟が同化していく可能性を示唆したものでもあると考えられる。続いて注目した朝顔巻には、直接的な詩句の引用こそないが、作中に描かれた桃園宮邸の閉鎖性や、老女達の「命長さ」、過去の帝の御代における後宮争いの皮肉な結末、さらに月や雪といった風景描写に、「陵園妾」との関連性が想定された。

原典には白居易による題下注に「憐二幽閉一也」とあり、女の孤独を憐れむという単一の主題があらかじめ設定されている。ところが手習巻や朝顔巻を読むと、『源氏物語』ではこうした悲壮感漂う主題に対する、女の側あるいは散文の側からの、ある意味でこれを相対化するような合理的かつ楽観的な捉え直しが試みられているように感じられる。『源氏物語』の「作り手」は、「陵園妾」という先行テクストを色々な角度から照射しつつ、その諷喩性を独自にずらした形で作中に取り込んだと言えよう。なお、浮舟と朝顔斎院周辺の〈ことば〉をめぐっては、「陵園妾」以外にも『紫式部集』四六番歌をはさんでの関連性が見出される。引き続き、次章にて検討する。

注

（1）『浜松中納言物語』の引用は池田利夫校注・訳『新編日本古典文学全集　浜松中納言物語』（小学館、二〇〇一）に拠る。

（2）『唐物語』の引用は小林保治訳注『唐物語』（講談社、二〇〇三）に拠る。
（3）『白氏文集』の引用は平岡武夫・今井清編『白氏文集歌詩索引　下冊』（同朋舎出版、一九八九）収載の那波本に拠り、必要に応じて太田次男・小林芳規『神田本白氏文集の研究』（勉誠社、一九八二）で異同を確認し、適宜改めた。また便宜上、読み下し文を私に付した。
（4）久保重「浮舟尼の環境と白詩「陵園妾」とのかかわりについて」（『大阪樟蔭女子大学論集』一五、一九七八・三）などに詳しい。
（5）岡部明日香「手習巻と新楽府―女性の罪と救済の関わりから―」（『平安朝文学研究』復刊六、一九九七・一二）
（6）岡部明日香『『源氏物語』手習巻の新楽府引用と浮舟物語―「古塚狐」・「井底引銀瓶」と「陵園妾」―』（『中古文学』七一、二〇〇三・五）
（7）村井利彦「浮舟の行方―源氏物語墓守論のために―」（『源氏物語逍遙』武蔵野書院、二〇一四　初出は一九九七）
（8）中西進「手習」（『源氏物語と白楽天』岩波書店、一九九七）
（9）佐藤厚子「もう一つの『竹取物語』―浮舟の物語―」（『新物語研究』二、有精堂出版、一九九四）では「大尼君の醜さは、極端なまでの老いと、旺盛な生命力、例えば好奇心・食欲・享楽への欲求の強さといったものが、不似合いなまま一つの結合されたところに現れる醜悪さである。その姿は、生に対する人間の執着のすさまじさ、おぞましさの表象である。浮舟は、大尼君の鬼形に己自身を見たのである」と分析されている。
（10）永井和子「源氏物語の老人―横川の僧都の母尼君」（『源氏物語と老い』笠間書院、一九九五　初出は一九八六、一九八八）
（11）鷲山茂雄「横川僧都と小野の人々―宇治十強主題論拾遺―」（『源氏物語の語りと主題』武蔵野書院、二〇〇六　初出は一九九二）
（12）村井利彦前掲（注4）論文
（13）新間一美「夕顔の誕生と漢詩文」、「新楽府「陵園妾」と源氏物語―松風の吹く風景―」（『源氏物語と白居易の文学』和泉書院、二〇〇三）では「孤独」かつ「「松風」を聞く女性」という面から、「末摘花巻の末摘花」、「明石巻の明石上」、

「松風巻の明石上」、「夕霧巻の落葉の宮」、「宿木巻の中の君」、「手習巻の浮舟」についてそれぞれ「陵園妾」に構想を得たとするが、朝顔巻に関する言及は見られない。

(14)　永井和子「朝顔―桐壺帝の世界への回帰」（前掲（注10）書　初出は一九七〇）に「昔の、桐壺院を中心とした宮廷がはなやかであったころ、今を盛りとときめいていた人々、源氏が若い心に、遠くから大いに好奇心をもって眺めていた人々、その人々が、年老いてこの巻に突然登場して来る」との指摘がある。また藤本勝義「回顧と喪失の構造―「朝顔」巻―」（『源氏物語の人　ことば　文化』新典社、一九九九　初出は一九八六）では「女五の宮も源典侍も、桐壺院の時代すなわち藤壺の時代に活躍した、というよりその時代でしか衆目を集めることができなかった者たちである。今は老い衰えて世の中からはじき込まれている。これは藤壺の時代の終焉を語る以外の何ものでもない」と考察されている。

(15)　原田敦子「桃園考」（角田文衛・加納重文編『源氏物語の地理』思文閣出版、一九九九）

(16)　松井健児「朝顔の姫君と歌ことば」（『源氏物語の生活世界』翰林書房、二〇〇〇　初出は一九九一および一九九六）において、「桃園邸の荒廃を示す描写であるが、その錆び付いて容易に開かない扉とは、まさに過去の時空へとつながる扉なのであり、異郷への入り口なのであろう。（中略）時間の流れが違うのである。桃園とは、現世の時間においては急速に古びていく場所なのであり、いわば過去の世界そのものなのである」、「死の世界のイメージと重層する側面」、「光源氏の桃園訪問とは冥府下りの旅であったとも考えられる」などと考察されている。

(17)　小林正明「自閉庭園の美しき魂―朝顔姫君論―」（鈴木日出男編『人物造型からみた『源氏物語』』至文堂、一九九八・五）

(18)　『源氏物語』に見られる「型」の反復の問題は、第一部第四章でその一端について検討した。

(19)　原岡文子「朝顔の姫君とその系譜―歌語と心象風景―」（『源氏物語の人物と表現　その両義的展開』翰林書房、二〇〇三　初出は一九九二）

(20)　小林正明前掲（注17）論文

(21)　松井健児前掲（注16）論文

(22)　岡部明日香「楊貴妃と上陽白髪人―白居易新楽府の日本での受容と解釈について―」（『アジア遊学』二七、二〇〇一・

五）

(23) 藤壺における楊貴妃准拠については、荒木浩「玄宗・楊貴妃・安禄山と桐壺帝・藤壺・光源氏の寓意」および「武恵妃と桐壺更衣、楊貴妃と藤壺―桐壺巻の准拠と構想」（いずれも『かくして『源氏物語』が誕生する　物語が流動する現場にどう立ち会うか』笠間書院、二〇一四　初出はそれぞれ二〇〇四・二〇〇六）を参照。

(24) 高田祐彦「逆境の光源氏―賢木巻後半の方法―」（『源氏物語の文学史』東京大学出版会、二〇〇三　初出は一九九〇）に、皇統の象徴および藤壺別離の象徴としての「月」に関する考察がある。

(25) 今井上「氷閉づる月夜の歌―朝顔巻の和歌の解釈をめぐって―」（『源氏物語　表現の理路』笠間書院、二〇〇八　初出は二〇〇五）は、「一首は、「生き悩む」紫上の心を明らかにすることを目指していたのでも、もちろん単なる叙景歌というのでもなく、右の散文叙述と呼応しながら、夫婦のむつびを取り戻した源氏と紫上を語る、この雪の夜のくだり全体を枠付け、印象的にとじめる働きをなしていたと考えられるのである」とする。現実世界における和歌のありようとは異なり、虚構の散文と絡まり合って存在する、虚構の「物語の和歌」たる作中歌の独自性を見定めようとする今井氏の姿勢に賛同する。

第七章　浮舟の〈老い〉と梅香の記憶
――『紫式部集』「さだすぎたるおもと」像との相互関連性――

一　浮舟詠と『紫式部集』四六番歌

『源氏物語』手習巻に、浮舟の独詠歌とされる歌を含む次のような場面がある。

ねやのつま近き紅梅の色も香も変らぬを、春や昔のと、こと花よりもこれに心寄せのあるは、飽かざりし匂ひのしみにけるにや。後夜に閼伽奉らせたまふ。下﨟の尼のすこし若きがある召し出でて花折らすれば、かことがましく散るに、いとど匂ひ来れば、

（浮舟）袖ふれし人こそ*見えね花の香のそれかとにほふ春の*あけぼの　（手習巻三五六頁）

［異同］見えね―あらね（【別】国）　あけぼの―あけくれ（【別】陽）

一方『紫式部集』に、紫式部が絵を見て詠んだという次の歌がある。

絵に、むめの花見るとて、女、妻戸おしあけて、二三人居たるに、みな人々寝たる気色かいたるに、いとさだ

すぎたるおもとの、つらづゑついてながめたるかたあるところ

春の夜のやみのまどひにいろならぬこころにはなのかをぞしめつる

（紫式部集Ⅰ・46）

右の手習巻と四六番歌とを比較してみると、次のような類似が見出される。

①季節　［物語］紅梅・春　［集］梅の花・春
②時間　［物語］後夜・あけぼの　［集］夜・やみ
③場所　［物語］ねやのつま近き　［集］妻戸・みな人々寝たる気色
④人物　［物語］（浮舟尼）　［集］いとさだすぎたるおもと・いろならぬこころ
⑤状態　［物語］人こそ見えね〜それかとにほふ・飽かざりし匂ひのしみにける
　　　　［集］まどひ・はなのかをぞしめつる

両者の共通点をまとめると、①季節は梅の花咲く春、②時間帯としては深夜から明け方にかけて、③女ばかりの寝所付近で、④一見恋とは無縁そうな女（尼、老女）が眠らずにいて、⑤暗闇に漂う梅の香に心をまどわされている、といった内容になる。

想定される「作り手」の層を同じくするテクスト同士にここまでの素材の共通性が見られるという事実は、創作行為の枠組や構想を探る上で重要な鍵となるように思われる。しかし若く美しい浮舟と「いとさだすぎたるおもと」とのイメージの乖離もあってか、両テクストの類似はさほど注目されてこなかったようである。

二　〈紫式部〉をめぐるテクストの相互補完性の問題

先行研究において、両テクストの類似に関する指摘は、管見では次に引用する南波浩氏の「評説」[1]が唯一のもののようである。

（四四）（四五）の歌とも関連して、式部は夫との死別後、ともすれば「闇のまどひ」に陥っていたことが知られる。そして、春がめぐってきても、花を賞美する心もなく、うつ〳〵とした気持で暮らしていた折、ふと接した一幅の絵から、

「春の夜の　闇はあやなし　梅の花　色こそ見えね　香やはかくるる」（古今集、四一、凡河内躬恒）

「色よりも　香こそあはれと　思ほゆれ　誰が袖ふれし　宿の梅ぞも」（同三三、読人しらず）

などの歌を思い浮かべ、「香」の裏に「人」を想起し、過ぎし日の思い出や、なつかしい夫の袖の香を思い出していたのであろう。宣孝との死別後、自分のこれから先のことや幼児賢子の将来などについて、あれやこれやと思い続けて、心は闇のように暗く、花やかな都の世界も忘れ去って、「色ならぬ」世界が続いていた時、このような絵の図柄から、ふと、「香」―恋しい人との思い出の世界を回想し、ほの〳〵とした人間的なものを回復させたのではなかろうか。「いとさだ過ぎたるおもとの、つらつゑついてながめたる」姿は、なえ消えようとしていた式部の心に、一抹のなにか温かな思いをよみがえらせたものと思われる。このような体験が、後に『源氏物語』（手習）において、浮舟が薫を偲ぶ歌、

「袖ふれし　人こそ見えね　花の香の　それかと匂ふ　春の曙」

が生み出されたものであろう。　（原文ママ、傍線引用者）

南波氏は「袖ふれし人」を薫とした上で、別離を経て薫の思い出を回想する浮舟の姿が、『紫式部集』四四番から四六番歌（絵に関する歌群）に見られる紫式部自身の「ほの〴〵とした」心情をもとに生み出されたと推測している。この連続性に関する指摘は「袖ふれし」詠周辺の物語を読む上で重要なヒントであると思われる。ただしこの「評説」の主眼は、あくまでも紫式部が夫との死別を経験した後に、その心情をいかにして物語の中へと昇華させていったかという点に向けられたものであった。たしかに、四六番歌を含む『紫式部集』の絵に関する歌群は、様々な人物との死別の嘆きを詠んだ歌群に連続して現れている。従って先行研究では宣孝哀傷という観点から、南波氏以外にもたとえば三田村雅子氏が「その時期紫式部は絵の中に没入することによって世の憂さを忘れ、虚構への手がかりをつかんだのではないか」、「46番歌の「さだ過ぎたるおもと」の屈託にも、老いてなお残る華やぎにも、紫式部は自己を投影して眺めているのである」と推察し[2]、あるいは近年でも山本淳子氏がこの歌群の配列について「作者は夫への哀悼を40から48に至る心の「物語」として描いている」と論じる[3]など、しばしば注目されてきた。とはいえこうした伝記的な議論には工藤重矩氏による強い批判[4]もあるところで、四六番歌についてもはたして本当に亡き夫宣孝を想って詠まれたものだったのかどうか、詞書のみからでは判断のつきかねる部分も多い。

そこで今回は、紫式部の心情、もしくは家集の歌の配列にかかわる宣孝哀傷の問題からはいったん距離を置いた上で、創作にあたっての素材の共通性という観点から、『紫式部集』『源氏物語』両テクストの類似表現について検討することとする。

さて、いわゆる〈紫式部〉論の今日的なあり方については、安藤徹氏に「無署名の文学である物語にあって、『源氏物語』の作家の名が知られるのは、単なる偶然と考えるべきではない」とした上で、『紫式部集』および『紫式部日記』を相互に関連させせつつ、「〈紫式部〉という〈名〉」が「どのように／どのような情報として機能するのか、それが『源氏物語』というテクストといかに交渉するのか、という点に着目した研究がありうべき〈紫式部〉論である」との論述がある。[5]　また高橋亨氏もこの安藤氏の論述を踏まえ、「パラテクストとしての〈紫式部〉を根拠とし、『源氏物語』と『紫式部日記』そして『紫式部集』のインターテクスト関係から、表現主体としての〈作者〉のことば《表現》と思考を考察することは有効であると思われる」と述べている。[6]　両氏の提言を論者なりに受けとめると、生身の紫式部の実像の特定とは別に、多分に意図的な「表現主体」（高橋）としての〈紫式部〉を中心に据えた、各テクスト間の表現の連携を探るべきということになるだろうか。

またいわゆる「テクスト論」が隆盛しはじめた頃に、渡辺実氏は、引歌表現等を含む『源氏物語』の文章では、「補充されるべき二重の意味が指定されていると言うよりは、補充されて二重にひろがるべき意味を自分の手もとにかかえたままの、作者の姿が表現されているのだ」とし、「操作主体」という言葉を用いて、テクストに対する作者の働きを説明していた。[7]〈書く〉作業の実態に迫ろうとするこうしたアプローチは、近年陣野英則氏や高田祐彦氏によっても再評価がなされているところである。[8]

『源氏物語』『紫式部集』『紫式部日記』の三テクストに共通する引用の様相を、「表現主体」（高橋）としての〈紫式部〉の特性として相互補完的に位置づけていくことには、たしかな意義があると思われる。本章ではさらにそこから、そうした素材を選択した主体をいわばテクスト外に存在する「操作主体」（渡辺）としてより実体的に捉えることを試みる。すなわち〈紫式部〉のテクストに共通する引用の〈ことば〉を、背後に存在する「言語コミュニティ」[9]に包摂される「作り手」の営為として考察することを試みる。

次節以下ではまず、「袖ふれし」詠の場面と四六番歌の語句レベルでの類似を確認する。さらに近年とみに注目されている土方洋一氏のいわゆる「画賛的和歌」という視点[10]を梃子としつつ、以下の二点について検討する。すなわち、まず「袖ふれし」詠の場面は浮舟という登場人物の意識を超えて、物語の進行方向を示すべく嵌め込まれた、浮舟の将来像をも示唆するかのような、先取り的な象徴性を有するのではないかという点、次に、その象徴性の内容は、『紫式部集』四六番歌と併せ見ることでより明らかになるのではないかという点である。さらにそうした表現の交錯をもとに、「作り手」としての〈紫式部〉に見られるある種の志向性の一端についても考察を加えることとする。

三　「さだすぎたる」女と梅香の〈官能性〉

『紫式部集』の四四番歌から四八番歌までの五首は、いずれも詠者が絵を見てその作中世界に立ち入って詠んだ歌の数々である。この歌群は『源氏物語』の創作との関連で早くから注目がなされ、竹内美千代氏の「即ち作中の人になって詠むことを紫式部は度々行なっていたわけである。『源氏物語』七九四首（ママ）の数多い歌も、こうした修練によってなされたものであろう」という指摘[11]をはじめとして、桐壺巻や夕顔巻など物語中の各場面との構想的・語句的な類似についてしばしば論じられてきた。[12]このうち、四六番歌と四七番歌[13]は「同じ絵」（物語絵、あるいは春秋一幅の屏風かとされる）に寄せて詠まれたものであるが、今回は四六番歌と「袖ふれし」詠の場面との関連性に焦点を絞って検討する。

さて、「春の夜の闇」と「梅」のモチーフは格別珍しいものではなく、次に挙げるa・bの『古今集』歌をはじめしばしば和歌に詠まれている。特にdの和泉式部詠からは、濃厚な梅の香りに誘われて夜中に闇へとさまよい出る官能的な女の情景が浮かんでくる。[14]

月夜に梅花ををりてと人のいひければ、をるとてよめる

a月夜にはそれとも見えず梅花かをたづねてぞしるべかりける　（古今集・春上・40・みつね／古今六帖・むめ・4141）

はるのよ梅花をよめる

b春の夜のやみはあやなし梅花色こそ見えねかやはかくるる　（古今集・春上・41・みつね／古今六帖・むめ・4136／和漢朗詠集・春夜・28／躬恒集Ⅰ・236）

春の宮のはなを思ふといふだいを、よみける

cはるのよのやみに心のまどへどものこれるはなをいかがおもはぬ　（実方集Ⅱ・316／実方集Ⅲ・95詞書「はるのやみの月をおもふといふこゝろを、よみけるに」）

春

d梅が香におどろかれつつ春の夜はやみこそ人はあくがらしけれ　（和泉式部集Ⅰ・8）

しかし注意したいのは、官能的な恋の気分にひたっているのが、四六番歌では「いとさだすぎたるおもと」すなわち老女であり、また手習巻では既に尼となった浮舟であるという点である。四六番歌のような〈官能性〉と老女の組み合わせは、『伊勢物語』六十三段のつくも髪の老女や源典侍などの例があるとはいえ一般的ではなく、手習巻のごとく〈官能性〉と尼となるとさらに変わった趣向となるのではないだろうか。

ここで四六番歌の参考歌の一つとして、次の伊勢詠が指摘されていることに注目する。

屛風に、終夜物おもひたる女つらづゐをつきてながむるに

eよもすがら物おもふときのつらづゑはかひなたゆさも知らずぞ有りける　（伊勢集Ⅰ・173）

こちらも四六番歌と同じく屛風の絵を見て詠まれたものであり、「よもすがら」という時間設定や女が「つらづゑ」

をついて「ながむる」様子など、四六番歌が参考にしたと思われる点が多い。しかし、伊勢詠では女性の年齢は特に問題とされていないのに対し、四六番歌の「おもと」には「いとさだすぎたる」との形容がなされ、その心持ちについては「いろならぬこころ」とわざわざ断りが入れてある点に、何らかの意図が想定される。[15] 一方の浮舟も続く場面で「墨染」の「尼衣」を惜しまれている（手習巻三六一頁）通り、「おもと」と同様にもはや華やかな恋など望むべくもない立場なのであって、二つのテクストはいずれも、老婆や尼といった当人の「色」のない状態と梅花の〈官能性〉との差異が目立つように思われる。次の参考歌を見ても、「世中の人」の「心」にこそ「色」があるのであって、出家者や喪中の人の「心」は「いろなき」無色、あるいは「墨染」であるのが常套である。

f世中の人の心は花ぞめのうつろひやすき色にぞありける
（古今集・恋五・795／古今六帖・いろ・3480／古今六帖・つきくさ・3844　第三句「つきくさの」）

gあまごろもちしほそむれどよとともにいろなき心いかでみせまし
（保憲女集Ⅰ・141）

h墨染のこころのやみになりしよりにほへる春の花もしられず
（冷泉院御集・6・「御返し」）

ましてそもそも、俗世にあってもあまり恋の気分にひたるような状態、特に心身に梅花の香が染みこむといった事態は、他人から咎められるものとされていたようである。

i梅の花たちよるばかりありしより人のとがむるかにぞしみぬる
（古今集・春上・35／兼輔集・8・「しのびたる人のうつりがの人とがむばかりしければ、その女に」）

j梅の花よそながら見むわぎもこがとがむばかりのかにもこそしめ

k梅花かをふきかくる春風に心をそめば人やとがめむ
（後撰集・春上・27／拾遺集・春・27／拾遺抄・春・12）

（後撰集・春上・31／古今六帖・ざふのころも・3329　第四句「ころもをそめば」）

四六番歌の「おもと」には「しめつる」とあり、浮舟の方には「飽かざりし匂ひのしみにけるにや」とあって、その能動性に若干のニュアンスの違いがある。しかしいずれにしても、両テクストは、色事から離れてあるべき立場の女の心に妖艶な「花の香」が染みこんでしまった、というタブー的状況を描いたものと言ってよいだろう。

なお長谷川範彰氏による調査[16]では「類似する」とされる歌の他に、「参考」として「両首に用いられている語を有する『源氏物語』作中歌」の例がいくつか挙げられている。四六番歌に関してはこの「参考」の項目に梅枝巻からの紹介がある。次に引用する薫香の贈答における源氏の返歌と、月下の酒宴における蛍宮および源氏の唱和歌（四一一頁）の三首である。[17]私見では、薫香の贈答における源氏の返歌は、それ以前の朝顔斎院の贈歌と合わせて参照することがとりわけ重要であるように思われる。すなわちそこには、四六番歌と共通する要素として、「さだすぎたる女」と梅花の〈官能性〉といった特殊な組み合わせの工夫が明らかに認められるからである。

二月の十日、雨すこし降りて、御前近き紅梅盛りに、色も香も似るものなきほどに、兵部卿宮渡りたまへり。（中略）花をめでつつおはするほどに、前斎院よりとて、散りすぎたる梅の枝につけたる御文持て参れり。（中略）沈の箱に、瑠璃の杯二つ据ゑて、大きにまろがしつつ入れたまへり。心葉、紺瑠璃には五葉の枝、白きには梅を彫りて、同じくひき結びたる糸のさまも、なよびかになまめかしうぞしたまへる。（蛍宮）「艶なるもののさまかな」とて、御目とどめたまへるに、

（斎院）花の香は散りにし枝にとまらねどうつらむ袖にあさくしまめや（中略）

御返りもその色の紙にて、御前の花を折らせてつけさせたまふ。（中略）

（源氏）花の枝にいとど心をしむるかな人のとがめん香をばつつめど

（梅枝巻四〇五～四〇七頁）

右は明石姫君の裳着に向けて、朝顔斎院が薫香を贈った際の歌のやりとりの場面である。雨に濡れた紅梅の美しさが「色も香も」極まったその時、六条院でくつろぐ源氏と蛍宮のもとへ、斎院は盛りの枝でなくわざわざ「散りすきたる梅の枝」につけて歌と薫香をよこしてくる。贈歌の内容もさだすぎた自らを「散りにし枝」と卑下した内容である。しかしその贈り物自体は「なよびかになまめかし」く、「艶なる」さまにしつらえてあり、蛍宮の「御目」を引きつける。源氏と斎院は既に中年にさしかかり、今は実質的な恋愛関係にあるわけではない。しかし蛍宮の「御目」は、今だに二人の間に秘められたロマンスはないかとしつこく探り、期待している者の目であって、この目の存在によって当該場面は一層の華やぎを内包することとなる。さらに、源氏の返歌にはあえて「人のとがめん香」との刺激的な表現が用いられる。このやりとりは結局、単なる挨拶詠にすぎないのではあろうが、梅の「香」の和歌的な象徴性を重ねて考えてみれば、同時に男女の恋の贈答の体となってもいよう。[18]ましてこの応酬が女側から始まっているという点も、当該場面の恋の雰囲気を盛り上げる効果を持つ。ここで、斎院が心を託した散りゆく梅花の象徴性は、手習巻の「かごとがましく散る」花の情景とも重なってこよう。このあたりに、四六番歌の「さだすぎたる女」の造型とも関連する、「作り手」の発想の共通性があるように思われるのである。[19]

以上簡略にではあるが、もはや恋をしないはずの女と梅香の〈官能性〉との結びつきという観点から、四六番歌と物語とのかかわりについて確認した。次に手習巻の場面を見る。

四　手習巻の浮舟と〈老い〉

手習巻は、薫と匂宮との板挟みの関係に悩んで、薫の別邸から失踪した浮舟のその後を語る巻である。この巻では、非常に緊迫した浮舟の心境と対照させるかのように、周囲の人々のどこか間の抜けたありようが描かれるという構図がしばしば見られる。そのうち特に注目すべきは大尼君に関する場面の数々である。たとえば浮舟出家前夜の場面では、追いつめられて行く浮舟の心境と露悪的なまで丹念に描き込まれる大尼君の老耄ぶりが、絶妙な呼吸で絡み合っている。浮舟は「あやし。これは誰ぞ」（三三〇頁）と自身を見据える大尼君の〈老い〉の力に押し出されるような形で出家に至るといってもよいのであり、結局、若く美しい浮舟の出家は、小野の尼達の〈老い〉の問題と密接な関係を持っていると考えられるのである。

そして巻の後半を過ぎた辺りに問題の場面が出てくる。

思ひ寄らずあさましきこともありし身なれば、いと疎まし、すべて朽木などのやうにて、人に見棄てられてやみなむともてなしたまふ。されば、月ごろたゆみなくむすぼほれ、ものをのみ思したりしも、この本意のことしたまひて後より、すこしはればれしうなりて、尼君とはかなく戯れもしかはし、碁打ちなどしてぞ明かし暮らしたまふ。こと法文なども、いと多く読みたまふ。雪深く降り積み、人目絶えたるころぞ、げに思ひやる方なかりける。

年も返りぬ。春のしるしも見えず、凍りわたれる水の音せぬさへ心細くて、「君にぞまどふ」とのたまひし人は、心憂しと思ひはてにたれど、なほそのをりなどのことは忘れず、

（浮舟）かきくらす野山の雪をながめてもふりにしことぞ今日も悲しき

など、例の、慰めの手習を、行ひの隙にはしたまふ。我世になくて年隔たりぬるを、思ひ出づる人もあらむかしなど、思ひ出づる時も多かり。若菜をおろそかなる籠に入れて、人の持て来たりけるを、尼君見て、

（妹尼）山里の雪間の若菜つみはやしなほ生ひさきの頼まるるかな

とてこなたに奉れたまへりければ、

（浮舟）雪ふかき野辺の若菜も今よりは君がためにぞ年もつむべき

とあるを、さぞ思すらんとあはれなるにも、「見るかひあるべき御さまと思はましかば」と、まめやかにうち泣いたまふ。

ねやのつま近き紅梅の色も香も変らぬを、春や昔のと、こと花よりもこれに心寄せのあるは、飽かざりし匂ひのしみにけるにや。後夜に閼伽奉らせたまふ。下﨟の尼のすこし若きがある召し出でて花折らすれば、かごとがましく散るに、いとど匂ひ来れば、

（浮舟）袖ふれし人こそ見えね花の香のそれかとにほふ春のあけぼの

大尼君の孫の紀伊守なりけるが、このころ上りて来たり。三十ばかりにて、容貌きよげに誇りかなるさましたり。「何ごとか、去年一昨年」など問ふに、ほけほけしきさまなれば、こなたに来て、「いとこよなくこそひがみたまひにけれ。あはれにもはべるかな。残りなき御さまを、見たてまつること難くて、遠きほどに年月を過ぐしはべるよ。親たちものしたまはで後は、一ところをこそ御かはりに思ひきこえはべりつれ。常陸の北の方は、おとづれきこえたまふや」と言ふは、いもうとなるべし。（手習巻三五四〜三五六頁）

秋の浮舟の出家ののち、季節が冬から早春、春へと推移して行く一連の場面である。「ふりにしことぞ今日も悲しき」「今よりは君がためにぞ年もつむべき」などと手習歌を詠みつつ、妹尼と共に年を積んでゆく浮舟の様子がはじめに描かれ、「袖ふれし」詠周辺場面に続き、さらに最後のあたりでは大尼君の「いとこよなくこそひがみ」んだ「ほけほけしきさま」が語られる。こうした流れの中で、一連の場面は、老女達と小野の山里で年をとってゆくべき浮舟の将来を様々に想像させる箇所となっているといえよう。(20)

さて、このあたりに関しては、特に浮舟の詠歌をめぐって「袖ふれし人」は薫か匂宮か、あるいは両方をさすのかで未だに説が分かれているところである。[21]また物語における手習歌独自の機能についても議論が多く、たとえば後藤祥子氏は、

散文が語り尽くせない部分、というよりも語ってはならない部分を、歌が、一種虚構の姿勢を許されることによって、おのずから露呈するのである。（中略）意識下のものを掘り起こすと同時に、人は歌によって新たな自己を築いている。

とまとめつつ、手習歌（あるいはそれに準ずるものとしての独詠歌）と散文部分との内容的な齟齬があることについて言及する。[22]また山田利博氏もこの箇所から「手習歌が散文から遊離する傾向」が認められるようになると述べる。[23]

こうした指摘から看取されるのは、手習巻における浮舟の手習歌あるいは独詠歌とされる歌々の中に、散文部分の叙述に照らすと浮舟の心情の直接的な表現と解することがためらわれるものがあるということである。たとえば「袖ふれし」詠には「色懺悔的な残り香」[24]や、「えも言われぬエロス」[25]、「およそ出家した者には似つかわしくない官能性」[26]があり、「まことに甘美な一節」[27]であるとされている。つまり、この歌および周辺の場面の文言からは仏教的な罪の意識などは一切感じられないわけだが、日頃は禁欲的な出家生活を目指している浮舟が、和歌の中ではうって変わって恋の気分に陶然としているというのは、いわば自己矛盾をはらんだ状態と言える。

この点について吉野瑞恵氏は次のように説明している。[28]

・手習歌は、散文では明らかにされなかった作中人物の隠された内面をかいま見せる装置であると共に、作中人物自身にも自分が普段意識していなかったものを見せつけるという二重の機能を持っている。

・匂宮と薫に対する無意識の執着が形となって現れた手習歌を見て、浮舟自身がどう感じたかは、物語の中には描

かれていない。

しかし既存の古歌をそのまま反復する紫上の場合（若菜上巻八八頁）とは異なり、三十一文字の和歌を新たに創作するという営為は、たとえ虚構の物語中とはいえ、そこまで漠然とした無意識の中で行われるものかどうかといった点に関して、なお疑問が残る。

また松井健児氏は当該場面は「出家してもなお揺れつづける、浮舟の深い思いが静かにかたどられる印象深い場面」であり、「春のあけぼの」という語句に「苦難に満ちた過去からの、穏やかな別れの期待が読み取れる」とする。[29]けれども続く場面を見ると、浮舟は自身の一周忌の法要に用いられる衣に対しても、やはり「心地あしとて手も触れず臥したまへり」（三六〇頁）という余裕のなさであり、物語において、過去からの逃走を切望する浮舟に対する興味は依然として継続されていくようである。こうしたひたむきな浮舟像は、「袖ふれし」詠に見られるあまりにも無防備なエロスの発露とは容易に連続しがたい。

すなわち、当該歌をあくまでも通常の手習歌として解釈した場合、表現された主体の心情は、この前後の散文で語られる浮舟のありようからはみ出している、ないしは齟齬があると言わざるを得ない。あえて言うならば、浮舟の心が段階的に再生してゆくさまを読み取ろうとしたとき、物語中の「袖ふれし」詠の位置は若干早すぎるように思われるのである。「袖ふれし」詠の場面には「飽かざりし匂ひのしみにけるにや」という地の文の推測的文言のほかには細かな心内叙述が一切存在しない。この場面を読む者は、このときの浮舟の心情について、地の文の文言と、散りばめられた景物の喩的な側面から様々に想像するよりほかない。ここに手習巻でしばしば見られる老尼らのありようとの不即不離の構図を絡めて考えるならば、当該場面の浮舟には、浮舟個人の心情や感慨を一歩超え出た形で、老尼らの像、さらには小野に隠棲する人々の全体像を象徴的に重ねて見るべき可能性が残される。[30]ここで試みに述べるならば、こうしたある意味で開き直ったような色懺悔的心境、過去の自分の恋に対する肯定的な捉え方というものは、たとえば出家後長い年月を経た小野の老尼達にこそふさわしいのではないだろうか。

手習巻のはじめの方では浮舟の目を通して、小野という地は都に比べて「ゆがみおとろへたる者どものみ多」（二九五頁）く住む異世界であるとされていた。しかし物語が進むにつれてこの地に住む人々が、稲刈りに寄せて「歌うたひ興じあ」ったり（若き女ども・三〇一頁）、月夜に楽器を奏でては「艶に歌よみ」（老人ども・三〇二頁）、また調子に乗ってうたったり（大尼君・三一九頁）、夢中になって碁に興じる（横河僧都・三二六頁）など、かえって現世を肯定的に楽しんで暮らしていることが明らかにされてゆく。そしてその中に浮舟の、たとえば碁が非常に強いこと（三二六頁）や、裁縫なども得意であること（三六〇頁）といった話題が挿入され、浮舟と小野の人々との連続性が示唆される。すなわち「袖ふれし」詠に漂う〈官能性〉は浮舟ひとりのものではなく、都を離れて隠棲する「ゆがみおとろへたる者ども」全体の属性として解しうるように思われる。そこには都の理想的な美の世界を解体し、いわば「エロス」の力によって相対化するまなざしがあるのではないだろうか。

五　「画賛的和歌」と紅梅の記憶

前節で述べた「袖ふれし」詠と前後の浮舟のありようとの齟齬について考える上では、土方洋一氏の提唱した「画賛的和歌」という視点の導入が有効である。土方氏は松田武夫氏の考察[31]を承けて、「作中人物の誰かの心中または発語であることが明示されておらず、前後の地の文の間にただ差し挟まれて浮かんでいるように見える歌」が、倭絵の屏風に張りつけられた和歌、すなわち屏風歌と同様の性質を持つものであると位置づけた。また、「地の文の言説と歌に詠まれている心的状況は本来共時的なものとして捉えられるべき」であり、それがたとえば橋姫巻における「山おろしに」の歌の場合では、「絵画的空間的に形象されたその場面における薫の内面を象徴するかのように表わした和歌が地の文の間に浮かぶように置かれている、という趣」と説明した。[32] この土方氏の「画賛的和歌」という視点は、作中の和歌をその詠み手個人の存在からある程度自由に切り離して論じる可能性を拓いたものである。また近年では今井上氏も、「先行する散文叙述―それも多くは作中人物を取り巻く自然の景を語る文脈―と重なりつつ、その内容を圧縮的に表現したかに見える和歌」が「そこまでの一連の叙述が一つの場面として締め括られた印象」をもたらしている点に注目している。[33]

そうした中、「袖ふれし」詠の持つ特殊性に関しては、つとに高田祐彦氏に、

一首は、単なる浮舟の感傷などではなく、逆に浮舟の運命、存在性を照らし出す力を持っている。それは蜻蛉巻末の薫の独白が薫の半生を象徴していたのと重なるのである。

との指摘がある。[34] さらに高田氏は「画賛的和歌」という視点をふまえて、

ここで、作中人物の主体に属さない（あるいは、属しきらない）歌があるということを考えてみると、そこでは、語り手にとって物語世界は単純な所与の世界ではないということになる。（中略）作中人物の内面でありつつ、それを外側からも表現しようとするような和歌を詠むにいたっては、それはもはや語り手の領分を超えている。虚構世界の創造者という作者の存在がせり出してきていると見るべきであろう。

とし、物語の内と外との枠を超えた作者の問題に踏み込む、重要な議論を展開していた。[35] 「袖ふれし」詠を「画賛的和歌」として見ることの有用性については、二〇〇六年のシンポジウムにおける藤原克己氏の問題提起が最初であり、[36] 同日、土方氏もこれを「物語の文脈から抜け出てしまった歌」と位置づけている。[37] そして高田祐彦氏は「物語の終局

が近づく中、この世の人とは、そのようなはかない存在であることを、浮舟に寄り添いつつ表現したということになろうか」と総括した。[38]

このように「袖ふれし」詠を「画賛的和歌」という視点から捉えてみた場合、一首の内容は浮舟個人の心情、あるいは物語内の文脈を超えた広がりを獲得する。当該歌の周辺は必ずしも無理に前後の浮舟の行動や心情と直結させて読む必要はなく、物語の進行に何らかの方向性を示すべく「作り手」によって嵌め込まれた、ある種の象徴的な箇所として捉えることが可能となるのである。[39]

また「袖ふれし」詠の場面では余計な心情説明が省かれており、代わって「ねや」「紅梅」「匂ひ」等といったそれぞれの素材が比喩的な力を発揮している。さらに短い範囲ながら引歌表現も数多く見られ、「作り手」がこの箇所にこめた思い入れの強さがうかがわれる。[40]もしもこの場面をいわゆる「画賛的」な性質を帯びたものと考え、作中世界から抜け出して、前後の物語の流れをやや俯瞰するような位置から見た箇所として捉えるならば、その視線は、まさに『紫式部集』の絵をめぐる歌群の視線のありように近似してくるのではないだろうか。こうした点からも、〈紫式部〉によって結ばれる両テクストの創作の営為において、浮舟と「さだすぎたるおもと」の造型が同一の線上にあることを考えてよいように思われる。引歌表現で諸注に指摘のあるものとしては、

▼「春や昔の」（『源氏釈』以降）

1月やあらぬ春や昔の春ならぬわが身ひとつはもとの身にして

（古今集・恋五・747・在原業平朝臣／伊勢物語・四段／古今六帖・むかしをこふ・2904／業平集Ⅰ・37）

▼「あかざりし匂ひ」（『光源氏物語抄』以降）

正月に人人まうできたりけるに、又の日のあしたに、右衛門督公任朝臣のもとにつかはしける

mあかざりし君がにほひのこひしさに梅の花をぞけさは折りつる（拾遺集・雑春・1005・中務卿具平親王／為頼集・31「正月十三日、ひとひまゐりたまへりしのち、左兵衛督の宮にまゐらせたまふ」）

▼「袖ふれし」（古注に指摘なし。全書以降）

n色よりもかこそあはれと思ほゆれたが袖ふれしやどの梅ぞも（古今集・春上・33）

などが挙げられる。さらに諸論考においても、参考にすべき先行歌としていくつかの指摘がある。たとえば高田祐彦氏は、薫が梅の香に喩えられる場合の引歌の主なものとして、

春の夜梅花をよめる

o春の夜のやみはあやなし梅花色こそ見えねかやはかくるる（古今集・春上・41・みつね／古今六帖・むめ・36・みつね／和漢朗詠集・春夜・28／躬恒集Ｉ・236／新撰和歌21）

を挙げ、これが語句、表現ともに「袖ふれし」詠の場面と対応する「同一の発想の歌」であり、「色に対する香の優位性」という要素が、ここで追想されるべき薫の人物像にふさわしいとした(41)。このoは「春の夜のやみ」「色」「香」などの語の一致から、四六番歌の参考歌として『紫式部集』の諸注に認められている。一方『源氏物語』の諸注では、厳密な意味での「引歌」とは認定しがたいためか、「袖ふれし」詠の場面とoとの関係を指摘したものは見当たらない。しかし高田氏の指摘する通り、「春の夜」と「後夜」、「色こそ見えね」と「人こそ見えね」の語句の対応には明らかな連続性が見られる。すなわち、四六番歌および「袖ふれし」詠の場面の構想にあたって用いられた共通の先行歌として、oの存在は重要な意味を持っているのである(42)。

さらに紅梅の和歌的背景をめぐっては、紫式部と藤原兼輔との血縁関係も看過しがたい。周知の通り、『源氏物語』

にしばしば引用される兼輔詠としては、次のpが有名である。

　太政大臣の、すまひのかへりあるじし侍りける日、中将にてまかりて、ことをはりてこれかれまかりあかれけるに、やむごとなき人二三人ばかりとどめて、まらうどあるじさけあまたたびののち、ゑひにのりてこどものうへなど申しけるついでに

p人のおやの心はやみにあらねども子を思ふ道にまどひぬるかな

（後撰集・雑一・1102・兼輔朝臣／古今六帖・おや・1413／大和物語・六十一段／兼輔集Ⅰ・126・「このかなしきなど人のいふところにて」／兼輔集Ⅳ・77・「十三のみこの母の御息所を、うちに参らせて、いかゞありけむ」）

この歌は『後撰集』に採られたほか、『古今六帖』や『大和物語』にも入るなど、早くから相当に有名であったことがうかがえる。一方、次に挙げるqは兼輔本人が詠んだ歌ではない。しかしこちらは兼輔と交流の深かった紀貫之が、兼輔の昇進を祝い、兼輔邸の紅梅に寄せて贈った特別な一首であった。貫之といえば平安の仮名文学の歴史における第一人者であり、その人物が曽祖父を特に言祝いだ勅撰集歌の存在は、〈紫式部〉の時代には相当な栄誉として強く意識された可能性が高い。

　兼輔朝臣のねやのまへに紅梅をうゑて侍りけるを、三とせばかりののち花さきなどしけるを、女どもその枝ををりて、すのうちよりこれはいかがといひいだして侍りければ

q春ごとにさきまさるべき花なればことしをもまだあかずとぞ見る

　はじめて宰相になりて侍りける年になん

（後撰集・春上・46・つらゆき／貫之集Ⅰ・687）

　紅梅を折りてさとよりまゐらすとて

rむもれ木のしたにやつるる梅の花香をだにちらせくものうへまで

（紫式部集Ⅰ・102）

上東門院、よをそむき給ひにける春、庭の紅梅を見侍りて
s梅の花なににほふらむ見る人の色をも香をも忘れぬるよに　（新古今集・雑上・1446・大弐三位）

近藤みゆき氏は、兼輔邸に実際に紅梅があったことから、兼輔邸におけるqの貫之、またrの紫式部、sの大弐三位などの歌の内容、および先に見たmが紫式部の伯父の為頼の家集に入っていることなどに注目した。そして平安中期の「紅梅のある邸宅」を一通り確認した上で、手習巻の「ねやのつま近き紅梅」には「予祝と祈り」といった意味がこめられており、「作者はここにそうした庭園の紅梅史に深く関わった自身の家の記憶を、ひときわ明瞭に自らの作品の文脈に刻み込んでいるのだ」と述べた。(43) 首肯すべき見解であるが、これを踏まえてさらに発展的に考えてみると、こうした紫式部の近親者にまつわるテクストを『源氏物語』の叙述に意図的に重ねていく行為は、生身の作家個人の名家意識に収斂されない、物語の創造に関与した人々、道長や中宮彰子、女房らなどいわば物語の「作り手」総体の意志のようなものと何らかのかかわりを持つ可能性があるように思われる。(44)

いま問題としたいのは、『源氏物語』執筆時における兼輔邸の紅梅の実態ではなく、和歌によって結ばれる、兼輔と紅梅、そしてそこにいる「女ども」の情景である。『紫式部集』四六番歌の「むめの花」は紅梅か白梅か不明であるが、仮に当時の人々にとって「ねやの紅梅」が容易に兼輔邸の「女ども」の「ねや」を連想させるものであったとすれば、『紫式部集』四六番歌の絵の舞台設定も女達の寝所近く、いわゆる「ねや」の前であるという点は示唆に富む。さらにまた、『源氏物語』の「袖ふれし」詠も浮舟尼の「ねや」近く、紅梅のもとで詠まれたものであった。ここで〈紫式部〉をめぐって、曽祖父兼輔の紅梅にまつわる栄誉の記憶と、暗闇で一人覚醒する「いとさだすぎたるおもと」の心象風景、さらに浮舟尼の梅にまつわる甘美な追憶の三つの表現世界が交錯する。各テクストはさまざまな〈ことば〉の媒介によって、たとえば〈女〉〈過去の栄華の追憶〉〈現在〉などといった共通の要素で結ばれ、互いの

虚構世界をより重層的で豊かなものへと増大せしめているといえよう。

六　嘆老歌の二面性の継承

以上、『源氏物語』手習巻の「袖ふれし」詠の場面と『紫式部集』四六番歌との表現的な類似について検討してきた。本章では出来上がった場面そのものよりも、選択された素材の文学的背景に目を向け、「作り手」が何を用いて何を表現しようと目論んだのか、同じような素材でつくられた他のテクストにも注目した上で、その創作的な営為を探ることを試みた。具体的には、梅花の官能性と〈老い〉との組み合わせを扱ったものとして、梅枝巻における朝顔斎院の造型などを参考にしつつ、手習巻の浮舟の造型には小野に隠棲する老女達のありようが象徴的に重ねられていることを述べた。また先行研究に導かれつつ、「画賛的和歌」という概念と「絵をめぐる歌群」との親近性や共通の参考歌などから、テクストの外に存在する「作り手」のいわばメタレベルにおける事情が、作中人物の造型を浸食しつつ物語内部にかかわってくる様相についても確認した。

いま、あわせて注目したいのは、浮舟の物語の前半部に次のような和歌が置かれていることである。

（浮舟）ひたぶるにうれしからまし世の中にあらぬところと思はましかば　（東屋巻八四頁）

この和歌は東屋巻、匂宮の執心を避けて三条の小家に身を寄せた浮舟によって詠まれたものである。ここで用いられた「世の中にあらぬところ」という語句は、後に手習巻の前半、小野の里に隠れ住む浮舟の感慨の中に「世の中にあらぬところはこれにやあらん」（三〇四頁）として再び繰り返されることとなり、浮舟の物語を支える重要なキーワードとして見逃せない意味を持つ(45)。この語句の直接的な出典は、

世の中にあらぬ所もえてしかな年ふりにたるかたちかくさん　（拾遺集・雑上・506）

という「世の中」から「年ふりにたるかたち」を隠す場所を求めた嘆老歌であった。こうした点からも、〈老い〉と隠棲の問題が浮舟の物語を通して重要な位置づけであった可能性がうかがえるだろう。ここに『紫式部集』四六番歌との類似点を絡めて考えてみると、ヒロインと〈老い〉という舞台設定の中には、〈老い〉を経て初めて得られる達観した明るさや、開き直った華やぎ、軽みなどの「エロス」、すなわち生きる方向へと向かう力を逆説的に評価するという「作り手」の志向性のようなものが内包されているように思われる。右の『拾遺集』の雑歌も、そもそもは以下に挙げるような、『万葉集』の戯咲歌から『古今集』雑歌などへとつながってゆく、「わらひ」の要素を内包した諧謔的な歌々の系譜[46]に位置づけられると考えられる。こうした歌々において老人や僧侶は、醜い外見を持つ人と同様に「わらひ」の対象とされるものであり、そうした所から真摯な隠棲願望がうたわれもする。しかしそれらはしばしば、同時に相当の諧謔味を帯びるという特徴を持つのである。

昔有老翁号曰竹取翁也、（中略）于時娘子等呼老翁嗤曰、叔父来乎吹此燭火也、……　（万葉集・3791（題詞））

反歌二首

しなばこそあひみずあらめいきてあらばしろかみこらにおひずあらめやも

死者木苑　相不見在目　生而在者　白髪子等丹　不生在目八方

しろかみしこらもおひなばかくのごとわかけむこらにのらえかねめや

白髪為　子等母生名者　如是　将若異子等丹　所罵金目八　（万葉集・3792〜3793）

戯嗤僧歌一首

ほふしらがひげのそりくひうまつなぎいたくなひきそほふしはなかむ

法師等之　鬚乃剃杭　馬繋　痛勿引曽　僧半甘　（万葉集・3846）

女どもの見てわらひければよめる

かたちこそみ山がくれのくち木なれ心は花になさばなりなむ　（古今集・雑上・875・けむげいほうし／古今六帖・法師・1440・けうけいほふし）

なにをして身のいたづらにおいぬらむ年のおもはむ事ぞやさしき　（古今集・誹諧歌・1063／古今六帖・ざふの思・2185／和漢朗詠集・述懐・763）

たのまれぬうきよのなかをなげきつつひけに老いぬる身をいかにせん　（古今六帖・おきな・1402・なりひら）

屏風に、おきなのいねはこばするかたかきて侍りけるところに

秋ごとにかりつるいねはつみつれど老いにける身ぞおき所なき　（拾遺集・雑秋・1124・忠見／新拾遺集・誹諧・1907）

『拾遺集』五〇六番歌も、五〇四番歌から始まる遁世を願う歌に続いてはいるが、続く五〇七番歌の諧謔味によって、それらの持つ悲劇性は相対化されることとなる。

かかいし侍べかりけるとし、えし侍らで、雪のふりけるを見て

うき世にはゆきかくれなでかきくもりふるは思ひのほかにもあるかな

つかさ申すにたまはらざりけるころ、人のとぶらひにおこせたりける返事に

わび人はうき世の中にいけらじと思ふ事さへかなはざりけり

世の中にあらぬ所もえてしかな年ふりにたるかたちかくさむ

世の中をかくいひいひのはてはてはいかにやいかにならむとすらん

（拾遺集・雑上・504（もとすけ）・505（源景明）～507）

こうした表現の系譜から、「世にあらんことところせげなる身」（東屋巻六六頁）として我が「身」を恥じ、「世の中にあらぬところ」への隠棲を願った浮舟の物語は、こうした流れの中にある『拾遺集』五〇六番歌に支えられつつ、実はその始まりの部分から既に〈老い〉の持つ悲劇と喜劇の二面性を内包していたと見られる。浮舟と〈老い〉の行く先には、悲しみとともにある種の明るさがほのめかされているように思われる。

『源氏物語』手習巻と『紫式部集』四六番歌の先後関係は定かではない。しかし本章で確認した通り、両テクストの表現的な共通性には看過できないものがある。そしてこれらが〈紫式部〉という同一の〈名〉によって結ばれるテクストである以上、その先後にかかわらず、両者の同時代的な相互補完性、あるいは相互関連性について検討することの意味は決して小さくはないと考えられるのである。

注

（1）　南波浩『紫式部集全評釈』（笠間書院、一九八三）

（2）　三田村雅子「琴・絵・物語―紫式部にとってなぜ〈物語〉か―」（『源氏物語　感覚の論理』有精堂出版、一九九六　初出は一九七七）

（3）　山本淳子「紫式部集の方法」（『紫式部集論』和泉書院、二〇〇五　初出は一九九六）

（4）　工藤重矩「宣孝関係とされる歌の再検討」・「紫式部集注釈不審の条々」（いずれも『源氏物語の婚姻と和歌解釈』風間書房、二〇〇九　初出はそれぞれ二〇〇六、二〇〇八）

（5）　安藤徹「『源氏物語』のパラテクスト・序説―〈紫式部〉論の可能性―」（『源氏物語と物語社会』森話社、二〇〇六　初出は二〇〇二）

（6）　高橋亨「物語作者のテクストとしての紫式部日記」（『源氏物語の詩学　かな物語の生成と心的遠近法』名古屋大学出版

会、二〇〇七　初出は二〇〇二）

（7）渡辺実「ものがたり―源氏物語―」（『平安朝文章史』東京大学出版会、一九八一）

（8）陣野英則「〈語り〉論からの離脱」（上原作和・陣野英則編『テーマで読む源氏物語論　第3巻』勉誠出版、二〇〇八）で「今日的見地からすれば、素朴に「作者」の「操作」をとらえてゆく点にこそ、最新の議論を駆動させる力が秘められている可能性があるのではないか」と述べられている。また、高田祐彦「引用」（安藤宏・高田祐彦・渡部泰明『読解講義　日本文学の表現機構』岩波書店、二〇一四）においても、「引用としての作者」という視点から、表現と「生身の作者」との関連を探ることの必要性が示されている。

（9）金水敏「言語コミュニティと文体・スピーチスタイル」（伊井春樹監修・加藤昌嘉責任編集『講座源氏物語研究　第八巻　源氏物語のことばと表現』おうふう、二〇〇七）は、「特別な事前の取り決めや通訳を媒介しなくても、言語的知識とプロトコル的知識（引用者注・さまざまな語用論的知識、談話運用上の制約や効果、また非言語的手段に関する知識）の両方を共有し、日常的にスムーズにコミュニケーションが成立可能な集団」を「言語コミュニティ」と呼ぶ。さらに文学作品における「誤読」は「必然かつ想像的な営み」であると明確に示した上で、「言語コミュニティ」を「一定の多数派が発信者の意図をそう遠く離れずに理解する集団」として便宜上位置づけ、そこから『源氏物語』の「作者」の「メッセージ」を読み解いていく。このように、これからの〈紫式部〉論においては、個人としての紫式部の枠を超えて、〈ことば〉を共有する集団（コミュニティ）におけるテクストの生成・享受といった視点が重要であり、そこでは、実際的なコミュニケーションの場における理解の「ゆらぎ」の存在をまずは認めるということが、議論の前提として求められてくるように思われる。

（10）土方洋一「源氏物語における画賛的和歌」（『源氏物語のテクスト生成論』笠間書院、二〇〇〇　初出は一九九六）

（11）竹内美千代『紫式部集評釈　改訂版』（桜楓社、一九七六）

（12）『紫式部集』諸注釈書のほか、山本利達「紫式部集と源氏物語」（『源氏物語講座』四、勉誠社、一九九二）、前田敬子『紫式部集』絵をめぐる歌群と『源氏物語』夕顔の巻」（『国語国文学』三六、一九九七・三）などに詳しい。なお、今井源衛「源氏物語と紫式部集」（『王朝文学の研究』角川書店、一九七〇　初出は一九六七）、長谷川範彰『紫式部集』『源氏物語』作中歌・類似歌」（小嶋菜温子・渡部泰明編『源氏物語と和歌』青簡舎、二〇〇八）には家集と物語との関連表現についての全体的な調査がある。

（13）四七番歌は次のような歌である。

同じ絵に、嵯峨野に花見る女車あり、なれたる童の、はぎの花に立ちよりて、折りたるところ

さをしかのしかならはせるはぎなれやたちよるからにおのれおれふす

（14）久富木原玲「和歌的マジックの方法―定家の梅花詠」（『源氏物語　歌と呪性』若草書房、一九九七　初出は一九八八）は「袖ふれし」詠がdの和泉式部歌を参考として作られた可能性について言及している。

（15）木船重昭『紫式部集の解釈と論考』（笠間書院、一九八一）は「もはや、情事には無縁の老残の身ながら、春宵の闇にただよう梅の香に、過去の春情のかたみめいたかすかな官能のゆらめきの、妖しくも心にしみよみがえるのをふと覚えて、われ知らずとまどうような、おもと（古参女房）の心のたまゆらの微妙な動きを、想像でもって詠じたものであろう」と解説する。

（16）長谷川範彰前掲（注12）の調査による。

（17）長谷川氏の挙げた「類似」歌は次の一首である。

人はみな花に心をうつすらむひとりぞまどふ春の夜の闇　（竹河巻七三頁・蔵人少将）

また、「参考」歌としては梅枝巻以外のものを含め、次の五首を挙げる。

花の枝にいとど心をしむるかな人のとがめん香をばつつめど　（梅枝巻四〇七頁・源氏）

鶯の声にやいとどあくがれん心しめつる花のあたりに　（梅枝巻四一一頁・蛍宮）

色も香もうつるばかりにこの春は花さく宿をかれずもあらなん　（梅枝巻四一一頁・源氏）

折る人の心に通ふ花なれや色には出でずしたに匂へる　（早蕨巻三四八頁・匂宮）

見る人にかごとよせける花の枝を心してこそ折るべかりけれ　（早蕨巻三四八頁・薫）

（18）贈歌の「袖」は明石姫君の袖とするのが一般的であるが、同時に相手の男、すなわち源氏の袖としても解釈できるよう仕組まれた歌であろう。そうであるからこそ、源氏の返歌で「人のとがめん香」に対する後ろめたさが述べられたと考え

られるのである。ここには朝顔斎院のある種のユーモアが表現されているのではないだろうか。

(19)　こうしたまなざしは源典侍や花散里の造型にもかかわっていると思われる。なお、白詩「陵園妾」引用による朝顔斎院と手習巻の浮舟との構図的な類似については第一部第六章で考察した。

(20)　浮舟の将来と小野の老尼達との連続面については本章第二節で検討した。また、鷲山茂雄「横川僧都と小野の人々―宇治十帖主題論拾遺―」(『源氏物語の語りと主題』武蔵野書院、二〇〇六　初出は一九九二)にも「浮舟が妹尼君に、そしてさらに老尼君にならぬと誰も保障はできない」との言及がある。

(21)　加藤睦・小嶋菜温子編『源氏物語と和歌を学ぶ人のために』(世界思想社、二〇〇七)の「源氏物語の和歌を読む―諸説整理を兼ねて―」において、「手習巻1」(長谷川範彰)に先行研究が簡潔にまとめられている。

(22)　後藤祥子「手習いの歌」(秋山虔・木村正中・清水好子編『講座源氏物語の世界　第九集』有斐閣、一九八四)

(23)　山田利博「手習巻・浮舟の手習歌」(『源氏物語の構造研究』新典社、二〇〇四　初出は一九八八)

(24)　後藤祥子前掲（注22）論文

(25)　久富木原玲「浮舟の和歌―伊勢物語の喚起するもの―」(『源氏物語と和歌の論―異端へのまなざし』青簡舎、二〇一七　初出は二〇〇九)

(26)　長谷川範彰前掲（注21）論文

(27)　藤原克己「「袖ふれし人」は薫か匂宮か―手習巻の浮舟の歌をめぐって―」(青山学院大学文学部日本文学科編『国際学術シンポジウム　源氏物語と和歌世界』新典社、二〇〇六)

(28)　吉野瑞恵「浮舟と手習―存在とことば―」(『王朝文学の生成　『源氏物語』の発想・「日記文学」の形態』笠間書院、二〇一一　初出は一九八七)また鈴木裕子「浮舟の独詠歌―物語世界終焉へ向けて―」(『東京女子大学日本文学』九五、二〇〇一・三)も「理性が否定した恋人・匂宮への密かな恋慕の発動」、「語り手が読者に浮舟の無意識を示しているわけだ」とし、大森純子「浮舟・うた・ジェンダー―表現形式としての「手習」について―」(『新物語研究』三、有精堂出版、一九九五・一一)も「紫上においては手習は心の無意識の表現の形式であり、浮舟においてはきわめて主題的な、無意識を含んだ内面の表出の形式であった」とする。

（29）松井健児「水と光の情景―早春の浮舟と女三の宮をめぐって―」（『源氏研究』一〇、二〇〇五・四）。また松井氏にはこの論考に続き、「宇治十帖の「救い」をめぐって―浮舟の出家と暮らし―」（『駒沢国文』四六、二〇〇九・二）がある。

（30）『源氏物語』には、ある作中人物が発した言葉に対し、本人の意図や意識を超越した地点で別の文脈が重層的に重ねられ、物語世界に奥行がもたらされる例が散見される。このような例について、第一部の各論で検討している。

（31）松田武夫「源氏物語の和歌」（『平安朝の和歌』有精堂出版、一九六八　初出は一九五八）

（32）土方洋一前掲（注10）論文

（33）今井上「氷閉づる月夜の歌―源氏物語「朝顔巻」の和歌の解釈をめぐって―」（『源氏物語　表現の理路』笠間書院、二〇〇八　初出は二〇〇五）

（34）高田祐彦「浮舟物語と和歌」（『源氏物語の文学史』東京大学出版会、二〇〇三　初出は一九八六）

（35）高田祐彦「語りの虚構性と和歌」（前掲（注34）書　初出は一九九七）

（36）藤原克己前掲（注27）論文

（37）高田祐彦「饗宴の楽しみ―討議と展望―」に紹介された質疑の箇所。前掲（注27）書

（38）高田祐彦前掲（注34）論文

（39）同様の問題意識のもと、たとえば第一部第一章では、『源氏物語』の人物造型の方法の一つとして、紫君や女三宮の口ずさむ万葉歌に内在する積極的な〝誘う女〟の文脈が、引用した本人の内面や意図を超えた地点で蜃気楼のように漂い、重層的な人物像を形成していくという様相について考察した。

（40）こうした引歌の多出現象について、土方氏は「和歌共同体」という視点から、「『源氏物語』と歌ことばの記憶」（『国語と国文学』八五―三、二〇〇八・三）、「『源氏物語』と「和歌共同体」の言語」（寺田澄江・高田祐彦・藤原克己編『源氏物語の透明さと不透明さ　場面・和歌・語り・時間の分析を通して』青簡舎、二〇〇九）などでも作中場面に属さない言説の重層的な機能に関して検討している。また陣野英則氏は『伊勢物語』と『源氏物語』をつなぐ古注釈―的はずれにみえる注記のみなおし―」（『源氏物語論　女房・書かれた言葉・引用』勉誠出版、二〇一六　初出は二〇〇八）で当時の「言葉のネットワーク」における「物語作家の〈遊び〉の方法」として、単一の目的に収斂することが不可能な様々なレ

ベルでの引用表現について考察を加えている。

(41) 高田祐彦前掲（注35）論文

(42) 『紫式部集』と『源氏物語』に同一の古今集歌の影響が認められる場合について考察したものに、桑原一歌「『紫式部集』五十四番歌の表現方法―竹にまつわる詠歌―」（南波浩編『紫式部の方法　源氏物語 紫式部集 紫式部日記』笠間書院、二〇〇二）がある。

(43) 近藤みゆき「紅梅の庭園史―手習巻「ねやのつま近き紅梅」の背景」（『王朝和歌研究の方法』笠間書院、二〇一五　初出は二〇〇七）

(44) こうした「作り手」と紫式部個人とのかかわりの問題については、本書第二部でより詳しく検討する。

(45) 第一部第五章参照。

(46) 『万葉集』の戯咲歌から『古今集』雑歌への流れについては、久富木原玲「物語創出の場としての『古今集』「雑歌」―源氏物語論のために―」（前掲（注25）書　初出は二〇〇七）に詳しい。「古今雑歌が万葉巻一六の世界を揺曳させる笑いの場を含んでおり、それが『源氏物語』においても笑いの方向性をもち、あるいはまたこれとは逆に悲劇的な方向性への展開もなされて悲劇と喜劇とが交錯する世界が創出されている」と述べ、示唆に富む。

第二部　『源氏物語』交流圏としての彰子後宮

――「作り手」圏内の記憶と連帯――

『源氏物語』成立の背景には、紫式部という個人のほかに、注文・執筆・相談・宣伝・流布また書写などといった、制作にかかわる様々なレベルでの「作り手」側の人々の存在が不可欠であったと考えられる。[1] 特に彰子付の女房達は、寛弘五（一〇〇八）年十一月の御冊子作りの際、紫式部を中心として、実際に浄書作業や編集作業に加わって仕事をしたことが『紫式部日記』によって明らかである。ここで稲賀敬二氏のいわゆる「物語の制作工房」という概念を梃子にして考えると、この女房達の、『源氏物語』の享受者でありつつも、同時に制作者側の領域に属するようなあり方は興味深い。『源氏物語』が宮中に流布して間もない頃の、彰子付女房達のこの物語に対する距離感の実態はどのようなものであったのだろうか。そして、それらは制作の実際には関わらない、いわば「作り手」圏外に位置するような読者とはどのように異なるものであったのだろうか。[2]

これまでに、『源氏物語』が和泉式部や赤染衛門の和歌の〈ことば〉を摂取していること、また逆に、同僚女房をはじめ一条天皇らの和歌が『源氏物語』の〈ことば〉を引用している可能性などが既に確認されている。[3] こうした交渉について寺本直彦氏は「いわば源氏物語の源泉と影響・享受の交錯する接点でもあって、同時にその交渉は、おのずから源氏物語の成立・創造の問題にかかわってくる場合もあるように思われる」と述べており、示唆に富む。[4] 彰子付女房達の文学活動については、『和泉式部日記』の執筆に赤染衛門が関与した可能性などが指摘されており、[5]『栄花物語』への紫式部関連テクストの影響も顕著である。また道長・彰子周辺の女房集団の「サロン活動」として、ストーリー・絵・和歌といった分業体制で物語制作が行われていたとの指摘もある。[6] すなわち彰子付女房達は互いの作品の成立・流布・伝播に際し、かなり積極的にかかわり合っていたと思しい。さらに紫式部の娘という意識に基づいた大弐三位賢子周辺の和歌における『源氏物語』摂取の実態についても明らかになりつつある。[7] ただし先行研究では、紫式部と同時代の人々による『源氏物語』摂取については、単に個人的な物語愛好の性質を示したとされるにとどまるようである。[8]しかし紫式部をはじめ「作り手」側の人々自身の内容理解[9]や、彼ら自身の関係をつなぐ紐帯として『源氏物語』が果たした機能などについてはいまだ検討の余地があると思われる。こうした問題について、まずは第一章で『為頼集』収載歌を軸に、紫式部の固有の立場に関する考察を行う。続いて第二章から第四章にわたり、主として彰子の後宮における女房集団としての側面から『源氏物語』摂取の様相を検討していく。また、「作り手」側には属していない人々が、あえて物語の〈ことば〉を用いる場合の対外的な意図について探るべく、第五章にて『大斎院御集』収載歌を取り上げることとする。

さらに、いま改めて「作り手」に関する具体的な事例を扱うに際しては、高橋亨氏や安藤徹氏によって代表される、近年の〈紫式部〉論[10]も参考とすべきであろう。加えて、新たに「引用」のゆれ幅を許容する議論も盛んになりつつある。たとえば土方洋一氏の歌ことばの「観念連合」や「記憶」のはたらきに対する把握[11]、また「共同的な記憶」に基づく「既視感」と「創造行為」との因果関係に関する議論[12]などは、引用の場における厳密でない「あいまいさ」や「連想する力」が、新たな文学の創造へと発展することを示唆する。こうした視座を意識しつつ、第二部ではひとまず紫式部本人をも含めた『源氏物語』の「作り手」側の人々自身が持つ、豊富な『源氏物語』の〈ことば〉の「共同的な記憶」が新たな連帯感を生み出す例について見ていきたい。

注

（1）クラウディア・ブリンカー・フォン・ハイデ『写本の文化誌　ヨーロッパ中世の文学とメディア』（一條麻美子訳、白水社、二〇一七　初出は二〇〇七）は、物質としての中世文学という観点から、写本の製作やパトロンによる注文、読者や作者といった問題について考察する。これにより、『源氏物語』を中心とした平安中期の文学の実態を探る上での有益な示唆を得た。

（2）稲賀敬二「王朝物語の制作工房」（妹尾好信編『稲賀敬二コレクション① 物語流通機構論の構想』笠間書院、二〇〇七 初出は一九九三）。また同氏による「物語流通機構」という用語とその「作者」の「作品」製作から、これを受け取る「読者」の「作品」享受までを含む全過程」という内容、また「《集合》《追補》《改変》《構成》《編集》《享受》などの諸現象」をこの用語によって「体系化」して捉えるという発想（『源氏物語の研究 物語流通機構論』笠間書院、一九九三）にも多大な教示を受けた。

（3）吉田幸一「源氏物語に投影した和泉式部日記」（『和泉式部研究 一』古典文庫、一九六四）、岡一男『源氏物語の基礎的研究 紫式部の生涯と作品 増訂版』（東京堂出版、一九六六）、田中隆昭「源氏物語と和泉式部との交渉」（『源氏物語 引用の研究』勉誠出版、一九九九）、寺本直彦「源氏物語と同時代和歌との交渉」（『源氏物語受容史論考 続編』風間書房、一九八四）など。

（4）寺本直彦前掲（注3）論文

（5）妹尾好信「『和泉式部日記』の執筆契機考―赤染衛門の関与について―」（『王朝和歌・日記文学試論』新典社、二〇〇三）

（6）諸井彩子『『赤染衛門集』の物語制作歌群―サロン活動としての物語制作―」（『摂関期女房と文学』青簡舎、二〇一八 初出は二〇一五）。彰子付女房らの文化活動と、それを支援する道長・倫子および彰子の活動については、同「上東門院彰子サロン―文化を湧出する場の女房たち―」（同書 初出は二〇一四）に詳しい。

（7）中周子「大弐三位賢子の和歌―贈答歌における古歌摂取をめぐって―」（『樟蔭女子短期大学紀要 文化研究』一三、一九九九・六）、「大弐三位賢子の和歌における『源氏物語』享受の一様相」『和歌文学研究』七九（一九九九・一一）。また横井孝「読者としての藤原賢子論」（『円環としての源氏物語』新典社、一九九九）なども参照。

（8）寺本直彦前掲（注3）論文

（9）中周子「平安後期和歌における源氏物語受容」（森一郎・岩佐美代子・坂本共展編『源氏物語の展望 第六輯』三弥井書店、二〇〇九）に、紫式部が源氏物語の詞を自歌に取り込む方法について、「詞とその情趣をも取り込」む場合と、「独自の表現である詞のみを用いる」場合があるとの指摘がある。

(10)　高橋亨「物語作者のテクストとしての紫式部日記」(『源氏物語の詩学　かな物語の生成と心的遠近法』名古屋大学出版会、二〇〇七　初出は二〇〇二)および安藤徹「『源氏物語』のパラテクスト・序説―〈紫式部〉論の可能性―」(『源氏物語と物語社会』森話社、二〇〇六　初出は二〇〇二)、高橋亨「〈紫式部〉論への視座」および安藤徹「「かきまぜ」る〈紫式部〉」(いずれも高橋亨編『〈紫式部〉と王朝文芸の表現史』森話社、二〇一二)など参照。

(11)　土方洋一「『源氏物語』と歌ことばの記憶」(『国語と国文学』八五―三、二〇〇八・三)

(12)　土方洋一・渡部泰明・小嶋菜温子「《座談会》『源氏物語』と和歌―「画賛的和歌」からの展開」(小嶋菜温子・渡部泰明編『源氏物語と和歌』青簡舎、二〇〇八)

第一章　『為頼集』と『源氏物語』
――具平親王文化圏からの視座――

一　藤原為頼から紫式部への贈歌

『源氏物語』に著名な古歌ではなく、特に紫式部の親族の和歌が引用されるということは、平安時代の『源氏物語』の「作り手」と「読み手」の双方にとり、どのような意味を持つものだったのだろうか。たとえば父方の曾祖父兼輔による「人の親の」詠（後撰集1102・大和物語四十五段）が『源氏物語』に繰り返し引用されていることは、祖先の「栄光」[1]や「顕彰」[2]の意図といった観点から説明されることが多い。しかし一方で、そうした輝かしさとは異なる、たとえば諧謔的な意図を持った引用については、いかなる性質のものとして捉えたらよいのだろうか。

こうした問題にかかわることとして、陣野英則氏は作中人物の「名」の面から、雨夜の品定めにおける藤式部丞と博士の娘の話が「作者の自虐的なネタ、また自身の戯画化」であり、「藤式部＝紫式部からの一種のサービス」としての署名に準ずる自己言及的行為であったと考察する。[3]興味深いのは、まさにこの当該場面において、紫式部の母方の祖父と目される藤原為信の和歌もまた踏まえられている点である。為信は歌人として著名だったわけではなく、その和歌も当時周知されていた形跡もないが、わけても独特な発想が他に例を見ない「ひるくひ」の一首は、当該場面の博士の娘の造型に著しい影響を与えた可能性がある。(4)博士の娘の女らしからぬ漢文調の話し方に加え、悪臭のエピソードがこのキャラクターを滑稽なものとしている効果は大きい。作者が自身を戯画化するにあたり、父や兄弟を彷彿とさせる「藤式部丞」という官職名や「博士の娘」という生い立ちに加えて、祖父による風変わりな「ひるくひ」の和歌を利用したとすれば、それはまずは作者自身の親族らに、また親族らの人となりを実際に知っている「読み手」に向けたサービスであったと見なすべきではないだろうか。彼らのさまざまな情報を「をこ」（帚木巻八六頁）なる自己言及の手段として利用するのは、まずは紫式部にかなり近い人々を「読み手」に想定してとられた手法という面が強いように思われる。

こうしたことを念頭に置きながら、本章では紫式部の父方の伯父である藤原為頼の和歌の引用について検討する。先行研究(5)によりつつ概略をたどれば、為頼（九九八年没）は為時と同母兄弟であり、『拾遺集』以下の勅撰集に十一首入集、家集『為頼集』は自撰とおぼしい。漢詩文および和歌にそれぞれ優れた才能を持つこの兄弟は、若い時から花山天皇のもとに出入りしており、小野宮一族とも結びつきが強く、藤原公任・具平親王といった文人との交流も深かった。(6)また衛門府の官職を通して紫式部の夫となる藤原宣孝とも直接の交流があった。特に為頼と、公任・具平親王ら貴顕との親しい関係は複数の和歌贈答にも見出され、それらが『源氏物語』に引用されたことも注目される。本章では為頼が紫式部本人に贈ったといわれる和歌二首のうち、特に『為頼集』三七番歌と『源氏物語』とのかかわりの問題を取り扱う。その引用と思われる表現は、紅葉賀巻のいわゆる源典侍挿話の一場面に見られる。こうした滑稽味の強い場面に紫式部の親族の和歌が用いられる理由は、先に触れた為信の和歌の例と同様に「作り手」と「読み手」の双方向的な観点から考察する必要を感じる。

なお右の考察を通じて焦点化したいのは、『源氏物語』の「作り手」に関する時間的・空間的広がりの問題である。次節ではやや迂遠ではあるが、『源氏物語』の成立をめぐる問題、そして「作り手」にかかわる問題についての、近年に至るまでの研究動向をおさえた上で、本章の探究すべき方向を定めてみたいと思う。

二　『源氏物語』の「作り手」と長篇化

近時、『源氏物語』の成立の問題は、個人としての紫式部の机上に収斂させるのではなく、執筆ならびに伝播にかかわる諸要素を担った人々の、目的を一にする共同的なありようとして捉え返されつつある。(7)そこで探究されているのは、旧来の成立論が重視した作品の原態の復元や紫式部による構想と執筆の順序の解明ということではなく、また物語の「正しい理解」「深い鑑賞」(8)といった「読み」の精度を上げることなどの物語内部の問題でもなくて、当時の現実社会における藤原道長・彰子主導の新たな「文化」の作成行為そのものであると思われる。『源氏物語』の豪華本が作られた寛弘五（一〇〇八）年の前後から院政期・鎌倉期にかけて、このテクストは摂関家の権威を示すための聖典として、また一条朝・道長全盛期の栄華を象徴するアイコンとして特別な地位を占めるようになっていった。(9)そうした中で『源氏物語』の「作り手」の姿は、もはや紫式部とその同僚女房達といった限定的な範囲を超えて、彰子に出仕する以前の交遊圏をも視野に入れつつ、一条天皇の死後、頼通時代の女院彰子や後宮におけるサロンの活動を含めた時間的・空間的な広がりの中で、あえてゆるやかに概念化する必要があるように思われる。

このように「作り手」を紫式部個人ではなく共通の目的意識に基づき協力体制をとった集団とみた場合、逆にたとえば先の藤式部丞の話のように、物語において紫式部の個人的な要素が強く出たような部分には、一体どのような存在意義があったのだろうか。物語作者は匿名であることが常識であった上、複数の「作り手」の協力体制が存在した中で、ひとり紫式部の〈名〉だけが強調され続けていたのは、いかなるメリットに基づく判断だったのだろうか。こうした点について注目されるのは、福家俊幸氏による一連の論考である。福家氏はつとに、『源氏物語』執筆の初期のパトロンを具平親王と推定し、物語の実質的な享受層（読者層）を具平親王に仕えていた女房達とした上で、そこには「旺盛な読者意識が介在して」おり、『源氏物語』を中心とする文芸サロンが形成されていた」可能性を示唆していた。[10]さらに近年、為頼と具平親王・藤原公任の和歌のやりとりと早蕨巻の引用について、紫式部が伯父為頼から当該歌の詠作状況を具さに聞き、これを「風雅な交流の記憶へのオマージュ」として物語内に取り込んだ可能性を述べている。[11]一条天皇が享受したはずの豪華本『源氏物語』制作のスポンサーとしては、ひとまず道長・彰子・妍子・倫子といった道長一家の人々が想定されるが、彰子出仕以前の交遊圏の記憶を「オマージュ」として取り込むことは、当時の「読み手」達にとってどのようなインパクトがあったのかという点が気になる。この点については、具平親王の娘と頼通との結婚には「文化の領導者たる自分を世に喧伝する」という道長の思惑があり、そこには「具平親王の学才と、そこに集う文人達の動向」への配慮があったとする、同論文における福家氏の指摘が示唆的である。本章ではこれに導かれつつ考察を進めることとする。

平安時代の散文、特に物語テクストの成立については、さまざまな場所や交遊関係における段階的もしくは細切れ的なプロセスが想定される。そうしたことは主として『うつほ物語』という他の長篇物語の研究において明確に述べられてきた。[12]これを『源氏物語』に応用して考える上で、かつての成立論における、物語全体を細かなパーツに分ける視座は再評価されるべきものとしてあらためて注目されつつある。たとえば、かつて池田亀鑑氏は物語をヒロインごとの「説話単元」に分類した上で、各巻への分布について調査した。[13] また藤村潔氏は「源氏物語の作者の素材操作」として、「源氏物語は、基本的には、相互に何の因果関係も、時間的先後の関係もない幾つかの説話を素材として予め用意しておいて、それらを源氏の行動や心理、情動の必然に従って排列するという方法によって成った物語と言うことができよう。（中略）これをわたくしは、源氏物語の作者の詰め合わせ方式とよぶのである」と述べた。[14] そして近年、呉羽長氏は「長編的物語の形成の前段階」に「歌を中心とする小さな物語のいくつかの集まり」があり、「長編的な体裁をつくっていく中で叙述の内容や順序が変更され」たこと、それは「作者の主体的な創作意識の成長という動態的軌跡」とかかわりを持つことを指摘している。[15] さらに加藤昌嘉氏は「ブロック」という概念を用いて、若菜上下巻および柏木巻における紫上系と玉鬘系の物語の連結の仕組みを具体的に検証した。[16] いわゆる紫上系と玉鬘系の成立の先後に関する議論にはいま簡単に踏み込むことはできないが、少なくとも長篇物語としての『源氏物語』の成立過程については、巻単位での考察の一方で、各氏の示された「単元」（池田）・「はなし（説話）」（藤村）・「小さな物語」（呉羽）・「ブロック」（加藤）といった小さな単位から考えてみることが、ある程度の有効性を持つのではないかと思われる。藤村氏の言うように、後に何らかの形に体裁を整える際、それらに適宜手直しを加え、連結をはかり、詰め合わせ、組み替えた可能性は大いにあると思われるからである。

本章が対象としてとりあげる源典侍挿話は、これまで、紅葉賀巻における「異質性」をめぐって、その成立が巻の他の部分とは別のタイミングであった可能性が指摘されてきた。[17] 次節からはひとまず、『為頼集』三七番歌と源典侍挿話との関係を例に、長篇的な体裁の内部に組み込まれた初期の物語の片鱗を探ることを試みる。

三　紅葉賀巻の源氏詠との表現的類似

『為頼集』三七番歌は、通説では長徳二（九九六）年の夏から秋頃、為時が越前守として下向する際に為頼が贈った歌とされている。(18) 小袿に添えた歌であり、おそらくは女性に宛てたものと判断される。恋人等への贈歌であった可能性も否定できないが、為頼自身には越前へ下った経歴がないこと、身近な人物としてはやはり為時の任官が注目されることなどから、まずは通説通り、これが紫式部への贈歌であった可能性が高いものと見て論を進める。

越前へくだるに、小袿のたもとに*

なつごろもうすきたもとをたのむかないのるこころのかくれなければ*　（為頼集・37）

［異同］小袿―こうち（山）　たのむかな―たのむにそ（冷〈にそミセケチ・カナ傍記〉）　いのる―いつる（慶）

かくれなければ―かくれなきかな（冷〈きかなミセケチ・ケレハ傍記〉）

同時代の例では、餞別としてやる小袿に和歌を添えた例はいずれも女性に贈るものであった。特に、当該歌と同様「たもと」に和歌を付したものとしては、次に挙げるように恋人に贈ったと思われる同時代の例がある。また、『源氏物語』行幸巻では、玉鬘の裳着の祝儀の小袿の「たもと」に末摘花の恨み言が付されており、諧謔性の面からも注目される。

ゐなかへゆく人にものなどやるとて、小袿のたもとに

君がためいのりてたてるから衣わかれのそでやたむけなるらん

あづまぢのかりのたびとはおもへどもいまこむそらをながむべきかな　（清正集・50〜51）

おなじ女に、きぬのたもとにかきて

こひしくはきてならせとてから衣我がみのしろにぬぎてやるかな　（嘉言集・136）

御小袿*のたもとに、例の同じ筋の歌ありけり。

（末摘花）わが身こそうらみられけれから衣君がたもとになれずと思へば　（行幸巻三一五頁）

［異同］小袿―うちき（【別】保）御うちき（【別】麦）

「たもと」に付したことについて、『為頼集全釈』「考説」には「袂に忍ばせることで恋情に近いものを漂わせてみせるところがおもしろい。いたずらを思いついたという遊びの心で、親しい伯父からのこの歌に紫式部は微笑を誘われたことであろう」との解説があり、注目される。(19) こうしたユーモアを含んだ三七番歌は『為頼集全釈』によって、次の紅葉賀巻の源氏詠との語句の共通性が指摘されている。(20)

・頭中将は、この君の、いたうまめだち過ぐして、常にもどきたまふがねたきを、つれなくてうち忍びたまふ方々多かめるを、いかで見あらはさむとのみ思ひわたるに、これを見つけたる心地いとうれし。かかるをりに、すこしおどしきこえて、御心まどはして、「懲りぬや」と言はむと思ひてたゆめきこゆ。（紅葉賀巻三四一頁）

・その人なめりと見たまふに、いとをかしければ、太刀抜きたる腕をとらへていといたう抓みたまへれば、ねたきものから、えたへで笑ひぬ。（源氏）「まことはうつし心かとよ。戯れにくしや。いでこの直衣着む」とのたまへど、つととらへてさらにゆるしきこえず。（源氏）「さらばもろともにこそ」とて、中将の帯をひき解きて脱がせたまへば、脱がじとすまふを、とかくひこしろふほどに、ほころびはほろほろと絶えぬ。中将、

（頭中将）「つつむめる名やもり出でん引きかはしかくほころぶる中*の衣*に

上にとり着ばしるからん」と言ふ。君、

（源氏）かくれなきものと知る知るなつごろもきたるをうすきこころとぞ見る
と言ひかはして、うらやみなきしどけな姿に引きなされて、みな出でたまひぬ。（紅葉賀巻三四三〜三四四頁）
［異同］中の―中の（【河】七宮・【別】麦阿）衣に―たもとに（【河】七宮尾平大兼）

当該場面はいわゆる源典侍挿話の後半に位置し、花形の公達である源氏と頭中将とが好色な老女の寝所で鉢合わせするという、一連の挿話の中でも最も喜劇的な箇所である。この源氏の返歌の「かくれなき」「なつごろも」「うすきこころ」といった語句がほぼ『為頼集』三七番歌と重なる点は注目される。その重なりの様相について次節で詳しく見ていく。

四　仮構の〈恋〉の諧謔性

『為頼集』三七番歌と紅葉賀巻の源氏詠を改めて並べてみる。

なつごろもうすきたもとをたのむかないのるこころのかくれなければ（為頼集・37）
かくれなきものと知る知るなつごろもきたるをうすきこころとぞ見る（紅葉賀巻三四四頁）

『為頼集』三七番歌のように「なつごろも」をその肌への近さゆえにかえって「たのむ」とする歌では、次のように男が女に対して自分の情の深さを訴えるものが多い。

なつごろもうすきながらもたのまるるひとへなるしも身にちかければ（古今六帖・服飾　夏ごろも・3293／拾遺集・恋五・823）
なつごろもうすきたのみにたのませてあつきこころもをかへやしてまし

（実方集Ⅱ・240・「うづきのついたちに、女につかはしし」）

一方で「なつごろも」と「うすきこころ」を併せ用いた場合、次のように男の薄情さを女がなじることが多く、源氏詠もこの型を踏まえたものと考えられる（ただし五首目の花山院御製のように男がなじる場合もあるが、珍しい例である）。

なつごろも身にはなるともわがためにうすきこころはかけずもあらなん（後撰集・恋六・1019）

なつごろもうすきこころときくからにことのはさへやもりむとぞおもふ（古今六帖・服飾　夏ごろも・3292）

わがためにうすきこころのたたれせばなつのころもにたたましものを（古今六帖・服飾　夏ごろも・3295）

としふともなれじと思ふなつごろもうすきこころのあらはれはうし（元良親王集・71・「又、女」）

なつごろもかふるにつけてつらきかなうすきこころはかたみと思へば

（新千載集・恋四・1497・花山院御製・「ある人のすずしのきぬをかたみにとりかへさせ給うてよませ給うける」）

へだてじとならひしほどになつごろもうすきこころをまづしられぬる（紫式部集Ⅰ・84・「返し」）

なつごろもきてはみえねどわがためにうすきこころのあらはなるかな

（和泉式部集Ⅰ・219・「ものよりなつごろきたるをとこの、おとせぬに」）

たとえば右の『元良親王集』七一番歌や『和泉式部集』二一九番歌のように、「なつごろも」から男の薄情な心が露わになるというのは常套表現となっている。ただしそのことを言う際に「かくる（かくす）」という語を用いたものは、『為頼集』三七番歌と源氏詠のほか、次の『和泉式部集』六〇一番歌の他に見えない。

かくれなきものにぞありけるなつごろもうすきこころはきてもみねども（和泉式部集Ⅰ・601）

この用語の一致については、『和泉式部集全釈』で「恐らく為頼の歌が和泉式部・紫式部双方に影響を与えてゐるのであろう。殊に為頼と紫式部は親類関係であり、源氏物語に為頼の影響と見得るものがあることは、既に指摘されてゐる――ここに引いた為頼の歌も紫式部越前下りの時に為頼が贈ったものと言はれている――ので、そのやうに考へ得る。和泉式部歌と源氏物語歌との先後関係や影響関係は不明」（傍線は引用者による）[21]と注される通りである。ただし少なくとも『為頼集』三七番歌が最も早いものである可能性が高いとすれば、後の二首に与えた影響についてはなお検討の余地が残されているのではないだろうか。

そこでいま注目したいのは、これらのうち『為頼集』三七番歌だけが「夏衣」の薄さを「たのむ」男の立場から、残りの二首はいずれも男の薄情さをなじる女の立場から詠んだものと思われる点である。三首を並べてみると、「うすき」「なつごろも」から「かくれな」く見えるはずの自らの「こころ」の真情を強調する〈男〉（『為頼集』三七番歌）に対して、ほぼ同一のことばをなぞりつつ、むしろその「なつごろも」によって相手の「うすき」「こころ」が「かくれな」く見えてしまうと切り返す〈女〉（源氏詠および『和泉式部集』六〇一番歌）、ということばの屈折した対応が看取される。すなわち紅葉賀巻の源氏詠は『為頼集』三七番歌のことばをなぞりつつ、それとは性別を変えて、男性である源氏にあえて女性性の強い内容の歌を詠ませたかたちのものと考えられる。

一方で、頭中将の贈歌「つつむめる名やもり出でん引きかはしかくほころぶる中の衣に」にあるような「名」、あるいは同趣のことばとしてたとえば「思ひ」「人目」などを「つつむ」というのは、通常は男性による行為として詠まれている。『源氏物語』においても夕顔巻の源氏詠に「咲く花にうつるてふ名はつつめども折らで過ぎうきけさの朝顔」（一四八頁）などとある。『岷江入楚』に「箋　源の忍ひ給名のかくれ有ましきとねたけに申さるゝ也　箋聞つゝむめるは源の上に実法をたて給やうなれともその名もあらはれんと也」（実枝説）とあるように、頭中将の贈歌において源氏は「名」を「つつむ」様子が揶揄されている。また「中の衣」という語には、共寝の際に男女の肉体を隔てる衣といった「肉感的な雰囲気」[22]が内在している。この「中の衣」がひとまず頭中将と源氏の間柄の比喩として用いられたとすれば、頭中将の贈歌では、源氏を〈男〉と位置づけた上での、彼らの間の擬似的な〈恋〉の雰囲気が表現されたものと考えられる。このように考えると当該贈答歌の詠み手のジェンダーの関係は〈女〉―〈女〉となり重複するが、少なくとも贈答歌に用いられたことばのありようから、〈恋〉の雰囲気を演出する趣向の存在は認められるように思われる。和歌におけるジェンダーの問題に関する先行研究の中で、近藤みゆき氏は歌の「ことば」の男性性・女性性に着目した上で、女性性の強い「ことば」が男性同士のやりとりで用いられたとき、「実体はさておき、表現の型として、まるで女から男への恋歌のような、ホモセクシュアリティのニュアンスが立ち現れてくる」と指摘するが、それはこの贈答歌にも看取されるニュアンスではないだろうか。(23)

さらにまた、この場面において見過ごせないのは、二人の公達による執拗な脱がし合いの果てに、装束が破れて互いに「しどけな姿に引きなされ」(三四四頁)たという一連の展開による、ある種の性的な色合いである。(24)さらにその色合いは、繰り返し用いられる「をこ」(三四二頁・三四三頁)の語によってより喜劇的な方向に傾斜していく。すなわちこの場面はまさに「ホモセクシュアリティのニュアンス」(近藤)を意図的に利用しつつ、よりエンタテインメント性の高いものとなるべく創作されたと思しい。紅葉賀巻冒頭でともに麗しい姿で青海波を舞った源氏と頭中将が、実際にはホモセクシュアルの恋愛関係ではないにもかかわらず、巻の終盤に至ってそうした関係を仮構するという展開には一種のパロディ的な趣向の存在がうかがわれる。(25)

青木賜鶴子氏は、こうした「仮構の恋歌」はそのユーモアを相手が「受け入れてくれることを前提に詠まれて」おり、物語の虚構の方法は「仮構の世界」を有り得ないものと弁えた上で「ともに遊びともに楽しむ人々、物語が歓迎され享受される場」の存在に支えられて生まれたと述べる。(26)『為頼集注釈』の言うように、三七番歌には伯父為頼の「恋情に近いものを漂わせてみせる」「遊びの心」が含まれていたとすれば、紅葉賀巻源氏詠は三七番歌の用語を踏まえただけでなく、その〈恋〉の仮構性によるユーモアをも引き込みつつ創作されたと考えられよう。

五　源典侍挿話の「読み手」をめぐって

以上、『為頼集』三七番歌による紅葉賀巻の源氏詠への影響について検討してきた。そこにはことばの引用のみならず、〈恋〉を仮構するユーモアへの共感も認められた。『為頼集』は詞書の不在、他文献との詠者名の不一致、歌順の混乱などから「「集」としての完成度の低い家集」、また「整備されていない家集」であるとされている(27)。そうした中でも特に三七番歌は、たとえば『拾遺抄』『拾遺集』『和漢朗詠集』にも採られ、為頼の代表作とされた二五番歌「世の中にあらましかばとおもふ人なきがおほくもなりにけるかな」などの著名な歌とは異なり、姪への餞別という個人的な折の歌であって当時人口に膾炙したとは考え難い。それでは、そのような歌の引用を誰よりも楽しんだ「読み手」としては、一体どのような人々が想定されるだろうか。

当時の「物語」というもののあり方については、秋山虔氏が「作者はほぼ無媒介に読者とつながっている。というより、かれのつくる物語は特定の誰彼のためにかかれるのである。しかじかの事件なり場面なりをどうかいてゆけば、どういう反応があるか、その相手の表情や心の動きまで、おそらくはっきりと予想できる。そのような条件の下で物語はかかれたといえるかもしれない。このように、いわば作者と読者は不可分離の関係にあるということはほぼ一般的な状況としていえることであろう」（傍線は引用者による）(28)と述べ、片桐洋一氏も「一般的に言えば、貴顕の注文に応じて、一作品は一点だけの写本として制作されるというのが、印刷を用いない当時の文学享受の原点であったことは確かなのである」（傍線は引用者による）(29)と言うように、そこには必ず具体的な想定読者があり「オーダーメード」

（片桐）で作られるものであったとされる。従って当該場面も、当初から具体的な「読み手」の顔を想定し、彼らを楽しませることを第一としつつ書かれたと考え得る。紫式部が伯父為頼に贈られた個人的な歌が物語内に引用された場合、それを面白がることが可能であったのは、ごく限られた「サークル」（片桐）内の人々、すなわちその歌を直接に知る為頼や為時をはじめとする親族達、および彼らの出入りしていた文芸サロンの人々であったと思われる。彰子出仕以前に『源氏物語』が作られ、享受された文化圏を想定するとすれば、紫式部の家の人々に縁故のあった具平親王の周辺であった可能性はやはり高く、その主要メンバーであった為頼から紫式部への贈歌を踏まえた紅葉賀巻の源氏詠は、そうした時期に作られ享受されたものであったと見ることは難くないのではないだろうか。[30]

その後、紫式部の彰子出仕の前後で「作り手」と「読み手」の輪が時間的・空間的にゆるやかに広がってゆき、政治的な権力からは離れた風雅の場での娯楽であった小さな物語集が、道長および彰子の装飾品としての『源氏物語』へと決定的に変容していく過程[31]において、「紫式部」の〈名〉はまさに両者をつなぐ紐帯として重要な機能を担ったのではなかっただろうか。福家氏の述べた「風雅な交流の記憶へのオマージュ」[32]ということをさらに敷衍して考えてみると、『源氏物語』や『紫式部日記』において個人としての紫式部にかかわる要素が強い部分は、人々におのずと彼女の出自を想起させるものであり、この物語がかつて文人達の交遊の空間で生み出され、享受されていたことを再確認させる側面を持っていたと思われる。そのことは、政治家道長によりきらびやかな装飾品として迎えられたこの物語の文芸的水準の高さを対外的に保証する、ある種のブランド力として機能したとも考えられる。

なお、いま新たに成立論を展開する上で、「想像に想像を重ねる」[33]ということへの批判は重要である。これからの成立論の可能性については、かつてのように物語の内部に自閉することなく、当時の現実社会における物体としての『源氏物語』の機能という観点から、関連する諸分野の研究と有機的に関連づけることが一つの突破口となり得るのではないかと感じている。分量・内容・文芸的水準等のあらゆる面において同時代の他テクストを圧倒的に凌駕する『源氏物語』という巨篇がいかなる事情を背景に成立したか、そのことを明らかにすべく、さらに考究を深めていきたい。

注

（1）伊井春樹「源氏物語の引歌―兼輔詠歌の投影―」（『源氏物語論考』風間書房、一九八一）
（2）妹尾好信「人の親の心は闇か―『源氏物語』最多引歌考」（森一郎・岩佐美代子・坂本共展編『源氏物語の展望　第十輯』三弥井書店、二〇一一）
（3）陣野英則「藤式部丞と紫式部＝藤式部―『源氏物語』における作者の自己言及―」（『文学』一六―一、二〇一五・一）
（4）笹川博司『為信集と源氏物語―校本・注釈・研究―』（風間書房、二〇一〇）。またこの問題については口頭発表「『為信集』から『源氏物語』へ」（中古文学会、於東京学芸大学、二〇〇八・一〇）でも検討した。一方、瓦井裕子口頭発表「『為信集』の位置づけ―『源氏物語』享受作品として―」（中古文学会関西部会、於神戸松蔭女子学院大学、二〇一七・九）では、『為信集』を『源氏物語』に影響を受けた平安後期の作品とする見解が示された。『為信集』の成立時期の再考を促し、新たな知見を示す重要な発表であったが、本章の内容に反映させることができなかった。後考を期す。
（5）酒井みさを「紫式部伝の一考察―藤原為頼をめぐって―」（『平安朝文学研究』復三、一九八七・一〇）、川村裕子「藤原為頼小伝」（筑紫平安文学会『為頼集全釈』風間書房、一九九四）、同「藤原為頼について」（『王朝文学の光芒』笠間書院、二〇〇二）など。
（6）岡一男「紫式部新考」（『古典における伝統と葛藤』笠間書院、一九七八）は血縁関係・姻戚関係の両面から「紫式部の一家と具平親王・小野宮実資らとの一通りならぬ因縁関係」を指摘する。
（7）最新の研究成果として、土方洋一「『源氏物語』は「物語」なのか？―ジャンルとその超越について―」（助川幸逸郎・立石和弘・土方洋一・松岡智之編『新時代への源氏学1』竹林舎、二〇一四）、同『源氏物語』の成立と作者―物語のできてくるかたち―」同編『新時代への源氏学4』竹林舎、二〇一七）、清水婦久子『源氏物語の巻名と和歌―物語生成論へ―』（和泉書院、二〇一四）など参照。

（8）武田宗俊『王朝物語の構想と成立』（桜楓社、一九八七）

（9）こうしたことを、特に彰子像の形成に着目しつつ歴史学の立場から論述したものに、高松百香「院政期摂関家と上東門院故実」（『日本史研究』五一三、二〇〇五・五）、同「一条聖帝観の創出と上東門院」（『歴史評論』七〇二、二〇〇八・一〇）、同「鎌倉期摂関家と上東門院故実―道長の〈家〉を演じた九条道家・竴子たち―」（服藤早苗編著『平安朝の女性と政治文化　宮廷・生活・ジェンダー』明石書店、二〇一七）がある。

（10）福家俊幸「紫式部の具平親王家出仕考」（『中古文学論攷』七、一九八六・一〇）。また中野幸一『完訳日本の古典24　和泉式部日記　紫式部日記　更級日記』解説（小学館、一九八四）、斎藤正昭『紫式部伝　源氏物語はいつ、いかにして書かれたか』（笠間書院、二〇〇五）も参照。

（11）福家俊幸「具平親王家に集う歌人たち―具平親王・公任の贈答歌と『源氏物語』―」（久下裕利編『王朝の歌人たちを考える―交遊の空間』武蔵野書院、二〇一三）。また久下裕利「匂宮三帖と宇治十帖―回帰する〈引用〉・継承する〈引用〉―」（『学苑・文化創造学科紀要』八六五、二〇一二・一一）も具平親王家出仕説を支持した上で、具平親王の薨去の時期と『源氏物語』第三部の執筆とのかかわりを考察する。

（12）中野幸一『うつほ物語の研究』（武蔵野書院、一九八一）、片桐洋一『源氏物語以前』（笠間書院、二〇〇一）など。

（13）池田亀鑑「源氏物語の構成」（『新講源氏物語　上巻』至文堂、一九五一）

（14）藤村潔「源典侍の場合」（『源氏物語の構造　第二』赤尾照文堂、一九七一）

（15）呉羽長『『源氏物語』の成立―その原書の形態から長編的物語へ―』（『源氏物語の創作過程の研究』新典社、二〇一四）

（16）加藤昌嘉「〝『源氏物語』はどのように出来たのか？〟を再考する」（『『源氏物語』前後左右』勉誠出版、二〇一四）

（17）前掲池田亀鑑（注13）書・藤村潔（注14）書・呉羽長（注15）書のほか、阿部秋生「光源氏の容姿」（『人文科学科紀要国文学・漢文学Ⅰ』四、一九五四・六）、高橋和夫『源氏物語の主題と構想』（桜楓社、一九六六）、池田勉「源氏物語「紅葉の賀」における異質的なものについて」（『源氏物語試論』古川書房、一九七四）、伊藤博「源典侍挿話の周辺―紅葉賀・花宴巻断想──」（『源氏物語の原点』明治書院、一九八〇）など。

(18)　今井源衛『紫式部』（吉川弘文館、一九六六）。なお『為頼集』の異同については前掲（注5）『為頼集全釈』および『冷泉家時雨亭叢書　平安私家集十一』（朝日新聞社、二〇〇七）を参照した（諸本の略号については『為頼集全釈』に従った）。

(19)　前掲（注5）注釈書。田坂憲二『『為頼集』の構造とその歌風」（同書解説）は、為頼の和歌の特色の一つとして「飄逸、或いは軽妙洒脱な詠みぶり」があると述べる。

(20)　なお『為頼集全釈』は語句や状況の類似から、当該歌が夕顔巻の空蟬詠、および『紫式部集』八四番歌にも影響を与えた可能性について指摘する。

　　御使帰りにけれど、小君して小袿の御返りばかりは聞こえさせたり。

　　（空蟬）蟬の羽もたちかへてけるなつごろもかへすを見ても音はなかれけり　（夕顔巻一九五頁）

　　へだてじとならひしほどになつごろもうすきこころをまづしられぬる　（紫式部集Ⅰ・八四・「返し」）

こちらも注目すべき一致ではあるが、空蟬詠の「なつごろも」には「たひ衣」（河内本・陽明文庫本）という本文異同が存在することや、「夏衣」「うすき」「こころ」の語を併せて用いるのはごく一般的な詠みぶりであることなどから、この一致についてはひとまず措き、本章では紅葉賀巻との一致に限って検討することとする。

(21)　佐伯梅友・村上治・小松登美『和泉式部集全釈［正集篇］』（笠間書院、二〇一二）

(22)　畠山大二郎「『源氏物語』の「中の衣」と「綻び」──「紅葉賀」巻を中心として──」（『平安朝の文学と装束』新典社、二〇一六）

(23)　近藤みゆき「和歌とジェンダー──ジェンダーからみた和歌の「ことば」の表象──」（『王朝和歌研究の方法』笠間書院、二〇一五）

(24)　倉田実「頭の中将と源氏──「馴れ」から「挑み」へ──」（鈴木一雄監修『源氏物語の鑑賞と基礎知識22　紅葉賀・花宴』至文堂、二〇〇二）、および畠山大二郎前掲（注22）書はいずれもこの場面を「同性愛的」として解する。

(25)　島津久基『対訳源氏物語講話　巻五』（中興館、一九四二）は、「作者の楽屋落的興味」によって巻頭の青海波との「さ、るがう」（傍点は原文通り）的な対応関係がつくられたと指摘する。

（26）青木賜鶴子「在原業平と六歌仙時代」（後藤祥子編『王朝和歌を学ぶ人のために』世界思想社、一九九七）

（27）田坂憲二前掲（注19）解説。

（28）秋山虔「物語文学研究についての二、三の問題」（『源氏物語の世界―その方法と達成―』東京大学出版会、一九六四）

（29）片桐洋一『平安文学の本文は動く　写本の書誌学序説』（和泉書院、二〇一五）

（30）当該源氏詠の成立時期やこれを含む源典侍挿話の成立時期、さらには紅葉賀巻の成立時期に関してはいずれも明言しがたい。本章の結論とは逆に、彰子出仕後に紫式部の伯父の歌を引用した場面がつくられ、近くの関係者たちに『源氏物語』と具平親王文化圏とのかかわりを深く印象づけた可能性も否定できない。しかしいずれにせよ、「紫式部」の〈名〉がある種の対外的な役割を担っているという点は少なからずあると思われる。

（31）片桐洋一前掲（注29）書は『うつほ物語』の各巻の連結のありようを例に、「前に書いたものが流布してしまっているのに、新たな場面に再生させるということは、一点だけがまず作られ、当初は限られたサークルでしか享受されなかったという貴族社会における写本としての作品の在り方を考えることなしには、説明できないのではないか」（傍線は引用者による）と述べる。物語の内輪性が、そのゆえに物語の再構成を可能としているとすれば、本章で示したような編集作業は、あくまでも『源氏物語』がいまだ内輪性を強く有している時期のうちに行われたと見なければならない。また横溝博「平安時代の『源氏物語』本文―物語は本当に〝書写〟されたのか―」（『新時代への源氏学7』竹林舎、二〇一五）は、改変や書き換えを含めた「書写行為そのものに特別な意味合いが付け加わらない限り、物語を書写するという労力はそうそう払われない」とする。寛弘五（一〇〇八）年彰子還啓の折の御冊子作りというのは、特別な改変のタイミングとして想定するに難くないだろう。

（32）福家俊幸前掲（注11）論文

（33）今井上「古典学としての成立論―伊勢・うつほ・枕などとの対比―」（前掲（注7）『新時代への源氏学4』）

第二章　彰子および一条天皇による物語摂取

一　『源氏物語』と藤原彰子

『源氏物語』が成立して間もない頃、その表現は一体どれ位の範囲の人々に共有されていたのだろうか。また表現が共有された場合、その行為自体は一体どのような役割を果たしていたのだろうか。

『紫式部日記』の記述からは、この物語が彰子方を代表する文学作品として、単に女性達の物語愛好ということの域を超えた象徴的な存在意義を有していたことがしばしばうかがえる。たとえば、寛弘五（一〇〇八）年十一月一日条に見える公任の有名な「わかむらさきやさぶらふ」という発言は、その半月後に、彰子の内裏還御に合わせてつくられることとなる『源氏物語』豪華本の宣伝的効果として決して小さいものではなかっただろう。(1) この発言が彰子腹の皇子誕生の御五十日の祝宴という、多分に政治的な「場」においてなされたことも重要である。こうした彰子の装飾品、あるいはアイデンティティを支える柱の一つとしての『源氏物語』の機能については、より対外的な側面から一層検討されるべきだと思われる。[2]

これまで、『源氏物語』成立と同時代のこの物語の引用としては、紫式部の同僚女房らによる私的な和歌を中心とした探究がなされてきた。[3] 彼女らの和歌には表面的な語句の一致にとどまらない、シチュエーションや登場人物の立場や心情なども含めた重層的な引用が見られ、一首の中に複数の場面を組み合わせてふまえることもある。[4] 彰子周辺の人々による複雑で高度な摂取には、この物語への彼女達自身の主体的なかかわりの深さが表れている。またそうした応酬が、たとえば書写や編集といった共同作業を通じて直接制作の現場にかかわった「作り手」側の人々ならではの内輪意識、連帯感などをさらに促進したとも考えられる。[5] 一方で、「作り手」側に直接属さない人々が『源氏物語』を引用した和歌については、未だ十分に検討されたとはいいがたい。[6] そうした人々が他所で作られた新作の物語の表現をわざわざ借りるという行為には、一体どのようなメリットがあったのだろうか。

本章から第五章までの各章では右のような問題意識のもとに、まず藤原彰子の周辺の和歌、さらには当時随一の風流をうたわれた大斎院選子の周辺の和歌における『源氏物語』受容の諸相についてそれぞれ検討する。いわゆる「源氏取り」よりも前の時代、紫式部と同時代の摂関期の和歌に見える『源氏物語』引用の実態の一端を明らかにしたい。

二　彰子と和泉式部の贈答歌

まず、彰子自身による『源氏物語』引用について確認する。先行研究では寺本直彦氏により、次の和泉式部との贈答歌における御法巻の引用の可能性が指摘されている。[7]

小式部内侍、露おきたる萩おりたるからきぬをきて侍りけるを、身まかりて後、上東門院よりたづねさせた

まひける、たてまつるとて　　　　和泉式部
おくと見し露もありけりはかなくてきえにし人をなにたとへん
御返し　　　　　　　　　　　　　上東門院
おもひきやはかなくおきし袖の上の露をかたみにかけむ物とは
（新古今集・哀傷・775〜776）(8)

（紫上）おくと見るほどぞはかなきともすれば風にみだるる萩のうは露
げにぞ、折れかへりとまるべうもあらぬ、*よそへられたるをりさへ忍びがたきを、見出だしたまひても、
（源氏）ややもせばきえをあらそふ露の世におくれ先だつほど経ずもがな
とて、御涙を払ひあへたまはず。宮、
（明石中宮）秋風にしばしとまらぬ露の世をたれか草葉のうへとのみ見ん（中略）
まことにきえゆく露の心地して限りに見えたまへば、（中略）明けはつるほどにきえはてたまひぬ。
（御法巻五〇五〜五〇六頁）

*とまるべうもあらぬ—みたるゝ花のつゆも【別】保
よそへられたる—はきのつゆもよそへられたる【河】

小式部内侍は万寿二（一〇二五）年十一月に産褥のため没した。右は和泉式部が形見の唐衣を彰子に献上した折の贈答歌である。和泉式部詠の初句「おくと見し」と、紫上詠の初句「おくと見る」は形が似通い、かつこのように詠み出される和歌は他に見出されない。なお河内本の「はきのつゆもよそへられたる」という本文を、故人の唐衣の「露おきたる萩」という文様の描写と併せ見ると、当該場面の景物としての「萩の露」と人の命との比喩的なかかわりの面がより一層顕著になる。一方で、同様に共通性の高い類歌としては次の伊勢詠や天暦御製があり、寺本氏は和

泉式部が御法巻のほか、これらの歌をも踏まえて一首を成したと推察する。(9)

はかなくてきゆるものから露の身の草葉におくと見えにけるかな　（古今六帖・つゆ・546・伊勢）

中宮かくれたまひての年の秋、御前の前栽につゆのおきたるを風のふきなびかしたるを御覧じて

秋風になびく草葉の露よりもきえにし人をなににたとへん　（拾遺集・哀傷・1286・天暦御製／拾遺抄・553）

和泉式部詠の「はかなくてきえにし人をなににたとへん」がこれらの先行歌に用いられた語句とほとんど一致することから、少なくとも和泉式部の贈歌については、御法巻よりもこれらからの影響が強いように思われる。ただし、テクストの創出における「引用」という行為を考えるとき、その発想の源たるプレテクストを一つに限定してしまうことは、当時の〈ことば〉のネットワークの実態に即していないのではないだろうか。(10)特に『新古今集』では、当該贈答歌を含む一連の歌群が、『源氏物語』にまつわるものとしての採歌配列意識に基づくとの指摘もあり、注目される。(11)また、対する彰子の返歌にも「はかなくおきし」「露」とあって、御法巻の表現であることを理解した上で返している様子が看取される。もしも当該贈答歌において、小式部内侍の死をめぐり、紫上の死という印象深い場面が想起されたとすれば、彰子と和泉式部が互いの心をつなぐものとして『源氏物語』の表現を共有していたさまが見て取れるだろう。

三　彰子による一条天皇哀傷歌

続いて、寛弘八（一〇一一）年六月に一条天皇が亡くなった折の彰子による哀傷歌について考える。

一条院うせさせたまひてのちなでしこのはなのはべりけるを後一条院をさなくおはしまして何心もしらでと

らせたまひければおぼしいづることやありけん　上東門院

見るままに露ぞこぼるるおくれにしこころもしらぬなでしこのはな　（後拾遺集・哀傷・569）

『後拾遺集』の詞書によれば、幼い敦成親王が「何心もしらで」撫子の花を手にするのを見て、彰子が詠んだ哀傷歌である。(12) 私見では、この彰子詠には状況の面からも表現の面からも、『源氏物語』葵巻における葵上没後の場面との重なりが認められるように思われる。すなわち当該歌に詠み込まれた幼児と「なでしこ」の比喩が、葵上に死別した夕霧の「何心なき」笑顔をあわれむ贈答歌の情景に共通するのである。

枯れたる下草の中に、竜胆、撫子などの咲き出でたるを折らせたまひて、中将の立ちたまひぬる後に、若君の御乳母の宰相の君して、

（源氏）「草枯れのまがきに残るなでしこを別れし秋の形見とぞ見る

匂ひ劣りてや御覧ぜらるらむ」と聞こえたまへり。げに何心なき御笑顔ぞいみじううつくしき。宮は、吹く風につけてだに木の葉よりけにもろき御涙は、まして取りあへたまはず。

（大宮）今も見てなかなか袖を朽すかな垣ほ荒れにし大和なでしこ　（葵巻五六～五七頁）

彰子の視線はこの場面における源氏と大宮のそれと一体化し、「親に死別した子」のあわれさを照らし出している。もちろん、和歌において「なでしこ」を愛児によそえることは一般的であり、さらにその子が親に先立った嘆きを詠んだ歌も散見される。

女ごもて侍りける人に、思ふ心侍りてつかはしける　よみ人しらず

ふた葉よりわがしめゆひしなでしこの花の盛りを人にをらすな　（後撰集・夏・183）

みこたちを冷泉院親王になしてのちよませたまひける　花山院御製

おもふことといまはなきかなでしこのはなさくばかりなりぬとおもへば　（後拾遺集・賀・441）

こなくなりて、なきねのゆめさめて、うつゝとおぼえつるとて、前の前栽をみて

なでしこをゆめにみてこそいつしかとあけてむなしきとこなつのはな　（為頼集・64）

朝夕にわがなでしこのかれしよりかきほの露は秋もわかれず　（赤染衛門集Ⅰ・523　※518詞書「むすめのなくなりしに服すとて」）

露をだにあてじと思ひて朝夕にわがなでしこの枯れにけるかな　（栄花物語・もとのしづく巻・公任・二五四頁）

ただし、「なでしこ」を「親に先立った子」ではなく、「親に死別した子」によそえて詠んだ例はさほどない。そのような中、『実方集』209は葵巻に先行する例として注目され、娘を亡くした祖父に向けての哀傷歌であること、また「形見」の語の一致などに源氏詠への影響が認められるように思われる。

娘うせたる人、孫かなしげにてあるを見て、祖父に

いにしへの形見にこれや山がつのなでておほせるとこなつの花　（実方集Ⅱ・209）

ただしこちらは「なでしこ」ではなく「とこなつ」の語を用いたものであり、歌の主眼が遺された「子」のあわれさよりも祖父の愛情への共感の方にある点が、彰子詠および葵巻の当該場面とやや相違する。これらの後、「なでしこ」の語を用いて「親に死別した子」のあわれさを詠んだ例は、『定頼集』の一例を見るのみである。あるいはこの『定頼集』69もまた、葵巻の影響を受けた可能性が想定できようか。

おさなき人のおやにをくれて、思もいれであるを見給て

もりおほす露もきえぬるませのうちにひとりにほへるなでしこのはな　（定頼集Ⅰ・69　※Ⅱでは第四句「独そほつる」）

さらに彰子詠と葵巻とは、親に死別した「なでしこ」を「見」た結果、涙がこぼれる、といった展開にも共通性が見出される。たとえば「なでしこ」「見る」「露」という語を用いたものとしては、ほかに『義孝集』の一首と『源氏物語』紅葉賀巻の源氏詠が挙げられる。(13)

　はゝうへ、東宮にさぶらひ給しに、いとまにてひさしうまいり侍らざりしかば、なでしこにつけてたてまつりし、はゝうへ

新古　恵子女王
よそへつゝ見れど《も》露《も》だになぐさまずいかゞはすべきなでしこのはな

（義孝集Ⅰ・73　※Ⅱでは詞書「たてまつりし」―「タマハセタリシ」）

（源氏）「よそへつつ見るに心はなぐさまで露けさまさるなでしこのはな
……」（紅葉賀巻三三〇頁）

いずれも「見る」「露」の語の一致に加え、結句の「なでしこのはな」という形が当該彰子詠とも関連するようであり、表現としては影響関係が看取される。ただし『義孝集』の「露」に「涙」の意味はなく、また内容としても、母親が久しく訪れない息子を思って詠んだものであり死別の要素はない。紅葉賀巻の源氏詠は若宮を思う「涙」を扱ったものではあるが、やはり死別の場面ではなく、葵巻の場面ほどの内容的な共通性は認められない。

先行研究では、『源氏物語』において「とこなつ」の語は「夫婦男女の間の思慕の情」を、「なでしこ」の語は「愛する人の産んでくれたわが子」を、というようにかなり意図的に使い分けられていることが指摘されている。(14)さらに、撫子の花が荒れた垣根に無心に咲いているさまを「親に死別した子」のあわれの象徴として用いたのは、『源氏物語』独自の趣向であった。以上から、『後拾遺集』哀傷の当該歌は中宮彰子が葵巻の表現に拠りつつ、一条天皇を亡くした嘆きを詠んだ歌として積極的に位置づけてよいように思われる。

四　一条天皇による辞世歌

一条天皇の和歌と『源氏物語』とのかかわりについては、これまでにその辞世歌の文言が注目されている。ただしこの辞世歌については、その本来の形や一条天皇の真意などをめぐって議論があるが、未だ定説を見ない[15]。この歌は道長の『御堂関白記』、行成の『権記』、『栄花物語』、そして『新古今集』のそれぞれに収載されているが、文言が微妙に異なっている[16]。

▽『御堂関白記』寛弘八（一〇一一）年六月廿一日条「草のやどりに君をおきて」

此夜御悩甚重興居給、（中）宮御々（依）几帳下給、被仰、つ由のミの久さのやと利尓木ミを於きてちりをいてぬることをこそ於毛へ、とおほせられて臥給後、不覚御座、奉見人々流泣如雨、

※括弧内は道長自筆の補入である。

▽『権記』同日条「風のやどりに君をおきて」

……亥剋許法皇暫起、詠哥曰、露之身乃風宿爾君乎置天塵を出ぬる事曾悲支、其御志在寄皇后、但難指知其意、于時近侍公卿侍臣男女道俗聞之者、為之莫不流涙、

▽『栄花物語』いはかげ巻「仮のやどりに君をおきて」

一条院御髪おろさせたまはんとて、*宮に聞えさせたまひける、

　露の身の仮のやどりに君を置きて家を出でぬることぞ悲しき

*とこそは聞えしか。御返し、何ごとも思し分かざりけるほどにてとぞ。（四八四頁）

［異同］この段ナシ（富岡本）

御髪おろさせたまはん―たへいらせ給（学習院本）

とこそは……とぞ―ナシ（学習院本）

▽『新古今集』哀傷歌　「露のやどりに君をおきて」

れいならぬことおもくなりて、御ぐしおろしたまひける日、上東門院、中宮と申しける時つかはしける

一条院御歌

秋かぜの露のやどりに君をおきてちりをいでぬることぞかなしき　（779）

以上のように細かい異同はあるにせよ、全ての歌が「○○のやどりに君をおきて」という形となっている。この形は、賢木巻の源氏詠の「露のやどりに君をおきて」と非常に近似しており、その影響関係が議論されている。(17)

さもあぢきなき身をもて悩むかな、など思しつづけたまふ。律師のいと尊き声にて、「念仏衆生摂取不捨」と、うちのべて行ひたまへるがいとうらやましければ、なぞやと思しなるに、まづ姫君の心にかかりて、思ひ出でられたまふぞ、いとわろき心なるや。（中略）

（源氏）浅茅生の露のやどりに君をおきて四方の嵐ぞ静心なき

などこまやかなるに、女君もうち泣きたまひぬ。御返り、白き色紙に、

（紫上）風吹けばまづぞみだるる色かはる浅茅が露にかかるささがに

とのみあり。（源氏）「御手はいとをかしうのみなりまさるものかな」と独りごちて、うつくしとほほ笑みたまふ。常に書きかはしたまへば、わが御手によく似て、いますこしなまめかしう女しきところ書き添へたまへり。何ごとにつけても、けしうはあらず生ほし立てたりかしと思ほす。

（賢木巻一一七～一一八頁）

〔異同〕姫君の—女君の（【河】宮平大尾兼）（【別】高天）
なまめかしう女しきところ—なまめかしううつくしき所は（【河】）うつくしきところ（【別】相國）

この賢木巻の源氏詠とのかかわりについて、土方洋一氏は「朦朧とした天皇の脳裏に賢木巻の場面が甦り、自らを光源氏に、残してゆく后を紫の上になぞらえて歌を詠んだとみることは許されよう」とした上で、『御堂関白記』の補入の事実から「道長にとっては、一条天皇が最期に彰子に宛てて辞世を詠みおいたという〈事実〉がかくも重要だったのである」と述べており、首肯される。[18] 一条天皇の真意ということを離れてみても、この歌が『御堂関白記』に加え、『栄花物語』（梅沢本）および『新古今集』においてもまた、中宮彰子に向けた歌として享受されてきたことは動かない。ここで注目されるのは、当該歌は『御堂関白記』および『権記』では臨終の際の詠とされている一方、『栄花物語』（梅沢本）および『新古今集』では出家の際とされていることである。本来は臨終の詠であった当該歌は、「文学的効果をねらって」[19] 出家の詠とされた可能性がある。その結果、一条天皇の嘆きは、雲林院にて出家を考える源氏が紫上の今後を案じた歌の内容とますます重なることとなった。以下、両歌の表現的、内容的な共通性について、詳しく検討する。

まず表現的な面を探ってみると、先行歌ではどこかの場所に「君をおきて」、すなわち相手を置き去りにすると言った場合、通常は「鄙」や「里」といった荒廃した遠隔の地がその対象となる。こうした例は『万葉集』の人麻呂挽歌をはじめ哀傷歌にも多い。

あまざかるひなのあらのに君をおきておもひつつあればいけるともなし
天離　夷之荒野尔　君乎置而　念作有者　生刀毛無　（万葉集・巻二・挽歌・227）
おほはらのふりにしさとに君をおきてわれいねかねつ夢にみえたく　（古今六帖・さと・1287）

このをとこ、おなじ人をゐ中へゐていきて、きやうへのぼるとて、雪ふるひ

山たかみ雪ふるさとに君をおきておぼつかなくもおもふべきかな　（馬内侍集・114）

しかし一条天皇詠と源氏詠には、先行歌に見られない、草に置いた露、風の前の露、といった仏教的な現世の無常の比喩が持ち出されている点が特異である。さらに両歌は上句のこうした表現的な類似に加えて、内容の面でも共通している。両歌の主要なメッセージは、自らが俗世を離れるにあたって、残された妻の身を案じる思いであるが、この妻の位置づけに関しても重なる部分は多い。当該場面の源氏は妻の紫上をあえて「姫君」としてイメージしており（ただし数種の本を除く。異同参照）、「うつくし」、「何ごとにつけても、けしうはあらず生ほし立てたりかし」、とまるで娘を見守る親のような感慨を抱いている。こうした、年若い妻を娘のように慈しむ夫の造型は、『栄花物語』の彰子と一条天皇にまつわる場面にもしばしば見出される。

上（一条天皇）、藤壺に渡らせたまへれば、御しつらひ有様はさもこそあらめ、女御（彰子）の御もてなし、あはれにめでたく思し見たてまつらせたまふ。姫宮（脩子）をかやうにおほしたてまつらばやと思しめさるべし。他御方々（定子、元子、義子、尊子ら）みなねびととのほらせたまひ、およすけさせたまへれば、ただ今この御方（彰子）をば、わが御姫宮をかしづき据ゑたてまつらせたまへらむやうにぞ御覧ぜられける。

（かかやく藤壺巻・三〇四～三〇五頁　※括弧内は引用者による）

右は彰子が十二歳頃、一条天皇が「二十歳ばかり」（三〇六頁）の頃の様子である。一条天皇は自身もいまだ青年であるにもかかわらず、八歳年下の妻である彰子を「わが御姫宮」すなわち実の娘のような存在として捉えていた。後の彰子立后の折には「こよなくこそおよすけさせたまひにけれ」（三一六頁）と感心してみせたとはいえ、初めての懐妊の徴候を父の道長よりも早く看取するなど（はつはな巻・三八六頁）、『栄花物語』の中で、一条天皇はどこか彰子の保

護者めいた部分を持つ。両者の親子めいた特異な夫婦関係の描写には、源氏と紫上との関係の投影があるように思われる。[20]『栄花物語』（梅沢本）のように当該歌を出家の際の詠として読めば、ますます賢木巻とのつながりが強固になり、読み手は一条天皇を雲林院にこもって出家を思い立つ源氏に、また彰子を残された娘ざまの妻である紫上になぞらえつつ、一層のあわれを感じることとなったであろう。[21]

一条天皇による『源氏物語』引用の可能性は、一条朝の文芸を代表するものとして、また彰子を頂点とする後宮のアイデンティティを補強するものとして、この物語が権威化されていく過程を考える上でも、なお考察を加えられるべき問題をはらんでいる。当該歌は本来の形、詠作状況ともに不明な点があり検討が難しいが、本章ではひとまず、源氏詠との表現的な緊密性、および『栄花物語』（梅沢本）における表現効果について私見を述べた。

五　物語の権威化

『源氏物語』は紫式部の友人や同僚女房らだけでなく、彰子や一条天皇にとっても印象深い表現を有していたようである。従来あまり注目されてこなかったが、彰子の和歌に見える物語摂取の様相からは、この物語が彰子の記憶の中に深い印象を残すものであったことが看取された。また、一条天皇の辞世歌と物語との結びつきの強さについても、ある程度は明らかにし得たように思う。ここからは推測となるが、もしもこれが彰子に対する特別の配慮により『源氏物語』をふまえて詠み置かれたとすれば、それは当時新作であったこの物語にとって大変な名誉であり、以後の権威化の問題[22]について考える上でも、注目すべき重要な局面であったと考えられる。

次章以降ではさらに、彰子付女房らによる物語摂取について、その様相を見ていくこととする。

注

（1）宮崎荘平「女房としての紫式部―『紫式部日記』から―」（『王朝女流日記文学の形象』おうふう、二〇〇三　初出は二〇〇一）は、作者紫式部に対する「お追従を含む軽い揶揄」とし、また小山清文「〈演出〉される源氏物語・〈再生〉する源氏物語―紫式部日記の中の〈源氏物語〉―」（福家俊幸・久下裕利編『考えるシリーズ1　王朝女流日記を考える―追憶の風景』武蔵野書院、二〇一一）は、さらに御冊子作りとの関連から「この話題が近くに居る道長の満足を大いに引き出し得るという確信に基づいた追従的行為の一面を持っていた」とする。いずれも首肯すべき指摘である。

（2）福家俊幸「『紫式部日記』に記された縁談―『源氏物語』への回路―」前掲（注1）書『考えるシリーズ1　王朝女流日記を考える―追憶の風景』参照。

（3）今井源衛「源氏物語と紫式部集」（『王朝文学の研究』角川書店、一九七〇　初出は一九六七）、寺本直彦「源氏物語と同時代和歌との交渉」（『源氏物語受容史論考　続編』風間書房、一九八三　初出は一九七三）など。

（4）この問題の一端については、第二部第三章にて検討する。

（5）瓦井裕子「歌合における『源氏物語』摂取歌―源頼実と師房歌合をめぐって―」（『中古文学』九六、二〇一五・一二）は、『源氏物語』で用いられた特殊な歌語が、物語礼賛の意味を込めて紫式部に集中して詠みかけられていると指摘する。他方において、時代は下るが、大弐三位賢子の和歌には私的な贈答歌・公的な出詠歌ともに『源氏物語』からのフレーズの引用が目立っており、そこに「紫式部の娘」として周囲の期待に応える賢子の態度が表れているとされる。横井孝「読者としての藤原賢子論」（『円環としての源氏物語』新典社、一九九九）および中周子「大弐三位賢子の和歌―贈答歌における古歌摂取をめぐって―」（『樟蔭女子短期大学紀要　文化研究』一三、一九九九・六）、同「大弐三位賢子の和歌における『源氏物語』享受の一様相」（『和歌文学研究』七九、一九九九・一二）、同「平安後期和歌における源氏物語受容」（森一郎・岩佐美代子・坂本共展編『源氏物語の展望　第六輯』三弥井書店、二〇〇九）など参照。

（6）たとえば平安時代の家集『為信集』について、二〇〇八年度中古文学会秋季大会（於東京学芸大学）において『為信集』から『源氏物語』へ」と題し、口頭発表の機会を得た。本集については、紫式部の曾祖父の家集とする説（笹川博司

『為信集と源氏物語―校本・注釈・研究―』風間書房、二〇一〇）の一方で、寛弘六年頃『源氏物語』に魅惑された男性官人が創作した虚構の家集とする説（今井源衛「為信集と源氏物語」（『王朝文学の研究』角川書店、一九七〇　初出は一九六五）などの他、最新の考察としては瓦井裕子口頭発表「『為信集』の位置づけ―『源氏物語』享受作品として―」（中古文学会関西部会、於神戸松蔭女子学院大学、二〇一七・九）など）もあり、いまだ定説を見ない。『源氏物語』の〈ことば〉が和歌へと摂取される最初期のありようを探る上で重要であるが、この問題については後考を期す。

（7）寺本直彦前掲（注3）論文

（8）当該贈答歌は、『和泉式部集』に次のような形で見える。

宮より、露おきたるからきぬまゐらせよ、経のへうしにせむ、とめしたるに、むすびつけたる

おくとみしつゆもありけりはかなくてきえにし人をなににたとへむ

とどめおきてたれをあはれと思ひけんこはまさるらんこはまさりけり

（和泉式部集Ⅰ・475～476）

ここから本来和泉式部の贈歌が二首あったことが知られるが、彰子の返歌の記載はない。『新古今集』に収載された彰子詠の出典については不明である。

（9）寺本直彦前掲（注3）論文

（10）平安時代の和文における「引用」のありようについては、陣野英則『源氏物語論　女房・書かれた言葉・引用』（勉誠出版、二〇一六）のⅢ「引用」と言葉のネットワーク」の諸論考に述べられた「ゆるやかな言葉のネットワーク（網状組織）」「「変換」あるいは「反転」」をも含めた「作者の〈遊び〉の方法」といった指摘を支持する。本章でも『源氏物語』の複数の場面からの〈ことば〉の「引用」を扱うが、必ずしも物語の内容をそのまま、あるいは人物の関係をそのままスライドさせたものとは限らず、あえてそれを組み替えることの「愉楽」（陣野）が看取される側面が強い。

（11）贄裕子「一条院詠歌の受容と『源氏物語』」（『古代文学研究　第二次』一九、二〇一〇・一〇）は、ここには御法巻の場面の情緒が揺曳しており、さらに「おきそふ露」という内容が『新古今集』における後の歌群への流れを作っていると指摘する。

（致仕大臣）いにしへの秋さへ今の心地してぬれにし袖に露ぞおきそふ

御返し、
（源氏）露けさはむかし今とも思ほえずおほかた秋の夜こそつらけれ　（御法巻五一五頁）

『新古今集』では当該贈答歌の後、以下のように続く。

白河院御時、中宮おはしまさで後、その御方は草のみしげりて侍りけるに、七月七日、わらはべのつゆとり侍りけるをみて

あさぢはらはかなくおきし草のうへの露をかたみとおもひかけきや　（777・周防内侍）

一品宮資子内親王にあひて、むかしのことども申しいだしてよみ侍りける

袖にさへ秋のゆふべはしられけりきえしあさぢが露をかけつつ　（778・女御徽子女王）

れいならぬことおもくなりて、御ぐしおろしたまひける日、上東門院、中宮と申しける時つかはしける

秋かぜの露のやどりに君をおきてちりをいでぬることぞかなしき　（779・一条院御歌）

秋の比、をさなきこにおくれたる人に

わかれけむなごりの露もかわかぬにおきやそふらむ秋の夕露　（780・大弐三位）

返し

おきそふる露とともにはきえもせで涙にのみもうきしづむかな　（781・読人しらず）

777周防内侍詠は「はかなくおきし」・「……の上の露をかたみに（と）」・「おもひ（かけ）きや」などの文言が当該贈答歌の彰子詠と表現が近似しており、何らかの影響関係が想定される（森本元子「新古今集哀傷部と中古私家集」（『私家集と新古今集』明治書院、一九七四）に、周防内侍が当該贈答歌をそらんじていた可能性についての指摘がある）。さらに779は後述するが、賢木巻の源氏詠「浅茅生の露のやどりに君をおきて四方の嵐ぞ静心なき」（一一八頁）を踏まえたと思しい一条天皇の御製である。780および781は、御法巻の致仕大臣詠「いにしへの秋さへ今の心地してぬれにし袖に露ぞおきそふ」（五一五頁）および澪標巻の源氏詠「誰により世をうみやまに行きめぐり絶えぬ涙にうきしづむ身ぞ」（二九三頁）を踏まえたとされる大弐三位賢子周辺のやりとりである（中周子前掲（注５）論文「大弐三位賢子の和歌における『源氏物語』享受の一様相」、柏木由夫『『大弐三位集』通釈（二）』（『大妻国文』二〇、一九八九・三）など参照）。清水婦久子

「古今集から物語へ、物語から新古今集へ―哀傷歌の系譜―」（浅田徹・藤平泉編『古今集 新古今集の方法』笠間書院、二〇〇四）は『新古今集』哀傷歌部に「源氏物語の哀傷の風景を受け継いだ歌が多く入れられている」とし、贄裕子前掲論文もこれを踏まえて、775から781までの配列に、『源氏物語』にまつわる表現を取り込んだ定家の採歌配列意識が表れているとする（なお、贄氏は778の徽子詠のみ定家の撰ではないと見る）。

『新古今集』の配列について、赤瀬信吾「『新古今和歌集』に見られる本歌取り的配列」（片桐洋一編『王朝文学の本質と変容　韻文編』（和泉書院、二〇〇一）は「二首あるいは複数の歌が配列されている背後に別の歌がかくれていて、本歌取りと同じような効果をもたらしている」ようなあり方を「本歌取り的配列」と称し、「配列の背後に想起されるのが和歌のみであるとは限らない」と述べており、示唆に富む。また寺島恒世「新古今時代の源氏物語受容」（『国語と国文学』八八―四、二〇一一・四）は、隠岐本における削除との関連から、夏部275付近の配列が『源氏物語』受容に基づいている可能性を指摘する。寺本直彦氏の作成した「六百番歌合・千五百番歌合・新古今集・新勅撰集における源氏物語の本歌取の歌―その一覧表」を確認すると、他に秋歌下471・473・477や、恋歌四1331・1332など近接する和歌に『源氏物語』からの本歌取が認められる（寺本直彦「新古今時代歌壇と源氏物語」（『源氏物語受容史論考　正編』風間書房、一九七〇）参照）。従って哀傷歌の当該贈答歌付近にも、『源氏物語』を受容したと見なされる歌が意図的に集められている可能性は十分に認められると判断し、以下に論を進める。

（12）『栄花物語』（引用は山中裕・秋山虔・池田尚隆・福長進校注・訳『新編日本古典文学全集　栄花物語　一』（小学館、一九九五）に拠る）いはかげ巻の本文では「念仏の声の、日の暮るるほど、後夜などのいみじうあはれに、さまざま悲しきこと多くて過ぐさせたまふに、御前の撫子を人の折りて持てまゐりたるを、宮の御硯瓶にささせたまへるを、東宮とり散らさせたまへば、宮の御前」（四七六頁）とある。こちらには「何心もしらで」という文言はないが、撫子を取り散らすという行為に東宮の幼さや無邪気さが表されていよう。

（13）『義孝集』七三は紅葉賀巻源氏詠の参考歌として『花鳥余情』以下の諸注に引かれている。

（14）上坂信男「若草・小萩・撫子」（『源氏物語―その心象序説』笠間書院、一九七四）

（15）藤本一恵「一条天皇出離考」（『平安中期文学の研究』桜楓社、一九八六）、倉本一宏「一条天皇最期の日々」（『日本文化

研究』四、二〇〇二・三)、圷美奈子「一条天皇の辞世歌「風の宿りに君を置きて」—「皇后」定子に寄せられた《御志》」(『王朝文学論—古典作品の新しい解釈—』新典社、二〇〇九　初出は二〇〇四)、山本淳子「『権記』所載の一条院出離歌について」(『紫式部日記と王朝貴族社会』和泉書院、二〇一六　初出は二〇〇六)、土方洋一「一条天皇の辞世—あるいは逝ける后妃のためのパヴァーヌ—」(『日本文学』五八—九、二〇〇九・九)、徳岡涼「一条天皇御製歌と『源氏物語』について」(『国語国文学研究』四五、二〇一〇・二) など。

(16)『御堂関白記』は東京大学史料編纂所編『大日本古記録　御堂関白記中』(岩波書店、一九五三)、『権記』(寛弘八年) は増補史料大成刊行会編『増補史料大成　権記二』(臨川書店、一九六五) にそれぞれ拠る。なお、『栄花物語』の本文異同は松村博司『栄花物語の研究　校異篇』(風間書房、一九八五〜一九八八) を参照した上で、学習院本は国文学研究資料館所蔵のマイクロフィルムからの紙焼き写真によって確認した。

(17) 岡一男『源氏物語』の世界・素材・體驗」(『源氏物語の基礎的研究　紫式部の生涯と作品　増訂版』東京堂出版、一九六六) をはじめ、贄裕子前掲 (注11) 論文、土方洋一および徳岡涼前掲 (注15) 論文など。

(18) 土方洋一前掲 (注15) 論文

(19) 藤本一恵前掲 (注15) 論文

(20)『栄花物語』における彰子の造型は藤壺中宮との類似の中で論じられることが多いが (河北騰「歴史物語と源氏物語の関連」(『歴史物語の世界』風間書房、一九九二　初出は一九六二)、鳥羽重子「栄花物語における藤原彰子—源氏物語からの影響の受け方—」(『国文学　言語と文芸』五九、一九六八・七))、紫上や女三宮との類似に言及した論もあり (深澤三千男『源氏物語』と『栄花物語』(三)」(山中裕編『王朝歴史物語の世界』吉川弘文館、一九九一))、更なる検討の余地があると思われる。また賢木巻が桐壺帝が亡くなる巻であることに注目すれば、いはかげ巻・ひかげのかづら巻における一条天皇哀悼関連の場面については、より一層賢木巻の表現との対応関係を探ることも必要となろう。これについては拙稿「〈美化〉される藤原彰子像—『栄花物語』いはかげ巻における『源氏物語』賢木巻受容から—」(桜井宏徳・中西智子・福家俊幸編『藤原彰子の文化圏と文学世界』武蔵野書院、二〇一八) にて検討している。

(21) 桜井宏徳『栄花物語』と頼通文化世界—続編を中心として—」(和田律子・久下裕利編『考えるシリーズⅡ　③知の挑

発　平安後期頼通文化世界を考える―成熟の行方』武蔵野書院、二〇一六）は、『栄花物語』正編の制作について頼通の要請を受けた道長家の女房達の関与を想定する。これは『栄花物語』正編と『源氏物語』との作り手・読み手の層の重なりを考察する上でも重要な指摘であり、注目される。

（22）　摂関家の政治的な意図によって、一条天皇および彰子のイメージが「聖代」として高められていく様相については、高松百香「院政期摂関家と上東門院故実」（『日本史研究』五一三、二〇〇五・五）、同「一条聖帝観の創出と上東門院（『歴史評論』七〇二、二〇〇八・一〇）、同「鎌倉期摂関家と上東門院故実―道長の〈家〉を演じた九条道家・竴子たち―」（服藤早苗編著『平安朝の女性と政治文化　宮廷・生活・ジェンダー』明石書店、二〇一七）に詳しい。『源氏物語』がほかの物語文学とは一線を画す権威を有するようになっていく過程も、おそらくはそうした動きと連動しているのではないだろうか。

第三章　彰子方女房による物語摂取（一）
――伊勢大輔の場合――

一　紫式部と伊勢大輔との贈答歌

紫式部本人と同僚女房らが交わす私的な贈答歌の中には、『源氏物語』の表現と関わりを持つと思われるものがある。そのうち『紫式部集』に見えるものについて、今井源衛氏は主として小少将の君や大納言の君といった上臈女房とのやりとりの中に現れると述べた(1)。さらに古注以来、『伊勢大輔集』に見られる伊勢大輔と紫式部の贈答歌についても、物語の表現との関連が指摘されている。それぞれの贈答歌は、『源氏物語』成立の最初期における物語引用および享受の例である可能性があって重要であり、さらにそこに紫式部本人が絡んでいる点で一層特別な意味を持つ。

ただし、それぞれの歌の詠作時期と物語の各巻の成立との先後関係は非常に特定しづらい。そもそも現存する『源氏物語』のテクスト自体、紫式部の存命中にさえ「補作挿入」の操作が加えられた可能性が否定できない(2)。本章では、寛弘五（一〇〇八）年の秋頃に集中する上臈女房らとの贈答歌についてはひとまず措き、物語の一応の完結後に交わされた可能性の高い伊勢大輔との贈答歌に主な焦点を当て、紫式部と同僚女房との間に交わされた贈答歌が物語の表現を踏まえる場合の様相を確認する。具体的には、清水寺参詣の折の贈答、および「松の雪」に関する贈答について考えたい。

二　伊勢大輔との交流について

はじめに、紫式部と伊勢大輔との交流について確認する。『紫式部日記』に伊勢大輔と思われる女房が登場するのは全三箇所である。寛弘五年頃、伊勢大輔は容貌のよい「若人」として紫式部の心象も悪くなく（二六七頁）[3]、左京の君事件の際にも共謀者としてその筆跡を貸していた（二九三頁）。また消息文的部分においては、伊勢大輔に対する紫式部の評価が「かどかどし」となっている（三〇一～三〇二頁）。「かどかどし」は『源氏物語』で女君の美質を示す際、玉鬘や紫上といった女君の才気煥発なさまの表現となることを考えると[4]、伊勢大輔はその聡明さを紫式部に評価されていたようである。

また『伊勢大輔集』五番には寛弘四（一〇〇七）年四月に交わされた有名な八重桜献納の折の贈答歌が見える[5]。Ⅰ類本の詞書で「紫式部」の呼称が用いられているのは、物語作者との印象深いやりとりとして特に意識されたためであろうか。さらに、紫式部の兄弟である藤原惟規の越後下向の際に贈った挨拶詠なども見え、両者の親しさの程がうかがわれる[6]。

以上からして、伊勢大輔の初出仕は寛弘四（一〇〇七）年春以前であり、彼女は寛弘五年の御冊子作りの前後にも、他の女房らとともに紫式部の身近な所で『源氏物語』の流布に関与した可能性が高い。その具体的な働きは不明であるが、少なくとも一定の期間、伊勢大輔は「作り手」側の一員として物語本文に直接触れ、その表現に親しんだと思われる。次節以降、物語の表現が両者のやりとりに活用されている様子について確認していく。

三　『伊勢大輔集』清水寺参詣の折の贈答

A　紫式部、清水に籠りたりしに参りあひて、院の御料にもろともに御灯奉りしを見て、樒の葉に書きておこせたりし

（紫式部）心ざし君にかかぐるともし火の同じ光にあふがうれしさ　(17)

返し

（伊勢大輔）いにしへの契りもうれし君がため同じ光にかげをならべて　(18)

［異同］紫式部―とうしきぶ（Ⅱ）（Ⅲ）

院の御料―御まへの（二字分空白）（Ⅱ）　御前のおほむれう（Ⅲ）

いにしへの―世々をふる（Ⅱ）（Ⅲ）　同じ光―ともす光（Ⅱ）（Ⅲ）

ある時両者は清水寺で偶然行き合い、「院」すなわち女院彰子の御料として共に灯明を捧げた。(7) その後まず紫式部から挨拶の歌が贈られ、次いで伊勢大輔が返歌をしたという。一七番歌の詞書において、『伊勢大輔集』Ⅰ類本では「紫式部」、Ⅱ類本およびⅢ類本では「とうしきぶ」とある。こうした呼称の異同などから、後藤祥子氏はⅠ類本とⅡ類本の編纂姿勢の違いを考察した。(8)

さて、初めてこの贈答歌と物語の表現を結びつけて論じた河内山清彦氏は、若菜下巻の「しきみ」の掛詞に注目し、

物語が実際の贈答の後に書かれたものと結論づけた。(9)

（ア）　昔よりつらき御契りをさすがに浅くしも思し知られぬなど、方々に思し出でらる。（中略）（朧月夜）「……

あま舟にいかがは思ひおくれけむ明石の浦にいさりせし君

回向には、あまねきかどにても、いかがは」とあり。濃き青鈍の紙にて、樒にさしたまへる、例のことなれど、いたく過ぐしたる筆づかひ、なほ古りがたくをかしげなり。

（若菜下巻二六二～二六三頁）

この場面では、朧月夜の返歌に「しきみ」の掛詞が用いられている。「樒」を「……し君」と掛詞にして用いた和歌は紫式部による二首の他になく、たしかに特異な例である。ただし若菜下巻との関連については、掛詞以外にも表現面での共通性を探ることができよう。(10)もしも若菜下巻の方を先と考えれば、二人は当該贈答歌において、仏教的雰囲気の中で登場する「樒」を媒介に、いわば言葉遊び的なレベルでの物語の変奏を楽しんでいると見ることもできようか。とはいえやはり、彰子のために祈りをささげるという場で女房らが詠み交わした贈答歌と、過去の男女の罪深い恋にまつわる若菜下巻の贈答歌とでは、やはり詠まれるべき内容の本質的な相違は否めない。そこで「しきみ」の掛詞の問題からは一旦離れ、従来指摘はないが、次の初音巻冒頭の場面に注目し、Ａと比較してみたい。

（イ）　春の殿の御前、とりわきて、梅の香も御簾の内の匂ひに吹き紛ひて、生ける仏の御国とおぼゆ。（中略）千年の陰にもしるき年の内の祝言などして、そぼれあへるに、大臣の君さしのぞきたまへれば、懐手ひきなほしつつ、「いとはしたなきわざかな」とわびあへり。（中略）我はと思ひあがれる中将の君ぞ、「かねてぞ見ゆるなどこそ、鏡の影にも語らひはべりつれ。私の祈りは何ばかりのことをか」など聞こゆ。（中略）

（源氏）うす氷とけぬる池の鏡には世にたぐひなきかげぞならべる

（紫上）くもりなき池の鏡によろづ世をすむべきかげぞしるく見えける

何ごとにつけても、末遠き御契りを、あらまほしく聞こえかはしたまふ。今日は子の日なりけり。げに千年の春をかけて祝はんに、ことわりなる日なり。（初音巻一四三～一四五頁）

この場面には『古今集』から「よろづ世を松にぞ君をいはひつるちとせのかげにすまむと思へば」（賀・356・素性）、「近江のやかがみの山をたてたればかねてぞ見ゆる君がちとせは」（神遊びの歌・1086・大伴黒主）などの引歌があり、正月の春の町の情景が描かれている。(11) 主君の長寿を言祝ぐ女房（中将の君）の存在や、源氏と紫上の贈答歌に見える「かげぞならべる」および二人の結びつきの強さを示す「末遠き御契り」といった文言、全体の明るく華やいだ雰囲気などが物語と A とをつなぐ役割を果たす。

そもそも伊勢大輔の用いた「光」に「かげ」を「ならべる」という表現は稀少で、『海人手古良集』に「ともし火のかげにならべし世の中をいづれ久しとかすめてしかな」（「無常」・68）とある程度である。こちらの「ならべる」は、うつろう灯火の「かげ」と無常の「世の中」とを同様のものと見なすということなので、伊勢大輔の表現とは内容的に異なる。一方、水面など光輝くものに複数の人間が「かげ」を「ならべる」というものは多く、初音巻の歌も含めて祝いの歌の表現類型に属すると思われる。(12) 従って、Aの贈答の主題は「女院彰子のもとに仕えられる身の幸せ、紫式部と伊勢大輔の、二人の友情といったもの」であるということが納得される。(13) この主題に即して考えてみると、物語作者「紫式部」からの贈歌に対する伊勢大輔の返しには、「しきみ」を用いて若菜下巻の仏教的雰囲気に初音巻の慶賀の要素を重ねつつ、家の女房（中将の君）によって千年の長寿を祈念される源氏を女院彰子に、また幾久しい契りによって結ばれた源氏と紫上との仲を紫式部と伊勢大輔との固い友情に、それぞれ置き換えた複雑で重層的な『源氏物語』引用があるのではないかと推察されるのである。

なお、この贈答のなされた時期については、岡一男氏によって長和三（一〇一四）年正月の折のものとする説が出された。[14]この考察は今井源衛氏[15]や後藤祥子氏[16]などによっても大方支持されているが、河内山清彦氏は不支持の立場をとる。[17]たしかに、この清水寺での和歌贈答の具体的な年次および季節などは、詞書のみからでは特定することが極めて困難である。ただし『伊勢大輔集』Ⅰ類本の歌順は、特にその前半部においてはほぼ年代順であると推定されているることから考えてみても、[18]これに先立つ一三番歌が寛弘九（一〇一二）年十一月の詠なので、当該一七・一八番歌はそれよりも後の時期の詠である可能性が高い。また、もしもこれが正月の折の贈答であったとすれば、初音巻冒頭の場面とも、時節柄より密接な関わりが認められよう。「槢」の掛詞のみならず仏教的な場面性、主君の安寧への祈り、また二人の契りの固さといった諸要素の結びつきを支えているのは、やはり「連想する力」[19]に基づいた、重層的な『源氏物語』摂取なのではないだろうか。この贈答歌からは、ことばと内容を重ね合わせた高度な引用の応酬が可能であった、詠み手同士の『源氏物語』理解の一端がうかがえるのである。

四　『伊勢大輔集』「松の雪」に関する贈答

続いてＡに連続する一九・二〇番歌を見る。詞書に「同じ人」とあって、これも紫式部との贈答であると分かる。

Ｂ　松、雪のこほりたりしにつけて、同じ人

（紫式部）奥山の松葉にこほる雪よりもわが身よにふるほどぞ悲しき　(19)

　　返し

（伊勢大輔）消えやすき露の命にくらぶればげにとどこほる松の雪かな　(20)

［異同］こほる―かかる（Ⅱ）　悲しき―はかなき（Ⅱ）

げにとどこほる―うらやまれぬる（Ⅱ）

この贈答歌については、早く『細流抄』以降『源氏物語』の諸注[20]において椎本巻の中君詠との関わりが指摘されているほか、『伊勢大輔集』の注釈書でも「作者が紫式部の歌であるだけに、『源氏物語』中の歌との類似は注目される」と特筆されている。[21]

（ウ）「……ただいつとなくのどかにながめ過ぐし、もの恐ろしくつつましきこともなくて経つるものを、風の音も荒らかに、例見ぬ人影も、うち連れ、声づくれば、まづ胸つぶれて、もの恐ろしくわびしうおぼゆることさへそひにたるが、いみじうたへがたきこと」（中略）

（大君）君なくて岩のかけ道絶えしより松の雪をもなにとかは見る

中の宮、

（中君）奥山の松葉につもる雪とだに消えにし人を思はましかば

うらやましくぞまたも降りそふや。

（椎本巻二〇三～二〇四頁）

［異同］つもる―とまる（前）（河）（陽保）

紫式部の贈歌の「奥山の松葉にこほる雪」および伊勢大輔の返歌の「消え」「松の雪」といった文言は、父宮死後の姉妹の心を詠んだ二首にその類似表現が見える。また「松葉」の語は同時代までの和歌に用いられておらず、A の「……し君」の掛詞に引き続き、特異な用語の例と言える。[22]さらに『伊勢大輔集』の本文異同に着目すると、返歌第四句を「うらやまれぬる」とするⅡ類本の本文は、中君の返歌の直後にある「うらやましくぞ」という散文部分の文言とも呼応する。[23]すなわち、B の贈答歌はともに当該場面との関わりを強く想起させる贈答歌ということになる。

両テクストの先後関係について、『細流抄』は「さくしやの自哥をこの物かたりに用たる事まへ四十四帖には見えさる歟」として、伊勢大輔との贈答歌の方を先とする。現代の諸注には先後関係に関する言及はないが、岡・今井・寺本の三氏は連続するAの詠作時期との兼ね合いから椎本巻の方を先としており、本章でもこれに従う。[24]

そこで注目されるのは、Bの紫式部の贈歌に椎本巻のほか、「花の色はうつりにけりないたづらにわが身よにふるながめせしまに」（古今集・春下・113・小野小町）が引かれている点である。この有名な小町の一首を『源氏物語』の表現に重ねたねらいは一体何であったのか。そもそも、あるテクストからの引用にまた別のテクストからの引用を重ねるという行為は、引用主の中で各テクストが結び合わされることに何らかの必然性があることを示すと言える。[25]つまり一首の内に紫式部が「花の色は」の小町詠を引用したということ、またそれが、父宮没後の姉妹の心情に重ねられているということは、伊勢大輔との贈答歌が交わされた時点で、「花の色は」詠の無常のテーマと宇治の姉妹の物語とが、紫式部にとって非常に密接なかかわりを持つものとして改めて位置づけられたことを意味する。これは物語の完成を経た後の、作者自身による内容解釈の一つであり、ある意味で二次創作的な享受のあり方と見なしてよいのではないだろうか。

ただし、こうした「花の色は」詠の連想は椎本巻の当該場面のみから可能となるものではなかった。（ウ）前半部では、宇治の姉妹が、以前は世の無常について聞いてはいたが、昨日今日のこととは思わずただのどかに暮らしていたこと、そして思いがけない父宮の死があって、生活がすっかり変わってしまったことなどが語られていた。その後「ながめ過ぐし」という文言が見えるが、総角巻以降の展開を踏まえて再度振り返るとき、この「ながめ」、および紫式部の贈歌の「わが身よにふる」という表現は、「花の色は」詠によって初めて強く結ばれてくると言える。宇治の姉妹、特に大君については容貌の変化に関する叙述が注目される。具体的に挙げると、椎本巻末で髪も落ちて「痩せ痩せ」であるさまが語られた（二一九頁）後、総角巻に入って、本人が「あざやかなる花の色々」なる衣装と老人らの不似合いなさまを見わたしつつ、「我もやうやう盛り過ぎぬる身ぞかし」と我が身の容色の衰えを危惧する心中が語られ（二八〇～二八一頁）、またその臨終場面では「ものの枯れゆくやう」（三二八頁）という比喩が用いられることになる。[26] この女君の造型と色褪せ枯れてゆく花のイメージとの結びつきは総角巻に入って次第に顕著になる。大君にまつわる一連のテクストは、世の無常を嘆く「花の色は」の小町詠の世界をパラレルな形で対置しつつ読めるのであるが、紫式部の贈歌を媒介とすることによって、そのことがより一層見えやすくなるのである。

　すなわち紫式部の贈歌は、単に椎本巻の中君詠の文言のみを限定的に使用したというよりも、その先に続く物語展開をも踏まえた総合的な摂取として捉えるべきものである。ここに「作り手」の側からの、自らの物語の捉え直しと新たな意味付けがあると考えられる。

　対する伊勢大輔の返歌には「露の命」の語が用いられている。この語は「ながらへば人の心も見るべきに露の命ぞ悲しかりける」（後撰集・恋五・894／小町集・88）などの小町関係歌にも見られ、「悲し」の語の対応などが認められるが、伊勢大輔がそれらを直接にふまえたかどうかは分からない。ただしいずれにせよ、紫式部は「我が身世にふるほどぞ悲しき」と小町詠に拠りつつ無常を嘆じ、そこから伊勢大輔は八宮および大君の「露の命」を連想することで、贈り手の思いを受けとめたと解釈できよう。両者はこの機会に互いを睦まじい姉妹である大君と中君に見立て、宇治の姉妹の物語に小町の「花の色は」詠の無常観が底流していることを改めて確認したと思われる。この贈答歌は『源氏物語』の「作り手」側の人々によって物語の内容が捉え返され、二次的な解釈が与えられた例として重要である。また同時に、物語の表現に関する共同的な記憶を媒介に、「作り手」たる両者の精神的な結びつきを補強する役割を果たしているのである。贈答歌における「氷る」[27]―「げにとどこほる」の表現的対応を「かかる」―「うらやまれぬる」としたⅡ類本の本文について、後藤氏の指摘に基づいて考えれば、これはⅡ類本を頼通に献上する際、より『源氏物語』の本文を深くふまえた形に整えたためという見方も可能となろうか。こうした改変の跡にも、同じく彰子付女房であり、紫式部に近い場所にいた者としての伊勢大輔の自負が表れているように思われる。

五　伊勢大輔の和歌における『源氏物語』受容

伊勢大輔は自らの家集において、しばしば「藤式部」ではなく「紫式部」の呼称を用いることで、『源氏物語』作者に対する特別な意識を示していた。さらに紫式部との直接のやりとりではない場合にも、『源氏物語』中の印象的な語句を用い、物語内容をふまえて詠んだ可能性のあるものが存在するようである。たとえば晩年に「雪間の若菜」を詠んだ和歌は、次のように物語とかかわりを持つ。

C　同じ七日、若菜を人のおこせて、これは老いたる人のために摘みたると言へりしに

我がために雪間の若菜つみければ年返りてぞうれしかりける　(116)

（エ）　年も返りぬ。（中略）

（妹尼）山里の雪間の若菜つみはやしなほ生ひさきの頼まるるかな

とてこなたに奉れたまへりければ、

（浮舟）雪ふかき野辺の若菜も今よりは君がためにぞ年もつむべき　（手習巻三五四～三五五頁）

「雪間の若菜」という語句はこの二例以外に和歌での用例がない。物語では「雪間の若菜」がうら若い浮舟尼の比喩であったことを思うと、当該歌は伊勢大輔が年老いた自らをあえて浮舟になぞらえつつ、やや滑稽な趣を交ぜて詠んだ歌と解せないだろうか。

また、Ⅱ類本のみに見える歌であるが、「こほりとぢ」の語を用いた例も注目される。

D　冬をとせぬ人に

こほりとぢ山下水もかきたえていかにとだにもおとなしのたき　（55）

（オ）池の隙なう凍れるに、

（源氏）さえわたる池の鏡のさやけきに見なれしかげを見ぬぞかなしき（中略）

（王命婦）年暮れて岩井の水もこほりとぢ見し人かげのあせもゆくかな

（賢木巻九九～一〇〇頁）

（カ）月は隈なくさし出でて、ひとつ色に見え渡されたるに、しをれたる前栽のかげ心苦しう、遣水もいといたうむせびて、池の氷もえもいはずすごきに、童べおろして雪まろばしさせたまふ。（中略）月いよいよ澄みて、静かにおもしろし。女君、

（紫上）こほりとぢ石間の水はゆきなやみそらすむ月のかげぞながるる

（朝顔巻四九一～四九四頁）

「こほり」「とづ」の組み合わせは珍しくないが、「こほりとぢ」の形では『源氏物語』の二例のほか、『好忠集』に一例（「かものゐるすざきのみよりこほりとぢよりこしなみもおきにおりつつ」353）しか見えず、特異な表現と言える。この語によって、（オ）賢木巻では桐壺院崩御後の寂寥感が、また（カ）朝顔巻では苦しく閉塞する水のさまが、それぞれ象徴的に表現されている。[28] さらに「いかに」には桐壺巻の表現が引かれた可能性もある。[29] すなわち伊勢大輔詠は、賢木巻の寂寥感と朝顔巻の荒涼たる情景を踏まえ、さらには桐壺巻の帝の光源氏への愛情を引き合いにしつつ、訪れぬ男への怨みを機知的に述べたと解釈できるように思われるのである。これらは表現を熟知した者ならではの変奏的な取り込み方であると同時に、紫式部不在の場合にも引用がなされるという事自体に、紫式部と親しい関係にあった伊勢大輔ならではの、『源氏物語』の「作り手」側の一員たる矜持などが表れていると考えてよいのではないだろうか。

六　物語の共同的な記憶

本章では、同僚女房である紫式部と伊勢大輔との間に交わされた贈答歌二組、および伊勢大輔が単独で詠んだ和歌二首について、『源氏物語』の表現をいかに踏まえているかを確認した。

第三節では、清水寺参詣の折の贈答歌について、先行研究で指摘されている若菜下巻との関連ではなく、初音巻との状況的、表現的なつながりに注目した。この贈答歌では、初音巻冒頭部の表現を重層的に取り込みつつ、主君の安寧への祈りとともに、これに仕える女房同士の固い友情が強調されている。ここから、ことばと内容を重ね合わせた高度な引用の応酬が可能であった、詠み手同士の深い『源氏物語』理解の一端をうかがうことができた。また第四節では「松の雪」に関する贈答歌について、古注以来指摘のある椎本巻からの引用表現に重ねる形で、紫式部の贈歌に「花の色は」の小町詠が引かれている点に新たに着目した。この引用の重ね合わせから、紫式部が椎本巻の文言のみを限定的に使用したのではなく、その先に続く物語展開をも踏まえた総合的な摂取を試みた可能性を指摘し、これが『源氏物語』の「作り手」側の人々による二次的な解釈が与えられた重要な例であると述べた。また同時に、物語の表現に関する共同的な記憶が、両者の精神的な結びつきを補強する役割を果たしていることにも言及した。最後に第五節では、おそらくは紫式部の没後、伊勢大輔が老年となってからの孫に対する贈歌の中に、「雪間の若菜」という浮舟を髣髴とさせる語句が含まれていることを述べた。また、詠作時期は不明であるが男性に対する贈歌の中に、「こほりとぢ」で始まる珍しいものがあり、これが賢木巻と朝顔巻、さらには桐壺巻とも関連する高度で変奏的な取り込み方となっていることを確認した。あわせて、紫式部との直接のやりとりではない局面での引用ということに、物語作者と親しい関係にあった者としての伊勢大輔の矜持が表れている可能性について言及した。

　こうした複雑に高度な引用の方法は、紫式部と共に彰子に仕え、御冊子作りなどを通して『源氏物語』の「作り手」側に属していた人々ならではの物語に対する深い興味と理解に支えられていると考えられる。次章では、物語成立との先後関係が特定しづらいが、寛弘五年の秋頃に集中する、紫式部と上﨟女房らとの贈答歌を含め、さらに「作り手」側の人々の和歌と『源氏物語』との距離について確認する。

注

（1）今井源衛「源氏物語と紫式部集」（『王朝文学の研究』角川書店、一九七〇　初出は一九六七）

（2）今井源衛前掲（注1）論文

（3）『紫式部日記』の引用は長谷川政春・今西祐一郎・伊藤博・吉岡曠校注『新日本古典文学大系　土佐日記　蜻蛉日記　紫式部日記　更級日記』（岩波書店、一九八九）に拠り、適宜私に表記を改めた。

（4）玉鬘（若菜下巻一五九頁、若菜下巻二六〇頁）、紫上（幻巻五三二頁）。犬塚旦「かど・かどめく・かど〳〵し」（『解釈』二一―一一、一九五六・一一）、長澤聡子「『紫式部日記』「かどかどし」と女房達」（『解釈』四九―一一・一二、二〇〇三・一二）を参照。

（5）『伊勢大輔集』の引用本文および歌番号は、Ⅰ類本は久保木哲夫校注・訳『伊勢大輔集注釈』（貴重本刊行会、一九九二）に拠り、Ⅱ類本およびⅢ類本については、『新編私家集大成　CD―ROM版』（エムワイ企画、二〇〇八）に拠り掲出した。

（6）「のふのり、ゐちこへくたりしに　けふやさはおもひたつらんたひころも身になれねともあはれとそきく」（Ⅲ類本112、Ⅰ類本には見えない）。惟規が越後へ下ったのは、寛弘八（一〇一一）年二月に父為時が越後守に任ぜられて以降の時期と思われる。

（7）岡一男「紫式部の晩年の生活―その死の前後と遺児大弐三位―」（『源氏物語の基礎的研究　紫式部の生涯と作品　増訂版』東京堂出版、一九六六）、今井源衛前掲（注1）論文、河内山清彦「源氏物語の物名歌―伊勢大輔集所載紫式部歌との関係―」（『解釈』二六―一二、一九八〇・一二）、また久保木哲夫前掲（注5）注釈が「女院彰子の御ために」とするのに従う。

（8）後藤祥子「伊勢大輔集覚書」（森本元子編『和歌文学新論』明治書院、一九八二）。また後藤氏は一連の研究の中で、Ⅰ類本は自伝的性格が濃く、私的な雰囲気や恣意的な編年性があるとし、一方Ⅱ類本は十一世紀中葉から後期にかけての関白頼通の家集集成事業の際、平等院に奉献すべく公的に編纂されたと考察する（「伊勢大輔伝記考」（山中裕編『平安時代の歴史と文学　文学編』吉川弘文館、一九八一）、「家集の虚構の問題―伊勢大輔「いにしへの」をめぐって―」（伊藤博・宮崎荘平編『王朝女流文学の新展望』竹林舎、二〇〇三））。なおⅠ類本は『後拾遺集』の撰集資料となった可能性が高いとされる（上野理『後拾遺集前後』笠間書院、一九七六）。

（9）河内山清彦前掲（注7）論文

（10）たとえば、「御灯」（みあかし）と「明石」の語、また「いにしへの（世世をふる）契り」と源氏と朧月夜の浅からぬ「御契り」の対応関係などを指摘できる。

（11）この初音巻冒頭の場面については、いわゆる六条院の理想性を相対化する構造があることが、秋山虔「源氏物語『初音』巻を読む」（『平安時代の歴史と文学　文学編』吉川弘文館、一九八一）をはじめ、小林正明「蓬莱の島と六条院の庭園」（『鶴見大学紀要　国語・国文学篇』二四、一九八七・三）、松井健児「新春と寿歌」（『源氏物語の生活世界』翰林書房、二〇〇〇　初出は一九八六）などに論じられている。しかしＡにおいては陰画的要素は認められず、物語の表現を引き合いに、慶賀の雰囲気を再現しようとしたものと考える。

（12）「やすかはのかはべにあそぶあしたづはちとせのかげをならべてぞみる」（能宣集Ⅰ・148）、「かくてこそよをばあかさめのどかなるいづみのみづにかげをならべて」（伊勢大輔集・94）など。

（13）久保木哲夫前掲（注5）注釈

（14）岡一男前掲（注7）論文

(15) 今井源衛「源氏物語と紫式部集」・「晩年の紫式部」(いずれも前掲(注1)書　初出は一九六五、一九六九)
(16) 後藤祥子前掲(注8)論文「伊勢大輔集覚書」
(17) 河内山清彦「紫式部は宮廷から追放されたか」(『紫式部集・紫式部日記の研究』桜楓社、一九八〇)
(18) 後藤祥子前掲(注8)論文「伊勢大輔集覚書」、小柳淳子「伊勢大輔集詠作年時考―成立時期解明の為の一考察―」(『国文』五六、一九八二・一)、久保木哲夫前掲(注5)注釈
(19) 土方洋一・渡部泰明・小嶋菜温子「《座談会》『源氏物語』と和歌―「画賛的和歌」からの展開」(小嶋菜温子・渡部泰明編『源氏物語と和歌』青簡舎、二〇〇八)
(20) 『明星抄』『紹巴抄』『岷江入楚』『萬水一路』『湖月抄』などがこれを踏襲し、現代の注釈書では全書・玉上評釈・旧全集・新全集などに注記がある。
(21) 久保木哲夫前掲(注5)注釈
(22) 『孟津抄』に「松葉とは集になき詞也源氏よりよみ出したり」とあり、『岷江入楚』の「箋」(実枝説)では「松葉このみよむへからす」と注されている。
(23) 寺本直彦「源氏物語と同時代和歌との交渉」(『源氏物語受容史論考　続編』風間書房、一九八四)
(24) 岡一男前掲(注7)論文、今井源衛前掲(注1)論文、寺本直彦前掲(注23)論文。中周子「平安後期和歌における源氏物語受容」(森一郎・岩佐美代子・坂本共展編『源氏物語の展望　第六輯』三弥井書店、二〇〇九)も物語の方を先と見る。
(25) 渡辺実「ものがたり―源氏物語―」(『平安朝文章史』東京大学出版会、一九八一)では、引歌表現について「補充されるべき二重の意味が指定されていると言うよりは、補充されて二重にひろがるべき意味を自分の手もとにかかえたままの、作者の姿が表現されているのだ」と述べられており、示唆に富む。
(26) 大島本では「ものかくれ行」、その他青表紙本の諸本では「物ゝかれゆく」(御池肖三)、河内本では「ものゝかくれ行」、別本のうち陽明文庫本などでは「ものゝかれゆく」となっている。「枯れゆく野辺」(椎本巻一九三頁)という和歌的表現があること、「隠る」自体に既に「死ぬ」という意味があることなどから、「かれゆく」の本文を採る。

(27)　後藤祥子前掲（注8）論文「伊勢大輔集覚書」

(28)　朝顔巻の紫上詠の解釈については、今井上「氷閉づる月夜の歌―朝顔巻の和歌の解釈をめぐって―」（『源氏物語　表現の理路』笠間書院、二〇〇八　初出は二〇〇五）に従う。

(29)　「いはけなき人をいかにと思ひやりつつ」（桐壺巻二九頁）と見える。当時この段は特に有名であったらしく、『赤染衛門集』三五七番歌がこれをふまえている可能性が『源註拾遺』や寺本直彦前掲（注23）論文によって指摘されている。

第四章　彰子方女房による物語摂取（二）
――同僚達の和歌を中心に――

本章では、前章で保留としておいた、『紫式部集』や『紫式部日記』に見える、寛弘五（一〇〇八）年に集中する紫式部と彰子方上﨟女房らとの贈答歌や、その他のテクストにおける和泉式部や赤染衛門の和歌、および紫式部の娘である大弐三位賢子による和歌の例について検討する。これらの中には物語との先後関係の推定が難しいものも存在する。しかし寺本直彦氏の述べるように、同時代の和歌は「『源氏物語』の源泉と影響・享受の交錯する接点」であり、その表現は「『源氏物語』の成立・創造の問題」を解明する手がかりとなり得る。(1)また中周子氏は、和歌における最初期の『源氏物語』引用が紫式部を中心とした交遊圏内でなされていたことを検証し、「源氏受容の始発は他ならぬ源氏物語の作者紫式部の詠歌に求めることができるのである」(2)と述べた。

こうした先行研究を踏まえつつ、紫式部が存命の頃に、物語作者にごく近い人々が内輪で詠み交わした和歌がどのように『源氏物語』とかかわっていたのか、という点についてさらに検討を試みたい。本章の目的は必ずしも物語と和歌との先後関係を特定することではなく、その交錯する〈ことば〉のありようを可能な限り可視化するという点にある。こうした〈ことば〉の交錯を、時間や空間を超越したいわゆる「引用の織物」と見なして、あくまでも「読み」

の側に軸足を置きつつ探究する方法もあり得る。しかし一方で、それがやはり同じ作者や同じ時代のテクストを選択的に優先して解釈するという方法によって行われるのであれば、その成果がいずれ、物語の外に存在する同時代の「作り手」の営為の領域に踏み込むことは避けられないだろう。こうした中で、「作品の枠組と環境—その周辺と先例—を、作品の原因としてではなくたんに条件として提示しながら」、「決定論的野心などもたずに、たんに周辺と先例と作品との相互関係を語ることはできる」(3)という見通しはある程度の有効性を持つと思われる。西洋のテクストのみならず、文学研究一般に援用可能と思われるこうした提案に導かれつつ、以下に探っていきたい。そこでひとまずの目安として、物語の成立年については、寛弘五（一〇〇八）年十一月の御冊子作りの段階で物語はいまだ執筆中であり、少なくとも若紫巻および薄雲巻までは書かれていた可能性が高いとする説(4)を支持しつつ、以下に論を進めることとする。

一　紫式部と彰子付の上臈女房らとの贈答歌

第一節では、紫式部と彰子付の上臈女房らとの贈答歌と『源氏物語』の表現の関連性について検討する。彰子周辺の高貴な出自を持つ女性達について、岡一男氏は「鷹司殿・源廉子・小少将君、いづれも左大臣源雅信にゆかり深く、『源氏物語』の愛読者であったのではないかと思ふ。或いは紫式部を中宮彰子に出仕させたのはむしろ鷹司殿で、彼女を庇護して、その大作を完成させる意向もあったのではなからうか」（傍線引用者）と述べ、『源氏物語』が好意的に受容されていた様子を推察した(5)。以下に、紫式部と大納言の君・小少将の君・加賀の少納言との贈答歌についてそれぞれ検討する。

（ア）紫式部と大納言の君との贈答歌

はじめに、寛弘五（一〇〇八）年五月五日、彰子の安産祈願の法華三十講の折に、紫式部と大納言の君との間に交わされた贈答歌と、『源氏物語』薄雲巻との関連性について検討する。

池の水の、ただこの下に、篝火に御灯明の光り合ひて、昼よりもさやかなるを見、思ふこと少なくは、をかしうもありぬべき折かなと、かたはしうち思ひめぐらすにも、まづぞ涙ぐまれける

（紫式部）篝火の影もさわがぬ池水に幾千代澄まむ法の光ぞ

公ごとに言ひまぎらはすを、大納言の君

（大納言の君）澄める池の底まで照らす篝火にまばゆきまでもうきわが身かな　（紫式部集Ⅱ〈古本系〉・116〜117）[6]

※定家本系67詞書「公ごとに言ひまぎらはすを、向ひたまへる人は、さしも思ふことものし給ふまじきかたち、ありさま、齢のほどを、いたう心深げに思ひ乱れて」

山里の人も、いかになど、絶えず思しやれど、ところせさのみまさる御身にて、渡りたまふこといと難し。世の中をあぢきなくうしと思ひ知る気色、などかさしも思ふべき、心やすくうち出でておほぞうの住まひはせじと思へるを、おほけなし、とは思すものから、いとほしくて、例の不断の御念仏にことつけて渡りたまへり。（中略）いと木繁き中より、篝火どもの影の、遣水の蛍に見えまがふもをかし。（源氏）「かかる住まひにしほじまざらましかば、めづらかにおぼえまし」とのたまふに、

（明石君）「いさりせし影わすられぬ篝火は身のうき舟やしたひきにけん

思ひこそまがへられはべれ」と聞こゆれば、

（源氏）「あさからぬしたの思ひをしらねばやなほ篝火の影はさわげる*
誰うきもの」とおし返し恨みたまへる。　　　　　　　　（薄雲巻四六五～四六六頁）

［異同］したの思ひを―したのこひをも（【別】陽）　したのこひをは（【別】坂）
　さわげる―さえける（【別】陽）　おとろく（【別】麦阿）

両テクストには、和歌における「篝火の影」が「さわぐ」、「うき」「身」といった語句の重複に加え、地の文の憂愁表現にも共通性が見出される。今井源衛氏はこの点を指摘した上で、「後から成った他人との贈答歌がしかくぴったりと先行の物語に符合するというのもやや不自然である」と述べ、薄雲巻の贈答歌は先行したのではなく「後の補作挿入にかかるものであるやもしれぬ」とした(7)。一方、寺本直彦氏は、前章で確認した伊勢大輔との贈答歌の例と同様のケースとして、紫式部と大納言の君の両者が薄雲巻を引用したものと主張した。さらに中氏も、松風巻の描写を経由した上での薄雲巻の「篝火」登場の必然性を指摘し、今井氏の補作挿入説に疑義を呈する。中氏の指摘は妥当であると思われ、本章でもひとまず物語を先とする立場に拠りながら、内容的な面からさらなる比較検討を行うこととする。

『紫式部集』では、法華三十講の法事の盛大さの一方で、ますます感じられる紫式部と大納言の君の「うき身」意識が、「篝火」の語によってつながれている。この贈答歌のように水と「篝火」との関係性を詠んだものとしては、次のような先行歌がある。特に我が身の憂さを言う場合には、『古今集』の恋一に収められた各歌の影響力が強かったと考えられる。

篝火にあらぬわが身のなぞもかく涙の河にうきてもゆらむ
篝火の影となる身のわびしきは流れてしたにもゆるなりけり
（古今集・恋一・529／古今六帖・よかは・1642）

（古今集・恋一・530／古今六帖・よかは・1639・つらゆき）

篝火の影しうつればむばたまのよかはの水はそこも見えけり*

（古今六帖・よかは・1643／貫之集Ⅱ・8・「六月鵜河」※第四句・結句「よかはのそこは水ももえけり」）

ただし、紫式部の和歌に見える「影」が「さわぐ」、まして「篝火」の「影」が「さわぐ」という表現は先行歌になく、他には薄雲巻の源氏詠にしか見られない独自の表現である（ただし異文もある。前掲［異同］参照）。たとえば水面が「さわぐ」という内容では、

そこひなきふちやはさわぐ山河のあさきせにこそあだなみはたて

（古今集・恋四・722・そせい法し／新撰和歌・252／素性法師集Ⅲ・14「ある人にけさうする女の、あさはやかにいひたりければ、その男にかはりて」）

などが有名であり、恋における気持ちの揺れを表す表現であると思われる。しかしこれを水面に揺れる「篝火」の「影」に限定した点、紫式部詠と源氏詠との間には何らかの影響関係が想定される。

中氏は紫式部詠に多大な影響を与えた先行歌として、長保五（一〇〇三）年五月十五日の、道長主催の歌合における長能詠に注目する。

きみがよのちとせのまつのふかみどりさわがぬ水に影ぞ見えつつ

（左大臣家歌合長保五年・31・長能・「左勝」／長能集Ⅰ・75／続詞花集・賀・345）

この歌合は道長の法華三十講の法楽として、公任などを判者に多くの文人を交えて催されたものであり、紫式部の父為時も参加していた。大納言の君と歌の贈答をしたのも同じく五月の法華三十講の折であり、「さわがぬ」・「水」・「影」といった表現の類似から見ても、中氏の指摘通り、紫式部詠には五年前のこの歌合が意識されていた可能性が

高い。ちなみに当該歌合の場では、長能詠の後には、

千代のみとみぎはのまつのみえぬかなかさねてなみの影をそふれば　（32・輔尹・「右」）

きしちかきまつのしるらん池水はいくよをへてかまたはすむべき　（33・行資・「左持」）

といった具合に同趣の歌が続いていくのであるが、「千代」・「池水」・「いくよ」・「すむ」など紫式部詠に関連する歌語が集中して用いられており、紫式部詠には、長能詠のみならず、その付近でつがえられた慶賀の歌がまとめて想起されていると考えるべきであろう。

とはいえこの歌合にも「篝火」を詠み込んだ例はなく、この語の選択はやはり紫式部独自のものであると言える。紫式部詠も源氏詠も、いずれも実際の「篝火」の情景を見ての贈答歌であり、この語が用いられる必然性がある。ただし源氏詠では「篝火の影」が「さわぐ」という表現によって、男女の恋にまつわる不安が表現されているのに対し、紫式部詠では「さわがぬ」と言うことで主家の安泰が強調されているという違いがある。両テクストの内容は一見無関係のように見えるのであるが、これについて中氏は、賀歌という「公ごと」の詠歌という目的のため、紫式部が意識的に「その詞にまつわる物語の情趣を払拭して詠じた」とし、首肯される。

ただし「薄雲巻という藤壺の死を描く巻の、しかも明石君の嘆きの心情を彷彿させる詞を主家の賛歌に用いることを、紫式部はためらわなかったのであろうか」という中氏の疑問については、なお発展的に検討する余地があるように思われる。たとえば紫式部の和歌の主旨が主家賛美であったとして、続く詞書に「公ごとに言ひまぎらはし」したとの断り書きがあえて挿入されたのは、和歌の〈ことば〉の選択自体に何らかのネガティヴな心情が含まれることを示唆したためと考えられないだろうか。[8] 和歌に先立つ「思ふこと少なくは……涙ぐまれける」という詞書からも、『紫式部集』というテクストの文脈の中で、当該紫式部詠は単なる賀歌としてではなく、何かを「言ひまぎらは」す含み

を持つものとして配置されていると言ってよい。そのような視点から改めて見ると、大納言の君の返歌もまた、言い残した紫式部の心情をある程度理解し、受けとめた体になっているように思われる。

ここで、大納言の君の立場について確認する。上臈女房である大納言の君は源廉子であるとされ、父については諸説あるが、実父源時通の死後に源扶義の養女となったとの説がある。(9)『栄花物語』の記述によって、道長の妻源倫子の姪であること、また「純真な人でありながら不幸の境涯にあり、中宮に仕へつつ道長のおもひものになってゐた」(10)ことが知られる。

中宮には、このごろ殿の上の御はらからに、くわがゆの弁といひし人の女いとあまたありけるを、中の君、帥殿の北の方の御はらからの則理に婿取りたまへりしかども、いと思はずにて絶えにしかば、このごろ中宮に参りたまへり。かたち有様いとうつくしう、まことにをかしげにものしたまへば、殿の御前御目とまりければ、ものなどのたまはせけるほどに、御心ざしありて思されければ、まことしう思しものせさせたまひけるを、殿の上は、こと人ならねばと思し許してなん、過ぐさせたまひける。見る人ごとに、「則理の君は、あさましうめをこそ見ざりけれ。これをおろかに思ひけるよ」などぞ言ひ思ひける。大納言の君とぞつけさせたまへりける。

（栄花物語・はつはな巻・三六七～三六八頁）(11)

大納言の君のこうした立場を考えてみると、その返歌の「まばゆきまでも憂きわが身かな」という文言は、懐妊した彰子を囲む主家の栄華の一方で、自らの境遇に対する慨嘆を表したものであると考えられないだろうか。

平安時代の和歌において、この「まばゆし」という語の用例は多くはないが、たとえば次のように賀茂祭の「ひかげ」と合わせて用いられるのが一般的である。

ある女、りんじのまつりに、くるまにのりながらきて、ただいりにいれば、こいへにてはかくれあへで、ゆ

ふ日のさしていとあらはなれば
思ひきやかけてもかくはゆふだすきけふのひかげにまばゆからむと（仲文集・12）
あはだの右大殿、夜ぶかくかへらせたまひて、日かげを給はせたりしかば、御返りきこえさせし
つつめどもうきに人めのをしければあけばひかげのまばゆからまし（馬内侍集・140）
一方で、大納言の君のように、「まばゆし」と卑下される「身」意識とをあわせ詠んだ例の時期は少し下る。
（帝）雲の上にすみはつまじき月を見て心のそらになりはつるかな
御供の人々の聞くらむほども、いとわりなく苦しきに、きこえさせむかたなければ、ただ、とくのがれ出でなむとおぼすに、心をのべて、
（寝覚の上）雲居にはおよばざりける身を知ればしばしもすむに影ぞまばゆき（『夜の寝覚』巻三・三一〇頁）
ゆくするのおもひやらるるひかげにもわが身のみこそまばゆかりけれ（周防内侍集・65）
こうした中、『源氏物語』における「まばゆし」と「身」意識との結びつきは、散文ではあるが、大納言の君の返歌と同時代の用例として注目される。特に、男女関係における女側の恥ずかしさや身の置き所のなさを表したものとしては、次のような場面が参考となる。
女、身のありさまを思ふに、いとつきなくまばゆき心地して、めでたき御もてなしも何ともおぼえず、常はいとすくすくしく心づきなしと思ひあなづる伊予の方のみ思ひやられて、夢にや見ゆらむとそら恐ろしくつつまし。（帚木巻一〇三～一〇四頁）
右は源氏と契りをかわした翌朝の空蟬の感慨である。帚木巻の当該場面における「まばゆき」という表現には、同巻冒頭に示された「光る源氏」というあだ名とのイメージ的な連鎖が想定される。ここでは特に若くも美しくもなく、

身分低い受領の後妻に過ぎない我が「身」を、「光る源氏」の輝きの傍らに置いた際の空蝉のネガティヴな心情が、「まばゆし」という〈ことば〉に凝縮されている。

また桐壺巻冒頭にも、「まばゆし」を女に関して否定的なニュアンスで用いた例が見える。

いづれの御時にか、女御、更衣あまたさぶらひたまひける中に、いとやむごとなき際にはあらぬが、すぐれて時めきたまふありけり。はじめより我はと思ひあがりたまへる御方々、めざましきものにおとしめそねみたまふ。同じほど、それより下﨟の更衣たちはましてやすからず。（中略）上達部、上人などもあいなく目を側めつつ、いとまばゆき人の御おぼえなり。唐土にも、かかる事の起こりにこそ、世も乱れあしかりけれと、やうやう、天の下にも、あぢきなう人のもてなやみぐさになりて、楊貴妃の例もひき出でつべくなりゆくに、いとはしたなきこと多かれど、かたじけなき御心ばへのたぐひなきを頼みにてまじらひたまふ。

父の大納言は亡くなりて、（中略）とりたててはかばかしき後見しなければ、事ある時は、なほ拠りどころなく心細げなり。（桐壺巻一七〜一八頁）

こちらの「まばゆき」は女本人の感慨ではなく、身分の低い桐壺更衣への帝の過剰な寵愛が、人々の「正視にたえぬ」（新全集）という不快感の表現である。しかしここでは、素朴な意味での「光」に対する「まぶしさ」が比喩的に揺曳しており、人々の帝の威光へのおそれと、それを後ろ盾とした女への不快感が表現されているように思われる。

さらにこの桐壺巻の表現がふまえられたのが、第三部の始発部にあたる匂兵部卿巻の一節である。新たな主人公薫の紹介文は、桐壺巻冒頭の〈ことば〉を少なからず引き写しつつ書かれている。

昔、光る君と聞こえしは、さるまたなき御おぼえながら、そねみたまふ人うちそひ、母方の御後見なくなどありしに、御心ざまもの深く、世の中を思しなだらめしほどに、並びなき御光をまばゆからずもてしづめたまひ、つひにさるいみじき世の乱れも出で来ぬべかりしことをも事なく過ぐしたまひて、後の世の御勤めもおくらかしたまはず、よろづさりげなくて、久しくのどけき御心おきてにこそありしか、この君は、まだしきに世のおぼえいと過ぎて、思ひあがりたることこよなくなどぞものしたまふ。

（匂兵部卿巻二五～二六頁）

波線を付した「そねみたまふ」、「御後見なく」、「世の乱れ」といった〈ことば〉は、桐壺巻では更衣に対する帝の寵愛が過ぎることに関連する危険信号であった。しかし匂兵部卿巻では、これを巧みにずらして、源氏が父母のもたらした混乱をうまくおさめたこと、すなわち自らの「まばゆき」光を「まばゆからず」もて鎮め、人々の嫉妬を抑えてなだらかに身を処したということを述べ、薫の紹介へとつなげている。このようなある種の二次創作とも言える現象からも、『源氏物語』の特徴的な〈ことば〉が、『源氏物語』の「作り手」および「読み手」達の記憶に共有され、物語の成長とともに反芻されるものであったことがうかがわれる。(12) ここから改めて考えてみると、大納言の君の返歌は、「まばゆき」「身」といった〈ことば〉を通して、物語の女君の思いが詠み手自身のそれと重なるものとして紫式部に示されたものと見ることもできようか。

ここで本文異同に目を向けると、『紫式部集』定家本では、大納言の君の返歌の詞書として「さしも思ふこともの し給ふまじきかたち、ありさま、齢のほどを、いたう心深げに思ひ乱れて」との一文が入っている。これまでに、紫式部の出仕の頃の彰子付上臈女房達については、「或る種の受苦的な悲劇性」のイメージがあったことが指摘されている。(13) そうした中、この定家本の詞書は、大納言の君の持つ悲劇的な人物像と合致する。さらにこの詞書と『源氏物語』とのかかわりを探ると、薄雲巻における、明石君に対する源氏の批判の中に「世の中をあぢきなくうしと思ひ知る気色、などかさしも思ふべき」（四六五頁）との類似表現が見出される。大堰の山荘を離れようとしない明石君の矜持を「おほけなし」と裁断する源氏の視線の冷たさと、大納言の君に対し「さしも思ふこともの し給ふまじき」様子であるのにと記す、定家本詞書のある種突き放したような態度は、〈ことば〉の類似のみならず、周囲から理解されない女君自身の苦悩をクローズアップする「作り手」の趣向の面で共通しているようにも思われる。

このように考えたとき、薄雲巻に見える「篝火」や「身のうき舟」、また帚木巻や桐壺巻に見える「まばゆし」といった、女側の苦悩にかかわる『源氏物語』の〈ことば〉が、『紫式部集』では大納言の君の返歌の周辺に配されている点は注目される。さらに実際に女房として彰子に仕える中で、紫式部もまた道長の召人であった可能性が存在することは(14)、こうした局面において少なからず意味を持つのではないだろうか。紫式部が主家賛美を旨とする和歌の中で「公ごとに言ひまぎらは」したネガティヴな心情を、大納言の君の返歌が引き取ったと考えるならば、そこに『源氏物語』の薄雲巻という明石君にとっての苦難の巻や、帚木巻・桐壺巻といった男女の身分差を描いた巻々との表現の共通性が見られることの意義は大きい。紫式部と大納言の君との贈答歌は、「篝火のかげ」が「さわぐ」という表現を中心に、『源氏物語』の〈ことば〉が喚起する物語の文脈によってつながれた女房同士の共感のやりとりと解することも、可能性としてありうるのではないだろうか。

（イ）紫式部と小少将の君の贈答歌（一）

次に紫式部と小少将の君との贈答歌を見る。『紫式部集』定家本系では、（ア）の大納言の君との贈答歌に続いて、小少将の君との贈答歌がある。（ア）と同じく寛弘五（一〇〇八）年、五月五日の夜中から六日の明け方にかけてのやりとりである。

やうやう明け行くほどに、渡殿に来て、局の下より出づる水を、高欄をおさへて、しばし見ゐたれば、空のけしき、春秋の霞にも霧にも劣らぬころほひなり。小少将のすみの格子をうちたたきたれば、放ちて押し下

し給へり、もろともに下り居て、ながめゐたり

（紫式部）影見ても憂きわが涙落ち添ひてかごとがましき滝の音かな　(68)

返し

（小少将の君）ひとり居て涙ぐみける水の面にうき添はるらん影やいづれぞ　(69)

明かうなれば入りぬ、長き根を包みて

（小少将の君）なべて世の憂きに泣かるるあやめ草今日までかかるねはいかが見る　(70)

返し

（紫式部）何事とあやめは分かで今日もなほ袂にあまるねこそ絶えせね　(71)

（紫式部集〈定家本系〉・68〜71）

※古本系では大納言の君との贈答歌に続いてすぐ、定家本系70・71の「あやめ草」に関するやりとりがある。68・69については、紫式部の「影見ても……」の贈歌のみが古本系61に見え、小少将の君の返歌は収載されていない。

今井氏はこの一連の贈答歌のうち前半の二首（六八・六九）について、情景や時間の一致などから次の若紫巻の影響を指摘する。[15]この点、寺本氏に言及はない。中氏は『河海抄』をはじめとした諸注の指摘をふまえて、紫式部の贈歌の「かごとがましき」という特徴的な語に注目し、後掲松風巻および幻巻との共通性を指摘する。ただし先後関係については判断を保留する。さらに中氏は和歌文学大系の注で、参考として手習巻の薫詠も挙げている。ここではひとまず前半の贈答歌に絞って、こうした引用の当否について改めて考えてみる。

まずは今井氏によって指摘された若紫巻の該当箇所を確認する。

暁方になりにければ、法華三昧おこなふ堂の懺法の声、山おろしにつきて聞こえくるいと尊く、滝の音に響きあひたり。

（源氏）吹き迷ふ深山おろしに夢さめて涙もよほす滝の音かな

（僧都）「さしぐみに袖ぬらしける山水にすめる心はさわぎやはする

耳馴れはべりにけりや」と聞こえたまふ。

明けゆく空はいといたう霞みて、山の鳥どもそこはかとなく囀りあひたり。（若紫巻二一九頁）

北山の僧都の坊を訪れた源氏が、明け方、法華経を読む僧達の声と滝の音との響き合いに感動して僧都と和歌を詠み交わす場面である。源氏詠と紫式部詠は「滝の音かな」という語句の一致に加え、上下を「て」で接続する歌の形も類似している。紫式部詠は土御門邸の局の下を流れる遣水の音を「滝の音」と表現したものであり(16)、若紫巻の山の滝という設定とは異なる。とはいえ「滝の音かな」を結句に据える歌は、他には『四条宮下野集』に、

きよみづのさわぐに影はみえねどもむかしに似たる滝の音かな（四条宮下野集・101）

とある以外には見えず、希少な表現と言える。また、仏教的な雰囲気と「明けゆく」頃という時間の中で、詠作主体が涙ぐむという場面の趣向にも通うものがある。

一方、小少将の君の返歌は、紫式部の苦悩への共感を示すものであり、出家者の脱俗的な心境を述べる北山の僧都の返歌と比較すると、内容面でも語句の面でも共通性はあまりない。

続いて中氏によって注目された、松風巻・幻巻・手習巻の類似箇所を確認する。

・……昔物語に、親王の住みたまひけるありさまなど語らせたまふに、繕はれたる水の音なひかごとがましう聞こゆ。*

（明石尼君）住みなれし人はかへりてたどれども清水は宿のあるじ顔なる

わざとはなくて言ひ消つさま、みやびかによしと聞きたまふ。

（源氏）「いさらゐははやくのことも忘れじをもとのあるじや面がはりせる

あはれ」　　（松風巻四一三頁）

［異同］かごとがましう―かしかましう（【青】池三）　かしかましく（【河】）

・蜩の声はなやかなるに、御前の撫子の夕映えを独りのみ見たまふは、げにぞかひなかりける。

（源氏）つれづれとわが泣きくらす夏の日をかごとがましき虫の声かな　　（幻巻五四二頁）

松風巻は遣水の音、幻巻は蜩の声について「かごとがまし」と表現したものである。特に紫式部詠「かごとがましき滝の音かな」と、幻巻の源氏詠「かごとがましき虫の声かな」の類似は、形の上からも、また和歌における「かごとがまし」の用例の稀少さからも少なからず注目される。「かごとがまし」については、中氏が「紫式部独自の自然把握にもとづく表現」とし、特に「涙」とともに詠まれることを指摘した他、『歌ことば歌枕大辞典』「託言」項（田仲洋己）にも「『源氏物語』中の和歌にも用例多く、この作者好みの言葉であったか[17]」との解説がある。たとえば次の例のように、紫式部における特徴的な表現であると言える。

　絵[*]に、物の怪のつきたる女のみにくきかた描きたる後に、鬼になりたるもとの妻を、小法師のしばりたるかた描きて、男は経読みて、物の怪せめたるところを見て

　亡き人にかごとをかけてわづらふもおのが心の鬼にやはあらぬ

（紫式部集Ⅱ〈古本系〉・44　※「絵」―古本系「思」、定家本系により校訂）

ただし中氏も言われるように、状況や心情の関連性という点では、松風巻・幻巻と紫式部詠との関連性は先の若紫巻

の例に比べてやや弱い。従ってこれらに関しては、物語引用と見るよりも、紫式部の〈ことば〉の好みを表したものと見るのが妥当のようである。

また手習巻については、詠作主体が水面をのぞきこむ点や、流れる水に「涙」が「落ち添ふ」という情景、「影」の語の一致などが注目される。

・（紀伊守）「あやしく、やうのものと、かしこにてしも亡せたまひけること。昨日も、いと不便にはべりしかな。川近き所にて、水をのぞきたまひて、いみじう泣きたまひき。上にのぼりて、柱に書きつけたまひし。

（薫）見し人は影もとまらぬ水の上に落ち添ふ涙いとどせきあへず

となむはべりし。……」（手習巻三三五八〜三五九頁）

［異同］水の上―水のをも【別】陽

さらに陽明文庫本では、薫詠の「水の上」は「水のをも（面）」という文言となっており、その形であれば、小少将の君の第三句と共通する。このように手習巻の薫詠は、表現のみならず内容の面の一致度も高いのであるが、宇治十帖の成立時期の問題などもあり、影響関係について容易には論じがたい。寛弘五年の段階で既に手習巻が完成していた可能性は低いと思われるが、あるいは巻の全体よりも前に場面の原型のようなものが断片的に作られるといったケースも考えられないわけではない。(18)（イ）については、次に挙げる（ウ）と合わせて、小少将の君との個人的なやりとりが、宇治十帖の表現の「発想の源泉」（寺本）となった可能性を考慮することとする。

（ウ）紫式部と小少将の君の贈答歌（二）

紫式部と小少将の君の贈答歌では、もう一つ、今井氏によって総角巻との影響関係が指摘されたものがある。なおこの贈答歌は『紫式部日記』寛弘五（一〇〇八）年十月十余日条にも記載されている。

小少将の君の文おこせたまへる返事書くに、時雨のさとかきくらせば、使も急ぐ。「空の気色も心地さわぎてなむ」とて、腰折れたることや書きまぜたりけむ。たちかへり、いたうかすめたる濃染紙に

（小少将の君）雲間なくながむる空もかきくらしいかにしのぶる時雨なるらん

返し

（紫式部）ことはりの時雨の空は雲間あれどながむる袖ぞかわく世もなき

（紫式部集Ⅱ〈古本系〉・122〜123）

夕暮の空のけしきいとすごくしぐれて、（中略）……。いと暗くなるほどに、宮より御使あり。（中略）例の、こまやかに書きたまひて、

（匂宮）ながむるは同じ雲居をいかなればおぼつかなさをそふる時雨ぞ

「かく袖ひつる」などいふこともやありけむ、耳馴れにたる、なほあらじごとと見るにつけても、恨めしさまさりたまふ。（中略）

（中君）あられふる深山の里は朝夕にながむる空もかきくらしつつ

かくいふは、神無月の晦日なりけり。

（総角巻三一一〜三一四頁）

小少将の君の贈歌と中君詠は「ながむる空もかきくらし」という文言が明らかに一致し、また十月の時雨と「袖」が濡れること、文の中で相手を気遣うという状況も共通している。今井氏は宇治十帖の成立時期について、紫式部が寛弘七（一〇一〇）年一月の伊周逝去に心を痛めて以降、夢浮橋巻の季節と同じ夏までと推定しているため、この類似については、『紫式部集』が総角巻に材料を提供した例と見る。

「ながむる空」については次のような先行歌がある。

おほ空はこひしき人のかたみかは物思ふごとにながめらるらむ
（古今集・恋四・743・さかゐのひとざね／古今六帖・あまのはら・255）

五月ながあめのころ、ひさしくたえ侍りにける女のもとにまかりたりければ、女

つれづれとながむる空の郭公とふにつけてぞねはなかれける
（後撰集・夏・185）

冬

神な月　しぐれふりくる　み山より　風さへことに　おくれねば　よものこのはも　のこりなく　ながむる空も　はれずのみ　くもりわたれば　なよ竹の　ながきよなよな　おもひあつめ……
（好忠集Ⅰ・277）

きりいみじくたちたる朝に、人のもとへ

いとどしくもの思ふやどをきりこめてながむる空も見えぬ今朝かな
（道信集Ⅰ・24）

また「かきくらし」については、次の歌を踏まえて出てきた表現だと思われる。

時雨し侍りける日

かきくらししぐるる空をながめつつ思ひこそやれ神なびのもり
（拾遺集・冬・217・つらゆき／拾遺抄・138　※「又神なづきしぐるるそらをとも」との左注あり／内裏歌合寛和二年・32・実方）

しかし「ながむる空をかきくらし」となると、他にない。ここで今井氏の言うように、小少将の君との贈答歌を先と見ると、中君詠の「ながむる空もかきくらし」という表現は、先の（イ）とともに、小少将の君の歌を参考として作られたということになる。仮にそうであれば、それはまさしく寺本氏の言う「源泉と影響・享受の交錯する接点」[19]という現象を示すものである。岡一男氏の指摘をもとに考えると、もしも『源氏物語』の熱心な「読み手」である小少

将の君の〈ことば〉が物語に利用されたとすれば、ひとまずそれは一種の読者サービス的な意図を含んだ行為であると考えられる。あるいは見方を変えれば、こうしたところから、彰子方女房の開拓した表現を積極的に物語中に取り込み、皆で共有するという、「作り手」の創作の手法の一端がうかがわれるようにも思われる。

（エ）紫式部と加賀の少納言の贈答歌

その他、紫式部と「加賀の少納言」との贈答歌にも、幻巻との対応関係が認められることが、今井氏によって指摘されている。「加賀の少納言（定家本系では「かゝせうなこん」）」は素姓未詳であるが、後掲六四「暮れぬまの」歌は『新古今集』（哀傷・856）に収載されており、その詞書では「うせにける人」の「ゆかりなる人」となっている。南波浩氏は小少将の君の親類である加賀守藤原為盛女とするが、[20] 三谷邦明氏は「紫式部の創作した架空の人物」とする。[21]しかし仮に「加賀の少納言」を架空の人物とした場合、これに人物名まで与えるという操作も含めて『紫式部集』という私家集自体をかなり虚構性の強い創作物と見ることとなり、三谷氏の見解には容易に従いがたい。本章ではひとまずこの人物は架空の人物ではなく、紫式部と交流のあった彰子周辺の女房の一人と見た上で、亡き小少将の君を悼む同僚女房らのやりとりとして考察を加える。

小少将の君の書きたまへりしうちとけ文の、ものの中なるを見つけて、加賀の少納言のもとに

（紫式部）暮れぬまの身をば思はで人の世のあはれを知るぞかつは悲しき

（紫式部）誰か世にながらへて見む書きとめし跡は消えせぬ形見なれども

返し

（加賀の少納言）亡き人をしのぶることもいつまでぞ今日のあはれは明日の我身を

（紫式部集Ⅱ〈古本系〉・64～66　※「小少将」―古本系「新少将」、定家本系により校訂、「まの」―古本系「まて」、定家本系により校訂）

・何ごとにつけても、忍びがたき御心弱さのつつましくて、過ぎにしことといたうものたまひ出でぬに、待たれつるほととぎすのほのかにうち鳴きたるも、「いかに知りてか」と、聞く人ただならず、

（源氏）亡き人をしのぶる宵のむら雨に濡れてや来つる山ほととぎす

とて、いとど空をながめたまふ。大将、

（夕霧）ほととぎす君につてなんふるさとの花橘は今ぞさかりと

（幻巻五四一～五四二頁）

・落ちとまりてかたはなるべき人の御文ども、「破れば惜し」と思されけるにや、すこしづつ残したまへりけるを、もののついでに御覧じつけて、破らせたまひなどするに、（中略）げに千年の形見にしつべかりけるを、見ずなりぬべきよと思せば、かひなくて、疎からぬ人々二三人ばかり、御前にて破らせたまふ。いと、かからぬほどのことにてだに、過ぎにし人の跡と見るはあはれなるを、ましていとどかきくらし、……

（中略）

（源氏）死出の山越えにし人をしたふとて跡を見つつもなほまどふかな（中略）

こまやかに書きたまへるかたはらに、

（源氏）かきつめて見るもかひなし藻塩草おなじ雲居の煙とをなれ

と書きつけて、みな焼かせたまひつ。

（幻巻五四六～五四八頁）

小少将の君の亡き後、その「うちとけ文」を発見した紫式部が、「加賀の少納言」と歌を詠み交わす。「加賀の少納言」の返歌の初句「亡き人をしのぶる」が幻巻の源氏詠と一致する点がまず注目される。これに加えて、「ものの中

なるを見つけて」（詞書）―「もののついでに御覧じつけて」（地の文）の対応のほか、「形見」・「跡」・「あはれ」の語の共通などが散見され、亡くなった女君の文を発見して嘆くといった内容的な重なりも認められる。小少将の君が亡くなった時期は不明であるが、岡氏は当該贈答歌を長和二（一〇一三）年の暮れに交わされたものと推定した。[22]今井氏もこれを支持し、「紫式部の親しい友人らしい加賀少納言が、長和二年冬までに幻巻を読み、この時式部からのあわれな手紙に接して、それを思い浮かべ」て返歌をしたと考察する。『紫式部集』の詞書との共通点については、物語を踏まえた上での紫式部自身の作為を想定すべきかもしれないが、「加賀の少納言」が紫式部とも小少将の君とも親しい関係にあった女房であったとすれば、『源氏物語』の表現にも親しんでいた可能性がかなり高い。ここは小少将の君を紫上に、その死を悼む紫式部や自らを源氏にたとえて、幻巻から雲隠巻に至る源氏の死をほのめかしつつ、無常を観ずる紫式部の贈歌に共感した返歌と見てよいと考えられる。

二　和泉式部・赤染衛門の和歌

（オ）和泉式部の和歌

和泉式部については、その和歌および『和泉式部日記』の表現と『源氏物語』との影響関係についてさまざまに論じられてきた。[23]吉田幸一氏は島津久基氏[24]の指摘をもとに、特に『和泉式部日記』が葵巻・夕顔巻・胡蝶巻・宇治十帖などに影響を与えたことを論じ、逆に『源氏物語』が和泉式部の和歌や日記に踏まえられた例はなしとした。[25]一方、田中隆昭氏は桐壺巻・帚木巻・夕顔巻・末摘花巻・関屋巻・胡蝶巻・若菜上巻・若菜下巻・御法巻・浮舟巻また宇治十帖全体について、和泉式部の作品との影響関係を検討した。[26]その中で、吉田氏の見解とは逆に、田中氏が『源氏物語』から『和泉式部集』あるいは『和泉式部日記』への影響を認めたのは、以下の三例である。

①鈴虫の声ふりたつる秋のよはあはれに物のなりまさるかな　（和泉式部集Ⅰ・48・「秋」）

（命婦）鈴虫の声のかぎりを尽くしても長き夜あかずふる涙かな　（桐壺巻三二頁）

② 晦日がたに、風いたく吹きて、野分だちて雨など降るに、常よりもの心細くてながむるに、御文あり。　（和泉式部日記・一一二頁）

野分だちて、にはかに肌寒き夕暮のほど、常よりも思し出づること多くて、靫負命婦といふを遣はす。夕月夜のをかしきほどに出だし立てさせたまひて、やがてながめおはします。　（桐壺巻二六頁）

（観身岸額離根草、論命江頭不繫舟）

③はかなくて煙となりし人により雲ゐの雲のむつましきかな　（和泉式部集Ⅰ・273）

（源氏）見し人の煙を雲とながむればゆふべの空もむつましきかな　（夕顔巻一八九頁）

空のうち曇りて、風冷やかなるに、いといたくながめたまひて、

右の三例のうち、本節では特に③の類似を取り上げて論じる。『和泉式部集』二七三はいわゆる「観身論命」歌群に属する一首であるが、これと夕顔巻との影響関係が注目されるのである。夕顔死後の嘆きを詠んだ源氏詠は、次の『斎宮女御集』九六および『紫式部集』四八によるものとして論じられることが多い。

ままはゝのきたのかた

見し人の雲となりにしそらわけてふるゆきさへもめづらしきかな　（斎宮女御集Ⅰ・96）

世のはかなき事をなげく比、陸奥に名ある所どころ描いたる絵を見て、塩釜

見し人の煙となりしゆふべよりなぞむつましき塩釜の浦　（紫式部集Ⅱ〈古本系〉・48）

夕顔巻源氏詠は、内容としては『高唐賦』を下敷きとした『斎宮女御集』九六や『紫式部集』四八とも共通するが、特に和泉式部詠と比較すると、恋人の亡骸を焼く「煙」を「雲」の高さに見上げ、さらに結句を「むつましきかな」とする点が共通する。結句に「むつましきかな」を置く先行歌は次のようにあるが、いずれも死とは無関係の歌である。

　　延喜御時、秋歌めしければたてまつりける

をみなへしにほへる秋のむさしのは常よりも猶むつましきかな
（後撰集・秋中・337・貫之／古今六帖・をみなへし・3666・第二句「おひたる秋の」）

むさしのの草のゆかりときくからにおなじ野べともむつましきかな
（古今六帖・ざふのの・1157）

また「空」や「雲」といった天象に対して「むつまし」という感慨を抱くのも、源氏詠および和泉式部詠以外には見られない特殊な発想である。こうしたことから、③における直接的な影響関係の可能性は決して低くないと思われる。

ここでさらに、『和泉式部集』「観身論命」歌群に注目して考えてみる。既にこの歌群については、寺本氏によって、③の二七三と夕顔巻との類似のほか、同じくこの歌群の二七六・二九二・二九五・三〇五などにもそれぞれ須磨巻、総角巻、玉鬘巻、御法巻との表現的連関が指摘されている。ただし寺本氏は同一連作歌にこれほどの物語との類似歌が含まれるのは「やや不自然」として、田中氏とは逆に、「和泉式部が晩年『源氏』諸巻から影響をうけて連作歌に摂取したとみるよりも、紫式部がこの連作歌に関心をもち『源氏』諸巻に利用したとみるほうが穏当に思われる」と結論づけた。(27)「観身論命」歌群の詠作時期については帥宮敦道親王の一周忌、寛弘五（一〇〇八）年十月頃とするのが一般的であるが、(28)和泉式部の晩年の詠とする説(29)や、前半は長保四（一〇〇二）年十月、後半は後に詠みついだと見る説(30)などもある。ただしこれらはいずれも和泉式部詠の内容や心情の面からの推定であり、他テクストとの影響関係の面などからもなお検討されてよいだろう。

もしも寺本氏の言うように、夕顔巻に対する『和泉式部集』二七三の先行を考えるのであれば、二七三と前掲『紫式部集』四八とのかかわりについても検討が必要となる。通説通り『紫式部集』四八が宣孝を悼んだものであるとすれば、長保三（一〇〇一）年四月二十五日の宣孝の死後間もなくの作と思われる。一方、為尊親王は長保四（一〇〇二）年六月、敦道親王は寛弘四（一〇〇七）年十月に亡くなっていることから、少なくとも『紫式部集』四八が『和泉式部集』二七三より先行すると考えて不自然はない。その場合、和泉式部が彰子のもとに出仕する以前に、紫式部の私的な哀傷歌を参照し、その表現を自歌に取り入れたと想定することは難しいのではないだろうか。

さらに田中氏は、『紫式部日記』の「和泉式部といふ人こそ、おもしろう書きかはしける」（三〇九頁）という文言について、諸注とは異なり「紫式部宛の私信」について述べたものとする見解を示した上で、そうした交流の中で互いの作品についての「意見の交換」がなされていた可能性を指摘する。(31)この箇所の解釈の是非についてはいま即断することができないが、同じように彰子に出仕していた同僚女房という関係の中で、また両者の作品の間には少なからぬ共通の語彙がある点から見て、さまざまな折に紫式部と和泉式部との間で「意見の交換」がなされていた可能性はむしろ高いように思われる。

(カ)　赤染衛門の和歌

赤染衛門の和歌については、寺本氏によって、桐壺巻・幻巻・紅葉賀巻の三箇所が『源氏物語』をふまえたものとして注目されている。(32)

まず桐壺巻との類似について確認する。

①　野分したるあしたにをさなき人をいかにともいはぬ男にやる人にかはりて
あらくふく風はいかにと宮城野の小萩がうへを露もとへかし
（赤染衛門集Ⅰ・357）

・野分だちて、にはかに肌寒き夕暮のほど、常よりも思し出づること多くて、靫負命婦といふを遣はす。（中略）……いはけなき人をいかにと思ひやりつつ、もろともにはぐくまぬおぼつかなさを。今は、なほ、昔の形見になずらへてものしたまへ。

などこまやかに書かせたまへり。

（桐壺帝）宮城野の露吹きむすぶ風の音に小萩がもとを思ひこそやれ

とあれど、え見たまひはてず。

（桐壺巻二六～二九頁）

［異同］人を―人も【青】肖三【河】【別】陽國麦肖日穂高天）

・いとこまやかにありさま問はせたまふ。あはれなりつること忍びやかに奏す。御返り御覧ずれば、

いともかしこきは、置き所もはべらず。かかる仰せ言につけても、かきくらす乱り心地になん。

（更衣母君）あらき風ふせぎしかげの枯れしより小萩がうへぞ静心なき

などやうに乱りがはしきを、心をさめざりけるほどと御覧じゆるすべし。

（桐壺巻三三～三四頁）

『赤染衛門集』三五七は、野分の翌朝に子どもの様子を気にかけない男性を非難するという内容である。これと桐壺巻の表現を比較してみると、「をさなき人をいかに」という文言は桐壺帝の文にある「いはけなき人をいかに」と似通っており、さらに更衣母君の歌まで含めれば、「あらく」・「風」・「宮城野」・「小萩がうへ」といった語句の面でかなりの共通性が認められる。この類似については『源註拾遺』に言及がある。そこでは『細流抄』と『花鳥余情』の和歌解釈に対する批判として、「此類歌によれは宮木野は只こはきをたのまん料にて、宮中にかくるまては有ましき

歟。又露吹き結ふ風の音とつゝきたる意泪にも有ましき歟」とあるが、「類歌」として三五七詠が紹介されているにすぎない。従って、両者の直接的な影響関係に関しては、岡氏による「小萩に宮城野をいふのは「桐壺」の場合は自然だが、赤染の場合は唐突で、後者は前者を本歌とすることによって、その難を避けられるからである」（傍線引用者）という指摘[33]が最初であったと思われる。この三五七詠の詠作時期は、歌順から大江匡衡の没した長和元（一〇一二）年七月十六日以降ということが明らかであり、桐壺巻成立よりは後のものとして扱ってよいだろう。

さて、「宮城野」の「小萩」について詠んだ例としては、次の『古今集』歌が有名であったと考えられる。

宮城野のもとあらの小萩つゆをおもみ風をまつごときみをこそまて（古今集・恋四・694／古今六帖・人をまつ・2819、秋はぎ・3650）

ただし勅撰集における「小萩」の用例は、右の『古今集』一例の後は『後拾遺集』まで見えず、その数も二例と多くはない。さらにこの語は通常、恋の場面で待たされる女の頼りなさを言うものであり、子どもの意味で用いたものは桐壺巻と『赤染衛門集』三五七のほか、管見の限りでは次の『定頼集』に見えるのみで、かなり特殊な用例と言える。

女房のちごを、男親のとはざりけるに

旧里の小萩がもとのつゆけさをとはぬつらさは秋ぞまづしる（定頼集Ⅰ・83）

右の『定頼集』の用例でも、『赤染衛門集』三五七と同様、男親が子どもの様子を気にかけるかどうかが問題となっている。また後述するが、同じく桐壺巻をふまえたものとして、紫式部の娘である大弐三位と乳母との贈答歌があることも注目される。『古今集』六九四に基づいた『源氏物語』における「小萩」の象徴性については、上坂信男氏によって「皇子またはそれに准ずる者に限って指すときの歌語」であるとまとめられている[34]。母の亡き後の幼い光源氏の様子を帝がたずねる哀切な壺前栽の場面は、『源氏物語』における「小萩」の象徴性とともに人々に記憶されていたのではないだろうか。

次に幻巻との類似について確認する。

②　ひさしくわづらひけるころかりのなきけるをききてよめる

おきもゐぬわがとこよこそかなしけれはるかへりにしかりもなくなり

（後拾遺集・秋上・275・赤染衛門／赤染衛門集Ⅰ・611）

・夜更くるまで、昔今の御物語に、かくても明かしつべき夜をと思しながら、帰りたまふを、女もものあはれにおぼゆべし。わが御心にも、あやしうもなりにける心のほどかなと思し知らる。

さてもまた例の御行ひに、夜半になりてぞ、昼の御座にいとかりそめに寄り臥したまふ。つとめて、御文奉りたまふに、

（源氏）なくなくもかへりにしかなかりの世はいづこもつひのとこよならぬに（中略）

（明石君）かりがゐし苗代水の絶えしよりうつりし花のかげをだに見ず

（幻巻五三五〜五三六頁）

幻巻の古注では『河海抄』『孟津抄』『岷江入楚』に赤染衛門詠が挙げられている。『河海抄』では「雁のとこよ載誦磨巻了　是は床によせたる也」とされ、『孟津抄』『岷江入楚』聞書（実枝説）も同様である。寺本氏は『河海抄』の須磨巻に関する注については、単なる「とこよ」の用例の一つとして挙げたにすぎないと見るものの、幻巻に関する注については積極的に「本歌または影響歌としてあげたものとも解しえよう」とする。[35]ただしこれらの古注については、単純に「常世」に「床」の意を掛けた類歌を例示したと見るべきもののようにも思われる。

物語では明石君の居所を訪ねて来た源氏が、夜を明かすことなく帰ってしまった非礼を詫びている。源氏詠の「とこよ」について、現代注では、旧全集・集成・新全集・鑑賞と基礎知識などが「床」の掛詞として解し、新全集では

「永遠にと願った紫の上との共寝も終わったと嘆く。明石の君を相手にしながらも、紫の上喪失の悲嘆に執する歌である」と頭注を付す。こうした「紫の上との共寝」とする解釈まではためらわれるが、いずれにせよ明石君と床を共にしなかったことを詫びる歌ではあろう。この源氏詠の「とこよ」と、「かへりにし」、「かり」、「なく」といった語句が赤染衛門詠と共通している。

「とこよ」へ帰る「かり」は、『斎宮女御集』の頃から見え始める一般的な表現である。

（なにごとのをりにか）

とこよへとかへるかりがねなになれやみやこをくものよそにのみきく　（斎宮女御集Ⅱ・192）

しかし「とこよ」に「床」の意味を掛ける歌はさほど多くなく、赤染衛門詠と源氏詠の他には、同時代では次のような例が散見される程度である。特に『続詞花集』六三七は匡衡から「とこよ」に「床」を掛けた歌を贈られた例である。

はやうみ侍りし女のもとにまかりて、はしのかたに侍るに、ねてはべる所の見えしかば

いにしへのとこよの国やかはりにしもろこしばかり遠く見ゆるは　（元輔集Ⅰ・214）

赤染衛門わづらひけるころ、人のとぶらひにきたりけるを、うたがはしくやおもひけむ、いひ侍りける

かりにくる人にとこよを見せければよを秋風におもひなるかな　（続詞花集・恋下・637・大江匡衡朝臣）

赤染衛門詠は夫の大江匡衡の死後、かつ長元六（一〇三三）年十一月以降に詠まれたものであり、『源氏物語』を参照して作られた可能性はある。ただし内容的な面では、幻巻の場面とのかかわりは薄いようでもあり、赤染衛門詠の背景に『源氏物語』を想定する必然性は必ずしもない。とはいえ語句的な面での共通性の高さはやはり注目される。

最後に紅葉賀巻との類似について確認する。

③　おもくなりまさりたまふとありしに、もののみあはれなるに、きじのたちゐせしに
　　やまふかくすまふきぎすのほろほろとたちゐにつけてものぞかなしき
（赤染衛門集Ｉ・525）

「（藤壺）から人の袖ふることは遠けれどたちゐにつけてあはれとは見き
おほかたには」とあるを、限りなうめづらしう、かやうの方さへたどたどしからず、他の朝廷まで思ほしやれる、御后言葉のかねても、とほほ笑まれて、持経のやうにひきひろげて見ゐたまへり。（紅葉賀巻二一三～二一四頁）

寺本氏は「たちゐにつけて」および「あはれ」といった語句の対応に注目する。さらに、次の『栄花物語』の通房室の哀傷歌に注目し、下句および「立つ」―「裁つ」などの対応から、これが赤染衛門詠と紅葉賀巻藤壺詠とを合わせ摂取したものであるとした。その上で、赤染衛門詠は「元来紅葉の賀の歌に拠るところがあり、通房北の方はその点を知悉して両者を効果的に利用したのではないか」と述べた。(36)

御法事の日、男女参り集ひたる、皆同じさまなる、濃き薄きばかりを変るしるしにてあるを御覧じて、
（通房室）見渡せばみな墨染の衣手はたちゐにつけてものぞかなしき　（栄花物語・くものふるまひ・三二三頁）

ただし内容的な面から見ると、赤染衛門詠は倫子の弟時叙（万寿元（一〇二四）年卒）の病気を心配するというもので、紅葉賀巻の場面にはそぐわない。一方で表現的な面から見ると、「たちゐにつけて」という特徴的な語句が注目される。そもそもこの語句は、万葉歌の「たちてもゐても」という常套表現から発展したものと思われる。以下に掲げるように、平安期における「たちゐにつけて」という形での最初の例は『大斎院前の御集』であり、以下『紫式部集』、紅葉賀巻藤壺詠、そして赤染衛門詠と続くが、その後は『祐子内親王家紀伊集』まで見えない。

御
　　たのむきにあめのもりなばむらどりのたちゐにつけていかにおもはむ
（大斎院前の御集・373）

近江の海にて、三尾が崎といふ所に、網引くを見て

三尾の海に網引く民の手間もなくたちゐにつけて都恋しも

（紫式部集〈古本系〉・20）

うぢどのにわたらせおはしましたりしに、うぢのさとにすみてゐたる、宮の女房

秋ぎりのたちゐにつけてまちしかどあふみのうちの心ちせしかな

返し

あきかぜにふけのさと人おとすやと我も心にかくるかはなみ

（祐子内親王家紀伊集・29〜30）

選子内親王の詠は永観二（九八四）年から寛和二（九八六）年頃までのもので、また『紫式部集』は越前下向の折、長徳二（九九六）年夏に詠まれたことが明らかである。この後の用例が『祐子内親王家紀伊集』に見えることは、「たちゐにつけて」という文言が、紫式部や赤染衛門を含む文化圏で少し注目された表現であったことを示しているようにも思われる。(37)『源氏物語』との影響関係を積極的に論じることは難しいが、同じ文化圏での流行の表現の共有という点で、赤染衛門詠と紅葉賀巻とが接点を持つと考えることはできるのではないだろうか。

三　大弐三位賢子の和歌

大弐三位賢子の和歌の『源氏物語』受容については、かつて島津久基氏(38)が後述の（キ）の例を指摘したのち、岡氏(39)や横井孝氏(40)などによって注目され、さらに中氏に一連の詳細な検討がある。語句の摂取状況については中氏の研究に尽くされていると思われるため、ここではそれらのうち、引用したことが特に顕著な例のみを紹介することとする。

（キ）賢子と乳母の贈答歌

あきつかた、むばのもとにとのゐ物つかはししに

（大弐三位）あらき風ふせぎし君が袖よりはこれはいとこそうすくみえけれ

かへし

（乳母）あらき風今はわれこそふせがるれこの木のもとのかげにかくれて

（大弐三位集Ⅰ・30〜31）

右の贈答歌は、先に見た『赤染衛門集』三五七と同じく桐壺巻の壺前栽の場面をもとにしたと考えられる、賢子と乳母とのごく私的なやりとりである。

（更衣母君）あらき風ふせぎしかげの枯れしより小萩がうへぞ静心なき

（桐壺巻三四頁）

語句としては、賢子は「あらき風ふせぎし」とある桐壺更衣の母君の歌を踏まえて、母親代わりの乳母への思いを述べている。乳母の返歌もこれを理解し、さらに「かげ」の語を加えている。詠作時期は不明であるが、「紫式部の娘の周辺で、内輪の者同士の和気藹々としたやりとりの中で、『源氏物語』が自然に和歌に取り入れられ始めたことは興味深い」とする中氏の見解[41]には首肯される。物語の中では「あらき風ふせぎし」桐壺更衣は亡くなってしまい、「小萩」すなわち源氏は不安定な状況にある、という不吉な歌であるが、このやりとりではそうしたことは問題となっておらず、乳母と互いに感謝し合う内容になっている。

（ク）賢子による紫式部哀悼

このむすめの、あはれなるゆふべをながめはべりて、人のもとに同じ心になどおもふべき人やはべりけむ

ながむれば空に乱るる浮雲をこひしき人と思はましかば

（兼盛集Ⅱ〈西本願寺本三十六人集〉・109）

・（源氏）見し人の煙を雲となが<u>むれば</u>夕の空もむつましきかな　（夕顔巻一八九頁）
・（物の怪）なげきわび<u>空に乱るる</u>わが魂を結びとどめよしたがひのつま　（葵巻四〇頁）
・（中将）雨となりしぐるる空の<u>浮雲を</u>いづれの方とわきてながめむ　（葵巻五五頁）
・（中君）奥山の松葉につもる雪とだに消えにし人を<u>思はましかば</u>　（椎本巻二〇五頁）

西本願寺本『平兼盛集』の巻末には別人の集が混入しており、その作者については紫式部の同僚である宰相の君（道綱女。後一条天皇の乳母で美作三位と呼ばれた）であると推定されている。(42) その中に、賢子が母の死を悼んだ歌がある。この賢子による哀傷歌には、一首の内に、夕顔巻をはじめ四箇所からの語句の抽出があるという驚くべき一致が、中氏によって指摘されている。(43) その全てが夕顔、葵上、八宮など登場人物の死にまつわる場面であり、母の死に際して『源氏物語』の各場面をまんべんなく利用した、物語作家の娘としての賢子の矜持がよく分かるところであろう。なお「同じ心になど思ふべき人」という贈答の相手に関して、先行研究の多くは賢子の恋人とするが、(44) 平野由紀子氏は同性であってもかまわないとする。(45) いずれにせよこの歌を贈られた相手は、賢子のおびただしい引用に気づく程度には深く『源氏物語』を読み込み、内容を理解していた人物であることは間違いないだろう。

（ケ）**賢子出詠の歌合**

十三番　鹿　左勝　典侍
あきぎりの<u>はれせぬみね</u>にたつしかはこゑばかりこそひとにしらるれ
右　式部大輔資業
つまごひにいろにやいづるさをしかのなくこゑきけばみにぞしみける　（祐子内親王家歌合永承五年・25〜26）

（浮舟）「かきくらしはれせぬみねの雨雲に浮きて世をふる身をもなさばやまじりなば」と聞こえたるを、宮はよよと泣かれたまふ。

（浮舟巻一六〇頁）

賢子の歌合における『源氏物語』引用の特徴について、特に『祐子内親王家歌合永承五年』（一〇五〇年）はその最も早い例として示され、浮舟巻の「はれせぬみね」という語の引用が指摘されている。(46) ただしこの歌合詠では物語の内容は一切踏まえられておらず、「はれせぬみね」という特徴的な語句のみが使用されている。こうした点を、中氏は「かなり禁欲的」であるとし、『源氏物語』愛好者の多い祐子内親王周辺の人々の期待を受けつつも、(47)「純然たる叙景歌」として古来の伝統的な発想を重視しつつ、晴儀の歌合の歌を詠むという、私的な贈答の場合とは異なる賢子の意識的な方法であるとした。

当該歌合の実質上の主催者は頼通であり、参加者は頼通自らが力量を見きわめて選んだこと、この時期の頼通は平等院建立や書物蒐集活動などからもうかがわれるように、「全体を眺めつつ融合化を図る統括的関与」を目指していたことなどが、和田律子氏によって論じられている。和田氏はさらに、祐子内親王周辺の人々の『源氏物語』愛好や『更級日記』における『源氏物語』受容などが、頼通の「物語あるいは文芸にたいする高い見識と熱烈といってもよいほどの強い関心とに支えられていた」とする。(48) 平等院建立の永承七（一〇五二）年には貴族社会に末法思想が広まり、摂関家の権勢にも既にかげりがさしていたというが、『源氏物語』が権威化されていく過程の一端は、こうした時期にかつての一条朝や道長時代を振り返ろうとする頼通、さらに女院彰子の志向に負うところが大きいと考えられる。(49) この頃、『源氏物語』は一条朝の華やかなイメージを形成する一種のシンボルとして、その重要性を増していったのではないだろうか。当該歌合に紫式部とゆかりの深い伊勢大輔や賢子が歌人として選出されているのも、(50) こうした頼通や彰子の志向と無縁ではないように思われる。『後拾遺集』における『源氏物語』への意識の問題なども絡めつつ、この時期の動きについては今後さらに注目していきたい。

四　「作り手」圏内の人々の記憶と連帯

本章では前章で検討した伊勢大輔の例に続いて、その他の彰子付女房による物語摂取の例について検討した。伊勢大輔の例は明らかに物語成立の後のものであったが、本章で取りあげた歌の中には先後関係の特定がかなり困難なものもある。そのため「引用」や「摂取」とするにはためらわれるものも含まれる。しかしそうした例と物語の表現との直接的な関連性についてはなお検討の余地があると考え、措定した先後関係が入れ替わる可能性を考慮しつつも、できるだけの検討を試みた。

まず第一節では、紫式部と、上﨟女房である大納言の君および小少将の君との私的な贈答歌、さらに小少将の君を悼む加賀の少納言との贈答歌について確認した。大納言の君とは道長との関係という特殊な立場に関連して、薄雲巻の明石君を思わせる引用表現が共有されている様子がうかがわれた。また小少将の君については、紫式部による若紫巻引用、および小少将の君の歌が総角巻に利用されている可能性について確認した。加賀の少納言による哀傷歌は、幻巻をふまえることで亡き小少将の君を紫上にたとえつつ、無常を観ずる紫式部の贈歌に共感したものとなり得ていた。

次に第二節では、和泉式部や赤染衛門といった、各々が彰子文化圏の文学作品の担い手でもある同僚女房の和歌における物語とのかかわりについて考察した。まず和泉式部については「観身論命」歌群に注目し、夕顔巻からの引用がなされている可能性を述べた。さらに赤染衛門については先行研究の議論を整理しつつ、桐壺巻をふまえた和歌や、紅葉賀巻にも見られるやや特殊な歌ことばの使用などについて確認した。取り上げた例はいずれも紫式部との贈答歌ではなく、紫式部を離れたところでも、同じ文化圏の人々によって、『源氏物語』を媒介とした〈ことば〉の共有が行われていたことがうかがえた。

最後に第三節では、紫式部の娘である大弐三位賢子の物語摂取についてあらためて確認した。賢子においては私的な贈答と公的な歌との間でふまえ方の差異が明確に見られ、特に私的な贈答においては内容・語句ともに執拗なまでの引用表現が認められる。一方公的な歌では、物語内容のほのめかしはないにせよ、物語中の特殊と思われる語が効果的に用いられる。そこには道長から権力の座を引き継いだ頼通、さらには彰子による、一条朝の文芸を代表するものとして『源氏物語』を称揚してゆく志向性が反映されているのではないかと思われた。

こうした、紫式部の同僚女房や親族など物語のいわば「作り手」側に属すると考えられる人々の和歌には、それが私的なものであるほど、表面的な語句の一致にとどまらない、シチュエーションや登場人物の立場や心情などをも含めた引用が見られる。また場合によっては一箇所ではなく複数の場面を組み合わせてふまえることもある、という特徴がある。紫式部およびその周辺の人々による複雑で高度な摂取は、この物語への彼女ら自身の主体的な関わりの深さを思わせる。またこうした応酬が、寛弘五年秋に彰子方女房らが協力して行った豪華本『源氏物語』の書写や編集作業を通じて、直接創作の現場にかかわった人々ならではの内輪意識、連帯感などをも促進したと考えられる。さらに次章では視点を変えて、「作り手」側に属さない同時代の人々による摂取の状況を探ることとする。

注

（1）　寺本直彦「源氏物語と同時代和歌との交渉」（『源氏物語受容史論考　続編』風間書房、一九八四　初出は一九七三）。

以下、特に断らない限り、寺本氏の見解はこの論文に拠る。

（2）中周子「平安後期和歌における源氏物語受容」（森一郎・岩佐美代子・坂本共展編『源氏物語の展望　第六輯』三弥井書店、二〇〇九）。以下、特に断らない限り、中氏の見解はこの論文に拠る。

（3）アントワーヌ・コンパニョン「歴史」（『文学をめぐる理論と常識』中地義和・吉川一義訳、岩波書店、二〇〇七　原著は一九九八）。また、たとえば高田祐彦「夕顔巻のもののけ―萩原広道の解釈と方法―」（鈴木健一編『源氏物語の変奏曲―江戸の調べ』三弥井書店、二〇〇三）における「二者択一か不可知論か、といった極端な二分法は、文学の解釈として貧しくなることを、広道から学ぶべきである」などの警告も併せて重要であろう。

（4）清水婦久子「紫式部と源氏物語」（『源氏物語の巻名と和歌―物語生成論へ―』和泉書院、二〇一四）。清水説は『紫式部日記』敦成親王の五十日の祝宴の記事に見られる「上」の呼称を、「貴人の正妻という意味ではなく、母上や姉上といった女主人に対する敬称であり、紫の上が明石姫君を養育している時期の呼び名である」と見る（清水婦久子「人物呼称『上』と語り」（『源氏物語の風景と和歌』和泉書院、一九九七　初出は一九八二）も参照）。これまでに御冊子作りの時点における執筆状況については、正篇全体が既に完成していたと見る説（岡一男『源氏物語』の基本形態、制作年代及び創作過程―外部徴証による成立論―」（『源氏物語の基礎的研究　紫式部の生涯と作品　増訂版』東京堂出版、一九六六）、今井源衛『源氏物語』の展開と『紫式部日記』（『紫式部』吉川弘文館、一九六六）など）もあるが、確証に欠ける。そうした中、根拠の明確さという点から、本章では清水説を蓋然性の高いものとして支持する。一方で、巻々の成立については、いわゆる「玉鬘系後記説」（武田宗俊「源氏物語の最初の形態」および「源氏物語の最初の形態再論」（『源氏物語の研究』岩波書店、一九五四））によって示唆されたように、複数の要因が絡まり合ったランダムな伸長の過程を想定せざるを得ないとも考えている。

（5）岡一男「紫式部の宮廷生活―中宮彰子・藤原道長及び交友たち―」前掲（注4）書

（6）『紫式部集』本文は原則として陽明文庫本を底本とする長谷川政春・今西祐一郎・伊藤博・吉岡曠校注『新日本古典文学大系　土佐日記　蜻蛉日記　紫式部日記　更級日記』（岩波書店、一九八九）に拠り、必要に応じて定家本を底本とする武田早苗・佐藤雅代・中周子『和歌文学大系　賀茂保憲女集　赤染衛門集　清少納言集　紫式部集　藤三位集』（明治書院、二〇〇〇）を参照した。いずれも適宜私に表記を改めた。

（7）今井源衛「源氏物語と紫式部集」（『王朝文学の研究』角川書店、一九七〇　初出は一九六七）。以下、特に断らない限り、今井氏の見解はこの論文に拠る。

（8）後藤祥子氏は「「公ごとに言ひまぎらは」しても、67番歌自体は、相手の「憂さ」を引き出して来る契機を孕んでいよう」と指摘する（「紫式部集全歌評釈」『国文学解釈と教材の研究』二七―一四、一九八二・一〇）。

（9）安藤重和「大納言の君・小少将の君をめぐって―紫式部日記人物考証―」（『中古文学』六三、一九九九・五）。なお萩谷朴『紫式部日記全注釈　上巻』（角川書店、一九七一）では、『御産部類記』に源廉子が源扶義の女であると明記されている点から、『栄花物語』の「大納言の君」の記述を「小少将の君」の誤りとする。しかし山本淳子「形見の文―上東門院小少将の君と紫式部―」（『紫式部集論』和泉書院、二〇〇五　初出は二〇〇二）はこれに疑義を呈する。萩谷氏の示した問題点は、安藤論文によれば解消すると考えられるため、本章でも『栄花物語』に語られる道長との関係はやはり大納言の君に関するものと見なす。

（10）岡一男前掲（注5）論文

（11）『栄花物語』および後掲『夜の寝覚』の引用は山中裕・秋山虔・池田尚隆・福長進校注・訳『新編日本古典文学全集　栄花物語　一～三』（小学館、一九九五～一九九八）および鈴木一雄校注・訳『新編日本古典文学全集　夜の寝覚』（小学館、一九九六）にそれぞれ拠る。

（12）『源氏物語』の同語反復表現、すなわち「一人物および特定の人間関係に特定の言葉を繰り返すこと」がこの物語の「意識的な表現方法」となり得ていることについては、池田節子「同語反復表現―同語の結び付きによるもう一つの表現―」（『源氏物語表現論』風間書房、二〇〇〇　初出は一九八五）に詳しい。また本書第一部第四章でもその一端について検討した。

（13）福家俊幸「上臈女房の描写と物語の表現世界」（『紫式部日記の表現世界と方法』武蔵野書院、二〇〇六　初出は一九九五）

（14）紫式部が道長の召人であった可能性については、福家俊幸「人物描写の方法　（一、藤原道長）」（前掲（注13）書　初出は二〇〇六）に『紫式部日記』の記述からの詳細な考察がある。

(15) なお今井氏はさらに七〇・七一の贈答歌についても、「家集と物語との間の措辞表現の類似という点で見過ごし得ない箇所」として、蛍巻における蛍宮と玉鬘の贈答歌（二〇四頁）との関連性を指摘するが、いずれも「あやめ草」にまつわる常套表現の域を出ていないように思われるため、今回は除外する。

(16) 当時の貴族の庭の遣水には、洒落た趣向として滝を模した部分を作ることがあったようであり、六条院の秋の町にもそうした描写がある。

人の家にまかりたりけるに、遣水に滝いとおもしろかりければ、かへりてつかはしける
たきつせに誰白玉をみだりけんひろふとせしに袖はひちにき　（後撰集・雑三・1235）

中宮の御町をば、もとの山に、紅葉の色濃かるべき植木どもを植ゑ、泉の水遠くすまし、遣水の音まさるべき巌たて加へ、滝落として、秋の野を遥かに作りたる、そのころにあひて、盛りに咲き乱れたり。　（少女巻七九頁）

(17) 田仲洋己「託言」（久保田淳・馬場あき子編『歌ことば歌枕大辞典』角川書店、一九九九）

(18) 長篇物語としての『源氏物語』の成立過程については、巻単位での考察の一方で、かつての成立論における、物語全体を細かなパーツに分ける視座が、再評価されるべきものとしてあらためて注目されつつある。この問題については、第二部第一章にて考察を試みた。

(19) 岡一男前掲（注5）論文

(20) 南波浩『紫式部集全評釈』（笠間書院、一九八三）

(21) 三谷邦明「源氏物語における虚構の方法」（『物語文学の方法Ⅱ』有精堂出版、一九八九）

(22) 岡一男前掲（注5）論文

(23) 第二部第二章で検討した彰子と和泉式部の小式部内侍哀悼の贈答歌についてはここでは省略する。

(24) 島津久基『対訳源氏物語講話　巻三』（中興館、一九三七）、および同『対訳源氏物語講話　巻六』（中興館、一九五〇）

(25) 吉田幸一「源氏物語に投影した和泉式部日記」（『和泉式部研究一』古典文庫、一九六四）

(26) 田中隆昭「源氏物語と和泉式部との交渉」（『源氏物語引用の研究』勉誠出版、一九九九　初出は一九七一）

（27）寺本直彦「和泉式部の歌と源氏物語」（前掲（注1）書　初出は一九七三）
（28）森本元子「和泉式部の作—『観身岸額離根草』の歌群に関して—」『武蔵野文学』一九（一九七一・一二）、久保木寿子「和泉式部集「観身岸額離根草、論命江頭不繫舟」の歌群に関する考察」『国文学研究』（一九八一・三）、三角洋一「和泉式部集を読み解く　観身論命歌群」『国文学解釈と教材の研究』（一九九〇・一〇）、大槻温子「和泉式部の「観身論命歌群」と「我不愛身命歌群」—「つれづれ」の表出の意味するもの」『言語表現研究』一八（二〇〇二・三）など。
（29）清水文雄「和泉式部」（久松潜一・実方清編『日本歌人講座第二巻　中古の歌人』弘文堂、一九六〇）
（30）佐伯梅友・村上治・小松登美『和泉式部集全釈　正集篇』（笠間書院、二〇一二）
（31）田中隆昭前掲（注26）論文
（32）寺本直彦「赤染衛門・伊勢大輔その他の歌と源氏物語」（前掲（注1）書　初出は一九七二）。なお寺本氏は同書において、「逆に赤染衛門の歌を『源氏物語』がとり入れたかと思われる場合」として、朝顔巻に赤染衛門が清少納言へ贈った歌（158）に影響を受けた箇所があると述べる。清少納言への意識と朝顔巻とのかかわりについては重要な検討課題であり、これについては後考を期したい。
（33）岡一男「人間記録としての『紫式部日記』の価値」前掲（注4）書
（34）上坂信男「若草・小萩・撫子」（『源氏物語　その心象序説』笠間書院、一九七四）
（35）寺本直彦前掲（注32）論文
（36）寺本直彦前掲（注32）論文
（37）祐子内親王家紀伊の『源氏物語』摂取については、寺本直彦「祐子内親王家紀伊と『源氏物語』付「月待つ女」物語について」前掲（注1）書に詳しく、特に『堀河百首』の紀伊詠について「源氏物語の本歌取が正式の百首和歌に登場する点でも注意すべきものだったのである」と述べる。この用例は「宮の女房」と紀伊との私的な贈答歌ではあるが、返歌にはたとえば浮舟巻の薫詠「水まさるをちの里人いかならむ晴れぬながめにかきくらすころ」（一五九頁）や浮舟詠「里の名をわが身に知れば山城の宇治のわたりぞいとど住みうき」（一六〇頁）などとも内容的な共通性が見られ、やはり物語を意識したものであった可能性がある。また近時、瓦井裕子「歌合における『源氏物語』摂取歌—源頼実と師房歌合をめぐって―」（『中古文学』九六、二〇一五・一二）および「九月十三夜詠の誕生―端緒としての『源氏物語』摂取―」（『国語国文』八五―七、二〇一六・七）、また大塚誠也「「左右」の修辞法の展開―紫式部から後冷泉朝へ―」（『早稲田大学大学院文学研究科紀要』六一、二〇一五）等は、紫式部の周辺で用いられた特異な語句や趣向が、のちの後朱雀・後冷泉朝の和歌に意図的に摂取されるという現象について論じている。

(38) 島津久基「否定的結果の一発表―大弐三位集と大弐集附紫式部の没年月日―」（『国語と国文学』二一―一、一九四四・一）

(39) 岡一男「紫式部の晩年の生活」前掲（注4）書

(40) 横井孝「読者としての藤原賢子論」（『円環としての源氏物語』新典社、一九九九）

(41) 中周子「大弐三位賢子の和歌―贈答歌における古歌摂取をめぐって―」（『樟蔭女子短期大学紀要　文化研究』一三、一九九九・六）

(42) 森本元子「西本願寺本兼盛集付載の佚名家集―その性格と作者―」（『和歌文学研究』三四、一九七六・三）。平野由紀子「逸名家集考―紫式部没年に及ぶ―」（『平安和歌研究』風間書房、二〇〇八）は森本説の「女性の作であろう」という点には賛同するが、宰相の君には限定しない立場をとる。

(43) 中周子「西本願寺本『兼盛集』巻末所載の大弐三位の和歌をめぐって」（『樟蔭国文学』三九、二〇〇一・一二）

(44) 岡一男前掲（注5）論文、森本元子前掲（注42）論文、中周子前掲（注43）論文など。

(45) 平野由紀子前掲（注42）論文

(46) 中周子「大弐三位賢子の和歌における『源氏物語』享受の一様相」（『和歌文学研究』七九、一九九九・一二）

(47) 寺本直彦前掲（注37）論文

(48) 和田律子「文化世界変質のきざし」（『藤原頼通の文化世界と更級日記』新典社、二〇〇八）

(49) 桜井宏徳・中西智子・福家俊幸編『藤原彰子の文化圏と文学世界』（武蔵野書院、二〇一八）参照。

(50) 『後拾遺集』に見られる『源氏物語』に対する意識については、寺本直彦「平安期勅撰集における源氏物語受容」前掲（注1）書、中周子前掲（注2）論文によって注目されている。ただし松本真奈美「後拾遺集と源氏物語」（加藤睦・小嶋菜温子編『源氏物語と和歌を学ぶ人のために』世界思想社、二〇〇七）による『源氏物語』享受の様相をうかがわせるいくつかの現象を拾いあげることはできるものの、入集歌の中に、明らかに『源氏物語』の表現や内容を本説とする歌、すなわち一首の背後に『源氏物語』の世界を想起させることを狙って詠まれた歌を見出すことは容易ではない」などの指摘もある。

第五章　大斎院選子方による物語摂取

――「作り手」圏外からの視座――

一　『源氏物語』と大斎院選子

大斎院選子と『源氏物語』のかかわりとしては、『古本説話集』などに見られる大斎院要請説が特に有名である。

今は昔、紫式部、上東門院に歌読優の者にてさぶらふに、大斎院より春つ方、「つれづれに候ふに、さりぬべき物語や候ふ」とたづね申させ給ければ、御草子ども取り出ださせ給て、「いづれをか参らすべき」など、選り出ださせ給に、紫式部、「みな目馴れて候ふに、新しくつくりて参らせさせ給へかし」と申ければ、「さらばつくれかし」と仰せられければ、源氏はつくりて参らせたりけるとぞ。

（古本説話集「伊勢大輔歌事」[1]）

すなわち大斎院方から彰子に対する物語提供の要請があって、紫式部が『源氏物語』を新作した、というエピソードである。この説の真偽のほどは不明であるが、先行研究の中では、そこには「根も葉もない作りごとではない」[2]「ある種のリアリティ」[3]が感じられるとする論もあるなど、こうした説が存在すること自体にある種の意義が認められている。

この他、十三世紀末の成立とされる『光源氏物語本事』の中には、選子への献上本とされる本の記録が「大斎院選子内親王へまいらせらるゝ本二半紙梅の唐紙うす紅梅のへうし也と」と見える。(4) これについては、今井源衛氏が「選子内親王の記事は驚くに足る」としながらも、「しかしこれも了悟が実見したものではなく、人伝ての話らしいことは、「紅梅のへうし也と」の文字によって察せられ、当時実在したか否かはわからない」(5) と述べる通り、実際のところは不明である。ただし『河海抄』の「料簡」には、行成筆の清書本が道長手づからの「奥書」を加えられて大斎院方へ献上されたことが示されており、これを先述の『光源氏物語本事』の記録と併せて考えると興味深い。

「此物語のおこりに説々ありといへとも（中略）大斎院選子内親王村上女十宮より上東門院へめつらかなる草子や侍ると尋申させ給けるに（中略）其後次第に書くはへて五十四帖になしてたてまつりしを権大納言行成に清書せさせられて斎院へまいらせられけるに法性寺入道関白奥書を加られていはく此物語みな式部か作とのみ思へり老比丘筆をくはふるところ也云々」「行成卿自筆の本も悉く今世に伝はらす」（『河海抄』料簡）

「料簡」の述べる大斎院方への献上本の「奥書」には、道長が物語の内容に「筆をくはふる」など、注目すべき内容があったとされる。しかしこの献上本は『河海抄』成立の時点で既に現存していなかったということで、その存在の当否も含めて信憑性に疑問が残る点も多い。とはいえ、『河海抄』の全体に目を配ると、桐壺巻・紅梅巻・蜻蛉巻の注に引用された「素寂抄」「水原抄」といった先行注釈書等の本文中に「行成卿自筆本」の文字が見え、さらに蜻蛉巻では項目の本文中に「行成卿本」や「行成本」と校合した跡がうかがわれる。(6)

▼『河海抄』桐壺巻

「（たいえきのふようひやうのやなきにも）俊成卿本に未央柳の一句をみせけちにしけり是は行成卿自筆本の様云々」

▼『河海抄』紅梅巻

「（いま物したまふはのちのおほきおとゝの御むすめ……）野道太政大臣　鬚黒大臣一名也　素寂抄云野道の字人ことにおほつかなき事に申さる（れ）と重代の本にかきをきて侍うへ行成卿自筆本に野道とかゝれたりしかは仰て信をとり侍き双岡大臣夏野一名野道大臣と号すと云々」

▼『河海抄』蜻蛉巻

「（物がたりのひめ君の人にぬすまれたるあした《行成卿本》のやうなれは）」（※異文本文なし）

「（人のいみしくおしむ人をはたい《帝尺（行成本）》さくも返し給なり）」

「（せり河の大将の……）古物語歟水原抄（云）遠君歟云々或又十君云々此義一帖行成卿自筆本を見侍しかはせりかはの中将とありき」

「なとねたましかほにかき《つみ 行成卿本》ならし給との給に」

こうした記述から、『河海抄』成立の頃よりも以前には、少なくとも行成自筆本と銘打った『源氏物語』の伝本が存在したことが、高い可能性をもって知られるのである。さらに同様に、『原中最秘抄』にも「行成卿の自筆の本」という記述が見える。

▼『原中最秘抄』桐壺巻

「（タイエキノフヨウ……）御本俊成卿事也未央柳をけたれたるはいかなる子細の侍るやらむと申たりしかは我はいかてか自由の事はしるへき行成卿の自筆の本に此一句を見せけちにし給ひき紫式部同時の人に侍れは申合する儀こそ侍らめとてこれもすみを付ては侍れともいふかしさに（中略）よりて愚本に不用之」

藤村潔氏は「行成自筆本が単なる伝説上のそれにとどまらないこと」を認めるべきとし、その書写時期を『源氏物語』

の執筆経緯と関連づけつつ詳細に論じている。[7]『光源氏物語本事』の言う大斎院選子への献上本の存在は、あながち疑わしいとは断定し得ないようにも思われる。またひとまずこの問題を保留とした上でも、こうした説が生まれた背景として、当時大斎院のサロンにおいて文学作品が非常に愛好されていたという事実は、やはり重要な意味を持つ。

　大斎院のサロンにおける文学作品の享受の様子は、『大斎院前の御集』の次のような箇所から顕著に知られる。

　かくつかさづかさなりてのち、ものがたりのかみうたのすけは、うたづかさこそかくへけれとて、ものがたりのかみ、うたのすけに

うちはへてわれぞくるしきしらいとのかかるつかさはたえもしななむ

　かへし

しらいとのおなじつかさにあらずとておもひわくこそくるしかりけれ

物がたりのきよがきせさせ給ひて、ふるきはつかさの人にくばらせたまへば、ものがたりのかみ、みぶのもとにやるとて

よものうみにうちよせられてね（ママ）よればかきすてらるるもくづなりけり

　みぶ、ひさしうまゐらぬころなりければ

かきすつるもくづをみてもなげくかなとしへしうらをあれぬと思へば

（大斎院前の御集・94～97）

このやりとりから、大斎院方では女房らに「ものがたりのかみ」や「うたのすけ」といった役割を与えて、物語を清書したり古いものを下賜したりしていたことが分かる。この一連のやりとりについて、神野藤昭夫氏は、

（2）や（3）（引用者注・（2）は94～95、（3）は96～97を指す）からは、物語司では、物語を収集したり借覧したりしてさかんに書写されていた事実がうかがわれる。さらに（3）からは、収集・書写した物語は秘蔵すること

を目的とするのではなく、古くなって痛んだ本が新たに書きあらためられているところからみて、斎院という場が物語の図書センターともいうべき役割を果していたらしいことがわかる。それほど物語熱が盛んであったということであろう。（中略）（3）のように、古びた物語が斎院のような場から民間へと流れ出す現場を見届けることができる点も注目される。（中略）物語流布の具体的な事例に関する貴重な情報である。

とまとめた上で、大斎院要請説については、

このようにみてくるならば、『源氏物語』大斎院要請説は、斎院選子が物語の収集、享受、制作に深く関与していた事実を反映して生まれてきたものであるにちがいない。『源氏物語』が実際に大斎院の要請から執筆されたとは考えられないが、選子の要請で『源氏物語』が斎院方にもわたることになったとか、斎院に対する彰子中宮方の文化的対抗意識がこうした説話を生み出したとか、それなりの事実が潜められていよう。ある種のリアリティが感じられると評したゆえんである。

と結論づけた。(8) 本章でもこうした神野藤氏の見解に従った上で、大斎院方と『源氏物語』との距離について考察していくこととする。なおここで、この問題に関するほかの先行研究について一通り確認しておく。

稲賀敬二氏は、大斎院方からの物語の要請は「彰子の後宮をにぎわすための儀礼的な申し入れ」であり必ずしも熱望されたものではなかったとし、これに対する彰子方の対応としては、大斎院方で改作された『住吉物語』の存在を意識した上で、玉鬘物語を大斎院方の「要請にこたえる作者のサービス」として執筆したと推察した。そして「選子が、自分の文学サークルの中で作られた『住吉』に愛着を持っており、斎院女房たちも『住吉』に関心が深いとすれば、そういう関心を持つ読者を意識した筆遣いが『源氏物語』の中にあらわれてくる」と述べた。(9)

さらに藤村潔氏はこの稲賀氏の推察を承けて、紫式部の初出仕の頃に大斎院方から新作物語作成の要請があったこ

と、新作されたのは源氏の三十代を描く絵合巻〜藤裏葉巻であったこと、その結果寛弘五（一〇〇八）年の御冊子作り以前に、大斎院方には桐壺巻〜藤裏葉巻が献上されていたことなどを述べた。さらに登場人物としての「斎院」とのかかわりについては、源氏の二十代の物語に登場する斎院（桐壺帝の女三宮）は選子を連想させるが、この人物は弘徽殿の女御腹であり設定上好ましくないため、大斎院方からの要請を受ける前に書かれたものであるとした(10)。

また『源氏物語』中の登場人物としての「斎院」に関して、小山利彦氏は女王であるはずの朝顔姫君が「宮」と記されている点、また梅枝巻の薫物合わせや名筆収集の中で、朝顔姫君が格別な位置づけを与えられている点などに、大斎院選子を「準拠」とする意識がはたらいていると考察した(11)。

大斎院要請説にまつわるこうした先行研究では、その立論において推察の要素が強いことは否めない。しかし少なくとも大斎院要請説に着目することが、『源氏物語』の執筆や成立にかかわる議論への端緒となり得る可能性は認められよう。古今の文学作品を収集し書写を繰り返すことが可能な財力と人材を備え、それほどまでに物語が愛好されていた大斎院方のサロンにおいて、当時話題となっていた新作の『源氏物語』が全く読まれていなかったとはむしろ考えにくいからである。まずはこの点を確認した上で、次節では大斎院方サロンの性質について見ていく。

二　大斎院方サロンの和歌

『大斎院前の御集』および『大斎院御集』に見られる大斎院方サロンの和歌の特徴に関しては、先行研究によってその当意即妙な機知のありようが論じられている。中周子氏は、『古今集』に既出の類型的発想や表現が多用されている一方で、それらを自由闊達に駆使して詠まれた「一回限りの当座性の強い発想に基づく風変わりな歌」も少なくはなく、それらはいずれも「和楽」の手段であり、「サロンの人々によって共有された自然であり和歌である」という点に特色を持つとした。(12)また杉谷寿郎氏は「両御集の歌は、身近の素材による実際に即した当座の会話がわりとも言えそうな即詠が多く、それは即興、機智をこととする連歌の多さにも顕れている」とした上で、特に『大斎院御集』においては選子および女房らの和歌的習熟に伴って、『古今集』に基づいた歌ではあっても「こなれた表現」、「引き歌を踏まえながら昇華した表現」が見られるようになるとした。(13)

『大斎院御集』に見られる独自の特徴としては、荒木孝子氏に『御集』の方には、御堂関白家の若公達や、定頼、行成をはじめ、若い殿上人など錚々たる人々との華やかな交流を物語る贈答歌群、一品宮家などの貴家との昵懇な関係を物語るような贈答歌が、巻頭からひしめいている」との指摘がある。ここから大斎院方の風流で来客の多いにぎやかな様子をうかがうことができるのであるが、荒木氏はこうした編纂態度について、『前の御集』世界が多くを語っていない対外活動の情況を、『御集』世界では前面にだして、華やかに印象づけているわけである。宮廷社交圏における斎院世界の位置を、みずから主張しなければならない危機感を、『御集』編纂時の斎院世界は、すでにはらみはじめていたのではなかろうか」と考察した。(14)

定子亡き後の、道長および彰子と大斎院選子との関係については、『御堂関白集』などにも多くの贈答歌がのこされてその親交の程がうかがえる他、福家俊幸氏によれば「極めて良好」な政治的関係があったとされる。福家氏は『大鏡』師輔伝、寛弘七（一〇一〇）年四月の記事などから、「賀茂祭の日という斎院の聖なる力が最高度に発揮される日」に、二人の親王を膝に乗せて見物していた道長と選子との間に皇権と関わる政治的なパフォーマンスがあったことや、「選子の政治性、それゆえの日和見的な性格」について指摘する。ただし紫式部を含む彰子方女房らと大斎院方女房らとの関係については、『紫式部日記』の次の箇所に注目した上で、「主人とはまた違った私的な問題」が絡んでいたとする。[15]

斎院に、中将の君といふ人侍るなりと聞き侍、たよりありて、人のもとに書きかはしたる文を、みそかに人のとりて見せ侍し。いとこそ艶に、われのみ世にはもののゆゑ知り、心深き、たぐひはあらじ、すべて世の人は、心も肝もなきやうに思ひて侍るべかめる、見侍しに、すずろに心やましう、おほやけばらとか、よからぬ人のいふやうに、にくくこそ思うたまへられしか。文書きにもあれ、「哥などのをかしからんは、わが院よりほかに、たれか見知り給ふ人のあらん。世にをかしき人の生い出でば、わが院のみこそ御覧じ知るべけれ」などぞ侍る。げにことはりなれど、わが方ざまの事をさしもいはば、斎院より出で来たる歌の、すぐれてよしと見ゆるもとに侍らず。ただいとをかしう、よしよししうはおはすべかめるところのやうなり。さぶらふ人をくらべていどまんには、この見たまふるわたりの人に、かならずしもかれはまさらじを。つねに入り立て見る人もなし。をかしき夕月夜、ゆゑある有明、花のたより、ほととぎすのたづねどころに、まいりたれば、院はいと御心のゆゑおはして、所のさまはいと世はなれ神さびたり。（中略）

斎院などやうの所にて、月をも見、花をもめづる、ひたぶるの艶なることは、をのづからもとめ、思ひてもいふらむ。朝夕たちまじり、ゆかしげなきわたりに、ただことをも聞き寄せ、うちいひ、もしはをかしきことをもいひかけられて、いらへ恥なからずすべき人なん、世にかたくなりにたるをぞ、人々はいひ侍める。みづからえ見侍らぬことなれば、え知らずかし。

（紫式部日記・消息文的部分・三〇三〜三〇七頁）[16]

ここで紫式部によって酷評されている大斎院方の中将の君という女房は、同じく大斎院方女房である中務と姉妹であり、ともに和泉式部の姪にあたる人物である。中将の君は次の歌などから紫式部の兄弟惟規の恋人であったことが分かり、紫式部が見た「人のもとに書きかはしたる文」は惟規宛の書簡であったと考えられる。

ちちのともにこしのくにゝはべりけるときおもくわづらひて京にはべる斎院の中将が許につかはしける
みやこにもこひしき人のおほかればなほこのたびはいかむとぞおもふ
（後拾遺集・恋三・764・藤原惟規）

選子内親王いつきにおはしましけるとき、女房に物申さんとてしのびてまかりたりけるに、さぶらひどもいかなる人ぞなどあらく申してとはせ侍りければ、たたうがみにかきてさぶらひにおかせ侍りける
かみがきはきのまろどのにあらねどもなのりをせねば人とがめけり
（金葉集二度本・雑上・540・藤原惟規／金葉集三奏本・雑上・547・藤原惟規）

福家氏はこの中将の君と中務の姉妹が、『大斎院御集』の編纂作業において大きな役割を果たしており、中将の君が惟規に対して所属する大斎院サロンを喧伝するような内容の書簡を送っている点に、「この女房のスポークスマン的な役割が見て取れる」とする。(17)秋山虔氏が「この御所こそ、文学芸術のセンターであるという誇りかな意識が選子を囲繞する女房たちにはあったらしい。そのような、歌に物語に生きて世俗を超越する洗練されたサロンに、風流を好む上達部殿上人も心ときめかしておもむいたのであった」と述べるように、(18)大斎院方サロンの魅力は彰子方にはない文化的に洗練された雰囲気であったことが知られる。前述の『紫式部日記』においても、紫式部は批判の一方で斎院が「をかしき夕月夜、ゆゑある有明、花のたより、ほととぎすのたづねどころ」であり、「月をも見、花をもめづる、ひたぶるの艶なること」を心がけるにふさわしい風流な場所であると認めている。こうした斎院を訪れる殿上人達の顔ぶれは、『大斎院御集』を見る限りたしかに「道長の若公達が目立っている」(19)のであるが、こうした道長側との交流を強調する『大斎院御集』の編纂態度と、福家氏の言う「選子の政治性、それゆえの日和見的な性格」(20)とは無関係ではないと思われる。

ひとまず寛弘五（一〇〇八）年頃における選子と道長の関係は良好であったと考えられる。ここに、前節で確認し

た大斎院献上本の存在の可能性をあわせて考えたとき、当時の大斎院方において、道長および彰子方の文化を代表する『源氏物語』はどのように享受、さらには利用されることになったのかという問題は興味深い。そこで、次節からは「長和三年（一〇一四）から寛仁にかけて」[21]の歌を集めたとされる『大斎院御集』の中から『源氏物語』をふまえた可能性のある和歌を見出し、その摂取のさまについて検討することとする。[22]

三　『大斎院御集』に見える関連歌

（ア）うぐひすの声

むつきのふつかの日、人人あまたまゐりて、梅が枝といふ歌をうたひしをりに、人に内よりかはらけさして

（斎院側）ふりつもるゆききえやらぬ山ざとにはるをしらするうぐひすのこゑ

かへし、衛門《朝忠》かみ

（教通）うぐひすのこゑなかりせばゆききえぬやまざといかではるをしらまし

又、たちぬるけしきなれば、うちより

（斎院側）かきくらすゆきまのかすみなかりせばはるたちぬともみえずぞあらまし

かへし

（客人側）つつめどもはるのけしきのしるければかすみの色もみゆるなりけり

つまにかいて、だいば所に

（客人側）なごりこひしきけぶりにもあるかな
とあれば
（斎院側）うぐひすのをしみしこゑをききそめて　（大斎院御集・1～5）
※（2）は古歌（天暦十（九五六）年内裏歌合における朝忠詠）を引用したもの

右は『大斎院御集』の冒頭、長和三（一〇一四）年正月二日に、斎院御所で公達と宴を催した折の贈答歌である。年始の挨拶に、当時十九歳の左衛門督藤原教通をはじめとする公達が参上して、催馬楽の「梅が枝」を歌った。その歌声に対して斎院側から「はるをしらするうぐひすのこゑ」という語句を用いた賞賛がなされる。ここから一連の和歌贈答が行われるのだが、いま問題とするのは、これと非常によく似た「はるとつげくるうぐひすのこゑ」という語句を持つ『源氏物語』少女巻、朱雀院行幸の折の朱雀院詠である。

（源氏）　うぐひすのさへづるこゑ*はむかしにてむつれし花のかげぞかはれる
（朱雀院）九重をかすみ隔つるすみか*にもはるとつげくるうぐひすのこゑ
（蛍宮）　いにしへを吹き伝へたる笛竹にさへづる鳥の音さへ変らぬ
（冷泉帝）うぐひすのむかしを恋ひてさへづるは木伝ふ花の色やあせたる　（少女巻七二～七三頁）
［異同］こゑ―はる（【青】三【別】國）　すみか―かきね（【河】）

そもそも「春告げ鳥」との別名を持つ「うぐひす」が「はる」を告げる内容の和歌はごく一般的であり、以下のように類歌も多い。

うぐひすの谷よりいづるこゑなくははるくることをたれかしらまし
（古今集・春上・14・大江千里／古今六帖・のこりのゆき・32／古今六帖・うぐひす・4396　※結句「たれかつげまし」）

仁和の中将のみやすん所の家に歌合せむとてしける時によめる

花のちることやわびしき春霞たつたの山のうぐひすのこゑ　　（古今集・春下・108・藤原のちかけ／家持集Ⅱ・306）

梅のはなさけるをかべにいへしあればともしくもあらずうぐひすのこゑ　　（古今六帖・うぐひす・4385）

しかしその役割を朱雀院詠「はるとつげくるうぐひすのこゑ」のようにコンパクトに凝縮した言い回しは特異である。先行研究によれば、紫式部の用いることばには、「強引にして巧妙な言葉の圧縮」の傾向が認められるという。(23)この言い回しもまた、鶯の役割を圧縮して伝える『源氏物語』独自の個性的な表現として大斎院方に注目されたのではないだろうか。

またこうした語句の類似の他、場の状況的な面も注目される。少女巻では主側である朱雀院が、源氏や蛍宮、冷泉帝といった客人らとの和歌の連作の中で、自らの御所を「九重をかすみ隔つるすみか」と謙遜する。さらに「春鶯囀」の舞にかこつけて、「はるとつげくるうぐひすのこゑ」と人々の来訪をありがたがる。一方、『大斎院御集』冒頭の一連の場面では、教通をはじめとする客人らによって「春鶯囀」ならぬ催馬楽「梅が枝」が歌われる。大斎院方の女房は我が方を「ふりつもるゆきゝえやらぬ山ざと」と卑下した上で、相手方の歌声を「はるをしらするうぐひすのこゑ」と賞賛する。以上のことから考えるに、この詠みかけは、世間の喧噪を離れた静かな斎院御所を華やかな人々が訪れてくれたことに対し、あえて少女巻の語句をふまえて感謝を述べた当意即妙の挨拶詠であった可能性が高い。客人の中に道長の子息である教通がいたことも意識されていたのかもしれない。

なお、このように先行歌の一節を丸ごと摂取するような引用の手法は、紫式部の娘である大弐三位賢子の和歌の特徴として指摘されている。(24)それは、賢子においては稚拙というよりもむしろ、先行歌に対する自らの知識とリスペクトの度合いを示す、すぐれて策略的な手法であった。そしてこの手法は、同様の語句「はるとつげつるうぐひすのこ

ゑ」を用いた二条太皇太后宮大弐（賢子の孫）の和歌にも受け継がれているように思われる。(25)

上陽人

すぎかはるほどもしられぬまどのうちにはるとつげつるうぐひすのこゑ

（二条太皇太后宮大弐集・119）

こちらは私的な応酬ではなく、白居易の『上陽白髪人』についての題詠である。この題詠の下句は朱雀院詠とほぼ同じ形をとり、さらに初句および第二句「すぎかはるほどもしられぬ」は次の赤染衛門詠610とかなり似ている。

春より秋になるまで、月日のゆくへもしらぬに、むしの声をほのかに聞きて

すぎかはるほどもしらぬにほのかにも秋とはむしの声にてぞきく

おなじころ、かりのなくをききて

おきもゐぬわがとこよこそ悲しけれ春かへりにし雁もなくなり

（赤染衛門集Ⅰ・610〜611）

赤染衛門詠六一〇・六一一は、赤染衛門の最晩年に、長患いのさなかで詠まれたものとされる。(26) 私見では六一〇詞書の「春より秋になるまで、月日のゆくへもしらぬに」という文言は、『上陽白髪人』の「春往秋来不記年（春が行き秋が来て何年たったことやら覚えてもいない）」(27) を連想させるもののように思われ、また、続く六一一は『源氏物語』幻巻との語句の共通性が指摘されている歌でもある。(28) こうした点から、二条太皇太后宮大弐がこの題詠において、季節の推移も分からずに孤独に過ごす上陽人の心情にふさわしい新たな一首を創造すべく、曾祖母にあたる紫式部と、その同僚女房の赤染衛門の両者に由来する〈ことば〉を同時に掛け合わせた可能性を、なお探り得るように思われる。(29)

さて、ここで『大斎院御集』の冒頭に戻ることとする。あえて『源氏物語』の表現を彷彿とさせる語句を用いて和歌を詠みかけた大斎院方の女房に対し、教通は次の著名な古歌をそのまま口ずさむことで返歌の代わりとする。

天暦十年三月廿九日内裏歌合に

うぐひすのこゑなかりせば雪きえぬ山ざといかではるをしらまし
（拾遺集・春上・10・中納言朝忠／拾遺抄・6／和漢朗詠集・鶯・74・中務）

この古歌の作者は『麗景殿女御歌合天暦十年』七および『和漢朗詠集』七四に「中務」、『拾遺集』一〇に「朝忠」、『拾遺抄』六に「読人不知」として見える。いずれにせよ、この古歌は大斎院方の歌のもう一つの参考歌であったとも思われ、教通の返しはひとまず機知的な態度ということになろうか。しかし残念ながらこの返歌を含め、以下大斎院側にも公達側にも、はじめの詠みかけと同様の『源氏物語』をふまえた応酬は続いていかないのである。教通は『源氏物語』の「作り手」側の人々、すなわち道長、彰子、また頼通の文化圏に限りなく近い存在ではあるが、大斎院女房への返歌には著名な古歌をまずは優先的に用い、『源氏物語』の表現を引くことをしなかった。こうした点に、この時期の一般的な和歌においては、まだ『源氏物語』をふまえた和歌を詠むことが徹底されるほどの規範が存在しなかったことが示唆されているのではないだろうか。

(イ)　夏衣

廿日、せみのこゑはじめてきこゆるに
（女房）　すぎしむかしはおもひいづらん
小納言
（少納言）　せみのこゑきくにつけても夏衣たちかへりくるむかしなりせば
（大斎院御集・25〜26）

『大斎院御集』二五・二六については、大斎院方女房同士の応酬であるとする『私家集大成』および全注釈の解釈に従う。ただし二五は「連歌をしかけた句ではなくて、詞書の一部で、少納言が次にある「蟬の声」を詠んだ理由を推量していっている、文の形をしているものを、別の文の途中にはさみこんだものか」[30]とも考えられる。あるいは、二五には上句の脱落等があるのかもしれない。いずれにせよ全体として、五月二十日という「夏衣」の時期に、「せみ」の声が初めて聞こえるにつけても、二度とかえらぬ昔のことが思い出される、といった共感のやりとりとなっている。とはいえ二五だけでは、「せみ」の声がなぜ懐旧の情とつながるのかやや分かりにくく、二六の少納言詠が「夏衣」の語を選択することによって、「たちかへる」との関連で改めてその因果関係が結び直されているように思われる。
実は「夏衣たちかへりくる」という語句に類似する表現は以下のように多い。

十一番　首夏　左持　能宣
なくこゑはまだきかねどもせみのはのうすき衣をたちぞきてける
右　中務
夏衣たちいづるけふは花ざくらかたみのいろもぬぎやかふらん　（天徳四年内裏歌合・22～23）

夏衣たちきるものをあふさかのせきのし水の寒くもあるかな　（古今六帖・ころもがへ・72）

返し
夏衣たちいでてすずむかは風にかへりていまはむろぞこひしき　（恵慶集・131・能宣）

天暦御時、小弐命婦豊前にまかり侍りける時、大ばん所にて餞せさせたまふに、かづけ物たまふとて
夏衣たちわかるべき今夜こそひとへにをしき思ひそひぬれ　（拾遺集・別・305・御製／拾遺抄・198）

（仲忠）たちかへり会はむとぞ思ふ夏衣濡るなる袖も乾きあへぬに　（うつほ物語・吹上上巻・四二五頁）[31]

三月つごもりに、かくてくれぬべきをいふに
夏衣たちへだつべきほどちかくくれゆく春の色をしきかな　（輔親集・198）

右のうち、特に『天徳四年内裏歌合』十一番の左右二首は、「せみ」が登場する点において、『大斎院御集』二五・二六のやりとりに類似するものとして注目される。他に、一首の内で「夏衣」と「せみ」の声を取り合わせたものとしては、次の歌が有名である。ただしこの場合は自分に対する相手の思いが薄くなってしまったことの悲しみを詠んだものであり、『大斎院御集』二五・二六に漂う流れゆく時の無常への嘆きとは少々隔たりがある。

寛平御時きさいの宮の歌合のうた

せみのこゑきけばかなしな夏衣うすくや人のならむと思へば

（古今集・恋四・715・とものり／古今六帖・せみ・3973／寛平御時后宮歌合・41／友則集・34／新撰万葉集・43／新撰和歌・153）

そうした中、「夏衣」と「せみ」が関連づけられ、さらに無常への嘆きを言うという点では、幻巻における花散里と源氏の贈答歌が重要な先行歌として見出される。

夏の御方より、御更衣の御装束奉りたまふとて、

（花散里）夏衣たちかへてける今日ばかりふるき思ひもすすみやはせぬ*

御返し、

（源氏）*羽衣のうすきにかはる今日よりはうつせみの世ぞいとど悲しき　　（幻巻五三七頁）

［異同］ふるき―ふかき【青】池【河】宮尾為平大鳳【別】保）

ふるき思ひ―深き心（【河】七）

羽衣のうすきにかはる―ぬきかふるうすゝみころも（【別】御）

源氏詠では「せみ」は声を放つ実体としてではなく、あくまでも「うつせみ（の世）」という語を導き出すための概

念として登場しているにすぎない。しかし花散里の贈歌とあわせて見たとき、人間の心情とは無関係に容赦なくめぐりくる季節、世の無常といったことの悲しさが場面全体のニュアンスとして立ち上る。こうしたニュアンスは、逆行し得ない時の流れを嘆く『大斎院御集』二五・二六の主題とも関連してくるのではないだろうか。(32)

また、語句の形に着目すると、幻巻の「夏衣たちかへてける」については、先の（ア）と同様に、そのままの形で引用した二条太皇太后宮大弐詠が見出される。(33)

四月一日

夏衣たちかへてける今日よりは山ほととぎすひとへにぞまつ　（二条太皇太后宮大弐集・33）

ここで花散里詠の「夏衣たちかへてける今日」という語句がそのまま用いられていることからも、『源氏物語』に親しんだ者にとって、幻巻の贈答歌が印象深いものであったことがうかがえる。少納言詠の「夏衣たちかへりくる」がこれとかなり似た形であることは、幻巻を意識して作られたことの可能性を高めるものではないだろうか。

『大斎院御集』二五・二六の後、三〇・三一には少納言への哀傷歌が見える。もしもこれを同一人物と見なすならば、あるいは二五・二六のやりとりの発想的な契機の一つに、紫上の死にまつわる幻巻の贈答歌があったと考えてもよいように思われる。

（ウ）そのよのことは

はつかあまり、ゆきいみじうふりたるに、さだよりの君、菊の枝にわたおほへるやうにゆきのかかれるを、大ばん所にたてまつれば、みるに、はなもいたううつろはでしろきがちなれば、つくりたるはをつけてかきつく

（定頼）　みながらうつろひはてぬしらぎくにひとついろにもゆきかかるかな

かへし

（女房）　ほしのうへにくものかかるとまぎれつつおぼつかなしや雪のしたぎく

そのあか月、蔵人少将、中将のぶなりなどまゐりて、つとめて、ふりはへたりしゆきの夜はいかに

とあれば

（女房）　風ふかばつてにもとはんさととほみ

といひなしてやりたれば

（男性側）　そのよのことはわすれやはする

（大斎院御集・47～49）

※「蔵人少将」……源経親　「中将のぶなり」……不明。源成信または藤原能信か。

長和三～四（一〇一四～一〇一五）年十月二十日過ぎの頃に、定頼や蔵人少将、近衛中将といった貴公子達が斎院御所を訪れて風流なやりとりを交わしている。この時の連歌で、男性側が付けた下句の「そのよのことは」という語句は、和歌においては『源氏物語』竹河巻のみに見える口語的な表現である。竹河巻では、冷泉院において、玉鬘大君付の女房が薫と歌を詠み交わす。「そのよ」というのは、薫が前年の正月に玉鬘邸にて「竹河」をうたった夜のことを指し、女房が「思ひ出づや」と問いかけている。

（玉鬘大君付女房）「闇はあやなきを、月映えはいますこし心ことなりとさだめきこえし」などすかして、内より、

（女房）竹河のそのよのことは思ひ出づやしのぶばかりのふしはなけれど

と言ふ。はかなきことなれど、涙ぐまるるも、げにいと浅くはおぼえぬことなりけりと、みづから思ひ知る。

（薫）流れてのたのめむなしき竹河に世はうきものと思ひ知りにき
ものあはれなる気色を人々をかしがる。（竹河巻九八頁）

ただし「そのよ」のことを「わすれ」ない、といった内容では『古今六帖』340が有名であったと思われる。また「そのよ」を用いた先行歌は他にもあり、必ずしも竹河巻の表現とかかわりがあるとは言い難い。とはいえ同じ語句を用いた同時代の例としてひとまず挙げておくこととする。

むば玉のそのよの月はいままでもわれはわすれず君によそへて（古今六帖・ざふのつき・340）

むばたまのそのよのむめをてにとりてをらできにけるおもひしものを（古今六帖・くれどあはず・3028）

ことのついでに昔のことをいひ出でて、ないせの命婦

思ひ出づるありしむかしの有明の月ながらよのかはらざりせば

かへし

わすられぬそのよの月はふりにしをあたらしくのみおもほゆるかな（公任集・378〜379）

（エ）目の前の別れ

中つかさ、にはかにまかでたるに、大輔、いかなりしこともおとづれざりければ、ねたみて、大輔

もそのよまかづべきを、みおきしなりけり

（中務）おくれしを思ひやらねど目の前に別れしみちのゆくへしらめと

たいふ、かへし

（大輔）くらふるにたれかつらさもおとらねばうらみもおかじたのみは《ママ》せじ

（大斎院御集・114〜115）

右は中務と大輔が、互いの退出をめぐって軽口的なやりとりを交わしたもので、中務の退出の折に、大輔が何の見舞いもよこさなかったため、中務が気分を害し、続く大輔の退出の折にわざわざ文をよこした、といった状況のようである。(34) 一一四・一一五以前に「目の前」と「別れ」を同時に用いた歌を探すと、『源氏物語』に二箇所見出されるが、管見では他に例を見ない。

わが身かくてはかなき世を別れなば、いかなるさまにさすらへたまはむと、うしろめたく悲しけれど、思し入りたるに、いとどしかるべければ、

（源氏）「生ける世の別れを知らで契りつつ命を人に限りけるかな

はかなし」など、あさはかに聞こえなしたまへば、

（紫上）惜しからぬ命にかへて目の前の別れをしばしとどめてしかな

げにさぞ思さるらむといと見棄てがたけれど、明けはてなばはしたなかるべきにより、急ぎ出でたまひぬ。

（須磨巻一八五〜一八六頁）

御かたちも変りておはしますらんが、さまざま悲しきことを、陸奥国紙五六枚に、つぶつぶとあやしき鳥の跡のやうに書きて、

（柏木）目の前にこの世をそむく君よりもよそに別るる魂ぞかなしき

また、端に、（柏木）「めづらしく聞きはべる二葉のほども、うしろめたう思うたまふる方はなけれど、

（柏木）命あらばそれとも見まし人しれぬ岩根にとめし松の生ひすゑ」

書きさしたるやうにいと乱りがはしくて、「侍従の君に」と上には書きつけたり。

（橋姫巻一六四〜一六五頁）

須磨巻では源氏の須磨行きに際した紫上との別れの場面に、「目の前の別れ」という形で見える。一方の橋姫巻の例は「目の前」で女三宮が出家してしまったことと、亡くなる間際の柏木自身の「別るる」魂ということを詠んだものであり、意味としてはいささか離れる。中務詠は、須磨巻の深刻な別れの場面をパロディ的にふまえつつ、一時的な退出による女房同士の別れを大げさに言ったものと解することができないだろうか。

ただし「目の前」という語句の用例自体は次のように多い。

こむ世にもはや成りななむ目の前につれなき人を昔と思はむ　（古今集・恋一・520／古今六帖・こむよ・3128／新撰和歌・248）

しらかはどののはかうに、よるとまりたるくるまに
目の前にかく見る人もすぐるまにとまれるとてやすぐるなるらん　（朝光集・92）

目の前にかはりぬめりとみるものをまたわすれずやありしよのこと　（和泉式部集Ⅰ・607）

また、中務詠は大輔の退出の様子を実際に「みおきし」という状況から詠まれたものであるため、和歌の中で「目の前」の「別れ」という語句が選ばれた経緯を『源氏物語』と結びつけて考える必然性はやや乏しい。「目の前に別れしみち」というのも、あるいは（ウ）「そのよのことは」と同様の口語的な表現であるようにも思われる。さらに大輔の返歌には『源氏物語』との共通性を見出すことはできない。

（オ）心さへ

おなじ十九日夜、あかつきちかうなるまでながむるに、そらのけしき、風のおと、すべてすべて、きしかたゆくさきかかるよあらじとおもふにものおぼえず、いかがはせんとて、たいふ

きりこめてたえだえわくる月かげによはのむら風ふきかへさなん

　なかつかさ

月はよしはげしきかぜのおとさへぞ身にしむばかり秋はかなしき

　なほなほあかねば、おなじ中つかさ

あきにかへ（ママ）るいのちとやいはん

　たいふ

身は風に心は月につくしてては

　くちき、みどり、こき丁のうしろにありけるものか、みどり、こきゝあう（ママ）つ

心さへ空にみだれぬあきのよのあかつきやまのきりはらふかぜに

　くちき

よのさがかみる人からかながむればなみだきりたつあきの月かげ　（大斎院御集・116〜120）

右の一連の応酬は、先の（エ）と同じ月の十九日の夜、[35]秋の月をながめて大輔や中務といった斎院方の女房らが次々に歌を詠む場面である。この場は徐々に感極まっていき、しまいには几帳の背後にいた女童と思われる「みどり」や「くちき」までもが歌を詠むという展開になる。「こきゝあうつ」では意味が通らないが、全注釈によればおそらくは「とりもあへず」などであったかということである。「みどり」が「心さへ空にみだれぬ」と詠み出すのであるが、このフレーズは真木柱巻、鬚黒の和歌に「心さへ空にみだれし」とあるのに類似することが、『河海抄』に指摘されている。

「（鬚黒）心さへ空にみだれし雪もよにひとり冴えつるかたしきの袖

たへがたくこそ」と白き薄様に、つつやかに書いたまへれど、ことにをかしきところもなし。
（真木柱巻三六七頁）

ただし、「みどり」は秋の月と風が心を乱すことを詠んだもので、雪の夜に玉鬘を想って心乱れている鬚黒詠とは内容的にあまりかかわりがない。「心」が「空」に「みだれ」る内容の歌は『後撰集』にあり、鬚黒詠・「みどり」詠はいずれも、まずはこの有名な古歌をふまえたものと見てよいだろう。

雪のすこしふる日、女につかはしける
かつきえて空にみだるるあは雪は物思ふ人の心なりけり　（後撰集・冬・479・藤原かげもと／古今六帖・ゆき・746）

また「みだれ」の語はないが、秋風によって「心」が「空」になるという歌も『古今集』に見える。こちらも「みどり」詠の発想的な契機として重要である。

秋風は身をわけてしもふかなくに人の心の空になるらむ　（古今集・恋五・787・とものり／古今六帖・あきの風・420）

『河海抄』の注記は鬚黒詠に対し、『後撰集』479と「みどり」詠を並べて載せているだけであり、「みどり」詠に関しては、単に類歌ということで挙げてあるにすぎないと思われる。とはいえこの注記の存在から、両者のフレーズの一致が目を引くものであったことが想像される。また「心」が「空」に「みだれ」る内容の歌を同時代から探すとさほど多くはなく、これらの他には次の二首がある程度である。(36)

子を蔵人になして侍り、南殿のさくらを人人よみしに、この上のうれしきことよりほかにのみなん、このごろさらにおぼえはべらずとて
花をらむ心も空に成りにけりこを思ふみちにおもひみだれて
さがみのひさしうおともせざりしに、はなのさかりになりにけるころ
（匡衡集・73）

はなざかり身にはこころのそはねどもたえておとせぬひとはつらきを
かへし
もろともにはなをみるべき身ならねば心のみこそ空にみだるれ　（範永集・127〜128）

加えて「心さへ」と詠み出す形の面からも、「みどり」詠の「心さへ空にみだれぬ」と鬚黒詠の「心さへ空にみだれし」の間には何らかの関連があると考えてよいのではないかと思われる。もしも「みどり」が鬚黒詠の表現を借りたとするならば、大斎院方では女童に至るまで、かなり幅広い層の人々に『源氏物語』が読まれていたということになる。内容の面では真木柱巻を踏まえようとした形跡はないが、「みどり」が物語中の和歌に用いられた目新しい語句を覚えていて、秋の夜の情趣をこの上なく風流に楽しもうとする集いの中で使用したということになるだろうか。

四　距離と享受の深度

以上、本章では「作り手」側以外の同時代の人々による『源氏物語』摂取の例として、『大斎院御集』を資料とし、大斎院方女房らによる摂取の可能性を探ってきた。今回検討の対象とした（ア）から（オ）までの例はいずれも、その発想や歌語の組み合わせとしてはさほど珍しくないが、一続きのフレーズとして見たときに、物語中の和歌に用いられた語句と比較的高い一致度を持つものであった。もしもこれを大斎院サロンならではの当座性、機知的な〈ことば〉の用い方の顕著な例と認めるならば、大斎院方においては、『源氏物語』はその情趣や内容よりも、主として和歌における目新しいフレーズの引用という点から享受されていたようである。ただしそこには、『源氏物語』の〈ことば〉による連続的な応酬というものはなく、第一章から第四章までに確認した彰子や一条天皇、彰子方女房同士のやりとりに存在したような、物語の内容によりかかった上での詠み手の心情の交流のようなものはほとんど見出すことができない。『源氏物語』制作のパトロンである道長とは政治的に良好な関係にあり、特に様々な物語を愛好していたとされる大斎院方でさえ、新作の『源氏物語』に対する理解と愛着の程度は、彰子周辺などに比べると相対的に微弱であるように見える。このことは物語制作の現場からの距離と享受の深度とが反比例の関係にあることを示唆しているようで興味深いところである。なお『御堂関白集』には道長と選子の間に交わされた贈答歌が数多く見え、『源氏物語』と語句や状況が共通するものも散見される。[37] 後考を期したい。

注

（1）『古本説話集』の引用は三木紀人・浅見和彦・中村義雄・小内一明校注『新日本古典文学大系　宇治拾遺物語　古本説話集』（岩波書店、一九九〇）に拠り、適宜私に表記を改めた。
（2）藤村潔「中宮本と内侍督本」（『源氏学序説』笠間書房、一九八七　初出は一九八五）
（3）神野藤昭夫「斎院文化圏と物語の受容」（『散逸した物語世界と物語史』若草書房、一九九八　初出は一九七四および一九九五）
（4）『光源氏物語本事』の引用は今井源衛「了悟『光源氏物語本事』翻刻と解題」（『改訂版　源氏物語の研究』未来社、一九八一　初出は一九六二）に拠る。
（5）今井源衛前掲（注4）解題は了悟作、弘安八（一二八五）年〜正応年間（一二八八〜一二九二）頃の成立とする。
（6）こうしたことについては、池田亀鑑「源氏物語古写本の伝流」（『源氏物語大成　巻七』中央公論社、一九五六）および藤村潔「未央の柳」（前掲（注2）書　初出は一九八四）に詳しい。
（7）藤村潔前掲（注2）論文
（8）神野藤昭夫前掲（注3）論文

（9）稲賀敬二「延喜・天暦期と『源氏物語』とを結ぶもの―大斎院のもとにおける新版『住吉』の成立―」（妹尾好信編『稲賀敬二コレクション②　前期物語の成立と変貌』笠間書院、二〇〇七　初出は一九七八）
（10）藤村潔前掲（注2）論文
（11）小山利彦「源氏物語の女君とイツキヒメ」・「朝顔の斎院と光源氏の皇権」（『源氏物語と皇権の風景』大修館書店、二〇一〇　初出はそれぞれ二〇〇九、二〇〇四）
（12）中周子「女流サロンにおける自然と和歌―大斎院サロンを中心に―」（片桐洋一編『王朝和歌の世界―自然感情と美意識―』世界思想社、一九八四）
（13）杉谷寿郎「解説」（石井文夫・杉谷寿郎編著『大斎院御集全注釈』新典社、二〇〇六）
（14）荒木孝子「集団の家集―『大斎院前の御集』と『大斎院御集』―」（『和歌文学論集』編集委員会編『和歌文学論集四　王朝私家集の成立と展開』風間書房、一九九二）
（15）福家俊幸「一条朝後宮から見た大斎院文化圏」（後藤祥子編『王朝文学と斎宮・斎院』竹林舎、二〇〇九）
（16）『紫式部日記』の引用は長谷川政春・今西祐一郎・伊藤博・吉岡曠校注『新日本古典文学大系　土佐日記　蜻蛉日記　紫式部日記　更級日記』（岩波書店、一九八九）に拠り、適宜私に表記を改めた。
（17）福家俊幸前掲（注15）論文
（18）秋山虔「摂関時代の後宮文壇―紫式部の視座から―」（『王朝女流文学の世界』東京大学出版会、一九七二　初出は一九六七）
（19）石井文夫・杉谷寿郎前掲（注13）注釈
（20）福家俊幸前掲（注15）論文
（21）石井文夫・杉谷寿郎前掲（注13）注釈
（22）なお飯塚ひろみ『源氏物語』の「水鶏」をめぐって」（『源氏物語　歌ことばの時空』翰林書房、二〇一一　初出は二〇〇五）は、「水鶏」の語に関して『大斎院前の御集』から『源氏物語』への影響を指摘している。
（23）渡辺実「ものがたり―源氏物語―」（『平安朝文章史』東京大学出版会、一九八一）

（24）中周子「大弐三位賢子の和歌―贈答歌における古歌摂取をめぐって―」（『樟蔭女子短期大学紀要　文化研究』一三、一九九九・六）

（25）本章の初出稿に相当する「摂関期文学のなかの源氏物語―中宮彰子と大斎院選子周辺の和歌における受容―」（助川幸逸郎・立石和弘・土方洋一・松岡智之編『新時代への源氏学4　制作空間の〈紫式部〉』竹林舎、二〇一七）では、この歌および後掲二九四頁「夏衣たちかへてける」詠を大弐三位賢子の歌として論じてしまった。お詫びの上、訂正する。

（26）関根慶子・阿部俊子・林マリヤ・北村杏子・田中恭子『赤染衛門集全釈』（風間書房、一九八六）

（27）詞句の引用および訳は近藤春雄『白氏文集と国文学　新楽府・秦中吟の研究』（明治書院、一九九〇）による。

（28）寺本直彦「赤染衛門・伊勢大輔その他の歌と源氏物語」（『源氏物語受容史論考　続編』風間書房、一九八四　初出は一九七二）参照。この歌については第二部第三章にて検討した。

（29）二条太皇太后宮大弐の和歌における『源氏物語』摂取については、寺本直彦「堀河院歌壇と源氏物語」前掲（注28）書に詳しい。さらに諸井彩子「彰子女房文化の継承―郁芳門院安芸とその集を中心に―」（桜井宏徳・中西智子・福家俊幸編『藤原彰子の文化圏と文学世界』武蔵野書院、二〇一八）は、彰子サロンの文化的営みがある種の教養として、血縁関係を通じて次世代へと継承されていることを指摘する。

（30）石井文夫・杉谷寿郎前掲（注13）注釈の補説による。なおこの解釈とは異なり、橋本不美男『御所本　大斎院御集』（笠間書院、一九七三）では、二五は斎院女房、二六の上句は少納言、下句は作者不明による三句の連歌と判断している。

（31）『うつほ物語』の引用は中野幸一校注・訳『新編日本古典文学全集　うつほ物語　一～三』（小学館、一九九九～二〇〇二）に拠る。

（32）なお幻巻と表現的に類似する和歌が夕顔巻にもある。こちらは空蝉の衣に関するものであるが、無常・懐旧といった内容とはあまりかかわらないか。

御使帰りにけれど、小君して小袿の御返りばかりは聞こえさせたり。

（空蟬）せみの羽もたちかへてける＊夏衣かへすを見ても音はなかれけり　（夕顔巻一九五頁）

［異同］夏衣―たひころも【別】陽高天）

（33）寺本直彦「堀河院歌壇と源氏物語」前掲（注28）書に言及がある。

（34）石井文夫・杉谷寿郎前掲（注13）注釈

（35）「おなじ十九日」とあるが、（エ）と同日とすると斎院御所を退出してしまった後になるため、「おなじ月の、の意を表している」とする石井文夫・杉谷寿郎前掲（注13）注釈の説に従う。

（36）やや時代は下るが、二条太皇太后宮大弐にも次のような詠歌の例があり、『源氏物語』との関連性が注目される。

（なにかと人の申したりしに）

かぜふけば空にただよふくもよりもうきてみだるる我が心かな

（二条太皇太后宮大弐集・139／新勅撰集・恋四・891・二条太皇太后宮大弐）

（37）その例を示すと以下の通りである。

▼寛弘元（一〇〇四）年　道長より選子への贈歌

ながつき廿日よひの夕ぐれに、空のけしきつねよりもあはれなるに、荻の葉の風をかしきほどなるに、斎院に御ふみたてまいらせたまふに

（道長）荻の葉に風の吹きよる夕暮はおなじ心にながめましやは　（御堂関白集・20）

（末摘花）晴れぬ夜の月まつ里をおもひやれおなじ心にながめせずとも　（末摘花巻二八七頁）

（薫）荻の葉に露ふき結ぶ秋風も夕ぞわきて身にはしみける　（蜻蛉巻二五九頁）

▼寛弘七（一〇一〇）年十二月二十五日　選子と道長の贈答歌

斎院よりせちふんのつとめて

（選子）君しらておほつかなきにうくひすのけふめつらしきこゑを聞かはや

御返

（道長）うはこほりとくるかせにやうくひすのけふをしらするこゑもかよはん　（御堂関白集〈冷泉家本〉・81～82）

（明石君）「年月をまつにひかれて経る人にけふうぐひすの初音聞かせよ音せぬ里の」　（初音巻一四六頁）

（明石君）「めづらしや花のねぐらに木づたひて谷のふる巣をとへるうぐひす
こゑ待ち出でたる」　　（初音巻一五〇頁）

また、五一～五二の穆子（倫子の母）と妍子との贈答歌についても、妹尾好信「『御堂関白集』読解考―第三歌群・年次不定詠の部―」（『広島大学文学部紀要』六〇、二〇〇〇・一二）が『源氏物語』須磨巻からの引用の可能性を指摘する。これについては、『実方集』に重要な先行歌がある他、和歌本文・物語本文ともに「はるのみやこ」―「はなのみやこ」間での誤写の可能性等も否定できない。しかし御冊子作りの際「内侍の督の殿」のもとへ持ち出された本などの存在もあり、妍子周辺の『源氏物語』享受の状況については調査の必要を感じる。なお瓦井裕子「藤原妍子周辺の女房と『源氏物語』―哀傷歌を通して―」（『詞林』六一、二〇一七・四）は、女房らによる妍子の哀傷歌において、『源氏物語』の内容面まで含めたこまやかな摂取の早い例が認められることを論じており、示唆に富む。

結　本書のまとめと展望

一　本書のまとめ

本書では、現実世界で進行している出来事と虚構世界との間で互いに影響し合う〈ことば〉の諸相、およびその重層的な意味内容について、特に和歌およびうたことば表現を中心に検討した。

先行テクストの〈ことば〉が物語の内部に引き込まれてくる場合、その豊穣な意味内容がある程度の「ゆれ幅」を持つことは避けられないが、『源氏物語』においては引用の持つそうした特性が、虚構の創造の方法として効果的に利用されている。たとえば万葉歌の〈ことば〉に内在する積極的な〈誘う女〉の仮面が幼い少女に重ねられたり、ある歌語が直接的に示す「ルーツ」の問題と並行して「共寝」の文脈が進行することになったり、一見古めかしい〈ことば〉が現実世界での流行状況を反映し、かえって斬新な印象をもたらしたり、他の作中人物との結びつきがほのめかされたりするといった事柄は、その〈ことば〉を引用した作中人物の意図を超えたところに属し、それらの引用表現がテクストの内外で同時かつ多角的に機能することが目論まれていると思しい。また、「世の中にあらぬところ」を求める女君の追い詰められた心情や、「陵園妾」の原典が指示した悲壮感漂う〝主題〟は、『源氏物語』では悲劇と喜劇の二面性を帯びることとなり、固有の志向性を形づくっている。本書の興味は、物語のこうした様相を、テクスト自身による自律的な展開としてではなく、〈ことば〉を共有する共同体における創作および享受の営為と関連づける点にある。物語内部へ引用されてくる〈ことば〉の群は、「作り手」の意識的な操作によって大まかな形を与えられているのであり、われわれは物語の文章を詳細に読んでいくことで、その操作の道筋をたどり直すことがある程度可能となると考える。

また一方で、ひとたび虚構の物語世界へ流入した〈ことば〉が再び物語の外部へ引き出される場合には、それぞれの折に応じて意味内容が具体的に限定使用されることになる。たとえば「作り手」が紫式部の親族にまつわるテクストを引用した場合、そこには『源氏物語』を取り巻く言語コミュニティの人々に向けた対読者意識が存在する。また、この物語の表現を借りるという行為自体に積極的な意義があるような場合、たとえば彰子と一条天皇、あるいは彰子方女房達の精神的なつながりの構築や、大弐三位賢子の娘としての矜持などに物語が資する場合には、さまざまな場面のエッセンスが取捨選択され、ある時は強調されつつかなり便宜的に使用されている。そこでは紫式部自身によっても物語の〈ことば〉が再利用され、時には新たな意味内容が付加されるという現象も認められる。本書では「作り手」の周辺に認められる『源氏物語』の〈ことば〉の引用の問題を、単なる物語愛好としてではなく、人々の社会的な関係における機能としての側面から捉えることを試みた。

なお、本書では『源氏物語』の「作り手」としての〈紫式部〉を、生身の紫式部個人の枠を超えて、彼女を取り巻く人々、すなわち道長・彰子・彰子付女房達・血縁者などの存在をも含めて複合的に把握するという立場をとりつつ、この物語の生成・享受にかかわる考察を行っている。この立場は、いわゆるテクスト論的な〈紫式部〉論とは、扱う問題やアプローチの手法という点でかなり重なる部分がありつつも、あくまでも物語世界の背後にある生身の人間の営為の探究へと向かうものであるため、着地点において位相を異にする。また作者を複数とみる説を支持するが、執筆の分担や巻の成立順等に関する具体的な考察については、あくまでも問題解決のための有効な補助線として、現段階では先行研究における諸説を参照するにとどめた。(1)

二　今後の展望 ――〈ことば〉のゆらぎと文学の創造をめぐって――

『源氏物語』の生成について考える際には、その実質的な支援者である道長・彰子の思惑、またその女房集団における共同制作的な側面、およびこの物語に好意的な反応を示す一条天皇の存在等をより積極的に意識する必要があるだろう。(2)そもそも通常は作家の名前など付されるはずのない平安中期の「物語」において、このテクストのみが、かなり早い時期から「紫式部」という〈名〉とセットで流通していたと考えられること、さらにこの〈名〉が特に「紫の物語」と強く結びついたものであること、また『紫式部日記』に『源氏物語』の「読み手」の興味を引くような「テクスト外情報」(3)が含まれていることなどは、おそらく、単に紫式部の個人的な才能や性格に収斂させるべき問題ではない。紙の文学、まして長篇文学を制作するにあたっての当時の経済的な事情から考えても、それらの問題の背景には、単なる文学愛好の範疇を超えた、スポンサーによる何らかの政治的な利益への意図が存在したと考えるのが妥当である。こうした事柄は、『源氏物語』『紫式部日記』『紫式部集』という三つのテクストの表現世界を照らし合わせるだけでは探りきれないものであり、様々な和歌や歴史物語といった他ジャンルのテクストの生成の問題ともかかわらせつつ、網羅的に調査していく必要を感じる。特に一条朝の文芸を代表するものとして『源氏物語』が位置づけられていく推進力については、今後なお注目していきたい。

『源氏物語』の〈ことば〉（表現および世界観を含む）は紫式部の没後も、頼通時代（それは道長時代の後を引き継ぐ子女としての、女院彰子との協力体制の時代でもある）の歌合で活躍する伊勢大輔や大弐三位賢子などによって、公私にわたり積極的に和歌に取り込まれるようになっていく。平安中期から鎌倉初期頃にかけて、彰子後宮の文化的共同体のすがたを形づくるものとして、『源氏物語』および紫式部の〈名〉が有していたいわばアイコン的な機能は特に注目される。『源氏物語』の達成を生身の紫式部の個人的な才能に収斂させるのではなく、逆に開かれたものとして、様々な側面で多くの人を関与させた実験的なテクストとして見直したとき、彰子後宮でこのテクストが果たした役割、および紫式部の〈名〉の持つ力の意味が一層明らかになると思われる[4]。そうした事柄の解明に向けて、「作り手」としての〈紫式部〉のすがたは、「読み手」の領域を含めた時間的・空間的な広がりを持つものとして、まずはゆるやかに概念化してみる必要があろう。

さらに「作り手」が行う〈ことば〉の引用は、その屈折の多彩なありように特徴がある。その解釈に「ゆらぎ」の余地が残されていることは、一千年の長きにわたり、『源氏物語』がたえず動的な生彩を放ち続けていることの理由の一つとして重要であろう。引用表現の錯綜性は、この物語を取り巻く人々の豊富な〈ことば〉の記憶にある種の刺激を与えるものであり、次世代の新たな文学の創出を促す力を懐胎していると考えられる。[5]そうした中で、散文である『源氏物語』に和歌や漢詩由来の「うたことば」が豊富に織り込まれていること、またその際の文体には、おそらくは韻律に由来するある種の浮遊感が存在することは[6]、今後注目していきたい問題である。韻文による身体的な律動は、実際の発声から離れた文字のテクストにおいてもなお、「読む立場の人」に新鮮な感動を呼びおこし、他者の経験の内在化を促すという。[7]すなわち原典から遊離した「うたことば」は、それ自体が内包する韻律によって「読み手」の身体感覚をゆるがし、世界観をときほぐし、より「いま、ここ」に近い形に再構築する力を持つと言えようか。虚構のテクストたる『源氏物語』においては、そうした「うたことば」の特性が、物語世界への「読み手」の主体的な参入を容易にしているように思われ、興味は尽きない。『源氏物語』の〈ことば〉の問題について、叙上の如くなお考えていきたい。

注

（1）近年ではたとえば西村亨「源氏物語とその作者たち」（『新考　源氏物語の成立』武蔵野書院、二〇一六　初出は二〇一〇）、土方洋一「『源氏物語』の成立と作者―物語のできてくるかたち―」（助川幸逸郎・立石和弘・土方洋一・松岡智之編『新時代への源氏学4　制作空間の〈紫式部〉』竹林舎、二〇一七）などで積極的に試みられている。

（2）清水婦久子『源氏物語の巻名と和歌　物語生成論へ』（和泉書院、二〇一四）は『源氏物語』の制作が一条天皇を中心とした「文化プロジェクト」であったとする。また土方洋一「『源氏物語』は「物語」なのか？」（助川幸逸郎・立石和弘・土方洋一・松岡智之編『新時代への源氏学1　源氏物語の生成と再構築』竹林舎、二〇一四）は、『源氏物語』が「中宮後宮というような公的な場における公的事業として制作されたフィクション」であった可能性について考察する。

（3）福家俊幸「寛弘五年の記の展開と方法」（『紫式部日記の表現世界と方法』武蔵野書院、二〇〇六　初出は一九八七および一九九〇）。また同「『紫式部日記』に記された縁談―『源氏物語』への回路―」（福家俊幸・久下裕利編『考えるシリーズ1　王朝女流日記を考える―追憶の風景』武蔵野書院、二〇一一）は、『紫式部日記』の想定読者が『源氏物語』のそれと重なっていたこと、したがって『紫式部日記』における『源氏物語』への言及には「読者サービス」としての側面があった可能性などを指摘する。〈紫式部〉による複数のテクストの相互関連性を、「テクスト外」すなわち当時の実社会の状況と結びつけつつ論じるこうした視点は、今後ますます重要となってくるだろう。

（4）たとえば彰子入内に際し道長が作らせた四尺屏風の例なども参考となろうか。従来の専門歌人ではなく、花山院や公任といった貴顕にあえて屏風歌を詠ませるという発想において通じる点があるように思われる。

（5）たとえば『栄花物語』における『源氏物語』摂取などが挙げられる。『源氏物語』の「読み手」達は、しばしばその〈ことば〉を通して歴史を組み替えつつ、新たに『栄花物語』の叙述を紡いでいったと考えられる。そうした様相の一端について、拙稿「〈美化〉される藤原彰子像―『栄花物語』いはかげ巻における『源氏物語』賢木巻受容から―」（桜井宏徳・中西智子・福家俊幸共編『藤原彰子の文化圏と文学世界』武蔵野書院、二〇一八）にて考察した。

（6）鈴木日出男氏の説く「心物対応構造」と観念的思考性の発展の問題（『古代和歌史論』東京大学出版会、一九九〇）は、『源氏物語』にふんだんに盛り込まれた「うたことば」のイマジネーション、またそれによる文体のリズム、といった特性が、このテクストの大きな魅力となっていることを浮き彫りにする。さらに高田祐彦氏による「コンテクストから離脱した和歌が『源氏物語』の文章に相当程度の起動力をもたらしている」（「饗宴の楽しみ―討議と展望―」青山学院大学文学部日本文学科編『国際学術シンポジウム　源氏物語と和歌世界』新典社、二〇〇六）との指摘も重要である。

（7）逸身喜一郎・渡部泰明・藤原克己・柴田元幸「《座談会》和歌とギリシャ・ローマの詩　第二日目「韻文を／がつくり出す場」」（『文学』一一―六、二〇一〇・一一）参照。

初出一覧

※すべての章において旧稿に加筆修正を施した。ただしいずれも、大幅な論旨の変更はしていない。

序　書き下ろし

第一部　「作り手」の営為と表現の磁場――女君の〈官能性〉と〈老い〉の形象――

第一章　原題『源氏物語』における万葉歌引用の一特性――引歌応酬場面の比較から――」
（『平安朝文学研究』復刊一六、二〇〇八・三）

第二章　原題『源氏物語』における歌語の重層性――玉鬘の「根」と官能性――」
（『文学・語学』一八八、二〇〇七・七）

第三章　原題「真木柱巻の玉鬘と官能性の表現――『源氏物語』における風俗歌および古歌の引用をめぐって――」

第四章　原題「朧月夜と玉鬘――うたことばの反復と人物造型の重なり――」（『国文学研究』一五二、二〇〇七・六）
第五章　原題「浮舟と隠棲願望――「世の中にあらぬところ」考――」（『中古文学』九六、二〇一五・一二）
第六章　原題「『源氏物語』と白詩「陵園妾」――手習巻および朝顔巻における表現的連関をめぐって――」（『平安朝文学研究』復刊一三、二〇〇五・三）（高松寿夫・雋雪艶編『日本古代文学と白居易　王朝文学の生成と東アジア文化交流』勉誠出版、二〇一〇）
第七章　原題「『源氏物語』手習巻の浮舟の〈老い〉と官能性――「袖ふれし」詠の場面と『紫式部集』四六番歌との類似から――」（古代中世文学論考刊行会編『古代中世文学論考　第二五集』新典社、二〇一一）

第二部　『源氏物語』交流圏としての彰子後宮――「作り手」圏内の記憶と連帯――

第一章　原題「『源氏物語』と紫式部の親族の和歌――紅葉賀巻と『為頼集』三七番歌を中心に――」（『日本文学研究ジャーナル』三、二〇一七・九）
第二章　原題「摂関期文学のなかの源氏物語――中宮彰子と大斎院選子周辺の和歌における受容――」（助川幸逸郎・立石和弘・土方洋一・松岡智之編『新時代への源氏学４　制作空間の〈紫式部〉』竹林舎、二〇一七）
第三章　原題「紫式部と伊勢大輔の贈答歌における『源氏物語』引用――「作り手」圏内の記憶と連帯――」（『日本文学』六一―一二、二〇一二・一二）
第四章　書き下ろし
第五章　原題「摂関期文学のなかの源氏物語――中宮彰子と大斎院選子周辺の和歌における受容――」

（助川幸逸郎・立石和弘・土方洋一・松岡智之編『新時代への源氏学4　制作空間の〈紫式部〉』竹林舎、二〇一七）

結　書き下ろし

あとがき

　小学生の頃、紫式部の伝記にふれて、私が最初に興味を持ったのは「菊の着せ綿」のエピソードであった。清新な菊の花とやわらかな綿、さらにその露で「老い」を拭い去るという王朝人の姿に想いを馳せ、子どもながらに陶然とした。「和歌」による謎かけのようなやりとりも、なんだかわからないが面白そうに思われた。やがて中学生となり、初めて手にした『源氏物語』のテクストは、村山リウ『〈新装版〉源氏物語ときがたり』（主婦の友社、一九八七）であった。それまでに拾い読みしていた年少者向けの『源氏物語』には、平易さを目指せばやむを得ないことではあろうが、ことの次第に不明な点も多かった。しかしこちらの「ときがたり」には、時代や風俗、また作品の構造などの解説とともに、人生の教訓や男女の機微のエッセンスがふんだんに織り込まれていた。村山氏の、決して露悪的にならない美しい語り口に導かれつつ、まだ見ぬ「大人」の世界の物語を夢中になって読んだ。ちょうどその時期に、中高付属の聖歌隊に入り、文語調の歌詞を持つ聖歌を数多く知ったこと、またルネサンス・バロック期のミサ曲、さらにキリスト教世界への興味をかき立てられたことも、「いにしへの〈ことば〉」へと向かう心性に影響を与えたように思う。そこからは『古事記』や『万葉集』にも心ひかれ、図書館などで入門書を見つけては読んだが、ひよ子にとっての刷り込みの力は強く、やはり『源氏物語』は特別な存在であった。『源氏物語』の文章の内外にただよう、典雅さの奥にひそむエロスの美、ゆるやかに広がる余情の香気は、いつでも私の夢を誘ってやまない。

その後、一子を得てなお研究の世界の片隅に存在することを許され、日々この物語の近くにいられる僥倖には、感謝と同時に畏れの念を抱かざるを得ない。頑迷な上に段取りが苦手な私にとって、研究生活と家庭生活とを同時に進行させることは、時折とても難しく感じられる。軸足が定まらず中途半端な自分のありように、罪悪感を覚えることもしばしばである。しかしその度に多くの方々がさまざまな形で救いの手を差し延べてくださり、どうにか今日も立っていられる。そのことの幸せを、いまあらためて実感している。今後も折々の実りに感謝しつつ、進むべき道を着実にゆくことができればと願う。

＊

本書は、早稲田大学大学院文学研究科に博士学位請求論文として提出し、二〇一四年二月に博士（文学）の学位を受領した『『源氏物語』引用表現論―和歌および歌語表現を中心に―』をもとにまとめたものである。学位論文審査で主査をお務めいただいた陣野英則先生、副査をお務めいただいた福家俊幸先生、兼築信行先生にあらためて厚く御礼申し上げる。また、故田中隆昭先生には、学部から修士の初めにかけてご指導を賜った。卒業後の進路に悩む私をご覧になり、「きみ、ま、勉強したらいいんじゃないの。ま、興味もありそうだし」と勧めてくださった田中先生の優しいお顔と、柔らかなお声の調子を鮮明に覚えている。学問の世界へとお導きくださった御恩に感謝申し上げる。そして田中先生の後を引き継いでくださり、長年にわたり懇切なご指導を賜っている陣野先生には、格別の感謝を申し上げる。陣野先生の御学恩は言うまでもなく、公私にわたって頂戴したご助言の数々は、時に厳しく、何よりも私をご心配くださる真摯なご温情に溢れていた。すぐに挫けそうになる不肖の弟子に掛けてくださった力強い励ましのお言葉は、この先も、私の道を照らす光としてあり続けることと思う。特に「物事の本質は、白黒に分かれ得ない部分にこそある」というご注意は、今の私にとってあらゆる折に思い出され、支えとなるものの見方である。さらに学会や研究会、職場等でご教示をくださった諸先生方をはじめ、先輩方や同輩、後輩の皆様にも御礼を申し上げる。新米教員の拙い授業を辛抱してくれた学生諸氏にも、この場を借りて御礼を申し上げる。

本書の英文要旨はノット・ジェフリー氏（スタンフォード大学博士後期課程）にお願いした。ことばの意味に関する確認のやりとりを通して、新たにひらかれた視点もあり、またその厳格なご姿勢には教えていただくことが多かった。ご多忙の中、煩瑣なお願いを快くお引き受けくださった氏に謝意を表する。

また、本書の刊行にあたっては株式会社新典社の皆様から格別のご理解とご高配を賜った。刊行をお認めくださった岡元学実社長をはじめ、同社の皆様に深く感謝申し上げる。特に編集実務にあたってくださった原田雅子氏は、学生時代をともに過ごした愉快な同輩でもあり、不思議な巡り合わせが心から嬉しい。彼女の丁寧な仕事に支えられて本書は成った。

最後に、私事にわたり恐縮だが、幼かった私に図書館と喫茶店という二つの聖域を教えてくれた天国の祖父に、またいつも支えてくれる家族に感謝する。

二〇一九年三月

中西智子

索　引

凡　例

一、本索引は、「Ⅰ　事項・人名・書名等索引」と「Ⅱ『源氏物語』作中人物名・巻名索引」から成る。

二、排列は五十音順とする。

三、人名および作中人物名について、同一人物を示すものは一つの項目にまとめたため、本文中の表記と異なる場合もある。

四、原則として男性名は訓読み、女性名は音読みにした。

I 事項・人名・書名等索引

あ 行

か 行

さ　行

た　行

な 行

は 行

ま　行

や　行

ら 行

わ 行

II 『源氏物語』作中人物名・巻名索引

あ 行

か 行

さ　行

た　行

な　行

は　行

ま　行

や　行

ら 行

わ 行

The *Tale of Genji* : Citation and Fluidity

Nakanishi Satoko

Instances of citation within the *Tale of Genji* are points of intersection, where events portrayed in the world internal to the story can interact with events proceeding in the story's external world. This study focuses on the *language* found in such citations, attempting to understand both the multi-layered nature of the meaning it carries, and the manner in which this functions. In the following chapters I examine the ways in which such *language* — inside and outside the *Tale of Genji* — effectively anchors to the work those various, very different worlds that simultaneously, like so many musical overtones, exist alongside what we might see as the tale's central melody.

In the case of stories put down in written form, new contexts may be created through the citation of *language* found in older texts. It is frequently also the case, however, that on another level the context of these cited older works is subsumed into the world of the newer, thereby expanding its fictional world layer by layer to produce a small universe both more intricate and richer in interest. I believe that in the case of the *Tale of Genji*, there are many such complex mechanisms of citation yet remaining to be uncovered. The first part of this study is accordingly devoted to exploring various aspects in the multilayered expressions of such citations, with a particular focus on *waka* and expressions of poetic vocabulary.

At the same time, it also seems possible to consider the problem of citation on another level distinct from that of debates internal to the *Tale of Genji* : we

can look at citations of the *Tale of Genji* itself by contemporaries of the text who knew it directly. Indeed, when the *language* of a given text is cited, in addition to the question of how such *language* might express the situation or feelings of the citer, the question of the citer's distance from that *language* is also one of great significance. During the era of Emperor Ichijō, when compared to references to older classic texts already widely-known — such as the *Kokinshū* or the *Tales of Ise* — in the case of references made to a new work like the *Tale of Genji*, one still in the process of circulating, the act of citation itself presumably had a somewhat different valence. It may well be that it functioned to promote something like a sense of solidarity, among a group of people sharing expressions known only to members of their own circle. The second part of this study focuses on this real-world dimension of citation practices, one explored in previous research only rarely. I investigate the contemporary significance of *language* cited from the *Tale of Genji* for use in *waka* poetry, by people in proximity to Murasaki Shikibu who interacted with her directly.

Part One (**"The Job of the 'Author' and the Magnetism of Expression : Figuring 'Sensuality' and 'Old Age' in Princesses"**) considers the question of citation as used within the *Tale of Genji*. I highlight the inherent "fluidity" of cited *language*, and the story-like effects this can produce, looking as an example at the way *waka* poetry and poetic vocabulary can determine character design. Working backwards, I try to ascertain as far as possible the particular impressions and characteristics associated — by the language community of people contemporary with the *Tale of Genji* — with each particular cited work, thereby clarifying in part the process by which the "author" herself went about constructing the world of her story. Concretely, I discuss citation expressions that hint at princesses' potential for "sensuality" and "old age." In each chapter of this Part, the problems of "sensuality" and "old age" paradoxically

overlap, connecting around the topic of what may be termed *eros* (instinctual sexual power). From this may be deduced, as a shared constant in all the various scenes, something like the intentionality of the "author."

In Chapter 1 (**"Lady Murasaki and the Third Princess and the Mask of the 'Inviting Woman' : A Pile of Old Poems and Witty Replies"**), Chapter 2 (**"The Multi-layered Development of *Ne* (root) and *Ne* (sleep) in the Case of Tamakazura : Plant-related Poetic Diction and the Problem of Multiple Meanings"**), Chapter 3 (**"Tamakazura Modeled as *Kusawai* of Desire : Newness and Oldness in *Saibara*, *Fūzoku-uta*, and *Man'yōshū* Poetry"**), and Chapter 4 (**"Oborozukiyo and Tamakazura and Love with a 'Fujiwara Woman' : The Repetition of Poetic Language and the Overlap of Character Designs"**), I investigate the association of "sensuality" with so called "daughter-style" wives like Lady Murasaki, the Third Princess, and Tamakazura, as well as the repetition of expressions enacting "sensuality" in the cases of Tamakazura and Oborozukiyo.

Following these in Chapter 5 (**"Ukifune and the Longing for 'Yo no naka ni aranu tokoro' : The Hermitage Hopes of a Noblewoman and the Heritage of Age-Bemoaning Lyric"**), Chapter 6 (**"The Asagao Priestess and Ukifune and Visions of 'Women of the Grave'"**), and Chapter 7 (**The 'Old Age' of Ukifune and the Memory of Plum Incense : A Reciprocal Relationship with the Imagery of the Poem *Sada sugitaru omoto* in *Murasaki Shikibu-shū*"**), I look into the combination of Ukifune, whose tragic dimension is so often emphasized, with elements of comedy. I also consider her in terms of how "old age" is figured, with reference also to the character of the Asagao Priestess.

The role played by citation expressions in the design of characters within the story has something in common with the props used in children's "make-believe" play. When one of the characters in a story is overlaid with the context belonging to an older work, he gains thereby a role within his story, acquires distinctive expression, and starts to move about with a new vitality. The

mask and costume this provides are frequently exchanged, or even combined, distinguishing the given character in the story with a sharpness of three-dimensional definition. This study does not view such a phenomenon as a development arising naturally from the text itself, but understands it rather as a species of creative act, deriving ultimately from a manipulation of the text based on the circumstances of the "author." How was the *language* of cited older texts broken down by the "author"? How was it thus, in a manner of speaking, dislocated? How did this "fluidity" of meaning produce for the "reader" the space to seek out new meanings on their own? The central ambition of this first Part is the elucidation of such questions.

Part Two (**"Shōshi's Rear Palace as a Community for *Genji monogatari* : Memory and Solidarity Within the 'Authorial' Community"**) moves its focus outside the *Tale of Genji*, to investigate how *language* from within the tale was cited, in all its fluidity, in the *waka* poetry of people with a deep connection to the Rear Palace of Empress Shōshi. Looking here in particular beyond Murasaki Shikibu herself, it is important to keep in mind the existence of several other people on the "authorial" side of things, who engaged in the production of works of tale-literature at a number of different levels : by ordering their production in the first place, by drafting their contents, by seeking advice on writing them, by advertising them to others, or by circulating them and copying them in manuscript. For such people, themselves readers of the tale while belonging simultaneously to the sphere of its authorship, I consider what sort of meaning their shared memory of the *Tale of Genji* held, and the effect upon them of Murasaki Shikibu's "name."

In Chapter 1 (**"*Tameyori-shū* and the *Tale of Genji* : The Perspective from the Cultural Sphere of Prince Tomohira"**), I look into the earliest stratum of the *Tale of Genji*'s readership, with an eye towards the cultural sphere

surrounding Prince Tomohira, to which Murasaki Shikibu's own father Tametoki and uncle Tameyori are thought to have belonged. Like the studies in Part 1 it also deals with citation expressions as found within the tale, but is placed here in Part 2 for its consideration of the significance of Murasaki Shikibu's "name" to other ladies-in-waiting in the group at Empress Shōshi's Rear Palace. In Chapter 2 (**"Tale Reception by Empress Shōshi and Emperor Ichijō"**), Chapter 3 (**"Tale Reception by Women Attached to Empress Shōshi, Part One : The Case of Ise no Taifu"**), and Chapter 4 (**"Tale Reception by Women Attached to Empress Shōshi, Part Two : Focusing on *Waka* by Colleagues in Service"**), I look at how the *Tale of Genji* was utilized in *waka* poetry by Empress Shōshi, Emperor Ichijō, and also the ladies in Shōshi's service. From the general picture we observe of mutual relationships between texts like the *Tale of Genji*, *Izumi Shikibu nikki*, and *Eiga monogatari*, Empress Shōshi's ladies-in-waiting would seem to have been quite proactively involved in the completion, circulation, and transmission of each other's works. Previous research has tended to understand the use of the *Tale of Genji* by such ladies in their *waka* poetry as significant primarily of individual enthusiasm for tale literature. When it comes, however, to questions like how exactly such people on the "author" side understood the tale, or what function it was that the tale fulfilled, it seems best to focus on its binding character as a link that instead strengthened the relationships of its group. This is the understanding in which I undertake to re-examine the usage of *language* from the *Tale of Genji* in the *waka* poetry of people around Murasaki Shikibu. Finally, in Chapter 5 (**"Tale Reception in Ōsai'in's Household : The Perspective from Outside the Circle of the 'Author'"**) I look at the use of the *Tale of Genji* in the *waka* poetry of people who did not belong to the "author's" own circle, for example among people in service to Ōsai'in. This involves an investigation into the situation of reception at a physical and spiritual distance from the tale, revealing the existence

of a clear difference between people associated with Empress Shōshi, and everyone else.

As explained above, under the understanding that the *Tale of Genji*'s ruling agency was plural in nature, the goal of Part 2 of this study, working from the awareness that it was characteristic for works in this age to see effective overlap between the classes of "author" and the "reader," is to discover, amidst negotiations between these two, a new way of thinking about "Murasaki Shikibu."

Throughout, this study is concerned in particular to recognize the domain of unstable "fluidity" that exists in citations, and to examine the creative power this harbors. In addition, it is a study of how the tale's "authors" — both inside and outside the *Tale of Genji* — made desultory use of the flavor found in a wide spectrum of older texts, channeling it to luxurious effect in worlds of their own artistic creation. Among other things it seeks to understand, finally, what kind of impact all this had on contemporary "readers," and what kind of literature all this made it possible to create in the age that followed.

(Translated by Jeffrey Knott)

中西　智子（なかにし　さとこ）
1979年　東京都に生まれる
2002年3月　早稲田大学第一文学部日本文学専修卒業
2012年3月　早稲田大学大学院文学研究科日本文学専攻
博士後期課程満期退学
専攻　日本古典文学（中古）／学位　博士（文学）
現職　早稲田大学・亜細亜大学非常勤講師
編著・論文
『藤原彰子の文化圏と文学世界』（共編，2018年，武蔵野書院），「〈美化〉される藤原彰子像―『栄花物語』いはかげ巻における『源氏物語』賢木巻受容から―」（『藤原彰子の文化圏と文学世界』2018年10月，武蔵野書院），「朧月夜と玉鬘―うたことばの反復と人物造型の重なり―」（『中古文学』第96号，2015年12月），「紫式部と伊勢大輔の贈答歌における『源氏物語』引用―「作り手」圏内の記憶と連帯―」（『日本文学』第61巻12号，2012年12月）

新典社研究叢書 310

源《げん》氏《じ》物《もの》語《がたり》　引《いん》用《よう》とゆらぎ

令和元年5月1日　初版発行

著者　中西智子
発行者　岡元学実
印刷所　惠友印刷㈱
製本所　牧製本印刷㈱
検印省略・不許複製

発行所　株式会社　新典社
東京都千代田区神田神保町一―四四―一一
営業部＝〇三（三二三三）八〇五一番
編集部＝〇三（三二三三）八〇五二番
ＦＡＸ＝〇三（三二三三）八〇五三番
振替　〇〇一七〇―〇―二六九三二番
郵便番号一〇一―〇〇五一番

ISBN 978-4-7879-4310-1 C3395
http://www.shintensha.co.jp/ E-Mail:info@shintensha.co.jp

新典社研究叢書

（本体価格）

274 江戸後期紀行文学全集 第三巻 津本 信博 八〇〇〇円

275 奈良絵本絵巻抄 松田 存 八二〇〇円

276 女流日記文学論輯 宮崎 莊平 二六八〇〇円

277 中世古典籍之研究 ——どこまで書物の本姿に迫れるか—— 武井 和人 一九八〇〇円

278 愚問賢注古注釈集成 酒井 茂幸 一三五〇〇円

279 萬葉歌人の伝記と文芸 川上 富吉 一二〇〇〇円

280 菅茶山とその時代 小財 陽平 一四二〇〇円

281 根岸短歌会の証人 桃澤茂春 ——『庚子日録』『曾我蕭白』—— 桃澤 匡行 一二〇〇〇円

282 平安朝の文学と装束 畠山大二郎 一二五〇〇円

283 古事記構造論 ——大和王権の〈歴史〉—— 藤澤 友祥 七四〇〇円

284 源氏物語 草子地の考察 ——「桐壺」～「若紫」—— 佐藤 信雅 一〇二〇〇円

285 山鹿文庫本発心集 ——影印と翻刻 付解題—— 神田 邦彦 一二四〇〇円

286 古事記續考と資料 尾崎 知光 六五〇〇円

287 古代和歌表現の機構と展開 津田 大樹 一二四〇〇円

288 平安時代語の仮名文研究 阿久澤 忠 一二六〇〇円

289 芭蕉の俳諧構成意識 ——其角・蕪村との比較を交えて—— 大城 悦子 一五一〇〇円

290 二松學舍大学附属図書館蔵 奈良絵本 保元物語 平治物語 小井土守敏 一〇八〇〇円

291 未刊 江戸歌舞伎年代記集成 倉橋・桑原・小池・齋藤・光延 二八〇〇〇円

292 物語展開と人物造型の論理 ——源氏物語〈二層〉構造論—— 中井 賢一 一二五〇〇円

293 源氏物語の思想史的研究 ——妄語と方便—— 佐藤勢紀子 七八〇〇円

294 春画論 ——性表象の文化学—— 鈴木 堅弘 一七六〇〇円

295 『源氏物語』の罪意識の受容 古屋 明子 一二六〇〇円

296 袖中抄の研究 紙 宏行 九七〇〇円

297 源氏物語の史的意識と方法 湯淺 幸代 一二五〇〇円

298 増補 太平記と古活字版の時代 小秋元 段 一二六〇〇円

299 源氏物語 草子地の考察2 ——「末摘花」～「花宴」—— 佐藤 信雅 一三〇〇〇円

300 連歌という文芸とその周辺 ——連歌・俳諧・和歌論—— 廣木 一人 一三七〇〇円

301 日本書紀典拠論 山田 純 一二八〇〇円

302 源氏物語と漢世界 飯沼 清子 一三八〇〇円

303 中近世中院家における百人一首注釈の研究 酒井 茂幸 一六五〇〇円

304 日本語基幹構文の研究 半藤 英明 七二〇〇円

305 太平記における白氏文集受容 金木 利憲 一一〇〇〇円

306 物語文学の生成と展開 ——伊勢・大和とその周辺—— 柳田 忠則 二〇〇〇〇円

307 源氏物語 読解と享受資料考 妹尾 好信 一八四〇〇円

308 中世文学の思想と風土 石黒吉次郎 一〇六〇〇円

309 江戸期の広域出版流通 大和 博幸 一三〇〇〇円

310 源氏物語 引用とゆらぎ 中西 智子 一〇〇〇〇円

311 うつほ物語の長編力 本宮 洋幸 八八〇〇円

312 続・王朝文学論 圷 美奈子 一〇五〇〇円

313 新撰類聚往来 影印と研究 高橋忠彦・高橋久子 一三〇〇〇円

314 『とりかへばや』の研究 ——変奏する物語世界—— 片山ふゆき 七四〇〇円